中国当代侦探推理悬疑小说精选系列

凶手无影

李惠泉 著

群众出版社
·北京·

图书在版编目（CIP）数据

凶手无影／李惠泉著．—北京：群众出版社，2019.11
ISBN 978-7-5014-5992-6

Ⅰ．①凶…　Ⅱ．①李…　Ⅲ．①长篇小说—中国—当代　Ⅳ．①I247.5

中国版本图书馆 CIP 数据核字（2019）第 172321 号

凶手无影

李惠泉　著

出版发行：群众出版社
地　　址：北京市丰台区方庄芳星园三区 15 号楼
邮政编码：100078
经　　销：新华书店
印　　刷：北京市泰锐印刷有限责任公司

版　　次：2019 年 11 月第 1 版
印　　次：2019 年 11 月第 1 次
印　　张：11
开　　本：880 毫米×1230 毫米　1/32
字　　数：320 千字

书　　号：ISBN 978-7-5014-5992-6
定　　价：40.00 元

网　　址：www.qzcbs.com
电子邮箱：qzcbs@sohu.com

营销中心电话：010-83903254
读者服务部电话（门市）：010-83903257
警官读者俱乐部电话（网购、邮购）：010-83903253
文艺分社电话：010-83901330　　010-83903973

1

柯天星是晚上十一点半赶到凤凰小区的。

在接到"110"的通知后，他就开车赶了过来。他的两个搭档，耿琦和路晓丽也在他的前后脚赶到。一进门，柯天星就看见一个八岁左右的孩子呆呆地站在那里，一副不知所措的样子。值班的保安说，这个孩子叫卫子琪，他十一点跑来报案，说他妈被人杀死了，我就打了"110"，现场我们没敢去。

"走吧，我们先看看去。"柯天星说。

两个保安带着孩子前行，柯天星带着两个助手跟在后面，朝死者的别墅走去。推开房门，看见一个女人俯卧在床上，床头有一大摊鲜血。耿琦仔细勘查，发现死者长发披散着，脸部全部埋在头发里面，身上穿着淡蓝色棉布睡袍，后背上有刀伤，肉眼可见的是一个小刀口。尸体还有温度，床的背靠和墙上有清晰可见的血痕，一看就是鲜血喷射溅上去的。床上很乱，白色的空调被单几乎全被鲜血染红，斑痕淋漓。别墅三层的门窗完好，靠南的大阳台上，淡淡的灰尘上有一串似乎是男人的脚印，非常齐整，显然是一次穿过而留下的。在大卧室的梳妆台上，女主人的首饰盒放在那里，里边有二三十件贵重首饰，看不出有翻动的痕迹。在床头柜的抽屉里，有1000美元现金和一些零散的港元，分别装在不同的信封里，信封上寄信人的地址栏处印有四海旅行社字样。

在别墅的二层，柯天星发现紧靠东北角有一个窗户的扶手被拉断，痕迹是新的，别墅其他地方没有异常。另外，在一层的车库里，还停放着女主人平时驾驶的宝蓝色本田汽车。凤凰小区是典型的高档住宅区，整个小区只有八幢楼，平时来这里住的人不多，死者卫梅住在小区最北侧，位于东北角的第二幢楼。据物业公司的工作人员介绍，卫梅不是本地人，应该是龙川市人。她两年前购买了此幢别墅，一次付清了260万元，入住时间是2000年5月，平时只有她和儿子住，孩子的姥姥和小姨偶尔也会过来住一下，一般是在卫梅出差不在的时候，她一回来，她们就走。卫梅交际很广，有不少外国人也常来，整个小区，就数她家客人最多，她登记的单位是四海旅行社，据说她非常有钱。

路晓丽耐心地询问着卫子琪。

这个看起来只有八岁的孩子，显得异常镇定。他说，平时妈妈让我一个人睡，说孩子大了，就应该这样。可是那天妈妈让我跟她在一个大床上睡，这样的情况也有过。九点钟左右，我就上床睡了，妈妈在洗澡，这个时候家里没有人来，妈妈也没有给人打电话。就在我睡得迷迷糊糊时，我听见了妈妈跟一个男人说话的声音，那个男人好像是让妈妈去做一件事，妈妈不愿意，两个人还吵了起来。我使劲睁开眼睛，看到了那个人一刀向妈妈捅去，我当时吓坏了，赶紧用被子蒙上了头。我没看清楚那个人的脸，那个人穿着黑衣服，长得很高，等……等了半天没有动静，我这才掀开被子，下了床，跑到这里报告了保安叔叔……

柯天星惊讶于卫子琪的镇定和诉说的完整。

他让耿琦和路晓丽保护好现场，通知局技术处的人过来，对现场进行技术处理，并通知局里把尸体运回去做技术鉴定。刚安排完，保安报告："卫子琪姥姥和小姨在外面等好久了，你看……"柯天星不高兴了，说："谁通知的，我这里还没有处理完毕，急什么？好，既然来了，就让她们进来吧。"一会儿，一个六十开外的老太太在一个三十岁模样的女人的搀扶下走进了值班室。老太太一看见卫子琪，就抱头痛哭，哭得惊天动地，一边哭一边念叨，这个死丫头啊！我就知道会有这一天呀！不听我的劝吧，要是听我的劝，找一个人嫁了该多好啊！

"我叫新晓蓉，是卫梅的亲妹妹，我跟着父亲姓，我姐姐跟着我母亲姓，这个事等一下跟你说吧，我……我姐到底是怎么死的？"

卫子琪的小姨走到柯天星身边，疑惑地问。

柯天星让门口的保安看护着老太太，自己带着新晓蓉来到卫梅的住处，让她看了看姐姐的尸体，告诉了她事情的经过，以商量的口吻说："还让你母亲看看吗？""算了，死相那么惨，怎么能让老太太看，你们还是拉走吧。"新晓蓉说完马上给一个人打电话，气呼呼地说："姐夫，我姐姐被人害死了，你赶快过来吧。"说完对柯天星说，"我姐虽然离了婚，但我姐夫终归是卫子琪的父亲吧，这样的大事总得告诉他。他叫刘清，在龙川市工作，你们有什么疑问，等他来了问他吧。"

回到值班室，老太太吵着要见女儿最后一面，被新晓蓉劝住了。柯天星让耿琦跟着运送尸体的车走了，然后借用物业公司的一个房间，让路晓丽做记录，开始询问新晓蓉和卫梅的母亲卫菊。这两个女人眼睛哭得红肿，拿着纸巾不停地抹泪。

"我叫柯天星，是负责此案的警长，这位是路晓丽，我的助手。为了弄清卫梅被害的情况，有些事要问问你们，希望你们如实回答，不准隐瞒，任何说一半留一半的情况都会给案子的侦破带来负面影响，请你们千万记住。"柯天星一字一句地说。

两个人点了点头。

"卫梅的前夫是做什么的？他们什么时候离的婚？平时你们有没有联系？他对卫梅和卫子琪如何？平时你们跟卫梅都是怎么生活的？这么大的别墅，你们为什么不搬到这里来住？这些，你们要如实地说，哪怕是牵涉个人隐私也要说，因为，这是一起凶杀案，你们明白吗？"柯天星瞪大了眼睛。

新晓蓉把眼泪擦干，点点头，然后慢慢地说："我姐姐是在三年前离的婚，姐夫叫刘清，在龙川市外贸公司工作，平时我们都有联系，主要是说说卫子琪的事。姐姐是做旅游工作的，应酬很多，三天两头往外跑。她一出差，我和母亲就过来住几天，主要是帮着带孩子，要不，这么大的别墅，孩子也不敢住。我们之所以不搬到这里来住，是因为我上班太远，而且，姐姐跟朋友交往也不方便，没有别的意思。你不要看我姐姐长得漂亮，但她是个特严谨的人，交往的朋友都是有身份和有地位的，你要不相信，问我妈……"

卫菊接过女儿的话说："卫梅长得漂亮，人又聪明，虽然有了孩子又离了婚，但是身边仍然有许多男人追求，有些人还是老外，我曾经提醒过她，认真找一个踏踏实实的男人成家，她就是不听，都是小时候我把她惯坏了，什么事情都由着自己的性子来，唉！你看……这不，弄成这样。前几天，她的一个朋友打电话给我，求我劝劝她，这个朋友叫托比，A国人，在国外有车有房有产业，爱卫梅爱得发狂，托比给了她好多东西，连房子都是他给买的，可她就是不肯嫁给人家，这不……就出了大事，要是嫁给托比，说不定就逃过了此劫。"说着说着老太太就泪流满面了。

送走了卫菊母女，已经是凌晨五点了。

柯天星翻看了保安的值班记录，发现来找卫梅的人特别多。几个星期前，刚才说到的那个A国人托比来过几次。还有一个叫隗南的男人，也经常来。他问保安，这两个男人长得什么样？保安说："那个叫托比的A国人，高高的个子，挺白净的，看上去不到三十岁的样子。外国人，年龄有时候看不出来，据说挺有钱的。那个叫隗南的男人，听说是个律师……还听说是新晓蓉的男朋友。卫梅喜欢，她就送给了姐姐。我也是听卫子琪一句半句说的。"路晓丽越听越糊涂，说，有送礼送钱的，还没有听说过送男人的。保安说，"这没有什么可奇怪的，卫梅不缺钱，就是缺男人嘛。"柯天星也皱起了眉头，觉得这其中会不会有什么蹊跷……

"路晓丽，这起案子相当复杂，凭我多年的经验判断，极有可能是案中案。我们不能放过任何一点线索。"柯天星站在值班室门前，看着东边泛白的天际，点燃了一支烟。

路晓丽点了点头，说："我也觉得新晓蓉和卫菊都是不简单的人物，说话滴水不漏，连那个小小的卫子琪都不简单啊！"

柯天星刚想说什么，保安又走到他的身边，说："昨天上午，有一个叫李先进的人找过卫梅，这个人开着一辆'大奔'，非常牛，为五块钱的停车费还和我争执起来了，我通知卫梅后，她下来接他进去的，大概半个小时后，他就出来了，卫梅没有送他，估计两个人闹了不愉快。"柯天星问了汽车牌号，又叮嘱说，"还想起了什么就给我打电话，什么时间都行。"他留下了电话号码，就和路晓丽离开了凤凰小区。

汽车上，柯天星给局长冀南方打了个电话。冀南方正在值班，在听他汇报完后说，估计又是一桩谋财害命的案件。冀南方还说，市里对社会治安十分重视，和平市是个旅游城市，如果游客感到这里不安全，就不会来了，那样的话，就断了我们的财路，没有旅游收入，我们大家都得喝西北风。他还调侃说，有我们和平市鼎鼎大名的柯警探，我相信，案子很快就会有结果的。两个人是警校的同学，说话也是没深没浅的。柯天星搪塞了两句，就挂了电话。

"回家睡觉？"路晓丽问。

柯天星"哼"了一声，不睡觉做什么？有什么事也只有等人家上了班再办。一夜没睡，总得回去闭闭眼睛吧。他一脸疲惫的样子，发着牢骚。路晓丽没有再问，她知道他的脾气，有时候脾气上来了，冀南方也要让他三分。她瞥了一眼，这才发现柯天星脸都没洗，眼角处还有明显的泪痕；胡子长短不齐，十分难看。她心里笑了笑，怪不得三十五岁了，还找不到一个女朋友。这样的男人谁要？想到这里，她想起了自己的男朋友戈桐，在省公安厅社团处工作，那可是一个英俊的小伙子。想到这里，她笑了。

"想戈桐了？"柯天星没有看她，冷冷地问道。路晓丽大吃一惊，你是巫婆还是算命的，没有看我，怎么知道我心里想的事？柯天星"嘿"了一声，你除了想他还能做什么？你们女人啊！他明显透出一丝不屑。路晓丽被激怒了，诅咒说，我看你一辈子也没有女人喜欢。你这样的男人，满大街都是，我就弄不清楚，你除了办案还会做什么？柯天星倒是没有恼怒，嘿嘿地傻笑着。

2

和平市旅游业比较发达，旅游收入占全市总收入的20%，所以，很多人都把旅游业看成一块肥肉，总想从这块肥肉上咬一口，而卫梅所在的四海旅行社是和平市较大的旅游公司之一。当柯天星和路晓丽坐在四海旅行社总经理任四海面前的时候，已经是上午八点半了。

"你说什么，卫梅死了？"任四海似乎不相信柯天星的话，惊诧得半天说不出话来。"……我跟她已经有一个多星期没有见面了，她说她很累，要歇一个星期，我就同意了。你们不知道，导游都不愿意休息，累得支持不住也要撑着……这都是被钱闹的，一个星期可以接一个团，少说也能赚个一两万元，卫梅跟我说的时候，我还以为她开玩笑呢，因为她是我们社最有人缘的导游，现在正是旅游的黄金季节，按说……谁知道她有什么事，说完了还没有等我问清楚，她就走了。唉！她这个人就是这样，对谁都冷冷的，老是拒人于千里之外的样子。"任四海不停地感叹。

"她是什么时候做导游的？"

任四海抬起头说："一年多以前吧。"

柯天星看了看卫梅签的合同，那上面除了出生年月外，没有任何其他的个人信息。他问任四海，从年龄上看，卫梅已经三十二岁了，做导游似乎大了些，她原来的经历你知道吗？她有没有比较好的男女朋友？任四海摇了摇头，她从来也不跟我说以前的事，我也不好问，她跟旅行社是雇佣关系，拿基本工资，接一个团才有一个团的提成。关于她私人的事，我更不好过问，反正，她的男朋友挺多的，每次她接团回来，都闲不着，请她吃饭的人排着队。女人漂亮嘛，这也很正常，社里不好过问此事。要好的女同事嘛……倒是有，我一时想不起来，想起来了告诉你。

"听说过一个叫李先进的男人吗？"

任四海怔了片刻，又摇了摇头，没听说过，是做什么工作的，大款吗？卫梅交往的人都很有钱。噢，顺便说一下，卫梅跟她妹妹新晓蓉的关系不太好，听卫梅跟我唠叨过，说她妹妹嫉妒她有钱，老在她父母面前说她的坏话。我只是听到了一句半句的，供你们破案参考。柯天星和路晓丽又问了些其他情况，任四海都一一作了回答。他对柯天星说，你放心好了，有什么新的情况，我马上向你们报告。唉！一个如此漂亮的女人，就这样没有了，太可惜了啊！说句不好听的话，我也挺喜欢她的，只不过她不喜欢我罢了。养这样的女人，不但要有钱，而且还要有品位和修养，我有钱，但品位差了些。任四海说完，脸上呈现出悻悻的神色。柯天星握了握他的手，笑了笑，就带着路晓丽离开了四海旅行社。

"情杀还是……"在车上，路晓丽问。

柯天星开着车，望着前方，一听路晓丽问，他苦笑了一下说，刚刚接触案子，很难下结论。情杀财杀的可能性都有。这样吧，卫梅的前夫刘清下午要从龙川市赶过来，我在局里等他。你和耿琦查查那个叫李先进的人，看看是做什么的。查到了，就调查一下，看看他跟卫梅是什么关系。我们一步一步来，总会找到有用的线索。路晓丽答应了，说我下午就去办。

三十五岁的柯天星，从公安大学毕业后，就分在市局刑警队。从刑警做起，做到了警长，就再也升不上去了。他在这个岗位上已待了十多年，是市局公认的有破案能力的警长之一。加上与冀南方是同学的关系，所以，他在刑警队就有一种特殊的地位，他负责的案子，除了局长外，没有人再敢过问。谁也不知道他有没有女朋友，反正，他没有结婚。柯天星脾气怪，谁也跟他合不来，换了几茬儿助手都不愿意跟他。这次市局竞聘上岗，竟然找不到人跟他搭档，没办法，冀南方强行把二十五岁的路晓丽和四十三岁的耿琦分配给他，没想到，这三个人倒干得不错。

回到市局，大家分头忙去了。

下午一点多，刘清就找到了柯天星，介绍了自己的身份。柯天星把他请到会议室，找了个书记员专门做记录，这才开始了与刘清的谈话。从长相看，刘清有四十岁的样子，文质彬彬的，给人的第一印象是比较老实。他看上去是一个既体面又文明的男人，个头高，五官端正，四肢匀称，很帅气。但是，一开口他就发现，刘清的言谈举止缺少了一点儿男人的豪气，说话总是吞吞吐吐，欲言又止。他说他很爱卫梅，离婚后，一直没有再找女人，就是因为心里老放不下她。说到动情处，眼眶里还溢满了泪水。

"那你还答应离婚？"柯天星说。

刘清长叹一口气说："柯警长，这就是命啊！我爱她，她却不爱我，她外面有很多男人，我不计较，只要她不跟我离婚，我答应给她自由，而她却……唉！不说了，柯警长，我希望你们能尽快抓到凶手，毕竟我们做了多年的夫妻啊！她这样不明不白地死了，我这心里……你说是吧？你也许不知道，她是中山医学院的高才生，却放着好好的医生职业不做，做起导游来了。"

柯天星一惊："你说什么，她是学医的？我正要问你，她是怎么改做导游的，她原先在什么单位工作？"柯天星被刘清的话震惊了。多年的刑警工作告诉他，一个医学院的高才生，改做导游，肯定有说不出来的苦衷。也许，这正是卫梅死亡的真正原因。

刘清一听柯天星的口气，有些后悔刚才说的话，但话已经说出去了，只好回答。他吞吞吐吐地说，我跟卫梅原先都在东昌市工作，你知道，东昌市是省会城市，经济发达，无论从哪个方面来说，都比和平市强多了。卫梅毕业后，就分在省附属医院工作，没多久就是主治医生了，我们日子过得很好的。后来，她提出了离婚，我没有办法，只好答应了，离婚后，她就搬到了和平市，改做导游工作。她这个人很有能力，听新晓蓉讲，她的导游做得相当不错。我也离开了东昌市，调到了我的老家龙川市，分开后，我们见过几次面，平常打打电话，主要是谈孩子的情况。

"她有仇人吗？"柯天星问。

刘清摇了摇头，据我所知，她没有仇人。虽然她的男朋友很多，但她平衡得很好，没有哪个男人会忍心杀她，这样的女人，你对她是下不了手的。对了，有一个情况我必须告诉你，她有一个男朋友叫隗南，是个律师，原先是新晓蓉的男朋友，也不知怎么回事，后来却成了卫梅的男朋友。我也搞不清楚这之间的关系，我是听新晓蓉跟我说的，她对姐姐抢夺她的男朋友十分生气，自己却又离不开隗南。我听她妈说，三个人关系都挺好，把我也弄糊涂了，不知咋回事。

柯天星觉得这个情况挺重要的。

"除了隗南和托比，她还有别的男朋友吗？在这几个人里面，哪个人跟她关系最好？"柯天星接着问。

这下让刘清惊诧了，他瞪大眼睛问："你说什么，哪个托比，我怎么不知道呀？她妈从不告诉我她的情况。这一家子人。唉！"刘清长叹，"你见过卫菊吧？这个女人可不是个省油的灯，卫梅到了这个地步，跟她也有关系。我都弄不清楚，是她女儿找老公还是她找丈夫。没有几个男人能入她法眼的。"刘清肯定是受了前岳母不少的气，说了自己前岳母一大堆坏话。

"我不清楚哪个男人跟卫梅最好。"刘清痛苦地摇着头说,"她如果跟我说真话,我们也许就不会离婚。她这个人,神秘兮兮的,什么样的男人她都看不上。唉!这样的女人是不应该结婚的啊!"最后,刘清提出是不是可以带走卫子琪,柯天星说,从理论上讲可以,但要跟卫梅的妈妈商量一下,你在和平市住两天,见见孩子,再回龙川市吧,有什么情况我再跟你联系,你放心,我们一定会把杀害卫梅的凶手绳之以法。你也再想想,有什么新情况,马上与我联系。刘清答应了。

刘清从公安局出来,就来到了新晓蓉家里,卫菊一看是他,冷冷地说,你来干什么?这下遂了你的意了。新晓蓉看不下去,喊了句妈,就说姐夫,进来吧,琪琪,你爸来了,刘清这才进了门。

刘清哄了一会儿孩子,询问了事情的经过。卫菊就借口出去买菜走了。孩子昨天折腾了一夜,也累了,倒在房间里的床上就睡着了。新晓蓉一头扑进了刘清的怀里,你这个该死的,为什么不到和平市来看我?我说过了,卫梅欠的债太多,她早晚会遭报应的,你看,应了吧。

刘清一把推开她,瞪着眼问:"告诉我,卫梅是怎么死的,是不是你雇人杀的?我就知道你想得到她的财产,我告诉你,你永远得不到。"

"什么?"新晓蓉指着自己的鼻子,惊诧地说,"我会雇人杀我的亲姐姐,你疯了吧?刘清,我是做了不应该做的事,挑拨你们夫妻关系,让你离了婚,我不是喜欢你嘛。为了你,我也没有结婚呀。我是妒忌她为什么有那么多钱,用都用不完。为什么有那么多男人喜欢她,连我的隗南都离不开她,但我绝对没有杀她呀!"新晓蓉十分痛心,趴在床上哭了起来。

突然,她擦干眼泪,咬着牙说:"你说得对,什么人会杀我姐呢?哪个男人不是对她喜欢得如痴如狂,怎么可能下得了手呢?真是让人百思不得其解。"

刘清也冷静下来了。他点燃了一支烟,那个柯天星警长告诉我,房间里的钱和贵重物品都没有动,可以排除谋财害命的可能。强奸杀人也不可能……她住的地方我看过,里面的人不开门根本进不去。听柯天星说，那个人还跟卫梅说了话，这就证明他们原本就认识，你说是谁，为什么杀她？刘清坐在沙发上，一个劲儿地摇着头。

"唉！想那么多干什么？"新晓蓉一撇嘴，"人已经死了，那幢房子，还有那么多存款，我想都应该由卫子琪继承吧。卫梅手里肯定掌握着别人害怕的东西，如果我们能了解清楚，也许我们就发财了。"她斜斜地看了刘清一眼。"你明白我的意思吗？你虽然跟我关系不好，毕竟是琪琪的父亲，而且跟我还有过肌肤之亲啊！"

刘清摇摇头："我不明白。"

"你这个死脑瓜子。"她用手指点了一下他的脑壳，得意地说，"如果知道别人为什么杀卫梅，我们就可以利用这个机会，发点小财。这个年月，除了为钱还能为什么？"她沉浸于发财的梦想中。

刘清没理她，想着自己的心事。

3

李先进是先进房地产公司的董事长。

这个四十多岁、五大三粗的男人，是个典型的北方男人的形象。据市建设委员会的人说，他的资产往少了说也已经过亿。当路晓丽和耿琦找到他，问他跟卫梅的关系的时候，他就瞪大了眼睛，蹊跷地问："是不是卫梅死了，到底是哪个王八蛋杀的？警察同志，如果是真的，我赞助你们二十万元，赶快把案子破了。这个男人也是，这样如花似玉的女人也下得了手。"李先进愤愤不平，恨不得把那个杀卫梅的凶手吃了。

耿琦和路晓丽都吃了一惊。

从昨天晚上到今天下午，也就是十几小时，他为什么这么快就知道卫梅死了？而且，据保安说，他很可能是最后一个见到卫梅的男人。那串阳台上的脚印，是不是他的？路晓丽刚想到这里，耿琦马上就问，你怎么知道卫梅死了？是谁告诉你的？你是不是昨天上午找过她，你很有可能是最后一个见到过她的人，说吧，你跟她是怎么认识的？昨天为什么找她？两个人谈了什么？耿琦紧盯着他问。

"唉！谈个屁，什么也没谈。"

李先进十分懊丧。他告诉耿琦，那个凤凰小区是我们公司开发的。在卫梅来买房子时，我们认识了，我一见到她，就有好感，觉得这个女人是上天安排给我的。不瞒你们说，我虽然有钱，但婚姻不顺，跟着我的女人一个个都离开了我。见到卫梅，我才知道世界上还有像卫梅这样有知识有品位的女人。我就……就想泡她。她买房子时，我想给她优惠，或者送给她一套，她死活不同意，一下子就付给我 260 万元，我这才知道钱对于她来说算不了什么。也……也是，这样的女人，哪个男人都愿意给她掏钱。卫梅不拒绝我，对我不热情也不冷淡。

"我问你昨天谈了什么？"

"你不要急嘛，耿警官。"李先进倒是很愿意回忆过去的事，一说到跟卫梅的交往，他的脸上就洋溢着兴奋。昨天上午她给我打电话，她说很烦，让我过去陪她聊聊天，我正巴不得呢，接到电话就过去了。到了她那里，她又什么都不说，我说你烦，烦什么？她不说，只是一个劲儿地叹着气，说先进呀！漂亮是女人的罪过，如果我不漂亮，我也可以跟那些普通的女人一样，平静地生活着。她还说，你们这些男人，没有一个是好东西，得到了我的身子，转身就抛弃。你永远不知道一个女人面对夜色的孤寂。我抱住她，乞求她可怜我，让我满足一次，死也值得了。耿警官，说句不要脸的话，她没有跟我上过床，但我……当然是想啊！李先进露出了那种十足的贪婪和好色的嘴脸，一双眼睛洋溢着兴奋和渴望。他没有那种害羞的感觉，倒有一种十分得意的神色。

"说重要的。"路晓丽有些不耐烦。

李先进露出痞子相，嬉皮笑脸地说："路警官，我哪知道什么是重要的，什么是不重要的。"

"说说你为什么知道她会死？"

"噢，走的时候，我想吻吻她，被她拒绝了，她说先进，谢谢你喜欢我，忘记我吧，也许，我很快就会死的。我没当回事，以为她开玩笑呢，一个大活人，怎么可……可能死呢。今天，一看着你们走进来，我才预感到她死了。"李先进以惊诧的口吻回忆昨天的经过。

耿琦和路晓丽对了下眼神。

"你觉得最有可能杀她的人是谁？"

李先进摇了摇头："不知道。"

"那好吧，知道了什么线索马上告诉我。"耿琦起身，留下了一张联系卡，带着路晓丽走了。耿琦不太愿意跟这样的人打交道，路晓丽也讨厌李先进看女人那种死死盯着不放的丑态。

他们一走，李先进马上拨通了隗南的电话，怒吼道："隗律师，你这个王八蛋，我非杀了你不可。告诉我，卫梅是不是你杀的？说话呀！刚才警察来过了，询问我情况，我没敢把昨天卫梅讲的话告诉他们，我跟你说，你跟新晓蓉设计陷害她，让她在股市损失了60万元，还假惺惺地说帮她赚钱。卫梅恨死你了，说话呀，哑巴了？"

"卫梅死了？"隗南很吃惊，他没有计较李先进说话的口气，十分惋惜地说，太可惜了，新晓蓉为什么没有告诉我？先进，我知道你对我有成见，告诉你，我是爱卫梅的。不错，认识她以前，我是在跟新晓蓉谈恋爱，但法律也没有规定我不可以爱她的姐姐呀！先进，听到这个消息，我跟你一样难过，真的，我要是说了假话，天打五雷轰。说到这里，他停了一下，马上蹊跷地说，是不是托比干的？这个外国鬼子，在卫梅身上花了260万元，卫梅又不跟他结婚，是不是觉得不值？

"什么260万元？"李先进问。

隗南马上讥笑着说，就是买那套别墅的钱呀！你口口声声说爱她，又那么有钱，为什么就不可以送她一套呢。算了吧，李董事长，你没有资格指责我。说完他就把电话挂了，气得李先进一个劲儿地喘粗气，恨不得马上给隗南一拳。他抽了支烟，觉得像隗南这样的人，给他保密没有必要，想到这里，他马上拨通了耿琦的电话，把昨天卫梅讲的情况，加上他的分析，详细地讲清楚了。

回到局里，柯天星等三个人坐下来分析。

"技术处送来了案发现场的技术报告，那个脚印十分重要，那是现场留下的唯一的犯罪证据，技术分析证明，卫梅的阴道里有男性精虫，这说明她死前与男人发生过性关系，奸杀的可能性难以排除；现场的财物没有动过，抢劫的可能性不存在；情杀？目前也找不到有力的证据。根据李先进的描述，卫梅肯定已预知有人要对她下手，为什么下手？这就是我们要找到的答案。李先进讲的情况很重要，卫梅在股市亏了钱，当然不满。而且，隗南同新晓蓉的关系，还有跟卫梅的关系……这些对我们破案都有价值。目前，我们还没与隗南和托比接触，等我们接触这两个人后，再碰碰头。"柯天星安排着下一步的工作。

"那我们去找隗南？"路晓丽说。

柯天星摆了摆手说，我已经让局里通知了他们，等一下托比就过来，一个小时后，隗南会过来。托比是外籍人士，要注意法律和政策，隗南是律师，我们一切都要按法律条文办。跟这些人打交道，马虎不得。路晓丽，把谈话笔录记好。耿琦，这是我讯问的提纲，你是老同志了，帮我看看，还有哪些地方没有想到。

耿琦接过他递过来的提纲，认真看了一遍，交到他的手里，说挺好的，没有遗漏什么。柯天星说好，等下谈完话，让技术处的人采集一下这两个人的脚模，跟案发现场的脚印进行对照。几个人又商量了一会儿，市局就来了电话，说托比来了。柯天星答应了一声，让那边把人送到讯问室来。

托比长得高高大大的，蓝眼金发，有着白净的皮肤。他一接到市局的电话就赶来了，看得出，他很悲伤，眼眶里还有晶莹的泪水在滚动。他规矩地坐在那里，拿出了护照、居住证等一切有关材料。从护照上看，他今年刚三十岁，比卫梅小两岁，未婚。他是UTY 公司的高级雇员。柯天星还未问，他就泪流满面了，说卫梅已经答应了嫁给我，我也答应了把她带到 A 国去，不想竟然出……出了这样的事。警察先生，你不知道我是多么爱她，她是我见到过最好的女人，是我的上帝啊！没有她，我……我怎么生活下去。说着说着竟然抽泣起来。

"托比先生，你冷静些。"柯天星劝道。

托比一下子很难从悲痛的情绪中走出来，摊着手说，我无法冷静，警察先生，你告诉我，是谁杀了卫梅？凶手为什么要杀她？我弄不清楚，一个善良的女人，为什么会有人杀她？我希望你们认真地办这件事，一定要将杀害卫梅的凶手绳之以法，绝不能让他逍遥法外。啊！我那可怜的卫梅，一个多么好的女人啊，竟然……竟然这样死了。

停了一支烟的工夫，托比才冷静下来。

"托比先生，你是跟卫梅接触比较深的男人了，听说她购买别墅的钱是你给的，她答应了跟你结婚吗？你跟她在一起的时候，她都跟你说了些什么？有没有什么可疑的事？托比先生，请相信我，只有把这些情况弄清楚了，我们才能从中发现可疑的线索，你明白我的意思吗？"柯天星尽量把话说得婉转明白，以便让这个外国男人好好配合。

托比的中文相当好，听完他的话，马上点了点头。他回忆说，我是参加旅行团在和平市游览的时候与她认识的，她给了我很美好的印象，此后，我们就断断续续地交往，周末喝杯咖啡，跳个舞什么的。她买房子时，手头有些紧，我就给了她260万元现款，她说这是借的，到时候一定还我，我说算了，只要你答应嫁给我，那笔钱就是我的投资，她始终没有松口，我不知道她是什么意思。我最后见到她的时候是在两个星期前，她的神情是有些惊慌的，老是心神不定，晚上还常从梦中惊醒，好像害怕什么人杀她一样。她躺在我的怀里说，托比，如果我死了，在这个世界上就是欠你的人情。我说你把事情说出来，也许我能帮你想办法。她说你帮不上忙，你要知道了，会给你带来杀身之祸的。卫梅是个好女人，我觉得她不可能干什么犯罪的事，很有可能是被哪个男人看上了，如果她不答应，对方就不会放过她。警察先生，你们一定要好好调查，把那个杀害卫梅的凶手绳之以法啊！托比眼睛里又开始有了泪花。

"还有吗？"柯天星问。

托比摇了摇头："没有了。"

"那好吧，就这样，有什么新的情况，马上与我联系。路晓丽，给他一张联系卡。耿琦，你带他到技术处采集脚模，好了，谢谢你的配合，托比先生。"柯天星握了握他的手。路晓丽交给他一张联系卡，上面有他们三个人的姓名和电话号码。耿琦带着他到技术处去了。

送走托比没几分钟，隗南就被市局的人送过来了。这个律师出身的男人脸色平静，柯天星看了一眼，就知道碰上了对手。

4

　　隗南中等个子，给人的印象是斯文而有礼貌。他夹了个公文包，很精明的样子，举手投足都带有职业的习惯。看他的样子，也就是三十多岁的年龄。比起托比来，又是另一种感觉。在卫梅认识的男人中，他是最没有钱的，柯天星不知道卫梅为什么愿意与他打交道。隗南自然对法律十分熟悉，知道自己的权利和义务，柯天星也就用不着给他解释什么，就直接地问了起来。

　　"知道我们为什么找你吧?"他问。

　　隗南点了点头。

　　"姓名、职业、年龄、住址、电话……隗先生把这些基本情况说一说，讲一下你与卫梅认识的经过，有什么你认为值得讲的地方就讲。隗先生是律师，多余的话我就不讲了。卫梅是被人杀害的，一切与她接触的人，都是被怀疑的对象。我想隗先生也应该跟我们的心情是一样的，很想知道杀死她的人是谁，是吗?"柯天星淡淡地说。

　　"是的，柯警长。"隗南再次点点头。

　　柯天星做了个请讲的手势。

　　隗南做了下深呼吸，思路清晰地开始述说：我与卫梅是半年前认识的。那时候，我正跟新晓蓉谈恋爱，她把我带到了她姐姐——卫梅的家里，也就是那幢别墅里。卫梅给我的第一感觉，这是一个与众不同的女人，在她美丽的外表下，有一种高贵的气质和风情，这种高贵和风情是浸淫在骨子里的，这样的女人，一百个里面也找不到一个。说我见异思迁也好，喜新厌旧也罢，反正，在那一刻，我爱上了她。我跟她的交往完全是纯洁的，我爱她，她也爱我，就这么简单。虽然新晓蓉反对，但是，我有选择爱的权利。说我设计陷害她，使她在股市上亏了60万元，这也是事实，但我的目的是让她赚更多的钱，好偿还她欠托比的债务，我在这之中没有任何个人目的。说我杀了她，更是胡说八道，她死的时候，我还在与朋友喝酒，我有证人。

"谁说你杀了她?"柯天星问。

隗南一怔，停了片刻说:"李先进，是他说的。柯警长，你恐怕还不了解李先进这个人，不要看他有钱，灵魂却异常肮脏。卫梅曾经告诉我，李先进曾赤裸裸地要求与她发生性关系，并抛出了高价，他以为这个世界上什么东西都可以用钱买到。我看他有重大的嫌疑。"

柯天星冷冷地笑了笑。

"你在跟卫梅的接触过程中，有没有发现什么可疑的事，比如，她害怕什么? 有什么仇人? 她跟你如此亲密，还有什么秘密不能告诉你……隗律师，这个案子很复杂，希望你讲真话，你应该明白，这对我们破案至关重要。我再讲一遍，我对你跟卫梅的男女关系没有兴趣，我也不跟你讨论道德问题，我只要你讲真话，你明白吗?"柯天星再次强调了讲真话的重要性。

"明白，柯警长。"

隗南两条眉紧紧地锁在一起，他沉思了片刻，叹了口气说，我虽然跟她有肌肤之亲，但我琢磨不透这个女人，她对我好像是个谜，根本不说这方面的事，连跟托比之间的事她也不说。我感觉到，除了李先进和托比外，她外面还有男人，是谁? 我不知道。我曾说李先进在和平市的势力挺大的，实在没有办法就答应他吧，她微微一笑，嘴角露出一丝不屑，看得出，她后面还有更有势力的人保护着她。

"你说什么?"柯天星一激灵，差一点跳了起来，"你是说她后面还有更有势力的人吗? 这怎么可能呢? 她来和平市的时间并不长，怎么可能会有人……"柯天星陷入了迷惘的状态之中。他没有打断对方的话，而思绪却游离了他的诉说，如果她后面还有更强硬的势力，那么，可以猜想出来，这股势力，就是她致死的原因，是她害怕之所在。

"噢，你说……"他挥了挥手。

隗南看柯天星眼神迷离，思绪已经不在他的话上，马上停止了说话只看着他。路晓丽喊了声，柯警长! 柯天星这才从遐想中回过神来，对隗南做了个对不起的动作，让他继续讲。隗南做了个讲完了的手势，说没有了，刚才我讲的只是我的推测，而作为律师，推测的事最好不要讲，仅供你斟酌……卫梅的死，太可惜了，太可惜了啊！那么好的女人……就……就这样没有了，那可是上天造就的精灵啊……隗南断断续续地说。看得出来，卫梅的死，他很伤心。

"问一个题外话，你不介意吧。新晓蓉爱你吗？听说她也爱你。我弄不明白，一个爱你的女人，如何舍得把你让给她姐姐，而且你们之间相处得如此之好？这是题外话，如果你不愿意回答也可以不说。"柯天星盯着他的眼睛，想从他的神色上找出点什么。

隗南尴尬地想笑，但没有笑出来。

"柯警长，你是不是怀疑我跟新晓蓉合谋，想夺取卫梅的财产……按一般逻辑推理是有些不可思议，但事情的确是这样。我跟卫梅好了以后，跟新晓蓉也相处得很好。男女之间，做不了夫妻为什么要做仇人呢？我跟她仍然可以做最要好的朋友。我想这没有什么吧，你说呢？柯警长。"隗南不紧不慢地问着。

他的话把柯天星问住了。

"……你说得对。我随便问问，随便问问。隗律师是懂法律的人，当然懂得什么事可以做，什么事不可以做。好，我的话问完了，等一下你到技术处去一下就没事了。隗先生想起了什么，可以随时跟我联系。"柯天星把一张联系卡交给他，并让路晓丽陪着他去技术处。隗南握了握他的手，礼貌地走了。

隗南一走，房间里异常寂静。

柯天星坐在桌子前，抽着烟，看着窗外的太阳。他想象不出卫梅害怕的是什么人，他更想象不出他们为什么要杀害卫梅。耿琦走到他身边，柯警长，我觉得隗南没有跟我们讲实话，他肯定有什么事没有告诉我们。你看他异常冷静，越是这样，越让我感到可疑。我觉得他的冷静是装出来的。柯天星怔了一下，他不得不佩服这个老刑警敏锐的观察力。

"你觉得他……"

耿琦摇了摇头，他杀卫梅的可能性不大。他走近卫梅，有他说的爱她的原因，我觉得绝不仅仅是爱她，还有个人目的。我推测，很有可能是新晓蓉向他透露了什么，于是两个人就合谋起来……不是没有这种可能的。新晓蓉是卫梅的亲妹妹，一定掌握着卫梅最重要的线索，或者说掌握着卫梅的秘密。一个医学院的高才生，当起了导游，这本身就让人觉得不可思议。

柯天星咬着嘴唇点了点头。

一会儿，路晓丽回来了，她说托比和隗南的脚都不符合脚印的特征，而且这两个人昨晚都有证人，没有作案时间，可以排除这两个人。柯天星说可以排除这两个人亲自作案的可能，但不能排除他们与此案没有关系的可能。下午还有点儿时间，你们去一趟李先进、任四海那里，带技术处的人去，该取的证我们还是要取的。耿琦答应了一声，带着路晓丽走了。

李先进见到耿琦和路晓丽显得十分不悦。

"怎么，是不是柯天星叫你们来的？我告诉你们，我李先进站得稳，行得正，我没做亏心事，不怕鬼叫门。我会杀卫梅，这不是笑话吗？你问问圈里的人，哪个不晓得我李先进是最疼女人的啊！何况是卫梅那样的精灵。什么，要采集我的脚印？那就来吧，我看你们也弄不出什么名堂来。唉！可怜的卫梅，就这样死了。"李先进叼着烟，坐在牛皮沙发上，伸出了脚。

技术处的人采集完脚印，耿琦就走了。他知道这个李先进最不愿意跟男人打交道。让路晓丽问问他，也许能问出点儿什么来。果然，耿琦一走，李先进马上朝手下人使了一个眼色，一杯香气弥漫的茉莉花茶就端了上来。

"谢谢你，李总。"她朝他笑了笑。

李先进马上说，不用谢，我也知道你们不容易。我告诉你一个小秘密，你也许不知道，你们冀局长也认识卫梅。他没有看路晓丽的脸色，得意地说，那次我去凤凰山游玩，正好看见卫梅跟冀南方在凤凰岭那个凉亭上有说有笑的……不知怎么回事，后来我问过卫梅，她矢口否认认识冀南方，我真弄不懂这是为什么。

"你是说冀南方？"

李先进点点头："是呀！你们局长。"

"怎么可能呢？"路晓丽摇了摇头，说，"冀南方可从来没有说过呀！如果冀南方跟卫梅认识，他还不给我们打电话叮嘱一下，你说是吧？你是不是看走了眼，没有看清楚？冀局长家庭和睦，老婆又漂亮，生活作风方面口碑很好。而且，他工作很忙，根本不可能一个人出去。"她有些怀疑李先进的话。

她这样一说，李先进倒有点儿含糊了。

"这……也许我看走了眼吧。那天凤凰岭上有雾，是有些看不太清楚。路晓丽，你不要当一回事，我只是随便说说，随便说说。"李先进显然不愿意得罪冀南方，也不愿意搅和到这样的是非里。

路晓丽有些心不在焉，聊了两句就告辞了。一出来，她就把这个信息对耿琦说了。耿琦没当回事，说，李先进的话不可信，你知道他是怎样起家的吗？在和平市哪个人不知道，他是靠坑蒙拐骗起家的，他的话你也当真，何况冀局根本不可能是那样的人。说句不应该说的话，冀南方的老婆蓝蔻也是个美人啊！路晓丽点了点头，觉得他的话讲得有道理，冀南方精明过人，不会不知道哪头重哪头轻。

晚上，任四海给柯天星打来了电话，他说柯警长，你真是用心良苦啊，还让部下来采集我的鞋印，我就是有千万个胆儿，也舍不得杀卫梅这样如花似玉的女人呀……卫梅的一个朋友的名字和地址我查出来了，她叫苗圃，住在东昌市。任四海对柯天星说，卫梅跟他说过，她跟苗圃之间没有秘密，连床上的事也不保密。这个叫苗圃的女人，也是一个美人，比起卫梅来，又是另一番风情啊！他的话酸酸的。

5

冀南方正接待省公安厅社团处的人。

"沐处长，托比的情况我已经给你介绍了，就这么多。卫梅购买房子的钱是他给的，但目前没有发现任何可疑的地方，要不，我把负责此案的柯天星警长给你请来，你再详细问问他？"他把托比的情况介绍了一遍，询问说。

"不必了。"社团处处长沐剑锋，带着戈桐和阮眉来到和平市，调查托比的情况。他告诉冀南方，托比牵涉一起案子，什么案子他没有讲，冀南方当然不好再问。沐剑锋听完他的介绍，说就到此吧，以后有托比新的消息，你告诉一下我们就行了。我们的案子有些特殊，请你保密。除了你以外，不要告诉任何人，我想冀局是明白这个道理的。冀南方说，明白，明白，我哪能不明白社团处办案的程序呢，你们查处非法社团，有些也牵扯与国外敌对势力的关系。你放心好了，有什么事我会直接向你汇报的。他把沐剑锋三个人一直送到楼下。

离开公安局，三个人回到了车上。

"沐处，回省厅吗？我看托比不可能杀害卫梅。他没有理由杀她呀，卫梅只不过是一个导游，能掌握什么国家秘密？我听路晓丽说，很有可能是一般的刑事案件。"戈桐分析说。

沐剑锋当然知道他跟路晓丽的关系。听完他的话，他没有直接回答，只是忧虑地说，托比原先在东昌市工作，来和平市后，一下子给了卫梅那么多钱，而卫梅也没有答应与他结婚，我总觉得有些可疑。托比是从 A 国来的，据我们调查，他原先不在 UTY 公司工作，而是在民主基金会，你们知道，这个基金会是一个对华机构，每年在中国投资都在几百万美元以上，前几年我们发现一些非法社团和民间组织，资金都是由这个基金会资助的。托比的年龄不大，他一出手就是两百多万元，我怀疑这些钱是来自这个基金会，如果是那样的话，就不得不让我们深思了，他们巨额投资，为了什么？

沐剑锋的话把两个人问住了。

"你是说他……但卫梅只是一个普通的导游呀！这解释不通。"阮眉说。卫梅没有任何政治背景，也没有参与任何组织，不可能呀！她一个劲儿地摇头，显出一种无奈。沐剑锋说，有没有这样一种可能，托比想通过卫梅，获取一样东西，而这样东西，对于他来说，十分重要。戈桐说，路晓丽告诉我，卫梅的死，真的跟托比没有任何联系，他有不在现场的证据。那个柯天星警长，是个有名的一根筋，他不可能随便相信别人。

"这就是案子的复杂性啊！"沐剑锋长叹。

"那怎么办？"戈桐问。

沐剑锋想了想说，这样吧，海滨市那件案子还在进行，你又跟路晓丽是那样的关系，太扎眼，让阮眉负责调查吧，直接向我汇报。戈桐去海滨市，负责那件案子。对了，我们来一趟和平市不容易，你去见见路晓丽吧，记住，不要问任何案子的情况。我们就不等你了，你坐下午的公共汽车回省厅吧。戈桐答应了一声，打开车门走了。

"我一个人……"

戈桐一走，阮眉就问沐剑锋，有些为难地说，你让我一个人在这人生地不熟的地方，你就放心？沐剑锋说，没有办法，这个案子有些特殊，我们不能从正面调查，只能从侧面。他说出了自己的想法，只有这样，也许我们才能找到案子的真相，了解托比的真正目的。阮眉答应了。沐剑锋开着车走了。

路晓丽接到戈桐的电话，匆匆赶来了。

"你怎么跑到和平市来了，办什么案子吗？"路晓丽一脸惊讶。她接过他手里的东西，就往自己家里走。戈桐告诉她，我们过来调查一个线索，已经办完了，同事先走了，我顺便来看看你和伯父伯母。路晓丽知道他是干什么的，从不问他工作上的事。她"嗯"了一声，不要伯母伯父的，到了家就喊爸爸妈妈吧。

"好啊！我听你的。"

路晓丽笑逐颜开，领着他走进了自己的家。父亲上班去了，没有在家，母亲刚刚退休。一看闺女领着一个小伙子进来了，一时愣神了，不知如何是好。

"妈，我是戈桐呀！"他亲切喊着。

"是戈桐呀！快坐，快坐。怎么有空到和平市来了呀！挺忙的吧？晓丽老念叨你。你看，你看，一念叨你就来了。"路晓丽的妈妈高兴得手忙脚乱，又是倒茶，又是拿水果。弄得路晓丽倒有些不好意思了，一个劲儿地埋怨她妈。

"你看你，我什么时候念叨过他呀！你以为他是我什么人，他不来，我还清闲呢。妈，你忙去吧，他下午还要回省城呢。对了，你吃饭了吗？没吃，妈，给他煮点饺子吧。"路晓丽把母亲打发到厨房去了。路晓丽的妈妈一走，戈桐就冷不丁地抱住她，又搂又亲，把她弄得满脸赤红。

"你……也不怕我妈看见?"

戈桐嘿嘿地笑了,你也不到东昌市来找我,说好了每个星期去一次的,一个多月了,也没有看见你的踪影,你们公安局的案子是忙不完的,忙完了这件又有另一件。我跟头儿说说,把你调到我们省厅来算了。这分居两地的,谁受得了呀! 路晓丽整了整衣服,用指头指着他的脑门,娇嗔地说,还分居两地呢,我们还没有结婚,你真说得出口。我告诉你,要调到东昌市也不去你们省厅,我还干我的老本行,当刑警。

"我真拿你没办法。"他苦笑。

戈桐点燃了一支烟,叮嘱她要注意自己的身体和安全。她乖巧地点了点头,你放心吧。说到这里,她把卫梅的案子说了一遍,说戈桐,你帮我分析一下,你说卫梅到底是谁杀的? 他一听,马上就分析说,东西没丢,谋财害命可以排除;阴道里有精虫,说明她死前与男人发生过性关系,可以从喜欢她的男人中开始调查,强奸情杀的可能性还是有的。你不是说带你的那个警长聪明过人吗? 他怎么说? 难道他也没有主意?

"唉!"路晓丽长叹了一口气,你不知道,我们的柯警长是个爱琢磨事的人,可他还是个闷葫芦,没有八九成的把握,他是不会透露半点口风的。一天到晚就知道睡觉抽烟,脏死了,哪个女人要是嫁给他,要倒八辈子霉了。他比起冀局……说到这里,她突然停住了,把李先进跟他说的话告诉了戈桐,说,"你帮我分析一下,你说那个李先进的话可信吗? 他说他曾经看见冀南方跟那个死去的卫梅在凤凰山风景区待过。要是他说的是真的,这……如何解释?"

戈桐怔了一下。

"你没有听错吧?"他问。

路晓丽不高兴了,我怎么会听错呢。李先进也好像害怕似的,我一追问,他又说,也许是看走了眼,你说怪不怪。

"那你就不要说。"他叮嘱说。

路晓丽也感到了这件事的严重性,没有再说什么。一会儿,她妈妈把饺子端了上来,戈桐喝着红酒,吃着饺子,美滋滋的。吃完饭,抽完一支烟,他就要走。路晓丽妈妈说,你明天再走吧。他连忙解释说,妈,单位的事太多了,我必须今天赶回去。她妈看留不住，就让闺女送送他。戈桐笑着与她妈告辞。路晓丽打了一辆车，把他送到了公共汽车站。

从和平市到省会东昌市，有两百公里的路程。汽车要走两个多小时。要分手了，两个人还是有些舍不得。她看着他，娇嗔地说，有事没事，最多隔一天就要给我打个电话，要不，我就不理你。她上前整了整他的衣服，说衬衫也该洗了，不要穿得脏兮兮的，不像个男人。戈桐嘿嘿地笑着，任她捯饬自己。

"卫梅的案子有些复杂，你要当心些。特别是她跟冀南方的关系，最好不要说。你应该知道，冀南方跟副市长陈志明的关系特铁，他就是陈志明一手提拔起来的。论工作成绩，他根本没法与柯天星比，这个我知道。我有一个同事，原先跟他在一个派出所工作过，他说冀南方最大的优点就是听话，听领导的话，柯天星最大的缺点是不听话，老跟领导拧着来。当然，有些事情不是一两句话说得清楚的。你注意些就是。"他再三叮嘱。

"知道了，婆婆妈妈的。"

她握了握他的手，看着他上了汽车。

从汽车站出来，她突然看见李先进贼眉鼠眼地在那里逛来逛去。"他要干什么？难道卫梅真的是他杀的，他要逃跑吗？"路晓丽心里蹦出了这样的想法，也把自己吓了一跳。

路晓丽就整了整衣服，走到了李先进面前，真的把他吓了一跳。"我的妈呀！我说路警官，你怎么又穿起便服来了？看你，把我吓了一跳。不对，难道你是在监视我吗？我可告诉你，我是一个守法的公民，我没有做任何违法的事，你们可不能知法犯法。"李先进马上从害怕的尴尬中恢复过来，嘴巴硬了起来。

"看你说的，我送一个朋友，碰见了你，这才打个招呼。你放心，如果是你杀害了卫梅，你想跑也跑不掉，你的财产都在和平市呢，你说对吧？"她调侃着。李先进这才露出了痞子相，说路警官，还是你了解我，我哪里也不去，和平市就是我的家。对了，如果你要买房，就来找我，我一定给你优惠。

李先进赔着笑脸。

6

柯天星决定先调查卫梅的家庭情况。

卫梅的父母住在龙川市，与她的前夫住在一个地方。龙川市离和平市不远，开车三小时就到。柯天星让耿琦留在局里，自己带着路晓丽，开着车，上午就赶到了龙川市，找到了卫梅父母住的大院。这是一个军队大院，院里保卫干部告诉他们，卫梅的父亲新自立，是一个老同志，正军职离休，原先的老伴离婚了，跟女儿新晓蓉住在和平市，他身边的是后老伴，比他小二十多岁。他和前妻有两个女儿，大女儿跟母亲姓卫，小女儿跟父亲姓新。

他们还告诉柯天星，卫梅和新晓蓉从小关系就不好，小时候经常吵架，卫梅和刘清结婚后，住在大院里，新晓蓉就眉来眼去，甚至明目张胆地勾搭刘清，后来他们搬到了东昌市，新晓蓉还跑到那里去勾搭姐夫，弄得卫梅最终离了婚，姐妹俩争风吃醋是出了名的，整个军区大院都知道。保卫干部带着他们来到了新自立的家。

老头子已经有七十多岁了，满头的白发，但精神蛮好，陪着他的女人看起来也就五十多岁，小小的个子，人看起来挺不错的。新自立听完柯天星的述说，没有一丝惊讶，只是嘴角露出一丝别人不易察觉的痛苦，而这丝痛苦转瞬即逝。也许，老人的痛苦经历得太多，已经麻木了。他面无表情地说，这都是她自找的。我早就跟她说过，跟生活开玩笑的人，最终埋葬的就是自己。我告诉你们，刘清也不是什么好东西。他要是个好男人、好丈夫，就不应该跟小姨子上床。唉！我一辈子革命，教育别人，却没有教育好自己的两个闺女啊！都是那个老婆子惯的，她毁了我还不够，还要毁了我两个闺女。老头子不停地诅咒着卫菊。

"她们不来看你吗？"

老头子摇了摇头："她们没有我这个父亲。"

"你晓得她为什么当导游吗？"

老头子再次摇了摇头，低垂着眼帘说，"在搬到和平市的时候，她给我打过一个电话，我问过她，她说一言难尽。我也弄不清楚，什么一言难尽，她不肯说具体原因，我想大概是她得罪了人吧。她在省里做过省委领导的保健医生，恐怕有什么难言之隐。漂亮的女人总是麻烦些啊！"

"她做过保健医生？"柯天星很惊诧。

老头子已经眯上了眼睛，不说话了。在新家待了近一小时，新自立再也没有说过话。小夫人把柯天星送出门，说警察同志，卫菊已经打过来电话，卫梅都是被她们逼死的，如果不是她们娘儿俩老从卫梅那里弄钱，卫梅不会这样拼命赚钱，你说不是她们逼死的是什么？她一个劲儿地念叨，恨不得给卫菊两下子。柯天星不好再说什么，敷衍了两句就告辞了。

他们还没有离开大院，刘清就匆匆地赶来了。他见到柯天星说，是新家的阿姨告诉他的。他一定要柯天星吃完饭再走，说到了龙川市不吃饭，这不是骂我嘛。柯天星他俩推脱不过，就开着车，跟着刘清来到了一家餐馆。坐到桌子前，柯天星看着停在外面的尼桑汽车，朝他笑了笑，开玩笑说，蛮有钱的嘛！路晓丽也笑了，说我看了卫梅的照片，你们真是天生的一对啊！怎么就离了婚呢？

刘清只是无奈地苦笑。

"老刘，我问你一个难以启齿的问题，你不介意吧？不好说这个问题跟案子有没有关系……希望你能如实回答我。"柯天星看着他的脸色说。

"没关系，没关系，什么问题你们都可以问，我跟你们的心情一样，希望早日破案，虽然我跟卫梅已经离婚，但毕竟我们做过夫妻，而且真心相爱过。"刘清很坦然。

"那好，你告诉我，你跟新晓蓉到底是什么关系？你离婚跟她有关系吗？"柯天星直截了当地说。

刘清脸色有些尴尬，他喝了口酒，掩饰着自己情绪上的不安，故意轻松地说："你们太厉害了，什么事情也逃脱不出你们的眼睛。是的，刚结婚的时候，她老纠缠我，男人嘛，总是有弱点的，我摆脱不了她，跟她上了床。但我仍然爱着卫梅，我希望与卫梅白头偕老，就搬到东昌市去了，没有想到，她又跟过去了，说只要我跟卫梅离婚，她就嫁给我，否则，她就服毒自尽。弄得卫梅跟我离了婚。唉！谁知道新晓蓉根本没有跟我结婚的打算，目的达到了，她也就离开了我。”

“那她为什么这么做？”路晓丽不解地问。

“女人啊，真是太复杂了，我也不是完全了解卫梅。她们姐妹俩本是仇家，我们离婚后，卫梅搬到了和平市，倒跟新晓蓉和好了，真弄不懂是怎么回事。唉！这女人的心呀！就是三月的天，说变就变，实在是弄不懂啊！……我看卫梅的死跟她有关，你们肯定知道新晓蓉跟隗南的关系，我看这两个人都不是什么好人。”刘清说。

“新晓蓉具体是做什么的？”路晓丽问。

刘清说，她在和平市服装设计所工作，专门为高干子弟和有钱的人设计服装，连东昌市的一些有地位的人也跑到和平市来找她设计服装呢。她这个人，除了心眼小、醋意浓外，在这方面还是蛮有天赋的。刘清的话引起了柯天星的注意，他连忙问，这么说，她认识和平市委和市政府方面的领导？刘清未置可否，说我想应该是吧……

刘清喝了酒话就多了起来，又念叨起卫梅。说，因业务关系，卫梅经常带团到东昌市，奇怪的是，每次只要有时间，无论长短，哪怕只有三四个小时，也要出去一趟。她不跟任何人说去什么地方，非常神秘的样子。我跟踪过几次，都被她甩掉了，她显得非常干练，跟特务似的。柯天星越听越觉得案子被一层神秘的东西包围着，路晓丽更是觉得汗毛都竖了起来。

“说多了，来，喝酒。”刘清笑了笑。

他放下酒杯，看了看两个人，特别是看了看路晓丽的脸色，笑了笑说，“路警官，不要紧张，她绝对不是间谍，我猜测她是见什么人去了，当然是男人。你们不了解卫梅，不要看她三十多岁，但她的心永远都是十八岁，非常单纯，天真烂漫。她像一杯醇酒，哪个男人见了她都会醉。这样的女人要是没有男人爱，那才叫怪呢。刚才你们问我为什么不成家，现在我回答你，在这个世界上，再找不到卫梅那样的女人了。”刘清脸上泛起了红晕，酒精使他精神亢奋。他一仰头，又把一杯啤酒倒进了肚子里，眯着眼睛说，“唉！你们不知道她的身体有多美，流畅而性感，像一条会说话的鱼。”

路晓丽的脸色像清晨的云霞。

"老刘，你醉了啊！我和路警官可都是没有结过婚的呀！你……你这不是要我们犯错误吗？"柯天星打断了他的话。

刘清这才从回忆中醒过来，连忙说，"对不起，对不起，我这个人就是有这个毛病，有些神经质。唉！梦已经碎了，说它还有什么用呢。我想，你们只要找到卫梅在东昌市的那个男人，案子就破了。"

刘清说到了本质上。

辞别了刘清，柯天星他们开着车往回返。路上，路晓丽说，难道卫梅真的是一个完美的女人？我们见到过的男人，没有一个不赞美她的。你看隗南、刘清、托比，还有李先进，哪一个人说到卫梅都流口水，我现在才知道，男人都是无耻的。她的话，说得柯天星笑了，路晓丽呀！你早晚也要跟无耻的男人过一辈子。路晓丽一撇嘴，我这辈子不结婚。你呢，柯天星同志？我嘛……还没有一个女人让我产生激情，柯天星说。路晓丽鼻子"哼"了一声，我劝你一句，见好就收吧，你既不是美男，也不是富翁，有什么牛的。

回到市局，耿琦就告诉柯天星，说技术处取证认为，李先进的皮鞋印跟卫梅家阳台上留下的鞋印很相似，那是一双富贵鸟牌皮鞋印，而他脚上穿的就是那种皮鞋，你看怎么办？

柯天星说，办好手续，马上搜查他的家和公司，带着技术处的人去，找到那双鞋。几个人分头行动，带着人分两路奔李先进的家和公司。很快，就从李先进家的阳台上找到了那双富贵鸟牌的皮鞋，其磨损程度与从卫梅家阳台上提取的鞋印一模一样，案子取得了重大突破。

李先进大怒，大骂柯天星。你是什么警长，狗屁警长，还不如黑猫警长呢，我告诉你，我李先进站得住，坐得稳，我怕个鸟。他让手下的人花大价钱去请律师，一定要跟公安局讨个说法。

柯天星不理他，把他关进了拘留所。李先进一看这样，有点儿害怕了。他跟柯天星说，柯警长，你给个面子，有什么要求你开个口，我姓李的绝不会拒绝。

柯天星正眼都没有看他就走了。

　　第二天，技术处的人来做 DNA 鉴定，这下李先进慌了，托人给冀南方带话，说要见他。冀南方还真给他面子，真的就来了，两个人在房间里说了半天，谁也不知道说了些什么。反正，李先进脸色更加惨白。

　　两天后，鉴定结果出来了，卫梅阴道里的精子是李先进的。柯天星、耿琦、路晓丽都松了一口气，案子总算破了。

　　"唉，总算有个结果了，这些天也算没有白忙。他李先进不承认也不行，强奸杀人，铁证如山。"路晓丽轻松地说。

　　耿琦把写好了的结案报告给冀南方送去了，回来说，冀局同意我们的分析，说这个案子就到此为止，其他的事交给法院办吧。他一看，柯天星没有接他的话，坐在那里，低头抽烟，以为自己哪句话说错了呢，忙推了一下路晓丽，朝他那里示意了一下，路晓丽鼻子"哼"了一声，做了个鬼脸。

　　"柯警长，你的意思……"

　　"老耿，李先进承认那天晚上他跟卫梅睡了，但不承认他杀了卫梅，我也觉得这个案子是不是办得有些草率了，如果卫梅是他杀的，他为什么不跑？这太不正常了。"他面带忧色。耿琦听完柯天星的话，一句话也没说，谁也不知道他在想什么。

<h1 style="text-align:center">7</h1>

　　"李先进杀了卫梅？"沐剑锋惊诧了。

　　阮眉和戈桐站在沐剑锋办公桌前面。他一听戈桐汇报完事情的经过，仍然紧锁着眉。戈桐说，我接到阮眉的电话，特地去了一趟和平市，路晓丽告诉我，结案报告已经写了，认定是李先进杀了卫梅，冀南方也同意了，只是李先进在拘留所喊冤，但 DNA 鉴定结果证明卫梅阴道里的精子是他的，他有千张嘴也说不清楚了。阮眉说，也可能是李先进在一个偶然的情况下杀了卫梅。不要看他是个大款，人品太差了，做出这样的事也没有什么大惊小怪的。

　　"托比的情况怎么样？"沐剑锋问。

　　阮眉汇报说，卫梅死后，他以卫梅生前写的欠条为依据，向法院提起诉讼，要求法院判决以卫梅的那套房子抵偿拖欠他的债务，法院已经立案了，估计那套房子很快就属于他了。这倒没有什么，反正那套房子就是他的钱买的……不过，托比好像目的不在于此，他这些天频繁接触卫梅的家人和朋友，诸如卫菊、刘清、新晓蓉、隗南、任四海，还特地到拘留所看望了李先进，来往于东昌市、和平市和龙川市，不知是什么意思。

"对托比的调查绝不能放松！"沐剑锋再次强调，我们发现托比跟国外的那个民主基金会还有联系，而且，还隶属于一个叫"社会经济研究协会"的组织。这个组织是在国内还是在国外，目前我们无法查到。我到省社会团体管理办公室去过，他们告诉我，现在民间团体五花八门，十分复杂，这不能不引起我们的警惕。

"他到底想干什么呢？"戈桐问。

沐剑锋摇了摇头："我不知道。"

戈桐说，海滨那边的案子还没有头绪，厅长说，让海滨局先做着，有什么情况我们再协助，要不，我也来和平市吧，我也觉得卫梅死得蹊跷。沐剑锋挥手让他们先坐下，想了想说，这样吧，你们俩分开调查，戈桐把调查的主要精力放在东昌市，看托比与东昌市哪些人有关系，其他的事让阮眉做，有什么情况及时向我汇报。记住，不要打乱公安局办案的程序。

"为什么不可以跟冀南方联系？"戈桐问。

沐剑锋看了他一眼，笑了，为什么？你很快就会知道的。说完挥了挥手，两个人走出了办公室。

戈桐和阮眉离开省厅，各自开着车走了。阮眉从东昌市赶回了和平市，戈桐按照沐剑锋提供的线索，开始了详细的调查。两个人都对沐剑锋的安排感到不满意。认为这个案子不值得这样做，把想法跟冀南方说一说，什么都清楚了，何必呢？何况李先进已经被认定为犯罪嫌疑人，更没有什么可调查的了。但想法归想法，工作归工作，这是省厅的一贯作风，他们仍然认真工作着。

果然，不出耿琦他们的预料，卫梅死亡案子的材料报到检察院，被打回来了，说李先进杀人的证据不足，让重新调查。

冀南方把柯天星叫到办公室，把材料抛给他，冷冷地说，看样子检察院的意见是对的。单凭李先进和卫梅睡觉了就判断卫梅死在他的手里，是有些站不住脚，但他有重大嫌疑，这点没有错，再重新审问一次，看看他到底怎么说，记住，一定要严格按照法律规定去做，不许逼供。

柯天星也想把事情弄个清楚。他拿了材料就带着路晓丽来到拘留所，把李先进传了进来。

几天不见，李先进憔悴了许多，也没有原来大款的模样了。他一见柯天星，就表达极度不满，我早就说了，我是跟卫梅睡了，但我没有杀她。我要是杀了她，我是王八蛋。

"那你重新述说一遍。"柯天星冷静地说。

路晓丽盯着他："不许说假话，否则，死路一条。"

李先进不敢再玩假话真话参半的把戏，低垂着头，开始述说。他说那天晚上，我喝了些酒，情绪亢奋，就有些想卫梅，她越是拒绝我，我就越是想，心里越是痒痒。我怕保安不让我进门，就偷偷地打了个车过来，翻墙进了小区。我敲开门，卫梅刚洗完澡穿着睡衣，她一看是我，冷冷的一句话也不说，我一把抱住她，把她拉进了卧室。我说卫梅，求求你，让我满足一次吧，你要多少钱都行。她怕吵醒孩子，瞪了我一眼，我们就来到了起居室。你不知道，她的身体有多香，肌肤有多么润滑……我实在控制不住自己。

"说重要的。"路晓丽瞪了他一眼。

"是，路警官，你不要打搅我呀！让我慢慢说还不行吗？"李先进一回忆起那种经过，眼睛发红，精神极度亢奋。柯天星也朝路晓丽看了一眼，意思是让他说，不要打断他的话。他知道李先进这种人，也许只有在这样的状态下，才能讲真话。

李先进猛地吸了一口烟。也不看他们俩，望着天花板，神情十分专注。你们不知道，卫梅长得有多好看，我也豁出去了，一下子把她压在沙发上。刚上路，就听见咚咚的敲门声。真够倒霉的。

"有人敲门，当时是几点钟？"柯天星问。

"不知道，估计是十点多吧。她一听到敲门声，像一只小鹿一样弹了起来，我也憋不住，就……就出来了。她把衣服扔给我，让我赶快从阳台窗户处走。我慌慌张张地穿了衣服，就从阳台的窗户跳出去跑了，后面的事我就不知道了。柯警长，我李先进要是说了假话，让我断子绝孙。"他语气铿锵，异常严肃。

"好吧，我相信你。李先进，我告诉你，你的每一句话，都要负法律责任的。"他朝路晓丽示意，她马上走到他身边，把讯问笔录给他看，让他签字。李先进认真看了看记录，这才签上自己的名字。

李先进被带下去后，两个人交换了意见。

"这个流氓，你看他说到女人，眼睛就放光，我看卫梅十有八九是他杀的。他的话不可信。"路晓丽生气地说。

柯天星仍然是那样平静，点燃了一支烟，沉思着说，刀是从后背刺进去的，这说明凶手是在她趴在床上时刺进去的，她为什么要趴在床上呢？第一，这个凶手她认识，而且十分熟悉；第二，如果李先进讲的是真话，那么，她是在等这个人的到来；第三，也就是最关键的一点，我们没有在卫梅的身上和床上发现第二个男人的印迹。这说明，这个男人是精于此道的。如果是李先进杀了他，他不可能把脚印留在阳台上，这不符合逻辑。

"隗南？托比……"

柯天星摇了摇头。

"难道是刘清？"

他仍然摇了摇头

路晓丽迷惑了，我再也猜不到是谁了，难道还有一个我们不知晓的男人？柯天星点了点头，肯定有一个我们不知道的男人，我估计，这个男人不但有钱有权，而且卫梅挺喜欢他的。我弄不清楚的是，那个男人为什么杀她，为情？说不通，也不值得杀，一个有头脑的男人，是不可能为情所困的。为钱，更说不通，卫梅不缺钱，连托比这样的财主她都看不上眼，李先进也有大把的票子，只要她一张嘴，票子会滚滚地进入她的腰包。越是这样，越是让我感到这起案子不简单啊！

"你说为什么？"路晓丽有些不屑一顾的样子。她讨厌柯天星的深沉，觉得他老是把一件简单的事弄得神秘兮兮的。还没等柯天星回答她的问话，冀南方的电话打过来了，问李先进的案子如何。柯天星把讯问的情况向他汇报了一遍，说从目前的情况看，李先进不可能杀卫梅，他杀人的嫌疑可以排除。冀南方说，既然这样，强奸罪也不能成立。他是我们和平市最大的民营企业家，他被拘留，社会上传得沸沸扬扬的，说我们如何如何了，市政府领导也多次过问，我看先放了他吧，他也跑不了的，有新的线索我们再依法办理。冀南方没征得他的同意，就把电话挂了。

"什么，要放了李先进？"路晓丽吃惊地说。她发着牢骚，我还以为柯大警长不把冀南方放在眼里呢，想不到你也怕他，哼！有什么了不起的，我们依法办案，有什么可怕的。柯天星瞪了她一眼，冀南方的话说得也有道理。走吧，他没理她的话，填了张单子，让人把李先进叫了进来，你赢了，签个字走吧。不过，我警告你，卫梅的案子还没有完，如果我们发现你说的话是假的，我们仍然可以拘留你。

李先进不是那种得寸进尺的人，一看柯天星的表情就知道是怎么回事。他猛夸了他们一通，我要是知道谁杀了卫梅，我非剥了他的皮不可，我是那么喜欢她，一个多么好的女人，就这样白白地死了，多可惜啊！柯警长，你放心，出去后我马上赞助你们20万元，作为办案经费。

"卫梅死后这几天，谁到过你的公司？"柯天星问。

李先进皱起了眉头，想了半天说，来的人不少。路警官那天来了以后，卫梅的前夫刘清来过，隗南来过，那天晚上我们在一起吃饭的北京那个客人平天浩来过……当然还有东昌市的副市长罗英彪，还有他的秘书和两个我不认识的女人。噢，还有卫梅的妹妹新晓蓉也来过，除了平天浩和罗英彪外，都是谈卫梅。唉！我脑子有点乱，实在有些记不清楚了。柯天星知道许多市里的领导都跟李先进有点关系，他也有些拉大旗做虎皮的味道，就没有放在心里。柯天星摆了摆手，你走吧，想到了什么新情况再给我打电话。

"一定，一定。"李先进点头哈腰，你放心好了，柯警长，你这么给我面子，我李先进要是不帮你的忙，我是王八。他招了招手，一直在外面等着他的那辆奔驰汽车呼啸着过来了，他一步三回头，再次向他们两个人表示感谢后才钻进汽车走了。汽车上，手下的人说，卫梅的死，震动了好多人，听说罗英彪还打来了电话，是打给冀南方的。李先进当然跟罗英彪熟悉，但是，罗英彪不认识卫梅呀，难道他也知道这个案子？他想不明白，但是，他知道，那个平天浩很有来头，在和平市和东昌市办了很多机构，什么保健协会、科技协会，但是他自己不出头，而是委托别人办的，经费全部由他们出。李先进想不明白，他这样做为了什么？他摇着头，笑平天浩太傻，没有利润的事情，他李先进是不会做的，这是他为人的信条。

李先进坐在车上，很多事情想不明白。

8

"哼，这个土匪。"路晓丽看着汽车远去，生气地说。

柯天星笑了笑，他可不是土匪，听说是小学毕业，能混到这一步，也算有本事啊！钱啊，是好东西。柯天星一边朝汽车走过去一边说，我们明天到东昌市去吧，让耿琦把新晓蓉接触的人好好调查一下，我总觉得有些问题。

"那李先进……就这样不了了之啦？杀害卫梅的人肯定在和平市，我们跑到东昌市做什么？顺着这条线索，我们肯定能找到那个犯罪嫌疑人。"路晓丽不同意他的意见。

柯天星叹了口气，你考虑得太简单了，没错，犯罪嫌疑人是在和平市，但是，他们的尾巴很可能就在东昌市。路晓丽争不过柯天星，无奈地同意了。回到家里，柯天星给耿琦打电话，交代了一番。他睡不着，把案子的线索用笔画成图，挂在墙上，仔细地看着。是谁杀了卫梅呢？隗南、李先进、刘清、新晓蓉……还是托比？柯天星怎么也找不到他们杀害卫梅的动机和目的。他们都有不在现场的证人，而这些证据好像都不是假的。那么，还有一个我没有想到的人？这个人是谁呢？他又为什么杀害卫梅呢？

他把目光投向了东昌市。

难道东昌市的苗圃会给我带来意想不到的惊喜？柯天星这么想着，就拨通了任四海的电话，任四海一听是他，语气中有几分惊喜，又有几分不满。还未等他开口，就说，柯警长，你为什么把李先进放了？你们公安局呀！既然抓了他，肯定有抓他的根据，为什么还放，是不是上面施加了压力？我虽然不认识李先进，但他这个人我知道，卫梅那样的女人他得不到，肯定心里不舒服，做出违法的事很有可能。你跟我说实话，是不是他花了钱？难道有钱就可以违法吗？柯天星不想跟他纠缠，敷衍了两句，就问他卫梅的朋友苗圃是个什么样的人。

"怎么说呢，要说卫梅是水，那她就是雪，一个冰雪聪明的女人。她个子比卫梅矮点，脸型比她瘦点，性格上比她爽朗，很正点，是那种让男人回头率相当高的女人。怎么，你怀疑她有问题？这绝不可能……不过，她对卫梅倒是比一般人了解得深，那次来，听说她还没有结婚。好了，柯警长，我多说一句，可不要掉进去了，那可是个深潭啊！"任四海语气里明显有几分酸楚。

柯天星打着哈哈挂了电话。

她是雪吗？一个如水的卫梅就把和平市的男人弄得如此疯狂，难道这个雪样的苗圃也有风花雪月的故事？柯天星思索着倒在床上，一会儿就进入了梦乡。

中午时分，柯天星和路晓丽到达东昌市。

今天是回不去的，他们先找了个旅店住了下来。吃完饭，歇了一会儿，两个人来到市公安局，他的老朋友，东昌市公安局刑警队队长史新民被他堵在办公室里。史新民是个老刑警队长，今年四十多岁，他一看见柯天星就摇头，老弟，哥哥忙着呢，有什么话就说，我还有事。

柯天星说我要调查一个人，你帮帮我的忙。史新民说这么一点事还要我出面，我找一个人陪你去，晚上不走吧，住在什么地方？哥哥找你喝酒去。柯天星说好呀！我在饭店里等你，反正到了东昌市你花钱。他的话说得史新民笑了。他找了一个叫易锋的年轻刑警，让他陪着柯天星走一趟，交代完就离开了办公室。

"柯警长，和平市最近治安如何？"

易锋开了一辆破旧的捷达车，拉着两个人就走。他一边开车，一边跟柯天星聊了起来。柯天星叹了口气，我就是为一起凶杀案到你们这里来的，要调查一个叫苗圃的女人，她是死者最好的朋友。易锋问了卫梅的情况，感慨地说，红颜薄命啊，好女人都没有好结果，他的话，说得路晓丽脸色相当难看。

汽车来到了私立女子医院。

医院院长一看是公安局的找苗圃，什么话也没说，就把她找来了，说你们谈，说完就走了。

苗圃穿着职业的蓝色衣服，戴着蓝帽，走了进来。她中等偏上的个子，瓜子脸显得很清秀，一对漂亮的眸子透出惊恐和不安。

柯天星知道她三十开外，但一看也就是三十岁的样子。易锋介绍了自己的身份，也把柯天星和路晓丽作了介绍，说有些情况要了解一下，你有一说一，有二说二。她点了点头，怯生生地坐在三个人的对面。

"认识卫梅吗？"柯天星问。

她点了点头。

"她死了，被人谋杀的。"

苗圃一听卫梅死了，惊诧得"啊"了一声，然后连忙用手捂住了嘴，脸色顿时苍白，样子更加惊恐和不安。

柯天星说，我听说你是卫梅的好朋友，你们是什么时候认识的？你最后见到她是在什么时候？她给你打过电话吗？你觉得她在外面有仇人吗？你对她了解多少？不要害怕，有什么就说什么。路晓丽还倒了杯水，端到她面前，说喝点水吧，不要紧张，慢慢讲。

苗圃喝了一口水，情绪好了些。这才断断续续地说了起来。她说我跟卫梅是朋友，已经半年多没有见面了，她是我在北京 P 医院进修时认识的，回到东昌市后，我们又经常来往，自然走得近一些。但也不是那种特要好的朋友。她交际比较广，认识的人挺多的，什么人都有，我想不出她有什么仇人，真的想不起来。在她离婚去了和平市后，我们基本上没有什么交往，大家都挺忙的，见一次面也就是聊聊家长里短，更深的东西不会说。你们也知道，这人跟人总是隔着心的，不要说朋友，就是夫妻也一样。唉！太可惜了，她是一个那么要强的女人，命为什么这么苦呢！说完眼泪就流了出来。

"她每次到东昌市来都找你吗？"路晓丽问。

"对不起，我不知道她什么时候到东昌市来，反正，我们也就一年见两三次面吧，她来去匆匆的，有时候打个照面就走。她当导游，时间很紧张。她的前夫刘清曾经到我这里来过，问我她在东昌市有没有别的男人，我哪知道这些呀！就是有男人，她也不会告诉我，你们说是吧？"她把柯天星下面要问的话也堵回去了。

"你觉得她在东昌市有相好的吗？"柯天星还是不死心地问。

她摇了摇头，又看了他一眼。

柯天星见问不出什么，就起身告辞。他给了她一张联系卡，说想起了什么，马上给我打电话。

苗圃接过卡片，点了点头，把他们三个人送到医院门口，看着汽车远去才走进门。柯天星一走，她马上来到医院门前的花园，掏出手机，拨了一个号码，冷冷地说："我是苗圃，告诉我，卫梅是不是你杀的？你说话呀！你也太狠心了吧，做事也太绝了，我们为你做了那么多事，你竟然……我告诉你，如果你再……哼，就不要怪我们太绝情，我们就是拼着一死，也要把知道的事捅出去。"她仿佛换了个人，显出少有的冷酷和果断。

"别，苗小姐，你听我说。卫梅的事是个例外，谁叫她不听我们的话呢，只要听我们的话，什么事也没有的。我们给你的钱也不少了，我想你应该知道怎么做。俗语说，拿人钱财，替人消灾，这个道理你应该懂吧？我可以告诉你，东昌市政府有我们的人，如果你……我们还是不说如果吧，那样的话，对你，对我们，都没有什么好处。我不想看着一个如花似玉的女人再次在这个地球上消失。"对方没等她说话就挂了机。

苗圃萎靡地跌坐在椅子上。

"这条狼，这个骗子。"她诅咒着。

苗圃在花园的椅子上坐了一会儿，又拨打了一个电话，这一次，她换了一种口气，用很温情的口气说："冰倩姐，我是……对了，是我。你知道吧，卫梅被人杀了，肯定是'他'派人干的。怎么，你知道？唉！和平市公安局的人来过了，向我调查她的情况，我能说什么呢？还不是敷衍了几句，把他们打发走了。冰倩姐，我们怎么办，难道就在这里等死吗？他们可是什么事都干得出来的啊！"

"阿苗，你放心，我已经做了最坏的准备，他们不敢向我们下手的。"电话中，她跟苗圃说，我给"他"打过电话，"他"不承认卫梅是他们杀的，我了解了一下，卫梅死的那天，"他"的确不在和平市。也怪她交往太杂，什么人都交，什么男人都跟她上床，连鬼子都跟她睡。我看她是性亢奋了，没有男人的日子她就过不了，唉！男人有什么好的，跟动物也没有什么两样。好了，阿苗，有姐姐在，他们不敢的。对了，你的那个罗英彪如何？对你还好吗？听说他马上要当市长了，有你的功劳啊！

"看你，冰倩姐，他又不是我的老公，一个面首而已，他生活里也不是只有我一个女人啊！不谈了，有什么事马上告诉我，我好做点准备。"苗圃悻悻地挂了电话。

三十多岁的苗圃，毕业于首都医科大学，在东昌市人民医院待了几年后，就辞职来到这家私立医院，丈夫谢小东，是一家外国公司的高级雇员，他们没有孩子。谢小东一年之中有半年在外出差，两百平方米的花园别墅，经常是她一个人孤苦伶仃地生活着。她开着一辆蓝色的本田轿车，属于富起来的一族。

柯天星的到来，打破了她的正常生活。

苗圃有些心神不定。医院院长说，是不是身体不舒服？那你就休息一天吧。她点点头，那我就歇一天吧。说完脱下工作服，穿好外套，开着车离开了医院。在车上，罗英彪的电话打来了，约她晚上见面，苗圃说，你还有心思见面，你们都疯了吧，我告诉你，我不是卫梅，我就是我，如果你们对我不敬，就不要怪我了。罗英彪长叹一口气，告诉她说，你我都是人家棋盘上的棋子，他们上头有人，他们的手，已经伸到了省里，否则，我这样的人，能当上副市长？

"莫非是'他'？'他'的后面是谁？"苗圃声音发颤。

"苗圃，我感觉到，'他'的后面可能是个更厉害的人，你还是听话吧，听他们的话，否则，你我都不好过。在中国，他们已经布好了网，我们斗不过他们啊！"罗英彪声音有些萎靡。

苗圃哆嗦着，电话从手中掉了下来。

9

苗圃把汽车停好，刚走到家门口，就看见一个男人站在那里，她大吃一惊，走了过去。

男人金发碧眼，十分英俊秀美。

"托比，怎么是你。你怎么找到这里来了？"苗圃跟托比不是太熟，见过几次面，是卫梅带着他到东昌市来找她时认识的。

托比拉着她的手，泪流满面。

"苗圃，卫梅死了，是被一个叫李先进的男人杀死的，公安局刚把他抓进去，又放了，听说是他花了钱，我实在弄不懂你们中国的法律……我怎么办？难道她就这样白死了吗？你是她的好朋友，我特地到东昌市来找你商量。"他一副伤心欲绝的样子。

"噢，我的好托比。"

苗圃被对方的情绪所感染，觉得一个男人能这样为一个女人伤心，实在是难得。她牵着他的手，走进了屋子。她让托比在沙发上坐着，倒了一杯冰水端了过去，自己也坐下安慰他。卫梅的事我听说了，你不要太伤心，不管是谁杀了她，都会得到报应的。说完她轻轻地叹了口气，懊丧地说，也怪她，交朋友太杂，什么人都交，连李先进这样的土匪她也交，这不是自己挖坑埋自己吗？托比点了点头说，我劝过她，她就是不听，还拿出钱让那个隗南给她炒股票，弄得赔了钱，搞得心里老不舒服。说完用眼睛瞄了瞄她，看得她十分惊诧。

"卫梅生前有没有把什么东西交给你？"

托比突兀的问话让苗圃大吃一惊。她瞪大了眼睛，不解地说，你为什么突然问这样一个问题，这跟你有什么关系？托比显然不愿意说，又不愿意失去这个机会，吞吞吐吐半天也没有说出一个完整的句子。苗圃马上意识到了什么，瞪大了眼睛，厉声问："告诉我，卫梅是不是你杀的？你走近她，根本不是为了什么爱，而是想得到一份材料，是吧？你是'他'派来的，是'他'让你做的？托比，你告诉我，你为什么这样做？"

"你……你听我说。"托比脸色赤红。

苗圃把头一扭，腾地从沙发上站了起来，像一头发怒的母豹，恨不得把对方撕碎。"你听着，你转告'他'，我们已经为你们做了不少了，不要把事情做绝，做绝了对谁都不好。你们永远都得不到那份东西，你就是把我们三个人都杀了，你也拿不到那份东西。我真没想到，'他'竟然有如此心机，把你派到了卫梅的身边，卫梅真是瞎了眼，她是多么爱你，以为你是她可以托付终身的人呢。"

"苗圃，你错怪我了。"托比叹了口气。

他双手托着头，痛苦地说，我不否认，我是他们的人，我是为了得到那份材料走近卫梅的。但我绝对没有逼她，更没有杀她。卫梅死后，我问过"他"，"他"也否认我们派人杀了卫梅。苗圃，听我一句劝，他们在和平市、东昌市，甚至全国都有人，你斗不过他们的。把那份材料给我吧，我会保证你们的安全。托比深情地望着她。

"绝不，根本不可能。"她拒绝道。

"这么说，卫梅把那份材料给了你，是吧?"托比站了起来，再也没有那种温柔敦厚的样子，恶狠狠地说，"你听着，我不会杀你，但'他'不会放过你，你不要以为有罗英彪保护你就没有事，你要是向他透露了一星半点儿……不说了，你应该知道，我们可以左右罗英彪的政治前程，他把这个看得比什么都重要，他现在离不开我们。好了，你跟米冰倩商量一下，给我一个答复，三天，三天后我再与你联系。"托比说完，笑容满面地走到她的面前，吻了吻她冰冷的唇，转身走了。

她瘫在沙发上。

托比的话句句是真的。

她知道他们做得出来，卫梅就是证明。她拨通了米冰倩的电话，把托比的话转告给了她。对方听完半天没吭声。苗圃说，冰倩姐，你说怎么办? 我真没有想到那个鬼子是"他"派出来的。我知道"他"不可能亲手杀人，托比也不会，难道在和平市他们还有人? 还是从外地派过来的人? 说完她停了一下，又说，你不用害怕，他不敢对你动手，我想有陈志明的保护，你不会有事的。

"不用怕，苗圃。"米冰倩终于开了口。

她交代说，你放心，我已经给"他"打过电话，我警告"他"，如果我们两个人都死了，那份材料也到不了他们的手中，他们这个组织早晚得完蛋。我们不是卫梅，她太过分了，不要说"他"，我都觉得卫梅做得有些那个。苗圃，我看"他"一时半会儿不敢这么做，何况我有陈志明，你有罗英彪，"他"怎么也得考虑考虑啊！我现在弄不清楚，卫梅到底是谁杀的，我真希望公安局能把凶手抓住。

"不是说是那个大款李先进吗？"

"绝不可能。"米冰倩断然地说，"我认识那个人，他绝不会为了一个女人去杀人的。如果他要强奸她，最多也就是把她打昏。我听陈志明说，他正在强奸卫梅的时候，有人敲门，他就被吓跑了。据推测，这个进来的人就是凶手，而且与卫梅相当熟悉。我真的想不出他是谁。陈志明也说，不能肯定是'他'派出来的，也有可能是偶然事件。谁都知道卫梅特有钱。"米冰倩在电话里分析说。

"那好吧，我听你的。"苗圃情绪恹恹的。

放下电话，苗圃望着空荡荡的房子发呆。谢小东去了美国，估计又得两个月后才能回来。这一个人的日子怎么过呀！她不缺钱，却空虚得心慌，夜里老是睡不着。十分无聊。她还是控制不住自己，拨了一个电话，嗲嗲地说，亲爱的，我在家，一个人实在难受，你过来陪陪我吧，好吗？你就说家里有事，请半天假不就得了，连假话都不会说，真是个呆子。她连骂带发嗲，把对方弄得连连答应。

半个小时后，一个小伙子推开了门。

苗圃疯一样扑进了他的怀里，浑身没有了骨头一样，嗲嗲地说，邓刚，我是多么想你啊！你知道我每晚是怎么度过的吗？瞪着眼睛到天亮。两个人疯了一样滚到了一起。

她像婴儿一样躺在他的怀里。

在小睡一会儿后，她睁开了眼睛，嗲嗲地说："邓刚，我离不开你，姐姐离不开你。你放心，我一定让罗市长提拔你。他最近怎么样了？能当上市长吗？听说人大马上就要开会了，他是不是很忙？"

大学毕业没两年的邓刚长得英俊潇洒，分配在罗英彪身边做秘书，很快就被苗圃勾搭上了。他知道她跟罗英彪的关系，不但没有拒绝她的要求，而且十分听话。他知道要打通仕途的关系，通过她是最快捷的方式，何况她长得又如此漂亮，而且十分有钱。邓刚觉得，跟她打交道，自己没有半点亏吃。

"说话可要算数啊！"

他抚摸着她的脸，认真地说，市政府马上要调整一部分干部，我做罗副市长的秘书快两年了，你看能不能让我下去，到市政府哪个局当个副局长？你放心，我走到哪里也是你的人，你要我，我随时听候命令。这次人代会，估计罗英彪去掉"副"字差不多吧，听说省委领导说话了。苗圃问，是谁说话了？邓刚想了想说，我也是听到了点风声，好像是皇甫赞说了话。我也弄不清楚罗英彪怎么拉上这样的关系，你不要看皇甫赞已经退居二线了，他可是我们省土生土长的干部，他当省长的时候，现在的领导，哪个人没有得到过好处？他的话，省委领导还是会考虑的。

苗圃好像被什么东西蜇了一下。

难道"他"已经拉上了省委领导的关系？难道他们真的在省委班子里安插了人？想到这里，她越来越感到对方的可怕。

她怕邓刚看出自己的失态，连忙转过身，轻轻地吻着他的脸，你放心，我一定让罗英彪帮你办。不要说你是我的宝贝，凭着你的能干，也应该得到重用。记住，有什么事马上跟我联系。去吧，姐姐今天满足了，晚上可以睡个好觉了。说完从床垫下面拿出两捆人民币塞到他手里，叮嘱说，邓刚，你还年轻，千万不要贪污受贿，不值得。需要钱就来找我，姐姐希望你官越做越大，不要因小失大，明白吗？

"苗圃姐……"邓刚被感动了，动情地说，你放心，我一定听你的，我永远都会记住你，永远都是你的好弟弟。他穿好衣服，装好钱，再次吻了吻她的唇，这才转身离开。苗圃站在窗前，望着汽车远去，心中充满着甜蜜。他带给她的，不仅仅是性的满足，还有希望、朝气、阳光……而她正需要这些。

已经到了下午三四点钟了，她知道这时候罗英彪正在办公室里，她也知道他今天晚上没有别的什么活动。她需要见他，需要从他那里了解她必须知道的东西。罗英彪接到她的电话就开心地笑了，你难道是巫婆，每次都能准确地知道我在办公室里？为什么不打我的手机？苗圃笑着说，我怕别人调查，手机的信息会永远记在电信局档案里，我不会让别人找到与我有关的材料，影响你的仕途。

"好苗圃,你是个好女人,永远都替我考虑。我今晚正好没有事,我九点钟过去。"他不用对方说,就答应了。

四十三岁的罗英彪也不是一个泛泛之辈,从大学教授走向副市长的岗位,他有别人没有的长处,那就是学历。他主管教育和文化,虽然不是特重要的岗位,但他看到了自己的未来。

苗圃一放下电话,就精心地收拾起房间来。打电话叫来了钟点工,又让花店送来了鲜花和玫瑰花瓣,鲜花摆满了房间,把花瓣洒在浴缸里,精心地擦洗着自己的身体。她要让自己的身体充满着自然的芬芳。她知道如何拿住男人,如何让男人离不开自己。夜色朦胧,罗英彪打了辆出租车来了,推开房门,那个喷香的身体就倒在了他的怀里。房间里只亮着一盏橘红色的睡灯,两个人谁也没有说话,就搂在一起。再坚强的男人也难逃这样美人的魔掌。

"我想你,可是你不要害我。"苗圃在他怀里说。

罗英彪说,我害全世界的人,也不会害你,没有你,我今天还做着教授,是你,把我送上了现在的岗位。苗圃说,不要那样说,我们能走到一起,是缘分,我希望你保护我,我害怕,我害怕他们把我做了。他抱着她,让她放心,"有我,你不用怕。"

苗圃在他怀里睡得香甜。

10

"有我,你不用怕。"他能保护自己吗?

苗圃望着眼前这个男人,两年前的一幕好像又出现在眼前。她记得不是太清楚,自己跟他的第一次是如何发生的,只记得,他们安排了自己去听罗英彪教授的课,是哲学,他是哲学系教授,而且有些名气。听完课,她留了下来,请教了他几个问题,这样,一来二去,就熟悉了。他当然有夫人,而且有孩子,但是,在这样一个漂亮的女人面前,他还是十分高兴的。

她第一次邀请他喝咖啡,他想都没有想就同意了。

"你为什么不拒绝?"她笑着问。

"我不想让一个漂亮的女孩子难堪,喝杯咖啡嘛,没有什么,苗圃，你很有悟性，如果能报考我的研究生，一定会大有出息的。当然，女孩子，搞哲学不太好，我一直主张，你们应该搞文学或者艺术，写写小说，搞搞绘画什么的。"罗英彪望着她，笑着说。

苗圃说，我不喜欢哲学，也不喜欢艺术，我喜欢政治。她说罗教授，你应该搞政治，政治是个好东西，一个男人，只要拥有权力，就可以按照自己的理想，支配这个世界，对这个世界，就有很多发言权。罗英彪有点诧异，望着她，想说什么，话到嘴边又咽回去了。苗圃说，你有话就说，我不怕难听。他摇摇头，告诉她，政治不是你这个年龄的人谈的，更不是你这样漂亮的女孩子谈的。政治是好，但是，政治比任何东西都可怕，一旦沾上了，这辈子也摆脱不了。

"你不想拥有更好的物质生活吗?"

"想，不想是假的。"

两人谈了很多，谈得很投机。这之后不久，两个人就经常见面，直到一个月后的一天，她把他约到了自己的别墅。

罗英彪惊讶得说不出话来，连问你先生是做什么的，这样富有，有这样大的别墅，真是不得了。苗圃说，你如果有权力，你不但会有这样的别墅，而且会有我这样的女人。我不相信你不想，罗教授。罗英彪笑了笑，上前就把她搂进了怀里，你是我认识的女人中，最听话的，你知道我要什么，有了你，什么样的女人我也不要。

"假话啊! 你们男人。"她嗔怪着。

"真的，好东西多了，我怕胃受不了。有你这朵玫瑰，我的生命中，永远都是花香。"他抱着她上床，她没有推辞，而是配合他的快乐。这是她跟罗英彪的第一次，也是她噩梦的开始。这之后的一个星期天，苗圃在凯旋厅请罗英彪吃饭，这个时候，平天浩和鄙野原出现了，她站起来，向他介绍说，这是平天浩先生，我的朋友，中国××××协会会长，他在中国有很多关系，对罗教授会有帮助的。说完朝平天浩笑了笑，"罗教授，平先生想跟你谈点事，我就不打搅了，你们谈。"没等罗英彪允许，苗圃就走了。

他们三个人谈了什么，她不知道。

苗圃只知道，再次见面，罗英彪一个劲儿地问，她跟平天浩的关系，她只好告诉他，在北京 P 医院进修期间，他对自己很好，给予了很多帮助，什么帮助，她没有说。她问他跟平天浩谈了什么，他摇摇头，你不要知道，知道了对你没有好处。我只问你，是当我这个教授好，还是当政府官员好。她说当然是政府官员好，如果你喜欢我，就要当官，否则，你很难有现在的生活。

罗英彪沉思默想了半天。

"我知道平天浩一定会要你做什么，你就答应他吧，反正，在这个社会，都是利用关系，你利用了他，他也利用你，这没有什么关系，否则，你只能教一辈子书，这样的机会不是很多的啊！我知道他那个人，手很长，跟省委领导有关系，有些事情，还不就是一句话的事。"她劝他，当然，这也是平天浩要求她做的。

她需要平天浩，也害怕平天浩。

不久，罗英彪竟然当上了副市长，好像特别自然一样。当上副市长的罗英彪对苗圃更加宠爱了，什么事都依着她，还跟她说，如果他能当上市委书记，就给她一个正式的名分，苗圃说，我不要名分，我只要你爱我，就够了。那张纸，代表不了什么，更表明不了什么，你的内心真正爱我，我就心满意足了。

"你是个好女人。"他疼爱地说。

想到这里，看着眼前惶恐不安的罗英彪，她伸出手，抚摸着他的脸，心疼地说："你害怕了，他们来调查卫梅的死，真的跟你有关系，是你派人杀的？你告诉我，我什么也不会说。"

罗英彪长叹一口气，告诉苗圃，我要杀得了卫梅，我还会这样慌张吗？我告诉你，你们拿了平天浩的东西，什么东西，他没有告诉我，我只知道，那份东西，对他十分重要，可以说，是他的身家性命。苗圃，听我一句劝，把那份东西给他吧。他在和平市和东昌市都有人，而且是很厉害的人，卫梅的死，就是对你的警告。我害怕，你把我牵涉其中，我不是害怕死，我害怕你破坏了他的计划，那么，我们是怎么死的都不知道，他在省里也有人，否则，他不会有如此冷酷的口气。

苗圃表示拒绝。

"你不怕死？"

"我死了他也活不成。"

"鱼死网破。"

苗圃说，你没有看出来吗？他们是在利用我们，他们办的协会，在和平市和东昌市，还有分支机构，听名字好像跟政治一点关系都没有，什么扶贫协会、下岗工人协会、保姆培训中心，但是，你和我心里都清楚，他们是有目的的。罗英彪不以为然，不要说利用，我们每一个人活着，都被人利用，你利用我，我利用你，这是再正常不过的了，问题是我们没有损失什么，也没有犯罪，这是最为重要的。你不是问我，那次平天浩跟我谈了什么吗？我现在告诉你，他要我好好工作，做一个合格的共产党员，你告诉我，这对于我们损失了什么？苗圃不解，他真的没要你做什么？她不相信这个平天浩会花如此大的价码扶持他，而不想得到什么。据她所知，他要打通省委关系，不是一点儿钱就能办得到的。她追问，他吞吞吐吐，他要我办的事现在还没有说，我不能保证以后不说。问题是，如果我不做，他能把我如何？

"你想得太天真了，卫梅……"苗圃说。

"杀我？"他摇了摇头。

罗英彪说，不会的，我不是卫梅，也不是你们，他们要改造中国，或者说要扶持中国，需要我们这些人。我不会为他们做事的，我为我自己做事。

苗圃知道他左右不了，更知道平天浩有对付他的办法。这个，她懒得管，她再次问他，你真不知道卫梅是谁杀的？据我所知，平天浩在北京，不可能是他杀的，但是，除了他，又会是谁呢？

罗英彪叹着气，让她不要去想，反正，你没有麻烦就行，我们不要管别人的事。苗圃不高兴了，她是别人吗？她是我的好姐妹，她死了，我害怕，因为我也知道那份东西。

"到底是什么东西？"罗英彪问。

"我不能说，我说了就是死。"她脸色苍白。

罗英彪没再问，只是再次劝她，把那份东西交了，我跟"他"说说，不要找你麻烦。什么事情也不要做得太过分了，何况你是我的女人，我要保护你。

"再说吧，有你的这些话，我就很高兴了。"苗圃不愿意再讨论下去，她知道，再讨论也不会有结果，她要享受这短暂的浪漫时光。罗英彪已经没有原先的兴奋，象征性地亲热了一番就要走，苗圃有些不高兴，质问他是不是又看上了别的女人。他苦笑了，我敢吗？我就是有那个胆儿，也没有那个力气，说句不好听的话，有你，还有我家的那位，我都吃撑着了，哪里还有别的心思。她再问，假如你当了市委书记，还会对我好吗？罗英彪反问，你真相信，反正我不相信，"他"真的什么事都能办到？不要把他们看成神仙，中国的事情，不是我们想象的那样，今天的事，不可能是明天的事。

"你还没有回答我的话。"苗圃抱住他。

"苗圃，我不是官僚，我只是一名教授，我能走到今天这一步，是偶然，不要以为男人喜欢天底下所有的女人，错了，我欣赏你，永远欣赏，我不会喜新厌旧，何况你也不是旧。好好过日子吧，不要想别的。"他吻了吻她，就悄悄地走了。

她没有说邓刚的事，不是她忘记了，而是她不想说。罗英彪一走，她倒在床上，舒舒服服地睡了个觉，她想，有这个男人保护自己，能有什么事呢？可是，麻烦却找上了她，而且，甩不开，又躲不掉。

罗英彪把车停在一个公用电话亭旁，他从来也不用手机打电话，他记住了平天浩的话，谨慎一些为好。电话一打通，他客气地说，平先生，卫梅已经死了，公安局正在调查，他们已经来东昌市了，找了苗圃，她什么也没有说，我叮嘱了她，看在我的面子上，放过她吧。那份东西，不在她那里，杀了她也没有用。他还问，那份东西就那么重要吗？非得杀人，杀人动静太大了啊！

"罗市长，你错了，我们没有杀人，卫梅的死，跟我们没有任何关系，我们也弄不清楚是怎么回事，公安局调查，就让他们调查好了。那份东西，没有那么重要，她们愿意给就给，不愿意给就算了。你工作很忙，不要操这个心，做好你的事情就行了，我们有合约的，我们一定会履行，也希望你跟我们一样。"对方口气淡淡的，听不出一点霸道。

"明白，先生，我看重合约。"

"那就好，这样最好。东昌市干部快要调整了，这个你不用管，我们已经为你做了准备，组织部和省委的关系，我们都要花钱的，你心里有数，在中国，不花钱是办不成事的。希望你不要让我们的心血白费了。"他在电话里再次叮嘱。

"明白，先生。"

平天浩没有再说什么，挂了电话。

11

柯天星离开苗圃，就返回了旅店。

"柯警长，我觉得这个女人没有讲实话，看她的样子，十分慌乱，她肯定知道些什么，你放心，我会注意她的，有什么新情况，马上与你联系。"易锋把他们送到旅店，下车后对柯天星说。

"也好。"柯天星握着易锋的手，那就麻烦你了，你回去吧，问你们队长好，有空到和平市去。易锋一走，他就对路晓丽说，任四海的话是对的，苗圃跟卫梅绝不是一般意义上的朋友，从她的表情上可以看出来，她害怕的有可能就是杀害卫梅的凶手。唉！对方到底为什么要杀卫梅呢？她掌握了什么秘密？还是她参与了什么犯罪活动？柯天星百思不得其解。

路晓丽有些心不在焉，瞪着眼睛看着他。

柯天星不解，路晓丽你怎么了，发什么呆？啊！我想起来了，你要去看看戈桐，去吧，去吧，有个男人爱你，多幸福啊！就我可怜，孤家寡人一个。

路晓丽被他说笑了，我帮你想想办法，介绍一个女人，我一定帮你介绍一个。说完就笑着走了，找她的男朋友戈桐去了。

路晓丽一走，柯天星更是闲得发慌。

他给史新民打电话，想约他出来喝酒，对方说，我实在脱不开身，这样吧，你多住几天，我一定陪你喝，气得他把史新民骂了一通。一个人跑到附近的饭馆，要了几个菜，喝了起来。

你昨晚是什么时候回来的？柯天星早上醒来见到路晓丽问道。路晓丽骂道，昨晚九点多钟我就回来了，敲你门不开，担心有事，找服务员开门，我看你睡得像条死狗，就没理你。柯大警长，我看你也够可怜的，我一定帮你介绍一个对象，你放心好了，包在我身上。她的话，说得柯天星笑了起来。

吃完早饭，两个人返回和平市。

这一趟东昌市之行，没有任何收获，让柯天星十分沮丧。回到队里，耿琦告诉他，案子没有什么进展，但可以肯定，犯罪嫌疑人跟卫梅很熟。对了，李先进来过电话，我问他有什么事，他不说，好像有什么话要跟你说似的。柯天星点了点头，知道了，你们继续调查，再到新晓蓉那里去一下，看看她接触的人，她与隗南到底是什么关系。这也是一个不简单的女人，刘清、隗南都跟她有关系，即便她不是凶手，也知道卫梅的秘密。耿琦答应了，带着路晓丽走了。

他拨通了李先进的电话。

李先进一听是柯天星的声音，哈哈大笑。"噢，是柯警长呀，刚从东昌市回来呀！有什么新收获？没有，我就知道不会有什么线索的，告诉你吧，杀卫梅的人在和平市，我可以肯定。"说完又压低声音，晚上过来，我在鸿宾楼等你，你不要推辞，我有重要消息告诉你，对案子很有帮助的。

柯天星一听对案子有帮助，马上答应了。挂了电话，他突然想到了一个人，郜野原，这个李先进的秘书，他忘不了拘留李先进时她对他的一瞥。这一瞥里既有惊恐，又有不安，还有一种说不出来的味道。一种只有柯天星这样年龄的男人，而且是当刑警的男人才能感觉出来的味道。他深信，她有什么话要跟他说，而且又不敢说。是什么话呢？难道跟卫梅的死有关？柯天星有些迷惑，好像掉进了一个深谷，寻找不到出路。

晚上七点，李先进站在鸿宾楼门口朝柯天星伸出了手，边上站着穿着整齐的郜野原。他知道她会来，李先进的秘书，当然要跟着老总。但是，当柯天星看到她，心里还是激灵了一下，猜不出李先进要什么把戏。他打着哈哈，李老板，你可能不知道，我从来不到外面吃饭的，我们又不是太熟，我怕有别的什么嫌疑，影响我破案，你与案子有关的话就说，别的就免了。李先进连忙说，你看，你看，你以为我是拉你下水吧，我跟冀南方熟得不能再熟，有必要拉拢你吗？何况我又没有犯事，我是看你像条汉子，这才做点好事。说完又附在他耳边，小声说，你看我这秘书如何？我可以告诉你，我没动过，一个黄花闺女啊！

柯天星一惊，这才知道他的用意。

他故意眨了眨眼睛，小心地说，你试过了？没试过，如何知道的？嘿嘿，我可没有吃别人剩饭的习惯。柯天星的话，说得李先进一愣一愣的。他怕郜野原看出来，连忙打着哈哈，谢谢你了，李总，还能记得我这个小小的警长。两个人说着笑着走进了雅间。一会儿，酒菜齐了，郜野原连忙把三个人的酒杯都斟满了酒，端起了杯子，浅浅地笑着说："柯警长，李总让我今天好好陪陪你，我没有酒量，你多包涵。来，我敬你一杯，祝你升官发财。"

"别，换一个词。"

"那好，祝你身体健康。"

柯天星嘿嘿地笑了，故意悻悻地说："郜秘书，听说你是研究生毕业，是学什么的？怎么到他这里当个秘书呀！不是太埋没人才了吗？李总，我说你也是的，怎么也得让郜秘书当个副总什么的。身体健康好……不过，郜秘书，你知道我还没有结婚呢，身边连一个女人都没有，我很不幸福，你应该祝我生活美满幸福，你说对吧，李总？"

"对，对，我就是这个意思。"李先进连忙奉承说，"你看我这个人嘴笨，郜秘书，你再干一杯，祝柯警官早早找个如意的娘子，快。"

郜野原没办法，只得再一次站起来，又给自己斟满了一杯，端起来，刚要说话，柯天星挥了挥手，开个玩笑，不要当真，什么东西也没有健康重要。健康是最好的。

"谢谢。"她尴尬地坐了下来。

三个人坐下后，李先进就询问他关于卫梅的案子情况，郜野原也问，有没有结果？

柯天星一边喝酒一边反问，李先进，你倒关心起案子来了，我可以告诉你，你虽然没杀卫梅，但强奸罪还是成立的。判你个三年五年的也不是不可能。你不要以为你有钱就可以办成任何事，我告诉你，我现在忙着寻找凶手，等找到了凶手就会处理你的事。

李先进脸色苍白。

"这……柯警长，原谅我对你的不恭。李总跟卫梅睡觉，那不叫强奸，那叫通奸，属于道德范畴的事。李总，你放心，如果他敢把你告上法庭，我一定帮你请最好的律师，这个世界也不是他柯警长说了算的。"郜野原不动声色，却说得柯天星一愣一愣的。

李先进一口气总算喘过来了，瞪着眼睛说："柯老弟，哥哥我今天本来想做件好事，你……你让我说什么好呢？我告诉你，郜秘书的话是对的。我虽然有点强迫，但是卫梅也没有激烈反对呀！我弄不清楚，你为什么这样跟我过不去呢？连冀南方都没有说什么。"

柯天星只好嘿嘿地笑了。

一会儿，李先进故意喝醉了的样子，打电话让司机扶着他回去，硬要郜野原陪着柯天星再坐一会儿，两人只好把他送走了。李先进一走，柯天星的话就直接起来了，问她怎么认识陈志明的。郜野原一听到陈志明的名字，脸就马上变色，冷冷地说，你是审问案子还是吃饭？柯警长，我敬重你是条汉子，才坐下来陪你，看样子我该走了。柯天星连忙赔礼，郜野原这才又坐了下来，但两个人都有些尴尬。临分手时，她嘴角露出一丝说不出的笑容，警长先生，祝你好运。说完挎着小巧的坤包，噔噔地走了。

柯天星听李先进说，是陈志明把郜野原介绍到他公司做事的。从他说这件事的表情上看，他有说不出来的苦衷。作为副市长的陈志明，也是和平市官场上红得发紫的人物。他是市委常委、常务副市长，又兼着政法委书记。据说两个月后的人大上，他就有可能出任市长。学历和年龄的优势，是别人无法比拟的。研究生毕业，年龄又不大，跟罗英彪一样，当过大学教授，有过多部学术著作。这样一个人物，为什么不把郜野原安排到政府部门而要安排到一家民营企业？他想不明白。

柯天星曾经向冀南方念叨过此事，受到他一顿训斥，你吃饱了饭撑得吗？这件事跟案子有什么关系吗？没有关系的事你少多嘴。李先进玩女人在圈里面是有名的，看他对郜野原毕恭毕敬的样子，他就知道这个女人的确有来头。他坐在桌边，仍然想不出这其中的关系。喝完了最后一瓶啤酒，柯天星摇摇晃晃地往外走。

走到门口，就和一个男人撞了一下。

"你……啊！这不是柯警长吗？怎么，你也到这里喝酒，是不是案子愁得发慌？不用愁，我告诉你吧，这件事肯定是李先进做的。除了他，没有哪个男人对卫梅下得了手。走，一块喝一杯去。"隗南夹着一个公文包，带着两个好像是找他打官司的男人，正往里走，一见撞上了柯天星，连忙拉着他往里走。

"不了，我喝过了。"他拒绝道。

"坐坐又有什么关系。"他马上对身边的两个人说，我们改天吧，这是我的好朋友，公安局刑警队的柯警长。那两个人恭敬地握着他的手，一再请柯天星关照。说没问题，你们谈，我们改天。说完就走了。柯天星没有办法，只好随着隗南又进了鸿宾楼。

柯天星不敢再喝酒，点燃了一支烟。

隗南告诉他，有些事情，你大概不知道，不要看李先进是个富翁，他的钱也不是他一个人的，知道吗？柯天星越听越糊涂，说不是他的是谁的，人家可是民营企业。隗南嘿嘿地笑了，你只看到了事情的一面，另一面你没有看到，就凭李先进的能耐，公司能在和平市做得如此大？我告诉你吧，这里面有许多人的利益。

"我不明白。"他仍然摇了摇头。

隗南只是笑，也不解释。柯天星除了案子，对别的事不感兴趣，也就没再问，只问他案子上有什么新的线索没有。隗南说，你听我一句劝，卫梅的案子查不出来就挂在那里，冀南方和市政府不会问的，你们公安局有多少杀人案挂着的，怕什么。柯天星冷冷地笑了，说，我不管别的案子，我负责的案子都要破，不破我就不是柯天星了。他的话，说得隗南一愣一愣的，我算服了你，怪不得连冀南方也躲着你，你这样的人，实在是惹不起啊！

12

卫梅的案子没有进展，苗圃却出事了。

在从东昌市回来一个星期后，柯天星接到易锋的电话，说苗圃出车祸了，重伤躺在医院里，看样子活不成了。柯天星大惊，吼道，到底是怎么回事？是偶然的事故还是有人谋害她？易锋结结巴巴地说，我也是刚才听史队长告诉我的，他知道是你案件中的人，这才让我给你打个电话，要不，你来一趟东昌市。柯天星答应了，马上给史新民打电话，让他告诉医院，务必要抢救过来。交代完毕，他通知了耿琦和路晓丽，三个人约好了地方，柯天星就开着车接上他们俩，连夜赶往东昌市。

"这么巧？"路上，耿琦坐在汽车副驾驶座位上，点燃了一支烟，疑惑地说，你们刚去过东昌市，怎么她就死了？我觉得，卫梅的案子越来越复杂了。路晓丽鼻子"哼"了一声，说老耿，你怎么像个巫婆，也许是巧合呢。在这个城市里，哪天没有车祸？我们不要把什么东西都跟案子联系起来。就是有人想害苗圃，也不可能跟卫梅的案子有牵连，和平市离东昌市好几百公里，不可能，绝不可能。我看苗圃也不是只好鸟，那么漂亮的女人，肯定会有男人为她争风吃醋，弄出点事来很正常。路晓丽倒是一副大大咧咧的样子。

柯天星开着车，一言不发。

赶到东昌市已经是凌晨两点多钟，易锋正坐在医院抢救室门口等着他们。一看柯天星到了，他无奈地说，柯警长，史队长让我在这里等着你，配合你，我看她活不了，你来也是白来，医生不让我们进去。柯天星什么话也没说，就往抢救室走，却被医生挡住了。

"不行，你们还有没有一点人道主义精神，病人都快不行了，你们还……我告诉你们，我是医生，我不允许你们这样做！"一个女医生挡在门口，死活不让柯天星进门。

"医生，我是和平市公安局的警长柯天星，她牵涉一起重大的杀人案，让我进去问问她，她肯定有话对我说，我求求你了。"柯天星不停地乞求。

"我不管你们什么案子，我说过了，我是医生，抢救病人的生命是我的职责，我不同意你们这种做法。"女医生没有任何让步。

无论柯天星如何乞求，医生就是不同意。柯天星只好退而求其次，说，医生，你跟她说，和平市公安局的柯天星正在门外，问她有没有什么话对他说。医生只好答应了。一会儿，医生冷冷地站在门口，说，她愿意见你，我警告你，病人十分虚弱，随时有死亡的危险，你不能问她，只能听她说，而且就一会儿。柯天星答应了。

　　走进病房，他看见苗圃全身缠满了绷带，呼吸机也戴上了，只有一对眼睛还闪烁着对活的渴求。她一看到柯天星，眼睛马上闪动了一下。医生取下呼吸机，柯天星把耳朵靠到她嘴边，她用极其微弱的声音说："救……救救米冰倩，救救……"说完就昏过去了。柯天星一听到这个名字，马上用笔记了下来，米冰倩，米冰倩，到底是东昌市的还是和平市的，但他已经问不出来了。

　　柯天星走出病房，马上对耿琦和路晓丽说，你们马上赶回和平市，用我那辆车，明天一早，不，就是今天晚上，马上核查一个叫米冰倩的女人，查到了马上告诉我，我在东昌市处理苗圃的事。耿琦和路晓丽不解，他就说了苗圃的话，两个人都感到有些紧张，急匆匆地走出医院，开着车走了。

　　他们一走，易锋说，柯警长，到天亮还有好几个小时，我帮你找个旅店，休息一会儿吧。柯天星摇了摇头说，通知了她的家人没有？易锋说，通知了，她的丈夫在美国，最快也得三天后才能赶回来，她的父母在西安，恐怕两三天以后才能到。他又问了问苗圃的家庭情况，并做了详细的记录。易锋困得不行，你不睡，我可得回家睡一会儿。柯天星说，你走吧，明天也不要过来，帮我了解一下交通事故的情况，看看到底是怎么回事，我怀疑有人谋害她，另外，帮我核查一个叫米冰倩的女人，等上了班，我会给你们队长打电话，这段时间你就帮我查查案子。易锋答应一声走了，柯天星也困得不行，就倒在抢救室门口的长凳上，似睡非睡地闭上了眼睛。

　　也不知道过了多久，柯天星听到一阵脚步声，睁开眼睛一看，发现天亮了，看了看表，已经是七点多钟了。他揉了揉眼睛，到卫生间洗了把脸，找到大夫询问苗圃的情况，医生告诉他，病人还在昏迷中，醒不醒过来说不准。

　　柯天星叹了口气，走出医院，到外面吃了点早点，找了个小旅店住了下来，又给冀南方打了个电话，汇报了他在东昌市的情况。冀南方说，需要人手，我就给你增派人员。柯天星说，暂时不要，需要我再找你。

　　八点半，史新民的电话就打过来了，天星，交通事故的情况我已经了解过了，苗圃的车撞在了立交桥的墩子上，引起汽车着火，汽车已经烧得不成样子，无法查出谁在她的车上动了手脚，我分析，这种可能性不大，最有可能的就是，当时她脑子不太清醒而出的事。我查到了在她出事前最后一个见到她的男人，他叫邓刚，是副市长罗英彪的秘书，你找找他。史新民告诉了他邓刚的联系电话。

"谢谢你，新民。"柯天星客气地说。

史新民骂道："你小子少来这一套，我也感到苗圃的事蹊跷，怎么你刚找过她不久，她就出事了呢，难道是巧合？我不相信。你放心，我不会抢你的功，我会全力配合你。那个米冰倩，我已经让易锋查去了，你看还需要人手配合你调查吗？"

柯天星吞吞吐吐地说，最好再派一个人过来，再来一辆车，坐出租车我怕费用太高了，冀南方不给我报销。史新民嘿嘿地笑了，我就知道你不说话，就没憋着好屁。你放心，哥哥早给你考虑好了，你在医院等着吧。

柯天星坐在抢救室的门口刚抽了两支烟，一个漂亮的女刑警就走到了他的面前，笑着说，你是柯天星警长吧？我叫西门红霞，是史队长让我来的。柯天星心里"咯噔"了一下，看她的样子，也就是二十多岁的年龄，纯粹一个黄毛丫头，他骂起史新民来了，唉！这个老史，怎么派这样一个新手过来，难道没有人派了？

"对，我叫柯天星。"

他伸出了手。你叫什么，西门红霞？人如其名，不错，多大了，是刚从警校毕业的吧？到刑警队多长时间了？破过案子吗？

西门红霞一听，没有一点尴尬，鼻子"哼"了一声说，柯大警长，你不要看不起我，我告诉你，我到刑警队已经两年了，参加了不少大案，老有老的长处，也有短处，什么事物都要一分为二，你说对吗？走吧，你会知道我西门是个什么样的人。她的话，说得柯天星一时语塞。

坐到汽车上，柯天星这才知道她今年二十五岁，是沈阳刑警学院毕业的高才生，还是东昌市跆拳道业余比赛的第三名。她开着车，看她的动作，与男孩子没有两样。一会儿，他们就到了市政府。来之前，他已经给邓刚打过电话，两人刚走进门，邓刚就怯生生地站在门口，小声地问，你是柯天星警长吗？我就是邓刚，走，我们到会客室谈。柯天星一看邓刚，个头挺高，长得白白净净，很好看的一个男孩子，看他的年龄倒不大。西门红霞也上上下下把邓刚看了个遍，她没有见过苗圃，但她听史新民说过，苗圃有三十多岁，而且已经结婚。

邓刚一脸沮丧。

"我……我实在不知道昨晚苗圃出事了。刑警队给我打电话时，我吓了一跳，昨晚我们在凯悦饭店西餐厅吃完饭后，已经十点多了，她说她困了，要回家，我是看着她的车走的，她可什么酒都没有喝呀！怎……怎么会出事呢？唉！也怪我，我要是送她回家，也许就什么事也没有了。她……她怎么样，会有生命危险吗？"邓刚结结巴巴，一副惊慌失措的样子。柯天星开始了详细的调查。

西门红霞拿出了讯问笔记，柯天星开始询问。

"你什么时候和苗圃认识的？在你们认识的过程中，你知道不知道她有一些什么样的朋友？有没有仇人？她最害怕的是什么？特别是最近几天她思想上有没有什么变化？你跟她的丈夫认识吗？你们的关系到了什么样的程度？"柯天星向他提了一大堆问题，看得出来，对方有些尴尬，不知如何回答他的提问。

"有些问题我可以不回答吗？"

柯天星还没有说话，西门红霞却开口了。"不可以。邓秘书，我知道此事涉及一些个人的隐私，但是，苗圃很有可能是被人谋害的，你是跟她最近的人，从法律上讲，你也是犯罪嫌疑人，你有权保持沉默，但是，我们希望你说实话，如果我们发现你向我们提供的材料有假，我想你应该知道意味着什么……何况你是政府工作人员，更应该配合我们把事情弄清楚，你说对不对？"她没容对方思想上有一丝的缝隙，一下子把他堵在了墙角。

"这……"

柯天星冷冷地说："说吧。你还年轻，可不要毁了自己。看得出来，你很爱她，是吧？如果是那样的话，你更应该协助我们把事情搞清楚。她有丈夫，这样，于公于私，你都应该把事情讲清楚。"他的话，说得十分婉转，又很有道理。可不是嘛，如果苗圃的丈夫谢小东知道邓刚是昨夜陪伴着他夫人的男人，肯定会找他麻烦的。

邓刚沉思了片刻，开始陈述。

"好像……好像是在一年多前吧，她在省人民医院工作，我陪着我母亲去看病，就这样认识了。我试着约她出来吃饭，喝咖啡，她从不拒绝，很快活的样子。她……她像个大姐姐那样疼我，爱我。只要谢小东一离开东昌市，她总要约我过去，她说她害怕孤寂。有几次，她从梦中醒来，吓得浑身是汗。特别是在柯警长来过东昌市找她谈过话后，她更是惶惶不可终日，我问她害怕什么，她又摇摇头。我看得出来，她是害怕的。出事的前一天晚上，我与她做爱，一次又一次，折腾得我都差一点背过气去，我从未见她这样疯狂过。警察同志，我把知道的都告诉你们了，希望你们……你们不要告诉我的单位，我还不到三十岁，对我不好。"他没有讲她与罗英彪的关系。柯天星没有再问，拿出一张联系卡交到他手里。说有事就跟我联系，说完就带着西门离开了市政府。

13

回到汽车上，西门红霞问，你相信他的话吗？柯天星反问，你相信吗？好动人啊。西门红霞还没有从刚才邓刚述说的情绪中缓过劲儿来。我看邓刚绝不会害自己心爱的女人。而且，我也想象不出这样的女人会有仇家。柯警长，是不是你太富有想象力了？噢！不要生气，我觉得这可能就是一起偶然事故。柯天星冷冷地"嘿"了一声，现在下结论还早。走吧，到通信公司查查她的通话情况。西门红霞朝他做了个鬼脸。

从通信公司调出来了苗圃最近一个月的通话情况。

从她通话情况来看，除两个北京的号码外，反复拨打的号码不到十个，其中最多的是邓刚的手机号码。其他的号码不知道是谁的。西门红霞找到通信公司的熟人，马上核对出来了，两个手机号码是谢小东的，一个手机号码和一个座机号码是和平市的，还有两个座机号码是市政府机关的。柯天星马上给耿琦打电话，让他马上核对这两个号码，西门红霞也让邓刚核对市政府的号码。这一查不要紧，却让西门红霞惊得手机都差点从手里掉了下来。

"柯警长，市政府的电话号码是罗英彪办公室的，这……这……难道他跟苗圃也认识？"西门红霞惊诧得不敢相信。柯天星当然知道罗英彪是何许人也！一听到是他的号码，也吃惊不小，难道此事跟他有关系吗？那样的话，就复杂了。

柯天星再次感到案子的复杂性，有些棘手。

"北京方面的电话先放放吧，西门，在你的地盘上，你想想办法，看看能不能跟罗市长联系一下，我们问问他到底是怎么回事。"柯天星笑着说。

西门红霞马上给史新民打电话，说了柯天星的意思，对方马上说，不可以。柯天星接过电话，又说了半天，还是被史新民拒绝了。史新民在电话里劝道，我说老弟，这些事涉及罗市长的个人隐私，绝对不合适，你还是让哥哥我多当两年队长吧。我想罗英彪与苗圃绝对是一般意义上的朋友，退一步讲，他们即便有那种关系，这也算不了什么，何况我们也不能断定苗圃的车祸是人为的。易锋已经从交通队回来了，交通队关于事故的结论也下来了，我让他给你送去，就是一起普通的交通事故。老弟，回和平市吧，苗圃跟你们的凶杀案没有牵连。

西门红霞朝柯天星做了个无奈的动作，"对不起，柯警长，在权力面前，我无能为力。你说我们现在去哪儿？"她苦笑着。

"去哪儿？去医院，我就不相信，没有你们的帮忙，我办不成案子。"柯天星气呼呼的。

西门红霞只笑了笑，开着车飞快地往医院而来。一到医院抢救室门口，他们就发现一个男人坐在那里流泪。

柯天星试着问，你是苗圃的什么人，难道是她的丈夫谢小东？男人惊讶地"啊"了一声，瞪大了眼睛，看着穿着警服的柯天星问，你是什么人？对，我就是谢小东，刚从美国赶回来。你怎么知道我的名字？难道她是被人害死的……

"我叫柯天星，是和平市的刑警。"他指了指西门红霞，她是东昌市的刑警西门红霞，我们慢慢谈吧。柯天星看看四周，也没有合适的地方，就做了个请的动作，请他到外面。谢小东跟着出来了，他们三个人来到医院附近的一个小茶馆，要了一壶茶，就慢慢地聊了起来。

柯天星说，我为了一起凶杀案，前几天找过苗圃，想不到她……她竟然出了这样的事，所以我才从和平市赶过来。我已经问过交通队了，没有任何人为的痕迹，也就是说，排除了她被人谋害的可能。但是，我们还是想听听你的意见，你觉得苗圃有仇家吗？会有人害他吗？

谢小东脸色冷冷的。

"柯警官，你既然排除了她被人谋害的可能，那就是说，这起事故与我没有关系，不知道我理解得对不对，如果没有关系，我想我是不是可以走了？"他不紧不慢地说。

"对，你理解得没有错。"柯天星说。

"那好，对不起两位，我走了。"谢小东把他们晾在了那里。

谢小东一走，西门红霞也说，既然不是谋杀案，我待着也没有意思，柯警长，我也回去了。

走吧，走吧，柯天星一挥手，你们都走吧。他一个人坐在那里没动，一个劲儿地喝茶、抽烟。难道我的判断错了？柯天星望着街上的人来车往，难道真的是偶然事故？难道罗英彪跟苗圃真的是一般意义上的男女关系？难道谢小东心里还有其他痛点？他抽着烟摇了摇头，坚信这里面肯定有不为人知的秘密，什么秘密，柯天星猜不出来。

耿琦的电话打过来了，他说已经查到了一个叫米冰倩的女人，她在市中心地段开了家私人诊所，叫冰倩诊所，那个电话号码就是她本人的，诊所有五六个大夫，生意蛮好的。我跟路晓丽去过了，路晓丽说，这个米冰倩，长得比卫梅和苗圃还漂亮，是个十分精明的女人。她听说苗圃出了车祸，马上惊诧得不知所措。她说她跟苗圃是好朋友，跟卫梅也认识，我们没有说几句话，她就开着车走了，说是去东昌市看望苗圃。

柯天星一听米冰倩来东昌市了，又担心起来，怕她路上遇到什么不测。

"好吧，老耿，你和路晓丽马上对米冰倩的情况展开调查，你记住了，不要告诉任何人。交通队对苗圃的事故鉴定已经出来了，排除了人为的可能，她还昏死在床上，我再等等，如果实在没有什么结果，我再回和平市。记住，对米冰倩的调查不要告诉任何人，我不想再看到第三个卫梅的出现。"柯天星再次叮嘱。

挂了电话，他又来到医院。

谢小东依然守在那里，不允许柯天星走进病房。

他没办法，只好离开了医院，等他下午再次来到医院时，才知道苗圃已经死了。抢救室冷冷清清的，太平间里更是冷得让人打寒战。他看着苗圃仍然清秀的面容，嘴角处好像还挂有一丝笑意。他长叹一口气，红颜薄命啊！难道真的是天意？他不相信，他不相信她的死是偶然。柯天星蹲在太平间外面，抽着烟，不肯离去。

下午五点多钟，一个穿着范思哲米黄色风衣，漂亮得让人炫目的女人出现了，她高高的个头，瓜子脸上架着一副"宝姿"眼镜，手提棕色的 FENDI 坤包，戴着昂贵的粉色 GUCCI 腕表，柯天星曾经在商场里见过这款腕表，知道价格不菲。她走进太平间，递给看守的老人三张大票，这才站在苗圃的尸体前，久久不动。

她摘下眼镜，擦了擦。

"节哀吧，米小姐。"柯天星在她背后说。

米冰倩吃惊地回过头来，这才看见穿着一身警服的柯天星。她没有说话，仍然站在那里看着苗圃。

"我没有猜错的话，你是她的好朋友，也是卫梅的好朋友，愿意跟我说说吗？我实在不希望像你这样漂亮的女人在地球上消失。原谅我说话的粗俗，但我说的是实话，不管你愿意不愿意听。"柯天星一字一句地说。

米冰倩转过身来，从身上掏出一支烟，点燃，冷冷地看了他一眼说："不要以为我不知道你的名字，柯天星警长，你的自信毁了她，知道吗？如果你不找苗圃，她不会死……说到底，是你害了她啊！"她把烟扔在地上，使劲地用皮鞋踩灭。

这下让柯天星震惊了。

看样子，她比柯天星更了解事情的经过。

他一时愣愣的，不知如何是好。

走吧，柯警官，我请你吃饭，如果你不拒绝的话。这个世界上，没有谁比你更急着知道苗圃和卫梅的死，更害怕我死，因为，如果我死了，你的线索也就断了，是吗？你放心，我一时半会儿还死不了。一个人选择了生的时候就选择了死，它是一个轴心的两扇门，没有什么可怕的，只是，我不愿意看着自己死在害我的人手里。她一边说，一边朝外走去。她身上仿佛有一种魔力，使柯天星不自觉地跟在她的后面。

他上了她的宝马车。

风一样的速度。

米冰倩开车一般男人都望尘莫及，动作利索，比男人更男人化。汽车来到东昌市最好的五星级的白天鹅酒店。米冰倩开了两个房间，我要洗洗，一个小时后，我们大厅里见。说完走进了电梯间。

柯天星也在房间痛痛快快地洗了个澡。

快七点钟，米冰倩下来了，又换了一身白色的西服套裙，人更显得冰清玉洁。他们没有到外面吃饭，而是在酒店的中餐厅坐了下来。她选了个雅间，是靠着街面的，要了几个像样的菜，开了一瓶法国葡萄酒，把两个杯子斟得满满的。醇酒美人，连柯天星这样见过大世面的男人也弄不清楚对方要干什么。

"做个朋友吧。"她举起了杯子。

"这……米小姐，我可是个穷警察，连科长都没有混上。当然，有你这样漂亮迷人的女人做朋友，是我求之不得的。来，祝你永远幸福愉快。"柯天星端起了杯子。

"柯警长，穷没有什么不好，我告诉你，时髦就是凄凉，名声就是寂寞，漂亮就是罪过，我现在就是为漂亮在赎我的罪过。不要看我穿着名牌，享受着别的女人望尘莫及的生活，谁又能知道我心中的痛苦啊……不说了，喝酒，在这样美好的夜晚，说这些不痛快的话做什么。"米冰倩把一大杯酒倒进了嘴里。

"能告诉我卫梅和苗圃为什么会死吗?"他试探着问。

她摇了摇头："我为什么要告诉你? 没有理由。"

"我们不是朋友吗? 这可是你说的。"

米冰倩笑逐颜开，忽然又收住笑容。朋友，你说得对，就是不要把秘密交给朋友，尤其是好朋友，因为，友情是用来分享幸福和分担痛苦的，却不能承担彼此的秘密。她突然变得像个哲人，一副高深莫测的样子。

她的样子，高傲而任性。

他被对方吸引了。

14

在三十五年的人生中，柯天星从未碰到过这样的女人。

米冰倩不但漂亮迷人，而且高深莫测。她身上透出一种神秘而又迷人的韵味，这种感觉，是他从未经历过的。他感到这个女人不但知道卫梅案子的全部，而且知道苗圃是怎么死的。他要撬开她的嘴，他要让她开口说话。他知道急不得恼不得俗不得，跟这样的女人打交道，你必须调动全身的神经细胞，否则，你死定了。

"那你交给谁？交给你的恋人，你的爱人，你心上的人。你结婚了吗？对不起，原谅我问得有些……你不会在意吧？"柯天星话刚说出来，又有些后悔，觉得太唐突。

米冰倩倒不在意，没关系，今晚你可以随便问。我告诉你，我没有结婚，结婚做什么呢？难道要买一根绳索来捆住自己的脖子吗？你认为男女之间有爱吗？反正我感受不到。男女之爱，是要有分离的思念才能感受得到的；是要将痛苦的泪水洗干净了才能看得清的。我不喜欢分离，所以就无法感受到这些……柯警长，你是不是觉得我太浪了？

"不，不，挺好的。"他连忙说。

她笑笑，是那种多疑的笑。她说你也是孤独的一个人吧？太寂寞了些。我知道你们男人都是耐不住寂寞的。是你眼光太高了，看不起那些庸脂俗粉，还是……没有碰上红颜知己？

米冰倩的眼光流露出一种好奇，一种说不出来的味道。那双明亮的眸子像一束高强的电流，一下子把他罩住了。柯天星不是那种轻浮之人，也不是那种见了漂亮女人就走不动路的人，他看人就像办案，就像看一件古董，总要反复琢磨其价值。现在，他关心的是案子的进展，是卫梅和苗圃的死因。

"噢，不……"

他摇了摇头说，是没有女人看上我。一个穷警察，不值几个钱。这个年月，还是不谈男女之爱好，没有钱，男人狗屁不是。米小姐，你跟卫梅和苗圃是什么时候认识的？杀人犯也太过分了，这么漂亮的女人怎么……怎么就下得了手，这不……弄得世界上又多了两个光棍汉。他的话说得米冰倩开心地笑了。

柯天星和米冰倩聊得十分开心。

她滴水不漏，什么也没有告诉他。

夜深了，她酒也喝多了些，脸色绯红，眼神迷离，柯警长，今天晚上我过得很愉快，难过的是我的好朋友死了，高兴的是认识了你，让我知道世界上还有你这样不争名利的男人。扶我到房间里去吧，我怕支持不住了，你放心，我不会害你的，更不会让你跟我上床，走吧。她直露的话语倒让柯天星不好拒绝。他扶着她往回走，她靠在他的肩膀上，像一对亲密的恋人。

回到房间，米冰倩就坐在沙发上，转过身，双手吊在他的脖子上，可怜兮兮地说："柯警长，长夜漫漫，你真的忍心让我一个人这样度过呀！这要是别的男人，还不疯了。如果你有意思，我不会拒绝的。"她露出嗲嗲的神情，一副水一样的感觉。

柯天星扶着她在沙发上坐好。

"对不起，米小姐，你虽然漂亮迷人，惊艳得让我心猿意马，但请原谅我，我不能。如果小姐真的认为我这个人不错，请跟我说实话，我会永远记住你的，也许，会爱上你，这个还真说不准。但现在不行，我永远都把职业和爱区分开的。"柯天星抻了抻衣服，准备往外走。

米冰倩收住了笑容，满意地点了点头，柯警长，你的精神让我感动，我只想告诉你一点，你斗不过他们的，永远斗不过。这个世界永远都是这样黑白不分，好人没有好下场，坏人活百年……如果我死了，你也不要追究，这是我自找的。谢谢你的正义，希望你永远这样，永远像一个真正的警察那样办事，永远记住你头上顶着的国徽。你走吧，我要睡觉了。米冰倩说完，眼睛潮湿了，她用手掩饰自己的伤感。柯天星也没说什么，转身走了。

柯天星一走，米冰倩马上恢复了原先的神态，没有一丝醉态。她穿好衣服，走出房间，来到饭店大厅公用电话前，拨通了一个电话，压低声音说："我是米冰倩，对，我到了东昌市，住在白天鹅酒店，我要马上见到你，你过来吧。"她告诉了对方房间号码。回到房间，米冰倩又换了套白底蓝花的分身睡衣，补了补妆，点燃了一支烟。一小时后，一个穿着黑色风衣，戴着墨镜的高个子男人敲开了房间的门。

米冰倩没让对方坐，脸色冷冷的。

"你告诉我，苗圃是不是你的杰作？你要还是个男人就说实话。卫梅死后，我就警告过你，不要太过分了，虽然卫梅有她的过错，交往人员太杂，说了不应该说的话，但苗圃可是为你……不说了，你们男人都是猪，连猪都不如。一个如水的女人，你都下得了手。下一个是不是我？说话呀，哑巴了？"米冰倩声色俱厉，眼睛里透出灼人的光，恨不得上前一口把他吞噬。

男人长叹了一口气，发誓说，冰倩，天打五雷轰，如果我杀了苗圃，让我出门被汽车撞死。我也是刚刚听到这个消息，知道和平市公安局派出柯天星警长来东昌市了，知道这是个一根筋的警长，他调查卫梅的案子盯上苗圃了，我现在是关键时期，我怎么……怎么可以做这样的事，何况我跟她好了这些年，我怎么下得了手。男人一副沮丧的表情。

"那么是'他'派人做的？"米冰倩鼻子"哼"了一声。

"不可能，'他'还在北京。"对方说。

米冰倩的鼻子又"哼"了一声，我知道"他"在北京，我知道"他"办这样的事用不着自己动手，有你们这些人就够了。我知道那份材料我要是泄露了，你和陈志明就都完了，这关系到你的一生。我没有想到，我们把你和陈志明扶上去了，你们却要鸟尽弓藏。你们也太狠毒了！你告诉"他"，我永远也不会交出那份材料的，我把它放在一个十分安全的地方，如果我死了，它马上就会被送到省公安厅。告诉你，你们不害怕柯天星，你们能控制住他，但你们不要忘了，省公安厅社团处处长沐剑锋在卫梅死的第二天就到了和平市。你应该知道他是为什么而去。那可是一个不动声色的家伙，一个面带笑容却把刀子刺进你心脏的人。她的话让对方打了个寒战。

"我知道他去过了。"对方点点头。

"你怎么知道的？"这下让米冰倩震惊了。

男人点燃了一支烟，坐了下来。冰倩，你不知道他们的势力，你搞不清楚他们在什么地方设了钉子，你不知道东昌市、和平市什么岗位上还有他们的人。我上了船，没有选择了。反正他们现在还没有向我提出要求，走一步算一步吧。如果我违背了他们的意志，苗圃的下场就是我的下场。听话，答应他们，把那份材料给了他们，求一个平安吧。至于省公安厅沐剑锋的事，我知道一些，他是为托比的事去的。这跟我们没有关系。他的神色轻松了许多。

米冰倩嘿嘿地笑了。

"你笑什么？"对方有些恼了。

"我笑你是个挺聪明的人，想问题却如此糊涂。我告诉你，托比就是他们派来的人。苗圃死前告诉我，托比找过她，威胁她，说如果不交出那份材料，那么，卫梅的下场就是她的下场。你说说，苗圃的车祸难道是偶然的吗？肯定是他们派人做的，当然不是托比亲手做的。他们有人，有你猜不到的人，这就是他们的可怕之处。"米冰倩脸色相当难看。

对方被震惊了，半天无语。

"好吧，我跟'他'说说，劝'他'住手。"男人整理了一下领带，转身往外走。在酒店门外乘坐出租车走了，来到市中心，他下来了，来到一个公用电话亭，拨通了一个电话。"是我，我不明白，你为什么要这样做呢？难道真的要把你和我送进坟墓吗？她已经知道了这件事是你做的，她一捅出去，就一切就都完了。收手吧，我已经劝了她，让她把那份材料交出来。告诉我，到底是一份什么材料，如此重要？"他声音有些颤抖。

电话那头一声长长的叹息。

我还不是为了你啊！你知道吗？我让托比走近卫梅，花了几百万元，目的就是那份材料，可是卫梅精明，托比根本弄不清她放在哪里。我没有办法，这才……你不知道，那份材料不仅关系到你的身家性命，而且关系到一大批"忠诚分子"的身家性命。此事你不用管了，由我来处理。你现在重要的任务就是下个月的人大，省里的关系我已经帮你打通了，市里也没有什么问题，但是，投票过程我们无法掌握，你要多接近普通的代表，特别是那些下层选出来的代表。我再次警告你，一定要廉洁勤政。我对你跟苗圃的关系十分不满，难道女人对你就那么重要？记住，仕途是你的一切，只有当你爬到了权力的高峰，你才能拥有一切，千万不要鼠目寸光啊！对方语重心长。

"我记住了，先生。"

"记住了就好。我们选中你，是看中了你的才华和思想。中国，只有在你这样的人的领导下才能富有和辉煌。其他的事你不用管了，我会有办法的。"对方交代了几句就挂了电话。放下电话，男人长长地出了一口气，昂首阔步走进了繁华的街道上，一会儿，就湮没在人流中。

男人一走，米冰倩倒睡不着了。

她走到窗前，打开了窗户，一阵微风吹了进来，是那样的惬意和舒畅。她突然想到了和平市的他，他知道卫梅和苗圃的事吗？他知道我面临的危险吗？他要知道了会如何？他会像刚才的男人那样，把仕途看得比自己性命还重要吗？米冰倩有些拿不准，她看了看表，已经是晚上十一点了，还给他打电话吗？在房间里转了几圈，她还是拨通了那个熟悉的号码。片刻，柔柔的声音就传了过来。宝贝，是你吗？当他听到她在白天鹅酒店时，高兴地说，我到东昌市开会，也住在这里，难得，你过来吧。他告诉了她房间号码。

15

晚上，阮眉和戈桐来到沐剑锋办公室。

"关于托比的材料，我调查了半天，十分有限，基本上找不到什么。他前几天来过东昌市，找了苗圃，然后就回北京去了，到现在还没有回来。在和平市那边，法院已经判决，卫梅的房产归托比所有，这样说来，他花在卫梅身上的钱，基本上没有损失。那个苗圃出车祸已经死了，柯天星怀疑是被人所害，这个我们没有证据。但此事跟托比没有关系，因为他不在东昌市。处长，就让柯天星他们调查吧。"戈桐汇报说。

阮眉也说，和平市那边，好像是风平浪静，没出现什么大的事情。柯天星继续让路晓丽和耿琦调查，他们也没有查出什么来。李先进被放出来了，悠闲自在地活着。处长，我们是不是太敏感了，难道那个托比走近卫梅，真的有目的？也许他是为了卫梅呢。听说那个女人长得可漂亮了。她也持有与戈桐相同的观点。

两人的意见也不是没有道理。

沐剑锋点了点头，你们的话也有道理。但是，我依然认为，托比走近卫梅，肯定是有目的的。你们继续跟踪案子，我觉得此案还没有进入实质阶段。如果柯天星继续调查下去，就会触及对方的疼处，那个时候，很多问题才会暴露出来。柯天星在明处，他躲不过对方的明枪暗箭。而我们在暗处，正好更清醒地看清案子的全貌。沐剑锋交代了一番，两个人就走了。

第二天早上，柯天星早早起来，发现米冰倩的宝马车不见了，就问服务台，房间的客人是不是走了？服务台回答说，一大早就走了，你房间的费用她已经埋单了。

柯天星也没在意，离开饭店，就来到医院，刚到太平间门口，就看见谢小东陪着两个老人在那里流泪，他一打听，才知道是苗圃的父母。柯天星走上前，说了自己的身份，安慰了两个老人一会儿，就询问苗圃的情况。这一次，谢小东没有阻止他，站在一旁，任凭他询问。

苗圃的父母告诉他，苗圃大学毕业后，就很少回家，但每年都给家里寄不少钱，说她活得挺好的，我们也就放心了，没想到遇到了这样的事情。唉！天意啊，好人命不长啊！要是……要是她留在北京的 P 医院就好了，也不会出这样的事。

柯天星惊诧，她还在 P 医院待过？苗圃的父亲说，她本是保健医生，到 P 医院实习，就是为了做好首长保健的。说着他拿出一张照片，上面有十个人的合影，其中就有卫梅、苗圃和米冰倩，其他的人不认识。

柯天星心里"咯噔"一下，难道这跟卫梅和苗圃的死因有关？他马上就说，能不能把这张照片借给我？

苗圃的母亲说，人已经死了，留着也没有用，你拿走吧。柯天星拿着照片，站在那里琢磨着什么。

谢小东冷冷地站在他面前。

"柯先生，你真的认为苗圃是被人谋害的吗？"谢小东问。

柯天星把他拉到了一边，耐心地告诉了他卫梅之死，告诉了他苗圃跟卫梅的关系，告诉了他苗圃之死很可能涉及一桩重要的案子。他的话，让谢小东有些茫然，她只是一个普通的女人，只不过长得漂亮些罢了。她的世界很小，我没有发现她跟别的男人接触。

柯天星判断苗圃除了邓刚外，很有可能跟罗英彪也有肌肤之亲，但他不好把这些情况告诉谢小东。

"谢先生，原谅我说些冒昧的话，你太忙了，把这样一个漂亮的女人放在家里，你放心吗？她耐得住寂寞吗？难道你从不想这些？我们退一步讲，就是你老婆没有别的意思，这个花花世界的男人会放过她吗？我知道你很伤心，我本不应该说这些，但是，为了给死者一个满意的答复，我不得不这样讲。"柯天星拍了拍他的肩膀，递给对方一支烟。谢小东没有拒绝，接过烟就点燃了。

"你还知道什么？快告诉我。"他抓住柯天星的手。

柯天星把他的手轻轻地拨开，如果你方便，我们晚上聊吧，我知道你很忙，我在东昌市还要待一天。他告诉了他自己住的地方。

谢小东点点头，说好吧，我晚上过去。柯警长，苗圃对我挺好的，我从未怀疑过她对我不忠，你说得对，我把这样一个漂亮的女人放在家里，是有些……有些那个，男人们是不会放过这样漂亮的女人的。假如有人要谋害她，我想不出什么原因。贪污受贿，制毒贩毒……什么事也不可能跟她沾上边呀！我们又不缺钱用，我赚的钱，她怎么用也花不完呀！为情？那应该杀了我才对。你说是吧，柯警长？

谢小东找不到答案，就连柯天星也找不到答案。他跟谢小东一样，弄不清楚对方为什么要杀害卫梅和苗圃。钱财的谋杀、情杀都可以排除，越是这样，柯天星越是感到案子不简单。

晚上六点多钟，谢小东找到旅店来了。

柯天星拉着他来到旅店对面的小饭馆，点了几个菜，要了几瓶啤酒，一边喝一边聊了起来。

谢小东说，我跟苗圃是三年前认识的，后来她认识了罗英彪，他是我们东昌市最有作为的政府官员，应该说是精英。我碍于他的面子，很多事情我没有管，我们很幸福，有什么事罗市长都能给予关照。我真想不出苗圃会有仇人。

柯天星一听谢小东说苗圃跟罗英彪的关系，大喜，觉得这是解开苗圃死亡之谜的关键。他连忙问，罗英彪又是怎么认识苗圃的呢？

谢小东淡淡地说，这个我不知道。

柯天星大意了，随便问了一句，你觉得苗圃和罗英彪……

谢小东一惊："你是说罗……不可能吧，他现在红得发紫，什么样的女人没有，怎么会看上苗圃呢？"他这样一说，又觉得有些不对，皱着眉说，"他跟苗圃的关系，会不会就是为了……唉！经你一说，我对这些事情才有所感悟，怪不得她在床上没有激情，像一具死尸。难道她真的……"谢小东自言自语地说着。

柯天星恨不得给自己一个嘴巴，为什么说这样的话呢？这万一……会闹出一些意想不到的事来的。

"谢先生，我只是随便说说，你不要放在心上，苗圃生前我见过，她不是那样的女人，你放心好了，何况罗英彪现在红着呢，什么样的女人找不到呀！你说对吗？你千万不要放在心上。喝酒，我们干一杯。"柯天星把话题扯开了，免得带来不必要的麻烦。

谢小东却放不下了，你不要劝我，如果她跟罗英彪上过床，我想那也是有不得已的原因，人已经死了，我也就没有必要问为什么了。不过，我见过你说的那个卫梅，她到我们家里来过，她跟罗英彪也很熟呀！跟你们和平市的副市长，你的上级陈志明也很熟。

柯天星大吃一惊："你说什么，陈志明认识卫梅和苗圃？"

谢小东看着他吃惊的样子，不解地说："柯警长，这有什么不对吗？卫梅来我们家时，我听她们谈话时提到过陈志明，听她们的口气，他们跟陈志明都挺熟的。"谢小东随口说着。

"那米冰倩你见过没有，听苗圃谈过没有？"柯天星追着问。谢小东想了想说，我没有听到过这个名字，也没有听她说过。我工作忙，来去匆匆。苗圃胆子大，一个人过得挺好的。

谢小东与邓刚的说法截然不同。

柯天星一时愣住了，又不好问，转而说，我想见见罗英彪，你有办法约他出来一趟吗？你用什么借口都行，就是不要说我找他。

柯天星突然迫切想见一见罗英彪。他想从这个高级干部的口中寻找答案。

谢小东想了想，明天是苗圃安葬的日子，我给他打个电话，他肯定会来的。你约好时间，我让他去找你，你放心，我不会告诉他你是谁。对了，你告诉我，除了罗英彪以外，苗圃在外面还有没有别的男人？柯天星为难了，告诉不是，不告诉又不是，他无奈地看着他，只有苦笑了。

"好，柯警长，我不勉强你。我知道了答案，我不怪她，不管她是活着还是死了，我永远爱她。每个生命都有它或悲或喜的释放形式，爱的本身，是宇宙中最深沉的秘密，是人生中奢侈的极致。说不准我碰上了心爱的女人，也会爱上她。好了，谢谢你谈了那么多，我走了。"谢小东绅士般地笑着，握了握他的手，就走了。

谢小东一走，邓刚的电话就来了。

邓刚说要见见他，柯天星说你过来吧，他说了见面的地点。

一会儿，萎靡不振的邓刚就来到了旅店，坐在他面前，沮丧地说，罗英彪找过他，问了苗圃的事。

柯天星大惊，他是怎么知道的？谁告诉了他？

邓刚摇摇头，我不知道，看样子，苗圃害怕的那个人很有可能就是罗英彪。我琢磨着，苗圃早就跟他上过床，而且不是一般的关系，听他的口气，苗圃的死他很痛心。

柯天星更加迷惘，如果是那样的话，就不会有人害苗圃。难道是自己真的判断错了？还是……柯天星对自己的判断产生了质疑。

"他问了你一些什么？"柯天星问。

"唉！问我那天晚上为什么跟苗圃在一起，跟她是怎么认识的，我搪塞说，我们是体检时认识的，就是一般的朋友，他也没有再问。柯警长，跟你来的那个女刑警是东昌市的吗？刑警队长不是史新民吗？我估计是他告诉了罗英彪。听说史新民跟罗英彪关系相当不错，何况罗英彪现在正红，他肯定会紧跟他的。唉！官场上就是这样。我今天来，就是要告诉你这些关系，我看你是个正派的人，才这样说。我也琢磨过，肯定有人在苗圃的车上做了手脚，而且肯定她知道某些人的秘密，所以才……供你破案参考。"邓刚分析说。

"罗英彪是怎么当上副市长的？"柯天星问。

邓刚想了一会儿说，具体情况我不清楚，官场上的交易一般人是悟不透的，除非你是这个圈子里的人。听说省委一位主要领导看中了他，反正，让人感到他有后台似的。

柯天星问不出什么，就问他明天是否参加苗圃的葬礼，你跟她相爱一场，是不是最后看她一眼。

说到这里，邓刚眼泪"哗"地流了出来，柯大哥，我永远都忘不了她。他不愿意再说什么，搪塞了两句就走了。

16

一个让男人动情的女人应该是个好人。

柯天星望着邓刚的背影，也有些感伤。他打了辆出租车，来到了刑警队，推开了史新民办公室的门。"史头儿，真有你的，把什么情况都告诉罗英彪。告诉我，为什么这样做？"柯天星生气地问。

史新民望了他一眼，叹着气说："你冤枉我了，不是我告诉他，是他打电话来问，我这才……我也是没办法呀！他是常务副市长，市委常委，我躲不过呀！行了，事故结论也出来了，你明天回和平市吧，我让西门送送你。"史新民关心地说。

"谢了。"柯天星拒绝了。

"好，好。"史新民摆了摆手，"我知道你是一根筋，连冀南方也拿你没办法，你要用车就找西门。"

他把西门红霞喊了进来，交代说，西门，听清楚了吗？你柯大哥可是条汉子。说完又闲聊了一会儿别的，柯天星就走了。西门红霞跑出门，附在柯天星耳边悄悄地说，明天早上我过来，你等着我。柯天星还没有弄清楚怎么回事，她已经走了。

柯天星有些累了，打车回到旅店，给耿琦打了个电话，问了问他们调查的情况，洗了洗就睡了。天气刚进入秋天，外面又下着小雨，东昌市虽然在南方，但也有些凉意了。外面的树叶虽然翠绿，却透着凄凉，想到苗圃和卫梅这样朝霞般的生命过早地凋谢，更是让人感到一种揪心的悲痛。

西门红霞早上八点钟就开车来了，在旅店门口等着。

柯天星走出旅店，看到西门红霞站在那里，笑容可掬，一时愣了，想不出史新民又玩什么鬼点子。他走了过去，半开玩笑地说，西门，你今天怎么了，好像太阳没有从西边出来呀？西门红霞瞪了他一眼，没好气地说，狼心狗肺的东西，我知道你今天要去参加苗圃的葬礼，这才偷偷地跑了出来，史队长还不知道呢。对不起，要不是我告诉史队长，也不会给你惹那么多麻烦。柯天星马上大度地说，没关系，哥哥不会怪罪你的。你今天来，就什么都有了，走吧，去火葬场。

西门红霞愉快地开着车上路了。

今天两个人都没有穿警服，柯天星穿了件黑色的风衣，戴了副墨镜，西门红霞也穿了件黑色的风衣，挽着柯天星的胳膊，就像一对情人。他们来得早些，就站在不远处看着。九点钟刚过，苗圃单位的人就来了，谢小东来了，邓刚也来了，就是没有看见罗英彪。追悼会开完了，还没有看见罗英彪出现，就在柯天星扭头要走的时候，一辆黑色的奥迪车风一样驶了过来，车一停，他就看见一个穿着黑风衣，戴着墨镜的中年男人走了下来，走到了谢小东身边，站在苗圃的遗体前，久久无语。

参加葬礼的人已经走了，宽大的房间里只有谢小东和罗英彪两个人，柯天星和西门红霞站在门口看着。听不清楚谢小东跟他说了几句什么，反正，罗英彪一声未吭，凝视了片刻，前后还不到五分钟，就走了。他一走，柯天星也离开了火葬场。路上，西门红霞问，你仍然怀疑有人谋害了苗圃？柯天星反问，你觉得呢？她摇了摇头，我也想过，但实在找不到别人杀害她的理由。总不会无缘无故杀一个人吧。柯警长，原谅我说几句你不爱听的话，自信是好，但过分的自信就会带来盲目，我们办案，是要以事实为依据，以法律为准绳的啊！

"西门，谢谢你的提醒。我明天就要返回和平市，希望你有空到我们那里玩玩。"柯天星不愿意跟这个女孩子说得太多，怕她又给史新民报告。

西门红霞很高兴，你放心，柯大哥，有空我一定找你，反正你光棍一个，也没有什么闲话，你说对吧？对，对，柯天星笑了，我什么都不怕，还怕这些。你是我小妹妹嘛，有什么怕的。他的话，说得她也咯咯地笑了。

吃完中午饭，柯天星坐在房间里等着罗英彪的到来。

约好了时间，罗英彪很准时，两点钟，他准时推开了房门，一进门，他看见是柯天星，愣了一下，连墨镜也没有摘下，上上下下把柯天星打量了个遍，掏出支烟，点燃，半天没吭声。柯天星本来想开口的，但他改变了主意，想让对方先开口。

"你是柯天星？"

"是，罗市长。"

"冀南方的手下，为了卫梅的案子到东昌市来的，你推测苗圃是被人杀害的？你从通信公司查到了我与苗圃的通话记录，所以，你怀疑我是杀害苗圃的凶手，我的话没有错吧？"罗英彪一副成竹在胸的样子。

"没错，罗市长。"

"我可以告诉你，我是爱苗圃的，她是一个让男人怜爱的女人，没有她，也就没有我的今天。我知道，作为一个领导干部，这样做有些不道德，但是，我没有办法，我离不开她。哲人们说得对，甜美的女人是个魔鬼，她把自己的柔顺与甜美献给她的男人，可一旦这个男人吞下这颗甜果，甜果中就会钻出毒蝎来，从而一点点地毁灭自己。你知道我目前的处境，你可以毁灭我的政治生命，我不会怪你，是我自作自受。但是，我与苗圃的关系跟卫梅的案子没有任何牵连，我只希望你能为此保守秘密，我欠你的，我会偿还，我说到做到。再见。"罗英彪没容柯天星说一句话，转身就走了，倒把他晾在那里。

"这……怎么回事？"柯天星摇着头。

罗英彪一走，谢小东的电话就打来了，问罗英彪来过没有。柯天星把刚才的事说了一遍，谢小东就劝解说，他能说到这个份儿上，已经很有诚意了，人已经没了，我看就算了吧，是是非非就让它过去了。我也原谅了他，你就不要再追究了。何况我们以后说不定还会求着他呢。柯天星吞吞吐吐地答应了。

在东昌市这几天，柯天星什么线索也没有得到，倒弄得里外不是人。他结了账，离开了旅店，准备坐下午的长途汽车返回和平市。还没有走多远，却与新晓蓉和隗南碰个对面，想躲开已经来不及了，三个人都有些尴尬。隗南搓着手，脸涨得发红，新晓蓉也知道无法掩饰两个人的关系，马上大大方方地笑了笑。

"噢，柯警长，你到东昌市来办案了？不……不瞒你说，我们俩是……你明白吧，但我们绝对没有杀害卫梅，怎么说她也是我的亲姐姐吧。现在这个年代，哪个女人没有一两个情人，哪个男人没有一两个相好的，太正常不过了啊！听……听说柯警长没有对象，包在我身上，隗南，帮柯警长想想办法，介绍一个优秀的女人给他，像柯警长这样优秀的男人，哪能没有好女人相伴呢。"她有些皮笑肉不笑。柯天星实在受不了这样的尴尬，硬撑着笑了笑，你们忙吧，我要赶回和平市去，再见。说完逃跑似的走了。

"怎么办？"新晓蓉懊丧地说。

隗南叹着气，男女关系倒是其次的，他不会对这些感兴趣。关键是柯天星怀疑我们串通一气害了你姐姐，如果他从这个方面找证据，我们的日子就不得安宁了。唉！我说了，不要为了那点钱跑到东昌市来，何况苗圃已经付了我们一笔钱，要再把他惹恼了，没有我们的好日子过。他有些垂头丧气。

"那个苗圃死了，这是个千载难逢的机会。有什么可怕的，我们手里有他们两个做爱的照片。亲爱的，我还不是为了我们两个好吗？我让你走近我姐姐，把她送给你，不就是为了我们两个好好相爱吗？走吧，我们先住下，没有什么可怕的，天塌下来有高个子顶着。何况东昌市的领导我认识不少，他们都到我那里做过衣服。放心吧，隗南，卫梅又不是死在你我的手里。"新晓蓉拉着他就走。

一年前，新晓蓉跟踪卫梅来到东昌市，没有发现任何秘密，却发现了她跟苗圃的关系。精通男女之道的新晓蓉马上从苗圃的阔绰和富有上判断出她是一个有钱人，她在东昌市待了一个星期，终于发现了苗圃与罗英彪的关系，拍下了两个人做爱的照片，从苗圃那里敲诈了一笔钱，当她听到苗圃死了的消息，马上判断苗圃的死跟罗英彪有关系。就拉着隗南，急匆匆地赶来了，想就此再敲诈一笔钱。

在酒店住下后，她就给罗英彪打电话，我手里有一些你非常喜欢的照片，是你跟苗小姐做爱的照片，如果你想要，就到酒店里来找我。罗英彪正被柯天星的事闹得心烦，一听新晓蓉的电话，他马上答应了，约好了时间，就给史新民去了个电话，在交代了一番后，就坐在办公室的椅子上喘着粗气。

新晓蓉感到很高兴，就搂着隗南在床上滚成一团。隗南说，你比起卫梅来还是差一点点，她竟然让那个外国鬼子托比给她出了两百多万元，我就弄不清楚了，她是使用了什么手段。我跟她上过床，我看她还不如你呢。新晓蓉揪着他的耳朵，恶狠狠地说，你不是个东西。还没有等两个人高兴的劲儿缓过来，史新民就带着人推开了房门。

新晓蓉和隗南被关进了拘留所。

照片被收走了，连底片也被收走了。律师出身的隗南当然知道自己犯的是什么罪，连连叹着气。史新民特意来到市政府，亲自将照片和底片交到了罗英彪的手里，一再说，罗市长，这些东西只有我一个人晓得，您放心好了。那两个人怎么办？放还是判？我听您的，如果要判，我以敲诈罪做材料；如果要放，我保证他们不再多说一句话。他毕恭毕敬地站在一边。

"谢谢你，老史。"罗英彪握着他的手，再三表示感谢。你知道，我们都是男人，都有可能犯男人犯的错误。我为那件事感到内疚，那已经是好几年前的事了，没有想到……唉！那个叫新晓蓉的女人实在有些可恶。你是老公安了，我想你应该知道如何处理类似的事。好了，再次谢谢你，我会记住你的。他从柜子里拿出两条烟，塞到他的手里，一直把他送出门外。史新民也不客气，拿了香烟，说了句谢谢就走了。

他知道官场上的关系复杂，他不想多问，也不愿意多考虑，谁当权跟自己都没有关系，他更不愿得罪罗英彪，听说他有后台。

17

柯天星晚上七点多钟才回到和平市。

他实在有些疲倦，回到家，跟父母打了个招呼，倒下就睡，这一觉睡下来就到了第二天上午八点多。匆匆忙忙擦了把脸，就来到了刑警队。见到队长，他要汇报到东昌市的情况，还没有等他说，队长就摆摆手，卫梅的案子你直接向冀局汇报吧，我也弄不清楚怎么回事。站在一旁的路晓丽偷偷地笑了，柯天星瞪了她一眼，你笑什么，有什么可笑的。

耿琦说，柯警长，我们研究一下，你再向冀局汇报，省得人家说我们办事不成，坏事有余。柯天星答应了，三个人坐在那里，研究着卫梅的案子。

柯天星介绍了到东昌市的情况，耿琦说了近期的调查情况，说完大家都默不作声，看着柯天星。柯天星说："你们看着我做什么，我脸上又没有花，有什么可看的？路晓丽，你不是一天到晚叽叽喳喳吗？说说你的看法。"柯天星抛给耿琦一支烟，自己也点燃了一支，悠闲地看着天花板。

路晓丽撇了撇嘴，生气地瞪了柯天星一眼，看着笔记本说，我认为隗南的作案可能性大，你说了，看见他跟新晓蓉在东昌市，又不知干什么勾当呢，而且，我查过了，卫梅购买股票的 60 万元现金，的确有诈骗的嫌疑，只不过隗南是律师，做得滴水不漏罢了。他跟卫梅好，又跟新晓蓉好，更证明了他是冲着卫梅的钱去的，卫梅一死，这账也就没法算了。李先进也说，新晓蓉到过他的公司和家里，她也不是个省油的灯。老耿，你说是吧？

"托比呢，他真的爱卫梅？"柯天星问。

耿琦皱起了眉，疑惑地说："托比一下子给卫梅 260 万元，这是不是有些太大方了？我打听过他的收入，年薪 50 多万元，他不吃不喝也要攒五年多，这……你不觉得这有些蹊跷吗？"

耿琦的话，触动了柯天星最为敏感的神经，难道卫梅与托比之间还有不可告人的秘密？如果是那样的话，这案子就越来越复杂了。

"不可能，绝不可能。"路晓丽否定了耿琦的话，你们不要把几百万元当成大数，在外国人眼里，这算得了钱吗？一个男人喜欢一个女人，人家就喜欢这样，何况卫梅除了她自己，也没有什么值钱的东西给托比，她又不掌握国家机密，柯大警长，你说是吗？另外，你们也许不知道，法院已经把那套房产判给了托比，他什么亏也不吃啊！

"真的？"柯天星有些吃惊。

"绝对没错，我问过法院了。"她说。

柯天星拧灭烟头，我还是觉得托比有些可疑。任何事情都应该有合理的解释，如果找不到理由，那么，我们就要找到理由。我今天也不汇报了，路晓丽，你跟我一块找找托比，耿琦，你到四海旅行社找一下任四海，问问他，在卫梅接的团里面，有没有涉及国家机密的旅客。耿琦答应一声，拿起包走了，路晓丽一脸不高兴，跟着柯天星也走了。

托比刚从北京回到和平市，见到柯天星有些惊诧："怎么，柯警官，找到杀害卫梅的凶手了？太好了，中国政府的警察办事效率就是高，快告诉我，是谁杀了她？为什么杀她？"托比急不可耐地问。

"不慌，不慌，托比先生，我们早晚会找到杀害卫梅的凶手，这个请你放心。我们还有一些事情要请教你，坐。"柯天星来到托比的公司，在会议室见到了他。托比一听柯天星的话，就有些泄气，长叹了一口气，给柯天星冲了一杯咖啡，坐在对面，耐心地等着柯天星的问话。

"托比先生，我了解过你的收入，你年薪是50万元，加上奖金，每年不会超过60万元，你还要消费，抛弃这些，你每年能有40万元的存款就不错了，你到和平市也只有两年多一些吧，怎么可能一下子拿出260万元给卫梅呢？这些让人想不通。"柯天星不紧不慢地说。

托比做了个无奈的手势，这好像跟卫梅的死没有关系，这是我个人的隐私。柯警官，难道我就不可以从国外带些钱来吗？我就不可以向朋友借钱吗？我告诉你，卫梅的死跟我没有任何关系，她是我爱着的女人，我绝不会杀害她。如果柯警官仅仅是问这样一个话题，我想你可以走了。托比下了逐客令。

"这个……"

"我不想继续我们的谈话，那样的话，会使我与卫梅之间纯洁的爱情蒙上阴影。我可以告诉你柯警长，如果你找到了我杀害卫梅的证据，我愿意接受中国法律的制裁，我这话说得还不明白吗？路警官，你说呢？"他朝路晓丽笑了笑，软中带硬，把柯天星等人逼进了死胡同。

柯天星没办法，只好起身告辞。从 UTY 公司出来，柯天星站在大街上发呆。

"碰了一鼻子灰吧？"路晓丽笑着说。

柯天星没理她，抽完一支烟，又带着路晓丽走进了 UTY 公司所在大厦的保卫部。经理跟柯天星很熟，一见他来了，又是倒茶又是拿烟，柯天星说，你帮我一个忙，能不能在 UTY 公司里找个熟人，当然是中国人，我有些事要问问。经理说，你放心，我认识他们的人，你到隔壁房间里坐一会儿，我马上给你找人。

两个人来到隔壁房间，还没有坐一支烟的工夫，经理带进来一个五十多岁的男人，说他叫池北海，是 UTY 公司的老人儿，有什么事你尽管问，没有关系的，说完他就走了。

"池先生，麻烦你了。"柯天星作了自我介绍，说了卫梅的案子，说了案子的情况，说了自己对托比的怀疑，问他对托比了解多少，托比到底是个什么样的人。

池北海沉思了片刻说，托比是总公司派来的，连老板也管不了。他不懂业务，却拿的钱最多，一天到晚在外面跑，也不知道干些什么。他很少跟我们说话，我也觉得他是不是还有别的任务……或者从事其他工作。我说不准……不过，他明天上午准备回国，是九点钟的班机，恐怕不会再回和平市了。我想他的任务已经完成了。

"你说什么，他明天要走？"柯天星问。

"是，明天上午九点钟的班机。"池北海重复了一遍。

"那好，那好，谢谢你了池先生，那就这样吧。不要把我们见面的情况告诉任何人。"柯天星叮嘱了一番，给了他一张联系卡，池北海就走了。

他一走，柯天星皱起了眉，冷冷地说，路晓丽，我想托比肯定把有用的东西带走了。我要拘留他，搜查他的行李，肯定能找到对我们有用的东西。

路晓丽摇摇头说，不合适吧？冀局也不会批准的。

柯天星说，不用，机场我认识人，让他们把行李仔细搜查一遍，不会有任何麻烦。说完就离开了大厦。

回到队里，耿琦也回来了，告诉他任四海那里没有任何有用的线索。

柯天星向耿琦说了自己对托比的考虑。

"柯警长，不合适吧。他可是外国人，这闹不好会有国际影响的。冀局可最怕这样的事。我想你还是请示一下冀南方吧……何况，你推测的成分太多，我觉得查不出什么东西的。"耿琦毕竟是老同志，考虑问题比较周全。

路晓丽也接着耿琦的话说，我也觉得是，八字还没有一撇呢，就要搜查，搜到了当然好，没搜到呢，不是把我们圈进去了吗？柯天星坚持自己的意见，说出了事我一个人顶着，跟你们没有关系。明天早上我们七点钟在队里集合，一块去机场，一切有我呢。

两个人没办法，吐了吐舌头，走到一边忙去了。耿琦毕竟是老同志，还是给冀南方打了个电话。

冀南方大怒，把柯天星喊到办公室，一顿臭骂，你简直目无纪律，你眼里还有我这个局长吗？托比是外国人，这弄不好就是国际关系，你不怕，我这个局长还想多当几年呢。柯天星吐了吐舌头，我也没有别的意思，就是让海关仔细检查一下，这有什么关系？

"不行，托比的事你不用管。"

"为什么？"柯天星不解。

"不要问为什么，这是纪律，该你知道的你知道，不该你知道的你不用知道，干了这么多年，连这个道理你都不懂吗？"冀南方斩钉截铁地下了死命令。

柯天星没有办法，只好垂头丧气地离开了办公室。

冀南方拨通了沐剑锋的电话。

"谢谢你冀局。我知道了，行，托比的事就交给我吧。"他寒暄了两句，就挂了电话。

沐剑锋马上给阮眉和戈桐打了电话，约好了碰头的地方，他又带了几个人，马上赶到和平市，与机场有关部门进行了协商，协商好了，几个人就在和平市住下了。第二天一大早，他就带着人赶到了机场，专等托比的出现。

海关的人员把托比的行李搬进了房间，仔细地搜查了一遍，没有发现任何可疑的东西和线索。只好放他走了。沐剑锋给冀南方打了个电话，说了有关情况。

回到省厅，沐剑锋越想越觉得此事有些不对，他让戈桐给路晓丽打了个电话，这才知道柯天星跟冀南方争吵的情况，以及他的怀疑。

"很显然，柯天星的怀疑是对的，但是，有人给托比通风报信了，否则，他不会那样从容。托比肯定是此案的一个关键人物，可能感到我们注意到了他，他这才离开和平市，如果是那样的话，这个案子就越来越复杂了。"沐剑锋对他们两个人说。

"托比后面的人是谁?"阮眉问。

沐剑锋摇了摇头。

18

托比走了，柯天星把视线转向了米冰倩。

他永远也忘不了苗圃生前那句话:"救救米冰倩。"他相信苗圃在生死关头说的这句话不是简单的一句话。但是，没有发现米冰倩有任何危险的苗头。

柯天星想，要想知道这里面的秘密，只有跟米冰倩摊牌了，也许，这样会使她警觉起来。他给她去了电话，约她到外面吃饭，米冰倩愉快地答应了。

他们来到了幽静的烛光酒楼。

晚上的酒楼有些朦胧，人不多，三三两两的，柔和的金色把一切都罩在其中。木质的梁柱和门脸，古香古色的雕花桌子，姿态各异的花草饰物，以及墙上的名人字画，都在昏暗的氤氲中若隐若现。这里是和平市最贵的酒楼，也是有钱人吃喝玩乐的好去处。男人女人坐在阴影里，轻声细语地聊着，偶尔有服务小姐轻轻的脚步声，才知道这里是个酒楼。

米冰倩看着桌子上摇曳的烛光，深沉如水的回忆在脑海里四处飘荡，这里有太多的回忆，她双眼湿润了。

"为什么要来这个地方？"她幽幽地问。

柯天星看着桌边花瓶中的玫瑰，笑了笑。

远处传来了悠扬的琴声，是二泉映月，如泣如诉，那声音夹杂着岁月的声波，仿佛要流进梦幻一般的过去，她感到有许多人生的滋味涌上心头，又忽然凝结，感到一片空白，咽喉处使劲把那股酸楚吞了回去。

"这里有你很多的回忆，对吧？"他问。

米冰倩倏地变了一张脸，冷冷地笑道："我现在才明白你是个厉害的角色，说吧，你想知道什么？"

柯天星也不绕弯，说了托比之事，说你应该知道卫梅和苗圃的死因，有一点我必须告诉你，如果你不愿意跟我合作，下一个死的人就是你。

她一听，脸色陡变，惨白惨白的，猛地把一杯葡萄酒倒进了嘴里，喘了口气说，对不起，我不知道，我怎么能知道她们的事呢。柯警长，你找错人了。你不是警长吗，还用问我？她揶揄地说完，又露出一丝不屑，眼角瞥了他一眼，嘴噘了起来。

柯天星知道她会这样，就说出了苗圃生前最后的话。

米冰倩好像被子弹击中，摇摇欲坠。她从桌子对面疾步走到他面前，挨着他坐下，一把抓住他的手，哆嗦地说："柯警长你……你没有说假话吧，苗圃真的是那样讲的？真的，你没有骗我吧？"

柯天星没有拿开她的手，反而在她手背上轻轻地拍了两下，认真地说："米冰倩，我的第六感知道你也是个受害人，我实在不愿意苗圃的悲剧在你身上重演。我虽然没有找到苗圃被害的证据，但我可以肯定，她是被人杀害的。如果你听不进我的话，我也没办法，只有听天由命了。"柯天星做了个无奈的手势。

她把手从他手上抽了回来。

"你……我给你介绍一个对象吧？"她转了个轻松的话题。

柯天星半开玩笑地说，好呀！我一个人实在是太寂寞了。

她看了他一眼，眨着眼睛，也用开玩笑的口吻说，你看我怎么样？我也是单身呀！

柯天星连连摆手，我高攀不上，你还是饶了我吧。米冰倩，我们说是说，笑是笑，你不愿意讲我也不勉强你，你什么时候想讲就找我。我绝不是吓唬你，你肯定掌握着别人的什么秘密，而这个秘密，也许会是你致死的原因。卫梅、苗圃都一样。

米冰倩没有接他的话，看着杯子里血红的葡萄酒发呆，仿佛那里有往日的许多记忆。

柯天星离开酒楼，米冰倩一个人坐在桌边发呆。她拒绝了他送自己回去的要求，只想一个人静静地坐一会儿。她不相信柯天星的话，但是，苗圃的话她不能不信，难道他们真的要对自己下手？哼！他们要让我死，我也要让他们亡。米冰倩心里诅咒着。我为他们已经做了不少了，他们不守诺言，也怪不得我。米冰倩走出酒楼，开着车，在和平市高速公路上狂奔。她要到东昌市问问他，问他为什么要杀苗圃。晚上十一点多钟，米冰倩住进了白天鹅酒店。和平市到东昌市几百里的路程，她用两个小时就跑完了。

还是那个男人，准时敲开了门。

"是陈志明叫你来的？"男人冷冷地问。

米冰倩已经洗了澡，长长的头发披在肩上。她坐在沙发上，叼着烟，架着二郎腿，厉声问："柯天星已经找过我了，苗圃在死前曾经告诉他，让他救救我，我相信她的话。我想过了，'他'在北京，绝不可能从北京派人过来，很有可能是你安排的。你跟公安局的人熟，史新民又是那样对你死心塌地，除了你，不会有人杀害卫梅和苗圃，不会有人准备杀我。我们三个人死了，你们的一切也就没有人知道了，是吧，你是这样想的吧？我告诉你，如果我死了，你也得完蛋，我把你和我以及你和苗圃之间的事全部录了音，我一死，这盒录音带就会有人交到有关部门，哼哼，我不是卫梅，也不是苗圃。"

男人笑了，为什么不是陈志明呢？他是和平市主管政法的副市长，他比我更有条件。

米冰倩摇摇头，这个问题我也想过了，但是，他要利用公安局的人杀卫梅，就要过冀南方这一关，这一关他过不了，冀南方不是史新民，他有头脑。何况我跟他的关系……他绝对不会这样做的。

男人叹了口气，这就是你们女人最为悲哀的地方，我告诉你，最信任的人，才是最靠不住的人……不过，我也认为陈志明不会这么做。告诉你吧，我到现在也弄不清这其中的奥妙，"他"利用了谁？"他"在东昌市、和平市到底安插了多少钉子？男人感到迷惑不解。

"你真的不知道？"她问。

男人再次点了点头。

"那我只好到北京找'他'了。"她说。

"不，'他'没有在北京，我也不知道'他'在哪里，据说'他'正在南方的几个省……你找到了'他'也没有用，我给'他'打过电话了，'他'否认这件事。"男人走上前，再次说道，我们斗不过"他"的，认命吧，否则，你真的要走她们的路啊！我不愿意看到这种悲剧在你身上重演。

米冰倩长叹了口气。

男人动情地说，是你把我送进天堂，送入地狱，不是为了你，我会为他们做那么多事？说到底，冰倩，我是为了你呀！想当初，我认识了苗圃，我以为碰上了我生命中的红颜知己，谁知道却是一个无底的陷阱，我不想做，你又来了，我的灵魂无法摆脱你的肉体，我拒绝，我心里知道你是有目的走近我的。但是，我的灵魂就是摆脱不了你。我迷恋你的肉体，在你身上，我感受到了天堂般的快活，我知道你的后面还有人，但我已经管不住自己了。我的灵魂和肉体被你撕裂，我已经不是一个完整的人了！但你……却以为我杀了卫梅和苗圃，我会杀她们吗？我为什么要杀她们呢？

"为了你自己。"米冰倩冷冷地说，只有我们三个人知道你是怎么爬到现在的位置的。只有我们知道你的核心秘密，没有了我们，你就是一个好干部，有作为的干部，你就可以像个正人君子，你就可以玩弄更多的女人，更年轻的女人。我们在你的心目中，已经是旧货了，你拥有权力，就会有更多的新货供你挑选和使用，这个时代，崇拜的是权力，是金钱……

"不。"他拉住米冰倩的手，柔情万分地说，"冰倩，什么样的女人也不能跟你相比。你是我的上帝，是我的圣母，是我的一切。让我在这里陪你一晚吧，我会向你解释一切的。"

米冰倩看着他，沉默不语。男人脱下衣服，走进浴室冲了个澡，披上睡衣，拥着她倒在了床上。她开始想，也许我猜错了，这样的男人，怎么会杀卫梅她们呢？那么是谁呢？难道是陈志明？

"不，不可能是他。"米冰倩心里千百次这样想过，又这样否定过。陈志明那么爱我，他不会骗我的。他迷恋的是我的身体，而陈志明是爱我的灵魂。苗圃如果知道她跟这个男人的关系，会气死的。她也没有告诉自己的好朋友，自己在这之中扮演着什么角色。但是，她知道，这个男人，和陈志明，都是冤孽。

"冰倩，这次市长的竞争，陈志明帮了我很多忙，我非常感谢他，不管能不能当上，我答应了的话一定兑现，我说到做到。只是你不要把我们之间的关系告诉他。他多次叮嘱我，不允许我动你。他也不让我与苗圃保持关系，我也不知道为什么。苗圃找过我几次，我知道她是个好女人，谁知……好人命不长啊！你知道，她的丈夫谢小东是我的朋友，他长年在外，我怕她寂寞，让一个叫邓刚的小伙子做了她的性伴侣。那可是个健壮的男人啊！我这样的安排也是不得已而为之。怕毁了我们的大事。"男人说得十分动听，十分诚恳。

米冰倩听完心里很舒服。

"好吧，好吧，算我错怪了你。"米冰倩拍了拍男人的脸，点燃了一支烟，男人趴在她的小腹上，仰着脸看着她。"你听着，我们见面的事你不要告诉任何人，包括陈志明。你不要问为什么，按我的话去做，只要你听话，你会得到更好的报偿的。我警告你，除了你老婆，不要跟别的女人上床，在这样的关键时刻，不要为了女人毁了自己。女人是好，金钱是好，但这些东西跟权力比起来，就不值一提，知道吗？"米冰倩说。

"是，是。我听你的。"男人笑着说。

"那就好。"米冰倩又拍了拍他的脸。

米冰倩从东昌市回来，已经很晚了，但是，她还是给陈志明打了个电话，告诉他，自己想见他，就在和平饭店，她告诉了他房间号。陈志明说，我正开着会，要晚上十点钟才能过去，她说没关系，我等着你，再晚我也等着你。他说好吧，没有变化我就不给你打电话了，你耐心等着，我也想你，我们见面再说。

米冰倩挂了电话，耐心地等着。

19

晚上十点半，陈志明推开了房门。

米冰倩一声不吭，扑进了他的怀里。陈志明抚摸着她的秀发，十分怜爱，他对她说，我知道你要问我什么，卫梅和苗圃的死，跟我真的没有关系，他们做事，也不会告诉我，我不可能知道这里面的事情，但是，我从"他"的口气中知道，你们拿了"他"的一个东西，什么东西我不想问，也不愿意问，我被提拔为副市长"他"帮过忙，算是对我有恩，我答应过"他"，只要是不违反法律的事情，我帮"他"做三件。

米冰倩相信他的话。

"罗英彪呢，听说他跟史新民关系好，会不会利用他的手，把苗圃做了？可是，卫梅呢……和平市是你管的，他们不可能插手。志明，我想不明白，这到底是谁做的？下一个会不会是我，你能保护我吗？我真的有些害怕。"她躲在他怀里，瞪着一双明亮的眸子。

"这个你放心。"陈志明把她按在床上，坚定地告诉她，在和平市，有我，你就放一百个心好了。冀南方会听我的，我管这一块，没有我的话，他不敢做任何事情。你不要问，如果他敢把手伸到这里来，我就是不当这个副市长，也要保护你。他激情昂扬，语言铿锵。

"你真好，志明，我爱你。"她吻着他。

"我也爱你，宝贝。"

陈志明跟罗英彪不一样，认识米冰倩的时候，他已经是区委书记，后来平天浩出现了，答应了他什么，她不知道，她只知道，他很快就成了副市长，很快就当上了政法委书记，一个官场上的人，是不会拒绝别人的帮助的，何况这个人能让他实现自己的梦想。为官做什么，就是往上升嘛，这就是陈志明的逻辑。既然人家履行了诺言，自己当然也要履行，但是，对方没有提出，提出了他就要办。

两人躺在床上缠绵。

"冰情，能告诉我，'他'要的那份东西是什么材料，为什么'他'如此着急，好像要了'他'命似的?"陈志明坐了起来，点燃了一支烟。

"志明，你真不知道'他'是做什么的?"

"不是协会的嘛。"陈志明说，我问过"他"，"他"告诉过我，什么协会的我一下记不清楚了，反正，是登记了的协会，在民政部登记的，我还让人查过呢，而且，他们在中国做了很多慈善项目，还在和平市两个乡建立了科技站，给农民免费提供种植技术，我觉得对农民收入有好处，我是支持的。陈志明肯定地说。

米冰情想解释，话到嘴边又咽下去了。

"你有话说。"他看出来了。

米冰情告诉他，没那么简单，比你想的要复杂千百倍，他们不会做赔本买卖的。我原先在医院培训，也是跟你一样想得简单，他们对我好，给我花钱，我不当回事，现在我想起来，他们是在拉拢我，当我明白的时候已经晚了。我不敢向你们这样的领导汇报，又不敢跟"他"对着干，因为，我们不知道"他"在什么地方有关系，就像我们不知道卫梅、苗圃是谁杀的一样。你说你没有杀卫梅，而"他"还在北京，那么，可以肯定，在和平市，还有他们的人，是谁? 不知道。这真令让人胆寒。

陈志明没有那么震惊，他平和地说，现在的人，都是利用和被利用的关系，没有你说得那么可怕。

"好了，不说了，我希望你刚才说的话算数，一定要保护我，否则，我到地狱也不会放过你的。"她抱着他的头，再三乞求着。

"不用这样，宝贝。"陈志明再次说，"我说过了，他们如果把手伸到了这里，我就管不了那么多了，我会保护你的。好了，你休息吧，我不在你这里过夜，怕别人找麻烦，我还是回去吧。"

"那好，你走吧。"她恹恹的。

陈志明从床上起来，穿好衣服，悄悄地走了。走到楼下，他看了看表，已经是晚上十一点半了，路上十分寂静，基本上没有人走动。月色清幽，晚风吹得人痒痒的，让人十分惬意，他站住，点燃了一支烟。刚抽了一口，突然他浑身一颤。

他不知道想起来了什么，觉得必须给"她"打个电话，他找了个公用电话亭，拨通了电话，没有寒暄，直接说："告诉我，卫梅是不是你们做的，苗圃是不是你们做的？除了你们，不会有别人的。不要否认，否认也没有用，我只告诉你，到此为止吧，如果米冰倩有什么事情，我会把所有事情都告诉政府。"

"不是我们做的，我们杀她们做什么，何况我也不会杀人，'他'在北京，也杀不了人，这都是意外，真的是意外，跟我们的事情没有关系，没有任何关系，你不要把我们之间的事情想得太复杂，我们帮你，是我们相信你，你才是中国的未来，我们想看到一个真正强大的中国，除此之外我们没有任何目的。"

"郜野原，说得多好听啊！"他挂了电话。

陈志明气呼呼的，还未走开，电话又打过来了，还是郜野原打来的，她告诉陈志明，不要节外生枝做蠢事，我警告你，如果做了，你一样完蛋。你听好，我们是找她要过东西，因为那份东西，会毁灭我们的。我们就是为了保护你，才要那份东西，如果那份东西落在政府手里，你这辈子全完了，我劝你不要管这件事情，我们保护你，也是保护自己，我们的利益是一致的。不要迷恋她，女人有的是，没有米冰倩，会有更好的女人来到你的身边。你记住，权力是支配世界的，支配这个世界的一切。但是我们不会杀人，杀人是最蠢的。好了，不要生气，你随时可以过来，我在这里等着你，我会给你一个不一样的世界，不比你的米冰倩差。唉！跟你说句我不应该说的话，我们在和平市还布置了人，当然不是杀人的人，你知道就行了，不要跟任何人说。没办法，谁让我喜欢你呢。她挂了电话。

陈志明拿着听筒的手哆嗦着。

"他们还有人，那个人是谁？"

"不是他们杀的卫梅，鬼才相信。"

陈志明诧异，难道我是在别人的监督之下？这个人是谁呢？在和平市官场，难道还有我不知道的人？郜野原从未向我说过这件事，难道平天浩还留了第二手和第三手？想到这里，他第一次感到对方的可怕，觉得自己太大意了，以为碰上了件什么好事，却未想到是这样。

"米冰倩拿到的东西是什么？她是如何拿到手的，这个女人，我小看她了。"陈志明站在电话亭外面，望着夜空，陷入了沉思。"哪个人都不简单，哪个人都是为了利益在搏斗，不管了，我倒要看看，他们如何办。"他往家里走，突然，冀南方的形象映入了他的脑海，这个人，让他琢磨不透，"杀人做得滴水不漏的，一定是公安局的人，让柯天星去查吧，我看他们如何逃脱，那个人，也不是个善主。"

陈志明想到了办法。

米冰倩想了许久，还是拨通了一个电话，看样子，是一个不愿意打的电话，电话响了半天，对方才"嗯"了一下。她知道，他们夫妻是分开睡的，房间里就他一个人，所以她才这么晚打电话。她没等对方说话，就告诉了他陈志明晚上来过，询问他调查卫梅死的情况如何，自己会不会有危险，陈志明能不能保护自己。

"有我，你还不放心吗？"对方冷冷地说。

"放心，你我的关系，我没有告诉任何人。我知道，有你，在和平市我没有危险。我只是告诉你，陈志明也许会怀疑你杀了卫梅。当然，你不会杀她的，你杀她做什么呢，没有理由，我害怕他后面的人对你不利，他们在和平市还安排了别的人。"她在电话里关心地说。

对方"嗯"了一下说，知道了，挂了电话吧，太晚了，我也累了，要睡觉了，放心吧，没有事不要给我打电话，接触多了，总会有问题的。他没有再说什么，挂了电话。

米冰倩长叹了一口气，打完这个电话，她好像轻松了许多，洗了个澡，躺在床上，很快就睡着了。米冰倩做梦也没有想到，危险正一步一步地向她逼来。

郜野原拨通了平天浩的电话。

她说了陈志明晚上来电话的情况，询问怎么办。

平天浩说，这件事跟你没有任何关系，你做你的，卫梅和苗圃的死，跟我们没有任何关系，我们不会杀人，杀人是最蠢的。你还是按计划执行，如果改变计划，我会通知你的。他说完，就挂了电话。

第二天早上，米冰倩刚起来，还没有洗脸刷牙，桌上的电话就响了，她很是诧异，这么早，谁会来电话呢？而且是打她住处的电话，这个电话号码，一般人不知道。她拿起电话，刚"喂"一声，熟悉的声音就传了过来："米小姐，这么早给你打电话，一定把你惊到了吧？想了很久，我觉得还是给你打个电话，没有别的事，还是那件事，只要你把那份东西给我，我保证，你不会有任何事情。"

米冰倩冷冷地笑了："你拿什么保证？"

"人格，我的人格。"

"你还有人格吗？"她"哼"了一声，告诉他，在医院实习的时候，我相信你，这才有了今天的结果，我以为你是个好人，请我们吃饭，给我们花钱，没有想到，你利用我们，我知道你们的目的，我给你留着面子，没有告诉任何人，就是为了让你收手。如果我死了，那份东西，很快就会出现在柯天星的办公桌上。你和你的组织，将面对中国的法律，你会把牢底坐穿。我不是卫梅，不是苗圃，我就是我。我知道，你在和平市还有人，但是，我不怕，我做了死的准备。

"何必呢，米小姐，鱼死网破对谁都不好。我们没有亏待过你，给了你钱，你今天的生活，是我们给你带来的。如果我们把陈志明扶上市委书记的位置，你将一生荣华富贵，整个和平市，都将是你的，这不好吗？"他很轻松地笑着。

"对不起，不要做梦。"

"我们有这个能力，你不相信？"

米冰倩不想跟他再啰唆，只告诉他，我什么都不需要，我需要平安，需要踏实过日子，如果我没有危险，那份东西，永远不会见阳光，否则，你的一切，都将暴露在阳光下。她挂了电话。

20

陈志明给冀南方打电话。

冀南方很奇怪，他很少接到陈志明的电话。连忙问，陈书记，您有什么指示？我马上办。

陈志明说，南方，不要指示指示的，市长找了我，询问近期市里的治安情况，说到了那个卫梅的死，我听说你已经安排柯天星负责，我想问问，情况怎么样了，要抓紧把案子破了，好向市里有个交代。

冀南方说，我工作没有做好，具体情况我真不太清楚，这样吧，我让柯天星过去，直接向您汇报，您有什么指示，也向他交代。柯天星是我们公安局最好的警长。

"那好吧，上午让他们过来。"陈志明答应了。

冀南方给柯天星打电话，让他带上人马上去政法委，向陈志明汇报。柯天星答应了，带着耿琦和路晓丽，来到了政法委。

陈志明跟柯天星不是太熟，不热情，也不冷淡，挥了挥手，让他们坐。秘书周钢跟柯天星熟，朝他笑了笑，倒好了水，退出了办公室。

"柯警长，一五一十地说，详细些。"陈志明拿出烟，让柯天星抽，他也不客气，弹出一支，就吸了起来。烟是好烟，只是房间不算大，烟一抽，就弄得空气不是太好。周钢走了进来，拍了拍他的肩："天星，陈书记嗓子不好，你还是忍忍吧。"

耿琦瞪了柯天星一眼。

柯天星马上摁灭了烟。

"柯警长，没关系的，没关系，周钢，你出去，跟你没关系。做刑警的，哪有不抽烟的，不抽烟，想不出问题，抽吧，抽吧，我只想听听案子情况。"陈志明挥了挥手说。

柯天星尴尬地笑了笑，没再抽烟。

他详细说了案子情况，说得极为详细，包括去东昌市的情况，苗圃死亡的情况，社会关系情况，没有隐瞒任何情况。

陈志明说，从你汇报的情况来看，可以排除为钱为仇杀人的可能性，也排除了生手杀人的可能性。你认为，一定是熟悉的人杀了卫梅？

"是，陈书记。"柯天星说。

陈志明问路晓丽的意见。

路晓丽说，我认为，从案件现场来看，这个人一定在公安局做过，而且做得时间很长，卫梅死于刀具，是从后背捅进去的，刀法很老到。柯天星从东昌市一回来，苗圃就死了，这不是偶然的，这是凶手害怕我们从苗圃嘴里知道些什么，所以说，苗圃在死亡的时候，说了句救救米冰倩，是本案的重要线索。我分析，米冰倩正面临着死亡的风险。

路晓丽一说，就收不住了，柯天星和耿琦要制止，被陈志明拦住，让她继续说。这样一来，路晓丽倒停住了，望着三个男人，有些后悔自己说多了。最后补充一句，"对不起，陈书记，刚才是我个人的分析。"

"路晓丽，你说得很好。"陈志明点着头，询问她既然知道米冰倩的危险，为什么不可以围绕着她做工作，如果凶手再要杀她，不是可以抓住吗，案子不也就破了吗？你放心，需要多少人，我让公安局派，一定不能让凶手得逞，我就不相信，凶手那样毫无顾忌，把我们公安局看成什么了，太疯狂了。他很气愤，瞪着眼，喘着气。

"柯警长，你同意她的分析吗？"

"这……"一向敢作敢为的柯天星，一时愣住了，他没有想到路晓丽这样说，把他的一些考虑和一些想法全盘端了出来。"陈书记，她说得也有道理，但是，有些情况我们还要核对，你放心，米冰倩那里我们做了工作，还向冀局汇报过，我们不会让凶手阴谋得逞的，否则，要我们这些人做什么，你说对吧，老耿？"

柯天星想看看耿琦如何说。

陈志明眼睛望着耿琦。

耿琦淡淡的，他告诉陈志明，案件就怕这样的案件，因为不为仇、不为钱杀人，说不通，那为什么杀人呢，没有天大的事情是不会杀人的。我害怕案件会遇到阻力，苗圃的死就说明，凶手对我们的行踪十分了解，可以肯定，是我们圈子里的人，也可以说，是我们政法口的人，还是我们十分熟悉的人。他望着陈志明，望得他有些尴尬。

"这个你不用考虑。"陈志明马上恢复了常态，告诉柯天星，不管遇到什么问题，都要把案件进行到底，一定要查出凶手，如果有人敢阻止，你们就来找我，政法委全力支持。和平市是个旅游城市，如果没有安全，一切都完了，我们不允许任何人践踏法律，哪怕他是高官。我再说一遍，不管遇到什么问题，都要一查到底，我会给你们局长打电话的。柯警长，我再问一下，那个米冰倩真的面临死亡的危险吗？说得挺可怕的。

"陈书记，我不隐瞒，确实。"

"说说理由。"

柯天星说，我找过米冰倩，听她的语气，她不相信我的话，或者有人安慰了她，向她保证过。也就是说，她不相信危险一步一步正走近她，她觉得有让对手不敢杀她的把握，但是，她太小看对手了，她犯了跟苗圃一样的错误，我也想过了，如果凶手要杀她，我们一定能揪住狐狸尾巴，当然，我不会为了破案，拿一个人的性命做赌注，我们会考虑周全的，关于这一点，请陈书记放心。

"那就好，我相信你。"陈志明已经问得差不多了，说了几句关心的话。

柯天星说，陈书记要是没有其他指示，我们就先回去了。

陈志明说，行，有什么事，我会给你们冀局打电话的，我说过了，有困难，可以直接来找我。他把周钢喊了进来，做了交代。

周钢把他们三个人送了出来。

回到汽车上，柯天星就批评路晓丽，问她为什么不先跟他商量，把我们下一步考虑都说出来了，这样做会让我们的工作非常被动。路晓丽说，这不好吗？柯天星说了句粗话，发牢骚，你知道米冰倩后面的人是谁？感觉告诉我，很有可能是市委领导，万一是陈志明呢？那我们不就瞎了？他会提前做准备，我们什么也查不到。而且，李先进公司里的郜野原，是陈志明介绍到李先进公司里的，我怀疑这个郜野原，跟卫梅的死有关系。

路晓丽瞪大了眼睛，"不可能吧？"

耿琦说，不是不可能，我老是觉得，这起凶杀案不简单，而且，我判断，米冰倩早晚会死在他们手里，我们保护不了。柯天星，你不要瞪眼，我们在明处，他们在暗处，而且，你也说了，是最熟悉我们的人，那么我们的一举一动，他们都知道。苗圃的死，就说明了问题，你从东昌市回来才几天，他们能把手伸到东昌市，这说明，他们有个网，这个网比我们想象得更为复杂。

柯天星听得心惊肉跳。

"老耿，你这张乌鸦嘴。"

"巫婆。"路晓丽诅咒。

耿琦摇了摇头，没理他们。

柯天星的汇报，让陈志明也有些心惊肉跳，他到现在也没有弄清楚，是谁杀了卫梅。卫梅她们三个人，知道了他们的秘密，劝不动，就杀了，如果我违反了跟他们的约定，他们是不是也要杀了我？而且，我还没有办法反抗。想到这里，他心里发颤，后悔跟他们的约定，为了升官，付出的代价也太大了。恍惚之中，他想到了跟部野原的通话，心里又宽慰了些，这个女人，还是不错的，她不会害我，我给她带来了利益，没有一个人能拒绝利益的。他决定，今天晚上，或者明天晚上，去见她一面，他要得到这个女人当面的保证。

从政法委回来，柯天星向冀南方汇报。

"免了。"冀南方马上挥了挥手，制止了他的话，你什么话也不要说，陈书记的意见就是我的意见，好好弄，把杀害卫梅的凶手找到，好向陈书记有个交代。天星，你是老同志了，什么话我也不说了，你知道如何做。一切以事实为依据，以法律为准绳，不管是谁，都要将他绳之以法。

柯天星一走，李先进的电话打进了冀南方办公室。冀南方跟这个房地产大亨联系不多，都是场面上的人，倒也算是熟悉。他一听是李先进的电话，打着哈哈说，李总，你很少给我打电话，有什么事吗？我挺忙的，有事说事，没有事我们有空再聊。李先进吞吞吐吐，说了卫梅的案子，诉苦说，真的跟我没有关系，可是，那个柯天星还是纠缠我，你能给说说吗？冀南方说，不能，他没有违反规定，可以找你调查，这是工作程序，你有义务配合。李先进说一句留半句，东一棒子，西一榔头，你不仔细听，还真听不明白，但是，冀南方听明白了，他说他的秘书郜野原是陈志明的女人，还说了柯天星他们可能知道你认识卫梅。

"李总，你说多了，没有事我就挂了。"

"冀局……"

冀南方挂了电话。

"王八蛋，想威胁我。"他骂了一句。

李先进挂了电话，也骂了一句。

"装什么孙子，一只吃人不吐骨头的狼。"

郜野原进来了，关心地问："李总，脸色这么难看，出了什么事，要我出面吗？哦，是卫梅的案子，没有关系，你放心好了，不会有事的。"

李先进叹着气，让她办理去香港的证件，和平市我是待不下去了，我要去香港，那个地方，比这里安全。香港不行，美国也可以，反正我要离开这里。郜野原说，你放心吧，我马上去给你办。我就知道，那个柯天星会找你麻烦，我一看他就不是个好东西，放心，我帮你把他搞定了，不就是一个单身汉嘛，我就不相信没有办法。

李先进开心地笑了："有你，是我的福。"

"应该的，你给了我那么高的薪水，我应该为你服务，我这个人，就是看不惯那些装腔作势的人。"她走过去，给李先进倒了杯水，把烟灰缸拿出去倒了，这才笑着退了出去。李先进望着她的背影，十分迷惑，她越是对自己好，他越是害怕，他也不知道为什么，只是有一种感觉，这种感觉常常让李先进浑身发颤。

21

柯天星接到郜野原的电话有些奇怪。

"郜秘书，我没有听错的话，你请我今天晚上吃饭，就我们两个人，没有李先进，对吧？"柯天星在电话里重复了一遍。

话筒里马上传过来礼貌的声音，郜野原说是的，我请你今晚七点到海鲜大世界吃海鲜，怎么，不肯赏脸？

柯天星马上笑着说，不，你请我吃饭我哪能不赏脸呢。只要你请，吃河豚我也去，说好了，七点我准时在门口等你。

放下电话，他心情还是蛮爽的，这是一个漂亮的女人第一次主动请他吃饭。路晓丽看着他高兴的样子，问他是不是哪个女人看上他了？柯天星瞪了她一眼，你以为我是堆狗屎吗？就没有女人看上我？哼，我就要找一个漂亮的女人给你们看看。

路晓丽扑哧一笑。

"笑什么，我说的不对吗？"柯天星瞪着眼。

耿琦马上打圆场，路晓丽是为你高兴呢，你说对不对？好了，你早点结婚我也就放心了，省得像匹野马，没人管。结婚嘛，就是找个人管自己。好，不谈了，你说我们现在怎么办吧？我去了趟省公安厅，他们那里也没有托比的材料。但他们告诉我说，托比很可能是国外情报机关发展的关系，不是真正意义上的间谍。他们考虑到我们在查这个案子，不好插手，说有新情况会及时通知我们。你看我们下一步……

耿琦说的情况非常重要。

"你的意思……"

"还要从卫梅的案子下手。我觉得只要抓住杀害卫梅的凶手，一切都会大白于天下。从目前来看，围绕着卫梅的这些人，李先进、托比、隗南以及她的家人，都有可能是这起阴谋的边缘人物。郜野原晚上不是要请你吃饭吗，这是个机会，你明白我的意思吗？"耿琦说得神秘兮兮的。

"你是说……"

"我什么也没说。我知道你找过米冰倩了，我估计她现在还没有觉醒过来，她听不进你的话。从你说的情况来看，米冰倩现在是唯一知道事情原因的人。如果我们接近那个杀害卫梅的凶手，那么，米冰倩离死亡也就不远了。"耿琦沉思着说。

柯天星大吃一惊。

他为耿琦逻辑严密的分析所折服。姜还是老的辣啊！可不是嘛，如果我们越是接近凶手，那么知道秘密的米冰倩就越难免一死。

柯天星马上说，耿琦，你再到李先进那里去一下，把情况排排队，看看谁的嫌疑最大，我跟路晓丽再到米冰倩诊所去一下，看看能不能说服她。说完，三个人就离开了刑警队。

米冰倩的诊所在和平市繁华地段，门脸不大，却生意兴隆。干干净净的门诊部总是满满的人，而且都是一些穿着体面的人。诊所只有三个科，牙科，拥有一流的进口设备，从北京请了一名有经验的大夫；生殖健康科，由两个从上海来的大夫主抓，据说其中一名还是世界性学会的会员；糖尿病专科，也是从外地聘请了两名专家坐诊。米冰倩不坐诊，在诊所待的时间也不多，她的助手是一名医科大学的毕业生，叫喻文，本市人，三十多岁，已婚，她不在时由他负责诊所的工作。

喻文认识路晓丽。

他一看到穿着警服的路晓丽和柯天星，连忙挡在前面，路警官，这位是……啊，是柯警长，我听米医生说起过你，对不起，你是找米医生的吧？她今天没有空，正在给病人看病。

路晓丽说没关系，我等着。

喻文看了她一眼，劝道，今天实在太忙，好多病人都是提前预约好了的，要不……你约个时间，我再给你打电话。

柯天星说好吧，约好了给我们打电话，说完他带着路晓丽离开了诊所。走到半路，他感到有些不对劲儿，我看那个喻文慌乱的样子，肯定有什么猫腻，说我们再回去。

喻文看到去而复返的两个人，脸色更加苍白，走也不是，坐也不是，尴尬异常。

片刻，米冰倩陪着一个男人出来了。

这下，震惊的是柯天星和路晓丽。出来的男人不是别人，正是和平市委常委、常务副市长兼政法委书记的陈志明。陈志明长得白白净净，高高的个子，瘦削的身材，戴副近视眼镜，典型的知识分子形象。

柯天星刚被陈志明召见过，一见他来了这里，连忙打招呼，说我们来见见米冰倩。

米冰倩脸色霎时苍白，她瞪了边上的喻文一眼，马上硬挺着笑了笑，半开玩笑半认真地说："陈市长，我给你介绍一下吧，这两位是你的部下，刑警队的柯天星警长和路晓丽警官。我也没有犯法，他们老纠缠我，你是不是管一管？人民公安不是为人民的嘛。"

陈志明朝柯天星伸出了手。握得挺紧，挺亲切的感觉。调侃说，没想到，在警界，你如此有名。他转过身，对米冰倩说："米医生，他们有事找你，你还是要配合的。作为一个公民，有这方面的义务。柯警长，米医生的诊所，是私营企业，是靠给病人看病赚钱吃饭的，如果案子允许的话，尽量不要在工作时间找她。当然，是在案子允许的条件下。好，你们谈，米医生，谢谢你给我看病。"打完招呼，他信步离开了诊所，钻进了门口的汽车。

"柯大警官，请。"米冰倩做了个请的手势。

两个人进入她的办公室。

"你跟陈市长认识？"

米冰倩看了他一眼："他是我的病人。"

柯天星没有接她的话，坐下后，皱着眉自言自语地说，市委领导有定点医院，他为什么在上班的时间跑到你这里来呢？米冰倩，我没有猜错的话，你跟陈志明，陈市长是好朋友。

米冰倩鼻子"哼"了一声，不置可否，从烟盒中弹出一支烟点着，吐出了一连串的烟圈。此刻，她不像一个医生了，而像一个职业经理人。路晓丽说，米医生，我们不关心你跟谁的关系，我们都是为你好，你可不要执迷不悟。我跟你直说了吧，我们离抓住杀害卫梅的凶手已经不远了，如果我们一抓住凶手，卫梅的死因就清楚了，那个时候，你离死期也就不远了。你明白我们的意思吗？

"不明白，你们抓住凶手跟我的生死有何关系？笑话，卫梅是我的好朋友，我不知道她有什么秘密，何况这秘密跟我有什么关系？你们走吧，这是我最后一次接待你们，要再找我，我就要给陈志明打电话，让他来管管你们。"米冰倩下了逐客令。

两个人不得不走。

柯天星看了她一眼，想说什么，又把话咽回去了。从诊所出来，两个人回到汽车上，柯天星坐在那里拼命抽烟，路晓丽憋不住，说，我们还是放弃了吧，我看冀局也从未问过这个案子，先挂着，局里不是有许多死人的案子挂着的吗？

柯天星叹了口气，苗圃手机里有东昌市副市长罗英彪的电话，米冰倩又跟陈志明这样，难道这些都是偶然的？路晓丽，这个案子越来越复杂了，我感到我们掉到了一个网里面，越想挣脱越挣不脱。

路晓丽说，走吧，走吧，好好琢磨一下晚上跟郜野原谈什么，可不要乱了方寸。

柯天星瞪了她一眼，你以为我是戈桐呀！

海鲜大世界春风雅座温馨迷人。

郜野原穿了套得体的白色套裙，衬托得她的身材更加靓丽。她化了淡妆，白净的脖子处戴了条铂金项链，手上戴了一枚血红的宝石戒指，给人十分清新的感觉。她的笑也不同于米冰倩的笑，永远都是那样中规中矩，好像到了海上，你一下子看不清海到底有多深。

"郜小姐，谢谢你的邀请。"柯天星伸出了手。

郜野原也伸出了白净的手，轻轻地碰了一下，就挥手让他坐下。她开了一小瓶的五粮液酒，斟满了杯子，浅浅地笑了笑，端起了杯子。

"柯警长，你知道我不是和平市人，大学毕业后我就在外面跑，去了许多地方，跟许多警察打过交道，你是我认识的最正派的警察，所以，今天我请你吃饭，这是其一；其二，我马上要离开先进房地产公司了，明天就要回北京去，我喜欢有你这样的人做我的朋友。我知道你有话要问我，今天，是唯一的机会，你什么话都可以说，请。"她端起了杯子。

"你要走？"柯天星挺吃惊的。

"是的，这有什么不对的吗？先进房地产公司只不过是个私营企业，李先进那个人你也知道是个什么样的货色，我想不出继续待下去的理由。请，喝酒。案子怎么样了？也不要太急，中国这么大，每天都要死许多人，也不是每个案子都能破的，尽了力就行了，你说是吗？"郜野原语气淡淡的，又举起了杯子，意思让他喝深点。柯天星只得一仰头，把一杯酒倒进了肚子。

"那……那我问了？"
郜野原点了点头。
"告诉我你与陈志明的关系。"
郜野原浅浅地笑了，脸上平静如水，我就知道你会问这个问题。是不是李先进告诉你的？我知道什么话到了他那里都是藏不住的。告诉你吧，我跟陈志明一点关系都没有，我的一个朋友认识他，我一时没有找到好点的工作，他就委托陈志明照顾我，我也想了解这个和平市最大的私营企业家到底是个什么样的人，就主动地要求到他这里工作一段时间，于是就来了。李先进是个色鬼，他知道我是陈志明的人，当然就不敢动手动脚了……我弄不清楚，你为什么对我跟陈志明的关系感兴趣……难道他牵涉在案子里，这不可能吧？郜野原一脸惊诧的样子。

"这……有什么不可能的？"
"我是说，他一个市长，怎么可能去杀一个那样的女人呢？金钱、名利和女色他都不缺，怎么可能。柯警长，他可是和平市最有权势的人啊，你就不怕？"郜野原盯着他的脸，故意说一句留半句，看着他的脸色。

22

柯天星知道遇到了一个厉害的角色。

她不冷不热，始终主宰着谈话的内容，始终像个舵手驾驶着这艘航船。柯天星意识到了，想挣扎着冲破她的束缚，但一次又一次的努力都归于失败。这是一个不同于米冰倩的女人，她更有头脑，更加冷静，更加让人捉摸不透。

柯天星把一只虾送进了嘴里。

他向她谈了苗圃车祸死亡一事，特别指出她跟罗英彪的关系，又谈了见到陈志明在米冰倩诊所里的情况，还说了卫梅跟托比的关系。说了自己的困惑。也许郜野原不是案子中的人物，柯天星把她当作朋友，心里不设防线，这一说就说多了。她越听脸色越苍白，眼睛瞪得老大。

"我的天呐，案子这么复杂。我得赶紧离开这个是非之地，否则，掉进去可就麻烦了！"她连连摇头。

"不用怕，你能有什么危险。"他笑了。

她说柯警长，我很敬重你，听我一句劝，中国有些事情是说不清楚的。你没有真正了解过中国的官场，那是十分复杂的。你既然知道这起案子如此复杂，牵涉一些重要的政府官员，你如果要弄清楚，就会有很多麻烦，恐怕……恐怕会让你身败名裂的啊！我是为你好，的确是为你好啊！没有半点别的意思。我是看你像个真正的警察才这样说。

"好，我敬你一杯，谢谢你的忠告。"他举起了杯子。

郜野原脸上这才荡漾起笑容，这就挺好的。柯警长，听李先进说，你还是光棍一个，为什么不找个女人呢？一个男人没有女人疼爱，太孤寂了啊！我明白李先进的意思，可惜我不适合你，我是一只天上随风漂泊的孤雁，我不适合你这样的男人。我更愿意像一本书那样活着，为我的信仰活着。我刚才看见你说到米冰倩时眼睛里闪耀着的火花，我见过那个女人，的确是天地造就的精灵，但你记住，真正动人的女人是不完美的！

"如果我愿意看你这本书呢？"他说。

他的话，让郜野原再度笑了。柯警长，那样的话，会让你失望的。我是一本枯燥的书，你不会从中找到半点乐趣的。来，我说多了，我们喝酒。如果我们有缘，会再见面的。她端起了酒杯。

两个人喝了很多酒，也谈得十分痛快。柯天星也感到喝得有些多了，借着酒兴，还拿起她的手吻了一下，她没有拒绝。只笑了笑。

两个人刚要结账离开，耿琦的电话打来了，柯天星，出事了，李先进出车祸了。他说了出事地点。

柯天星大惊，你说什么，李先进出车祸了？

郜野原一听李先进出了车祸，也紧张得浑身哆嗦。两个人二话没说，拦了辆出租车就奔往出事地点。

一辆"大奔"在立交桥底下已经不成样子。

耿琦来了，路晓丽来了，连冀南方都来了。处理事故的警官向冀南方汇报，刹车失灵，撞上了桥底下的桥墩，就起火了，当我们赶到时，已经烧得不成样子。车上的人已经死了。冀南方脸色铁青，命令说，把汽车运到技术处做检查，看看是人为破坏还是普通的事故。他转过身，对柯天星说，这件事由你负责，看看跟卫梅的案子有没有关系。

柯天星说，李先进的事故跟苗圃的事故一模一样，我看是同一个人做的。

冀南方说，我不要你的分析，我要你的证据材料，明白吗？

"她是谁？"他指着郜野原。

柯天星连忙说，她是李先进的秘书。

"秘书……"

"我叫郜野原，冀局。"她伸出了手。

冀南方礼貌地碰了碰她的手，转身走了。

郜野原小声地在柯天星耳边嘟囔了一句，说他怎么这样。

柯天星装着没听见，向耿琦他们交代完就跟着郜野原走了。车上，他苦笑着说，你不要计较，冀南方就是那样一个人。案子没结果，他心里也有些烦。看样子，他们真的要动手了，李先进知道得太多，知道得多的人都活不了。我要查下去，很有可能也是死啊！

"那就算了，放弃吧。"她说。

"这不是我的性格。"柯天星摇了摇头。

把她送到住的地方，柯天星也下了车。她握着他的手说，我明天就走了，恐怕永远也不会再踏上和平市这块土地了。我喜欢你的性格，但我说了，你不适合我。我还是认为米冰倩更适合你，那是一个如水的女人，你会从她身上获得快乐的。

她俯下身子，温情地朝他唇上吻了一下，十分自然，让柯天星充满着感激。

看着她走进楼房，柯天星突然明白了什么，马上拦了辆车，直奔米冰倩诊所。来到诊所，他失望了，诊所已经关了门。他又奔她家而来，仍然没有找到她。他实在不愿意打她的手机，但最终还是拨通了那个不愿意拨的号码。

"谁？"她冷冷地问。

"不要挂电话，米冰倩，是我，柯天星。我告诉你，晚上，也就是刚才，李先进出车祸死了。我再劝你一次，如果你不把你知道的事告诉我，下一个死的人就是你。你没有选择。我还告诉你，那个要杀你的人就在和平市，就在你身边，我没有猜错的话，就是你最亲密的人，是你认为最没有可能杀你的人。"柯天星的话十分冰冷，像巫婆的咒语，不要说米冰情，就是他自己，也感到有一股看不见的阴风吹进了骨髓。

长久的沉默不语。

"你在听我的话吗？"

"谢了。"电话挂了。

放下电话，柯天星站在夜色里，十分沮丧。他不是害怕自己的安危，他是恨自己，到现在还没有弄清对方为什么要杀卫梅、苗囲和李先进。目的是什么？他坐在马路边上，一支一支地抽着烟。想不出一个所以然来。

刘清的电话来了，他告诉柯天星，隗南和新晓蓉在东昌市被公安局拘留了，具体的事情他不清楚，他托柯天星帮忙打听一下。

"拘留了，你没有搞错吧？"

刘清说，怎么会呢？我已经去了东昌市，公安局没让见。柯天星说好吧，我问问。他马上给史新民去了电话，询问事情的经过，史新民说，这两个人涉及一起案子，现在还没有结果，我不便跟你说，但有一点我可以告诉你，这个案子与卫梅她们的案子没有关系，如果跟你的案子有关系，我会及时通知你的。

柯天星就不好再问了，把这个情况告诉了刘清，说一有消息，我会跟你联系的。

柯天星摇摇晃晃地回到了家里。

他还是觉得隗南和新晓蓉的事有些蹊跷，就给西门红霞打了个电话，询问案子的情况，西门红霞吞吞吐吐地不肯说，在他再三追问下，这才说了事情的原因，也是说一句留半句的。

柯天星一听大惊，说什么，他们从什么地方弄到了市领导跟苗囲做爱的照片？

"你小声点，怕别人听不见吗？我也只是看了一眼，就被史队长抢走了，他警告我，说透露了半句，就不要干了。我求求你，千万不要说是我告诉你的，我刚当警察，还不想辞职。"西门红霞在电话里乞求。

"谢谢你，西门，我知道了。"挂了电话，柯天星也有些懊丧。他知道这种事情牵扯的关系。西门红霞不敢说出领导的姓名，肯定有难言之隐，史新民肯定不敢得罪这位领导。何况这件事跟案子也扯不上，他更不好过问，没有理由呀！

郜野原推开了房门。

房间里灯没有开，一个黑影坐在沙发上，冷冷地说："回来了，喝多了吧？为什么要见柯天星？他跟你说了什么，你为什么这样不听话？难道这是'他'的意思？我告诉你，'他'对你已经十分不满意了，这才把你调回北京。"

"是吗？"她也冷冷地说。

她没有开灯，点燃了一支烟，只见一闪一亮的火星在黑夜中像萤火虫一样跳跃着。谢谢你对我的关照，"他"对我如何，跟你没有关系。你的工作很有成效，只是我们到现在还没有拿到那份材料，"他"已经十分失望，你应该明白那份东西对我们的价值。"他"让托比离开和平市，因为他已经引起柯天星和沐剑锋的注意，我们不想让一个小小的托比破坏我们的整个计划。我觉得该到你下决心的时候了。

房间又黑又静，她的声音异常冰冷。

男人腾地从沙发上站了起来，走到她的面前，抓住她的肩膀，摇晃着说："告诉我，是'他'的意思吗？'他'派你到和平市来，就是让你教训我的吗？我为'他'做的事情已经很多了，我不想再听'他'的。"

郜野原冷冷地推开他，你现在的任务只有两个，想办法把柯天星调离现在的岗位，不让他再负责卫梅的案子，这个人太爱钻牛角尖了；另外，让米冰倩永远消失，像卫梅、苗圃和李先进那样，哪怕冒着我们暴露的危险。我们得不到那份材料，也不能让它落入别人的手里。

"你……"男人揪住她的衣领。

"放下吧，你记住，一个拿得起放得下的男人，才能成就伟大的事业。你已经玩得差不多了，是让她永远闭嘴的时候了。这不是我的意思，是上面的意思，是'他'的意思。你明白吗？不要贪恋女人的情爱，情爱是什么？那只不过是文人们制造出来的词儿，只要你这样做了，会有比米冰倩更好的女人走进你的生活。好了，我要睡了，明天还要坐飞机呢。"郜野原懒洋洋的，脱下了衣服。

男人看了她一眼，也看不清楚她的面容，想说什么，到嘴边的话还是咽回去了。他穿上黑色的风衣，戴上墨镜，悻悻地走了。郜野原看都没看他一眼，听到门的撞击声，这才走过去，把门锁死了，走进了浴室。

从浴室出来，她拨通了北京的电话，汇报了和平市的情况，说了刚才跟这个男人谈话的内容。对方什么也没说，只"嗯"了几声就把电话挂了。

23

在陈志明的努力下，冀南方政法委书记的任命终于下来了。还同时被任命为市委常委。市长调到外省市任职去了，陈志明也升了半格，市委副书记，代理市长，和平市上上下下都知道，他的市长任命也就是两个月后人大走个手续而已。陈志明在办公室约见了冀南方，握着他的手，表示祝贺。

"陈市长，谢谢你，我永远都会记住你对我的帮助。受人滴水之恩，必当涌泉相报，我知道我是怎么到这个位置的。我一定鞠躬尽瘁，死而后已。"冀南方毕恭毕敬地站在那里，这一语双关的话说得十分妥当。

陈志明友好地拍了拍他的肩膀。

"南方，我只做了我应该做的事。好，有你刚才的话就够了，好好做事吧。柯天星是你的同学，蛮不错的一个人，为什么还是一个警长？举贤不避亲嘛，现在案子难破，正是用人的时候，我看当一个分局长也没有什么嘛！你说呢？"他把话说得十分委婉。

"是的，是的。我明白。"

"好，明白就好，做你的事去吧。"陈志明一挥手，冀南方退出了办公室。

他来到原先属于陈志明的办公室。坐在那宽大的桌子前，他有一种说不出来的喜悦。周钢走了进来，毕恭毕敬地站在他面前，冀书记，办公用品我都换了新的，下个月的工作计划我也写出来了，放在文件夹子里，您看还有什么吩咐的？

"没有，没有。"冀南方和蔼可亲。他说你忙去吧，有什么事我再找你，这段时间我还在公安局办公，事务上的事你让副书记处理就行了，重大的事再给我打电话。明天我要到北京去一趟，向公安部汇报一起案子的情况，我跟书记说了，告诉你一下，有事就打我手机。他亲热地拍了拍周钢的肩膀，显得异常亲切。

冀南方从北京回来，马上召见柯天星。

柯天星一走进冀南方的办公室，看见他朝着自己笑，就哆嗦了一下，摇了摇头。我一看你笑我就浑身不自在，又挖好了什么陷阱，准备让我往下跳？我可告诉你冀头儿，我不会跳的。柯天星半开玩笑半认真地说。

冀南方笑得更加灿烂了，丢给他一支烟，问起了卫梅的案子情况，柯天星只好认认真真地把案子的情况讲了一遍，加上了自己的分析，你放心，我一定会把杀害卫梅的凶手捉拿归案，把事情弄个水落石出。

"你不用操心了，另有重用。"

"你说什么，冀头儿？"

冀南方脸上没有开玩笑的意思，认真地说，经局党委研究决定，准备把你调到城北分局当分局长。你不是老说我不关照你吗？老说你的才华没有得到发挥吗？这一次，我给你一个发挥才华的机会，这可是我硬着头皮坚持下来的啊！准备准备吧，把手里的案子交给索巴，让他带人办，你就准备上任。告诉你，这样的机会可是千载难逢，你可不要错过。

"这……"柯天星一时倒愣了，他做梦也没有想到天上掉下个馅饼，砸到了自己的头上。是啊！自己总是发牢骚，总是说自己的理想没法实现。他比谁都渴望当官，不是他想当官，是他想实现自己的抱负，成为一个真正意义上的为民办事的好警察，而这些，不当官是没法实现的。柯天星这一次是真正为难了，真正不知道是接受还是拒绝。

冀南方看样子挺忙，又有几个人进来找他，他挥了挥手说，你看我挺忙的，你没有别的事就忙去吧，具体工作我会通知政治处告诉你的。柯天星默默地站了起来，离开了冀南方的办公室。

局机关的人好像都知道这事，见了他都笑容可掬地跟他打着招呼。恭喜了，柯天星，同学就是同学，关键时刻还是帮了你的忙啊！有的说，你总是骂人家冀南方，怎么样，人家对你不错吧？回到刑警队，队长握着他的手，天星，原来我认为你这个人挺正派的，想不到你也走这样的野路子。好，好，这猫哪有不吃腥的，对，就应该这样。你不利用冀南方的权力，到时候他走了，上哪里去找他！以后你可要关心关心老兄我了。我当队长也好几年了，你说对吧？耿琦什么话也没说，坐在一边抽着烟，路晓丽高兴得蹦来蹦去，柯天星，你总算熬出头了，冀南方总算开了一回眼啊！

柯天星长长地叹了一口气。

"叹什么气，这是好事啊！人家拉关系送礼还办不到呢，你叹什么气，不比你当这个破警长强百倍。听说要我们把案子交给索巴，我和老耿把材料都准备好了，交了就是了。就索巴那个样子，他能破得了案？让他忙去吧。"路晓丽一副幸灾乐祸的样子。

"老耿，你说话呀！"柯天星望着他说。

耿琦摇摇头："我无话可说。"

"你的意思……"

耿琦马上打断了他的话，柯天星，我什么意思也没有。这个案子也不是你的案子，死的人也不是你的亲人，听从上面安排吧。我是觉得案子到了这一步，再要交了，这案子也就成了死案了。但胳膊拧不过大腿呀！冀局有冀局的考虑，当局长也不容易啊，要平衡方方面面的关系，何况我们老盯着米冰情，她跟陈志明又是那样，他会让我们好过，你说对吧？说一句你们不高兴的话，我感觉我们刚刚接近案子的边缘，而且这起案子十分复杂，弄不好是一起让人吃惊的大案啊！

听得两个人愣愣的。

"老耿，你的意思是……"路晓丽瞪直了眼。

耿琦没有接她的话，思索着说，刘清刚才来电话找你，你不在，他跟我说，隗南和新晓蓉可能会判刑，以敲诈罪起诉。他告诉我，他们两个是敲诈副市长罗英彪被拘留的。我问他怎么敲诈的，他也不知道。我觉得隗南和新晓蓉被拘，很有可能跟我们的案子有牵连。

柯天星一听，马上从椅子上跳了起来，拿起桌上的电话就给史新民打。

"老史吧，隗南和新晓蓉要判刑？有那么严重吗？告诉我，到底是什么事？我感到这两个人跟我们的案子有牵连，你一定要告诉我具体案情。什么？要我们局正式公函，好，好，我算服了你，我马上找冀南方。"他气得放下电话就往冀南方办公室走。

冀南方签了字，办公室开了公函。

柯天星回到办公室，把两个人叫到跟前，说："老耿，案子我们还没有交，隗南和新晓蓉还是我们案件的嫌疑人，你和路晓丽马上去一趟东昌市，看看到底是怎么回事。你放心，天塌下来我顶着。"柯天星把公函交到他们手里，交代说。耿琦看了一眼他，又看了看路晓丽，说好吧。他带着路晓丽走了。

柯天星又拨通了刘清的电话。

刘清讲的情况跟刚才耿琦讲得差不多，他也不清楚到底是怎么回事。他不死心，又给谢小东打电话，谢小东吞吞吐吐的，说我不清楚。放下电话，柯天星想，如果他们敲诈罗英彪，那肯定是掌握着什么对罗英彪不利的证据，他跟苗圃有十分亲密的关系是肯定的，那么，他杀苗圃的嫌疑就更重了。

他拨通了米冰倩的电话。

米冰倩十分吃惊，你是问新晓蓉被拘留的事吧？我告诉你，我什么也不知道。

柯天星更是吃惊，你难道是巫婆，怎么知道我心里想什么？

米冰倩冷冷地笑了，你这个人太自负了，太自负了的人总是自以为是的，我告诉你柯天星，你不是升官了吗？我看你还是条汉子，才在陈志明面前替你美言了两句，你就好好当你的官吧，别的事让别人管，说完就挂了电话。

柯天星这时候才明白自己为什么升官。

"这个女人，看样子，和平市的政法委书记不是陈志明，而是米冰倩，这叫怎么回事？"柯天星愤愤不平，气得用拳头砸着桌子。

就在他百般无奈的时候，西门红霞的电话来了，她小声说，我是偷偷地给你打这个电话的，史头儿不允许我告诉你。说完她把审问隗南和新晓蓉的情况对他讲了，讲完了再次叮嘱，让他不要透露是她告诉的。

柯天星十分感激，西门，你放心好了，就是刀子放在哥哥的脖子上，我也不会讲的。有空到和平市来，我陪你好好玩玩。西门红霞这才咯咯地笑了，说，有空我一定去。

"罗英彪，他跟苗圃之间一定有秘密，肯定不是一般意义上的男女关系。"柯天星放下电话想着。而这些秘密只有米冰倩一个人知道。他下决心，一定要撬开她的口。我就不相信，她不怕死。

柯天星再次给米冰倩打电话，约她晚上出来吃饭，还在老地方。这一次，对方没有拒绝，说吃饭可以，不能谈别的事。柯天星说，我保证，今天晚上只谈风花雪月，不谈别的。米冰倩咯咯地笑了，你还懂风花雪月？你要懂这些，就不会一根筋抓住卫梅的案子不放。好吧，我知道你穷，但今晚你埋单。说完就收了线。

"妈的，这个女人还真有些味道。"柯天星心里骂了一句，还是对米冰倩某些方面比较欣赏。耿琦正在去往东昌市的路上，柯天星告诉他，情况我已经知道了，你还是问问史新民，看他说不说。刚把一些事情处理好，索巴就带人找上门了，柯警长，我是奉局长之命，来接手卫梅的案子的。

"这个……过几天再说吧。"

索巴说，那我只好如实向冀头儿汇报了。说实话，我也懒得管这起案子，我手里还有几起案子呢，弄得昏头涨脑的。

索巴刚走一会儿，冀南方的电话就打来了，你马上把案子移交，三天后报到，耿琦和路晓丽划归索巴领导，案子的事你就不要管了，就这样。没等他再说什么，冀南方就把电话挂了。

"怎么办？"柯天星不知如何是好。"如果失去了这次机会，也许我这一辈子都是一个大头兵。分局长可是副处级，有权有势，别人还求之不得呢。没有冀头儿，我恐怕……"他拿不定主意。

24

晚上七点，还是那个幽幽的烛光酒楼。

两人坐下后，米冰倩笑着说，这里的女人很标致，要不要我给你叫一个，陪你喝喝酒？

柯天星说，有你就够了，我何必要花那样的冤枉钱呢。

她说遗憾的是我不是做那样事的人，你这个年龄，正是如狼似虎的年龄，不享受生活是不是活得太累了啊！

是累啊！但我认为解开第一个扣子的女人是一种美丽，而解开第二个扣子的女人就有些无知了，解开全部扣子的女人更是……不说了，看你，正好解开了第一个扣子，你是最美丽的女人。柯天星的话，说得米冰倩脸色绯红。

"你……你挺坏的嘛！"她语气有些娇羞。

柯天星瞥了一眼她慵懒的样子，心里还是感到被什么东西"蜇"了一下，他马上恢复了平静，米小姐，我知道你需要什么，我也明白你害怕什么，你不肯告诉我你知道的事，是怕开了口而毁掉你现在的生活，是吧？人总是喜欢占有世界上所有的东西，但过分的贪婪就是一种负担，会最终毁了自己。米小姐，听我一句劝，放弃梦想，回到现实生活中来，只有这样，你才活得轻松。说句我不应该说的话，你生活中不缺男人，但你缺少真正的爱，而这种爱是你渴望的。我说的对吗？

米冰倩纤纤的玉手剥着基围虾。她用鼻子"哼"了一声，男人和女人之间有爱吗？爱与理想是一对矛盾，就说你吧，你要坚持正义，就会得罪很多人，就会给你的亲人带来痛苦，所以说，你在爱与正义之间只能选择其一。如果一个男人不能给他的女人带来稳定的生活，又有什么用啊！男人为女人的休养生息而活，他必须用自己的筋骨和血肉支撑起一个安全的港湾，供女人休息。人的生命就那么几十年，我们为什么要用道德的枷锁锁住自己呢？谢谢你，柯警长，我生活得挺好。

她把一块小小的虾肉送进了嘴里。

"罗英彪跟苗圃……"

"对不起，我们今晚有约定，只谈风花雪月。我想你一个大老爷们儿，不会不遵守诺言吧。"米冰倩把他到嘴边的话堵了回去。

柯天星只好笑笑，好吧，我们就谈风花雪月。米小姐，知道弓藏狗烹的典故吗？我讲给你听，周朝的时候，有……

打住。米冰倩抬了抬手，柯大警长，你就不能消停一会儿？我知道你要讲什么，我米冰倩明白，算我求你了，我们今晚好好吃一顿饭，好吗？我死不了，就是要死，那也是上帝安排的。人有时候是不能跟命争的，知道吗？吃吧，吃吧，说好了，今天你埋单。

看着柯天星丧气的样子。她又笑了，让我喊你一句柯大哥吧，大哥，人生如梦，何必要那么认真呢。官场上也好，商场上也罢，太认真的人都要吃亏的。我劝你什么事也不要管，好好当你那个分局长，那可是副处级的位置。如果你找女人有困难，妹妹我帮你介绍一个，保你满意，老婆孩子热炕头，还有什么事情比这个更重要，更让人满意的了？

柯天星苦笑了，知道再劝下去也是枉然，就半开玩笑地说，好吧，我就听妹妹你的话，帮我找一个像你这样的女人。唉！长这么大了，还不知道女人是什么滋味。

"你真的没跟女人……"

"你感到奇怪?"柯天星反问。

米冰倩就有些尴尬的样子，是感到奇怪，你今年都三十五岁了，还没有……真是难得啊！……你放心大哥，我一定帮你选一个好女人，不过，是不是黄花闺女我就不知道了。现在找处女比找宝石还难啊！她的脸上露出一种说不出来的味道。

柯天星一仰头，把一杯酒倒进了肚子。

她也剥了最后一只虾，擦了擦手，我吃好了，谢谢你的盛情款待，我喜欢与你一块吃饭。你放心，下次我埋单。

柯天星结好账，两人并排往外走着。米冰倩自然地挽着他的胳膊，他想挣脱，又怕她发起哕来，这个场合更不合适。走出烛光酒楼，他把她送到汽车边上就要走。

她转过身，站在他身边，幽幽地说，大哥，有没有兴趣看看女人是怎么回事？我的身子还是值得一看的啊！

　　柯天星一惊，吓得倒退一步，眼睛瞪得老圆，摆了摆手。米小姐，你说得对，你的身子是值得一看！但我没有那个兴趣，谢了。

　　米冰倩眼角处流下了一滴泪，晶莹的泪，她拿出手绢擦了擦，大哥，你是不是讨厌我的身子被陈志明糟蹋了？还是……我……我没有办法呀！我要在和平市求生活，我一个弱女人，怎么斗得过他啊！原谅我。

　　"他强迫你？"柯天星突然抓住她的手。

　　米冰倩哽咽，抽泣了几声。

　　"这个王八蛋。"他猛地跺脚。

　　米冰倩轻轻地用嘴在他脸上吻了几下，小声说，算了算了，反正我的身子已经脏了，我也不在乎这些。只要你好，我什么都认了。听话，不要做出对自己不利的事来。我走了。说完钻进汽车就走了。

　　柯天星站在路边，有一种说不出来的情绪，这个似浪似嗲，似假似真的女人，把他抛到浪尖又摔到深谷，弄不清她是爱陈志明还是怕陈志明。他点燃了一支烟，冷静地想着与米冰倩接触的点点滴滴，越想越觉得这个女人有些可怕，她不露声色，谈笑嗲媚之间就把自己的怒气化解了，这样想起来，她害怕的是自己的内心世界被别人看到。他点了点头，认为自己的分析是对的。

　　刚要走，李先进的弟弟李先世从"大奔"里走了出来。

　　"噢，这不是柯警长吗？好兄弟，陪弟弟我喝一杯。我哥哥死得太惨了。我告诉你吧，我哥哥是被人害死的。"他又附在柯天星耳朵边说，你不知道，和平市的领导哪一个没有得到过我哥哥的好处。陈志明、冀南方……我哥哥哪一年不像供菩萨一样供着他们。表面上是我哥哥的买卖，实质上这公司是给头儿开的。你也许不知道，哥哥的公司已经没有多少钱了，都空了啊！他一边说着一边拉着柯天星往里面走。后面跟着四个穿着黑色西服，戴着墨镜的男人。

　　"李总，我吃过饭了。"柯天星拿这个土匪没办法。他知道李先进兄弟俩原先不和，亲兄弟嘛，李先进还是给他安排了一个公司副总的位置。李先进一死，他因祸得福，接了哥哥的班。他知道李先世说的话也有道理，但他不愿搅在这样的是非里。

"吃过饭了就不能陪兄弟坐一会儿吗？我实在是烦得慌，陪我聊聊，和平市没有几个我佩服的人，你是一个。"跟在后面的人早把他们领到了一个雅间。一会儿，素的荤的上了一大堆，他又朝边上的人使了一个眼色，马上就有两个标致的女人走了进来，一边一个坐在他们俩身边。

"你这是做什么？"

柯天星恼了，你要这样我就走了。

"好，好，我知道你看不上这些残花败柳，你们滚吧。对了，听说你要当分局长了，不错，这次冀南方总算学聪明了。怎么样，什么时候走马上任？"李先世把人都轰出去了，房间里就剩下他们两个人。

"你认识一个叫米冰倩的女人吗？"柯天星问。

一听到这个名字，李先世脸色陡变。

"这……哥哥，你看上她了？这兄弟就有些为难了啊！她可是名花有主了，我……我也不好说话。她是个漂亮的女人……不过，这样吧，兄弟想办法给你找一个比她还好的。嘻嘻，你怎么看上她了呢？她可不是个善主啊！"他说话吞吞吐吐的。看样子，李先世已经知道了米冰倩与陈志明的关系。

柯天星也笑了。

"刚才还拍着胸脯说，没有你办不到的事，现在又软了。李先世，我知道你要做买卖，有些事情也难办，对了，我听你哥哥生前说，他看见过卫梅和冀南方在一起，他跟你说过这件事吗？我问过你哥哥，他一会儿承认一会儿又不承认，不知咋回事。"柯天星突然想起了这件事。

李先世跟他哥哥李先进一样，外表粗犷，说话办事也挺仗义，实在地说，他有一种农民式的狡黠，谁有权，谁能办事他就跟谁好。一听柯天星问这样的事，他就笑着说，我没有听我哥哥说过。冀南方是你的头儿，你打听这样的事不合适吧？何况我哥哥被你拘留时，冀南方说过好话，我不会告诉你什么的。你不是怀疑我哥哥杀了卫梅吗？要不是冀南方顶着，你早……实话告诉你吧，我早就想做了你。不是我哥劝我，嘿！没想到你倒动手了。我怀疑我哥的死与你有关。

"你……"柯天星气得把杯子摔在了地上。

四个保镖闯了进来。

"滚,你们都给我滚。"李先世暴吼。

柯天星倒轻轻地笑了。

"李先世,想把我做了,是吧?我告诉你,我没有杀你哥,我也怀疑你哥是被人害了。他知道的东西太多了。正如你说的那样,他死了,好多东西就没有人知道了。"柯天星说了苗圃的死,说了卫梅、苗圃、米冰倩三个人的关系,说了郜野原的突然离开,说你不觉得这里面……李先世,我是相信你哥没有杀卫梅,虽然他是那样喜欢她。但是,他们正是利用你哥的这一点栽赃于他,你难道不认为是这样的吗?听完柯天星一席话,李先世的脸色才好看了些。

"有你的这番话,我还说什么呢?他们栽赃也没有用,我哥的确是没有做。陈志明相信,冀南方相信,你相信,还怕个鸟呀!我也弄不清楚什么人会杀卫梅……真的,我要是骗你,就是王八。至于陈志明和冀南方那里,他们都是和平市的爷,我们在这里混饭吃,我敢得罪他们吗?算了,算了,喝酒,人死不能复生,一醉解千愁啊!"李先世又把一大杯啤酒倒进了肚子里。

酒喝到了八成,李先世话更多了,据我所知,陈志明他们就是想通过上层的关系,爬上更高的位置,听说卫梅认识北京方面的人,十有八九是男人争风吃醋的牺牲品。

李先世一走,柯天星也离开了,想着李先世的话,他感到案子越来越复杂了。

25

烛光酒楼,菊花雅间。

陈志明和一个五十多岁的男人面对面坐着,桌子上放着几样精致的菜,两个杯子,倒满了红色的葡萄酒。男人端起杯子,笑呵呵地说,恭喜你,市长同志。我履行了我的诺言,怎么样,权力是一个好东西吗?在今天的中国,没有比权力更好的东西,你拥有权力,就拥有一切。金钱、地位、财富、女人……记住我的话,我要让你当一个好市长，一个有作为的市长，一个廉洁勤政的好市长。

"我……"

男人把一个存折放在他面前，再次说，我知道你缺钱用，我不要你贪污受贿，这次我给你在瑞士银行存了三十万美元，虽然不多，也够你用的了。千万不要只看眼前的利益，一个鼠目寸光的人，是成不了大事的。你的档案没有任何不干净的记录，你的银行存款经得起纪委的调查，一切我们都为你想到了，现在该是你履行自己诺言的时候了。我不想多说，鄙野原把我的意思已经告诉了你。

"我……"

"该下决心了。"

"先生。"陈志明想了想开口了，"我们能不能想个别的办法。卫梅死了，苗圃死了，连李先进也死了，我就不明白那份东西对你那么重要吗？你不说，她也不说，难道值得用这么多人的性命去换吗？太血腥了，我不想手上沾满鲜血。何况她对我是那么重要，原谅我下不了手。"他无奈地摇了摇头。

男人嘿嘿地笑了。

"你笑什么?"

"我笑你太痴情了。告诉你吧，你做也得做，不做也得做。我可以把你扶上市长的位置，也可以让你下地狱，你信不信？何况我们有言在先，你一切听我的。男人嘛，说话总要算数的。不要犹豫不决，我正在做各方面的工作，只要你在两年内不出现任何问题，我保证让你进入省委的班子，我有能力办到。"男人点燃一支烟。

陈志明浑身激灵了一下。

他知道面前的这个男人能办到。还是在他当副市长时，省委组织部来和平市考察班子，要选一个人当政法委书记，那时候这个男人出现了，找到他说，只要你听我的，我保证让你当上书记。天大的诱惑，美妙的前程，任何一个男人都无法拒绝，何况跟着这个男人来的，还有一个美丽的女人。这种不要任何代价换来的仕途，他答应了，他感到了权力的巨大好处，他感受到了对方巨大的能量。他弄不清楚对方是如何运作的。这个男人在省委、省政府到底有多少关系？其目的又是什么？这个男人教他如何利用手中的权力，如何在复杂的关系网中争取到自己最大的利益。他像一部机器，在这个男人的调教下，品尝到了巨大的甜头。以获利为诱饵，使李先进把钱投入收购国有企业中，又七转八转，收购的企业又被转卖，就这样倒来倒去，他也弄不清楚这个男人赚了多少钱，反正，给了他一笔相当可观的利润。李先进多次找到他，要他履行诺言，把城市中心最好的一块地皮卖给他，并说如果不履行，我就要把一切都说出去……李先进这才死了，一切也就不了了之了。

这个男人是一个影子，一个无孔不入的影子。

"你在想什么？"这个男人问。

"哦……没想什么。好吧，我答应你，但你记住，两年后我必须离开和平市，否则，我只好……先生是个明白人，不说了。那份材料，我劝劝她，交给你，你看如何？我实在有些离不开这个女人。"陈志明再次劝道。

"不行。"这个男人断然地说。她知道的东西太多了，交了那份材料也没有用，她已经知道得清清楚楚。我没有选择。你做这件事是最好的，她现在认为是罗英彪杀了苗圃，谁也没有怀疑到你的头上，她最相信的人是你，你可以用一石二鸟之计。

这个男人走到陈志明身边，附在他耳边说了半天。

陈志明脸色更加难看，嘴唇咬得紧紧的，听完他的话，一声不吭。

你害怕了？陈先生，做大事者得天下，不要为了这些小事费脑子。我们的计划进行得十分顺利，我已经在南方几个省开展了工作。我可以向你保证，我给你送一个比她更好的女人过来，做你的助手。这个男人再次劝说。

陈志明微微地点了点头。

"你记住，一定要让那个柯天星远离卫梅的案子，我了解过了，他是个一根筋的家伙，我怕他打破砂锅问到底，那样的话，他会像一堆狗屎那样，沾住我们不放的。省公安厅社团处的那几个人，你也要留心。记住，我到和平市来的情况不要告诉任何人，包括她。夜深了，你走吧，我明天一早离开这里，回北京。"这个男人说完，再次握着他的手，叮嘱说，不要贪污受贿，我不想为此毁了你。我们培养你这样一个人不容易，你要钱就跟我说。我们培养你的目标，就是让你做出更大的政绩，在五年之内，进入决策机构。

陈志明被他描绘的未来所鼓舞。

从饭店出来，他直接来到米冰倩的住宅。

米冰倩打开门，一看是他，连忙拉了进来，娇嗔地说，你来也不打个电话，这么晚了。

陈志明一边脱衣服一边说，开了个会就晚了，唉，没办法。米冰倩跑进跑出，打开了热水器，转眼间又炒了几个菜，端上了桌子。陈志明也饿了，端起来就吃。米冰倩看着他的吃相，一副幸福的模样。吃完饭，她拿出来一套新的内衣内裤，让他洗个澡。

站在热气腾腾的水雾下，陈志明脑子乱成一团。

"志明，让我帮你擦擦背吧。"米冰倩在外面喊道。陈志明还没有答应，她就拿着毛巾，像条白鳗鱼进了浴室，一边擦一边问，舒服吗？

陈志明转过身，把她搂进怀里，在热气腾腾中拼命地吻着她。我不能杀她，我怎么能杀这样一个全心全意爱着我的女人。不能啊！我不能……

陈志明浑身哆嗦起来。米冰倩好像也感到了什么，停止了动作，抚摸着他的脸，关心地问，志明，你到底怎么了？过去了的事情就让他过去了，"他"不敢拿你和我怎么样的，我警告过"他"。我手里有"他"犯罪的证据，你放心好了。

一听到她的话，陈志明把她搂得更紧，不停地说，冰倩，你是我的，你是我的啊！谁也不能把你从我手里夺走，没有你，我活着还有什么意义啊！

他抱着她来到了卧室。

陈志明永远也不会想到，那个男人走近他，费了多少心血。为考察对他们有用的人，那个男人通过关系，在省里的后备干部中进行了长时期的考察。正是他优柔寡断的性格，夫妻形同陌路的家庭，浪漫文人的个性，这才使他进入那个男人的视野。米冰倩几乎没费什么工夫，就把他俘虏了，继而是那个男人的攻心，是那个男人的两片薄嘴唇，黑的说成白的，但令那个男人没有想到的是，她爱上了陈志明，并坚持不离开他，并说卫梅手里有他死罪的材料，这才使卫梅走到了她的前面……

橘红色灯光下的米冰倩，十分动人。

"志明，离开'他'吧，'他'是一个魔鬼，一个吃人不吐骨头的狼。你不要以为'他'给了你高官，给了你金钱，那几百万元算得了什么。我听'他'说，'他'利用你的关系，从李先进手中弄走的金钱就有两千多万元。外省市的还不知道有多少……我看'他'早晚会倒霉的。反正'他'在北京，离我们远着呢，我们不怕'他'，'他'要毁了我们，我们就毁了'他'。"她吻着他，陈志明闭上了眼睛，享受着这难得的爱抚。

"我们斗不过'他'啊……"他长叹着。

"你怕'他'？"她抬起了头。

陈志明一翻身，利用喘气的工夫说，我不想你像卫梅和苗圃那样，我离不开你。告诉我，把那份材料给我看看，到底是一份什么样的材料，为什么那样重要？

米冰倩拒绝了，我不想你现在死去，告诉你，看到了那份材料的人都将死去。卫梅死了，苗圃死了，现在轮到了我。志明，我是多么爱你呀，你跟我说实话，卫梅不是你杀的吧？我想你是下不了手的。

"不，不是我。"他坐了起来。

米冰倩点了点头，我也觉得不是你。你怎么可能对她下得了手呢？我想除了罗英彪不会有别的人，我负责和平市，她负责东昌市，卫梅和苗圃都跟他上过床，这头猪，现在成了"他"的鹰犬了。好在和平市有你在，否则，他早对我……我找过他，他不承认。听说他让公安局把隗南和新晓蓉拘留了，要判他们的刑。现在弄得柯天星都认定他有问题。唉！对了，为什么还不把柯天星调走，这个人挺讨厌的。

"快了，快了，我的宝贝儿。"

陈志明捧着她的脸，凝视着。

这是一张让人百看不厌的脸。瓜子脸上，一对乌黑的眸子像两潭清水，是那样清澈。这不是一个女人，这是一个尤物，一个供男人欣赏的艺术品。

"我怎么能毁了她呢？"他心里有些动摇。

"你怎么了，不做吗?"幽幽的语气。

陈志明再一次紧紧地抱住她，喃喃地说，我今晚不走了，就住在这里，我要好好地、慢慢地品尝，我要体会每一秒的感觉。

米冰倩笑了，从床头上拿起一粒药丸，放进了他的嘴里，自己也吞了一粒，蛇一样的身体柔软得好像没有了骨头，缠着他，像藤萝一样箍得死死的，把他送进了天堂和地狱。

26

和平酒店 1153 房间，贵宾间。

一个男人坐在那里，没有抽烟。他靠在窗前，品着清香的茉莉花茶，对朝他走过来的女人说，你也喝一杯吧，多香啊! 这可是明前绿茶，很贵的啊! 不是你来，我也舍不得拿出来呢。

女人咯咯地笑着说，谢谢你啊! 还想着我。他找了我，说北京方面要做了我，我看他的样子，恐怕他顶不住了。在和平市，我现在只有你，只有你可以保护我，我与你的关系，没有人知道。我想问问，卫梅和苗圃的死，跟你没有关系吧，你不是他们的人吧?

男人笑了，我是你的人。

女人也笑了，说，"我坚信，和平市是你的。"

男人告诫，不要这样想，也不要这样说，这个世界，太复杂，复杂得我们任何推测都是不可靠的，只能走一步算一步，但是，我可以告诉你，你不会死，有我，你会活着。女人说，我相信这一点，所以，我没有听柯天星的，我相信，任何人也逃不出你的手掌心。

男人轻轻地笑了，没有出声。

"我还真有些想你。"女人抱住他。

"我也想你。"男人说。

女人仰起头，你等等，我去洗洗。未等男人回答，她就走了，裸身进了浴室。

在她关上浴室门的时候，男人起身，把她的衣服和坤包翻了个遍，显然，他是在找东西。男人有些失望，脸上却没有任何变化。

女人从浴室出来，光着脚无声无息地来到床边，拉开包裹在身上的火红的藏棉布浴巾，一刹那，男人眼里有着灿烂的火花。

"喜欢吗？喜欢就拿去。"

"喜欢，像一幅画，赏心悦目。我真的不敢再糟蹋，那样的话，我就是罪人了。"他拿起藏棉布浴巾，给她裹上，"他不会杀你的，没有人会杀你，你好日子还没有过够呢。这段时间不要给我打电话，如果陈志明知道我跟你的关系，我会有麻烦的，那样的话，你也会有麻烦，好了，我走了，房间是以你的名字开的，你付费吧。今天晚上不要走，就住在这里。"他起身，走了。

女人倒在床上痛哭。

"为什么，他为什么从不跟我上床，难道我做错了什么，难道他外面还有女人？"女人感到非常失望和难过。

为什么？她想不明白。她从他的眼睛里看得出来，他喜欢自己，但是，他克制住自己的感情，从不让它泛滥，他的意志坚如钢，甚至比钢还坚强。她恨他，喜欢他，又离不开他。"他怕陈志明？"突然间，她想起了他的话。"不，绝对不，他不怕任何人，他怕自己堕落。他要做大事，所以，他不敢放纵自己，这个人啊，太可怕了，比任何男人都可怕。但是，想到这个男人对自己的承诺，她感到心里踏实多了，她相信这个男人，虽然很少说话，但是，每一句话，甚至每一个字，都是认真的。她觉得男人这样，挺好。女人倒了杯巴尔干葡萄酒，端着杯子，裸着身子，当然是关了灯，就那样坐在椅子上，看着窗外繁华的街道，想着什么，是什么呢，只有她自己知道。

男人回到家，仍然坐在阳台上抽烟。

躺在另外一个房间里的女人，跟眼前这个男人，已经好长时间没有在同一张床上睡觉了，所以，孤独对于这个男人来说，已经没有什么新鲜的了，他已经习惯孤独，他习惯独来独往，他的血液里燃烧的是他的梦呓，这个梦呓没有人知道，只是碰上了"他"，"他"的话语，让他看到了希望，他更知道，为了梦想，是要付出代价的。

他冷冷地笑了。

"陈志明算个什么东西，狗屁。"

他心里骂了一句，脸上却平静如水。

"我不需要女人，我需要欲望。"他吐出一口烟，望着皎洁的月色，好多往事在他脑海里翻腾，你不想都不行。为了实现自己的愿望，他做了好多自己极不愿意做的事情，没办法，人要活着，就不能由着自己，否则，毁灭的就是我。人生就是赌博，赢了我就是王，输了我就是寇，历来如此。官场污浊，已经让他看不到希望，"官场会干净吗？干净的人上不去。在台上说得铿锵有力的人，下来就拼命捞钱；表面上恩爱的夫妻，私下小三可以排成队。"他在心里骂着。

"她长得真是没得挑。"他摁灭了烟头，苦苦地笑了，"真想跟她做爱啊！我已经好长时间没有女人了，真想发泄一次。想到这里，他突然想到，房间里不是有个女人吗？她是我真正意义上的妻子，她有义务尽一个妻子的职责。"想到这里，他再也控制不住自己，起身脱了衣服，走进了妻子的房间。

借着月色，他看见了妻子熟悉的身子，散发着肉香的身体充满着诱惑，他已经控制不住自己，精神已经亢奋起来了，眼睛布满了血丝，一下子把她压在身下。妻子本想反抗，但毫无用处。男人办完了事，恶狠狠地说，"记住，你是我老婆，你有这个义务，如果你不想做我的老婆，我们明天就可以离婚，但是，你要想好，在和平市，没有我征服不了的人。我之所以对你客气，就是不想撕破脸。"他拿着衣服，走了。

妻子只有诅咒，毫无办法。

"他为什么变成这样？变成了一只狼，甚至比狼还可怕。"妻子再无睡意，披衣起来，去浴室冲了个澡，她不想让这个男人的味道留在自己身上。她比他大五岁，当年为了得到他，她用尽了办法，甚至动用了在省委的父亲的关系，这才把他弄到手，一步一步为他升迁动用关系，她没有想到，当他爬到了满意的位置，自己只能守着空房，还不能跟任何人说，还要假装做恩爱夫妻。

让她满意的是，他在作风上很正派。

"我做过分了吗？"她扪心自问。

她不知道，也弄不清楚。但是，父亲警告过她，不要跟他把关系搞僵，并说他是搞政治的最好材料，说不准，我们家以后要靠他照顾。父亲的话，让她心存顾虑。但是，今天晚上的事情还是让她不爽。洗完澡，她偷偷地从他房间的门缝中瞧了瞧，发现他已经呼噜震天，睡得很沉了。"这个该死的，满足了，就睡了，而我却……我也睡吧，有什么大不了的事情。明天还忙着呢。"她回到房间，吃了片安眠药，一会儿就睡着了，睡得比哪天都舒服。

夜已经很深了，和平市马路上已经没有了行人，偶尔有夜班车经过，还有环卫车洒着水，一切都很祥和。明天，明天会是一个怎么样的明天，谁都不知道。但是，明天很快就要到来，同每天一个样。

天一亮，男人就醒了，赖了会儿床，这才起来，他来到起居室，发现妻子已经把早饭做好了，油条加牛奶，他的最爱。他诧异，她从来也不给自己做饭的，今天怎么了？妻子走了进来，看了他一眼，眼神很温柔，他抬起头，也看了她一眼。

"晚上我有事，不回来吃。"男人破天荒地说了一句话。

"悠着点。"妻子说了句没头没脑的话。

27

柯天星坐在冀南方面前，一丝笑容也没有。

"你说什么，你不想当分局长？我没有听错吧，你是不是昏了头？柯天星，我说你到底是怎么想的？卫梅的案子我已经把它交给了索巴，你就不要管了。这样吧，我给你三天时间，你好好想想，想好了再来找我，过了这个村可就没有这个店了。"冀南方严肃地说。

柯天星连想都没有想就说，我不怪你，我真的不想当分局长了，我希望局里还是把卫梅的案子交给我。如果……那就休假，反正，我去年的假还没休。

"好，你是爷，那就这样。不要后悔啊！去吧，我给你两个月的假，好好休息吧。"冀南方摆了摆手，柯天星就离开了他的办公室。

回到队里，耿琦和路晓丽在得知事情的经过后，都气得骂他，说干啥不当呀！有了权什么事办不成。你这个人啊！真是气死人。

索巴带着一个人来了，索要卫梅案件的材料，一听柯天星辞了分局长职务，替他悔断了肠，我就没有看过像你这样傻的人啊！抓到了杀害卫梅的凶手又如何？能顶得上一个分局长吗？他摇头晃脑地走了。

一身轻松的柯天星来到了东昌市。

"我想见见隗南和新晓蓉。"他来到刑警队，找到史新民，直截了当地说。

史新民已经被提拔为东昌市公安局副局长兼刑警队长。他还不知道柯天星拒当分局长，以为他已经走马上任了呢，对他十分客气，说柯局长，你有什么事派个人就行了，何必自己亲自办呢。还是为卫梅的案子？真是负责啊！好吧，我让西门陪你走一趟。他把西门红霞喊了进来，交代了一番，两个人就离开刑警队，来到了拘留所。

隗南在见到柯天星后无言以对。

柯天星说你不说话就能逃脱罪责吗？我知道你是个聪明人，怎么办了这样的糊涂事。上次我问你，你说卫梅在外面还有男人，你知道不知道这个男人是谁？她为什么好好的医生不当，做起了导游？我看你上次的口气，好像知道这个男人是谁，说吧，现在就我们两个人，把你知道的都告诉我。

隗南脸色越来越惨白，额头上也有了汗珠。他没有擦，眼睛一会儿看着柯天星，一会儿看着屋顶，焦躁不安的样子。

"是东昌市的罗英彪？"

隗南摇了摇头。

"陈志明？"柯天星再问。

隗南再次摇了摇头。

"冀南方？"他试着问。

隗南长叹了一口气。

"我不知道。卫梅没有直接告诉我她跟冀南方的关系，但我从她的话语中感觉到了这些，而……而且她说在和平市什么也不怕。

我也弄不清楚她这话是什么意思。你不要看卫梅有钱有貌，其实她心里很恐慌，一天到晚总担心出什么事。我觉得她有心事，但她从不跟我说。"隗南说完又补充说，这只是我的推测，即便冀南方跟卫梅有那么一腿，但他不会杀卫梅，没有理由。

柯天星点了点头。

"我听刘清说，她每次到东昌市来，都要神经兮兮地走掉几个小时，听说是找人，你知道她在东昌市还有别的男人吗？"

柯天星的话把隗南惊得瞪大了眼睛，他摇着头，我真不知道，我想象不出这个女人有多少秘密。你不是说苗圃是她的朋友吗？也有可能是去找她。罗英彪是苗圃的男人，她不可能找他吧。

柯天星心里长叹一口气，卫梅和苗圃都害怕遭到不测，事实也证实了她们害怕是有道理的。看样子，这个背后的黑手不是陈志明，否则，她们就会逃离和平市。也不可能是冀南方，如果他跟卫梅好，他就不会杀她。为什么他从不提起自己认识卫梅呢？难道这里面真的有什么秘密？是不是隗南在胡说八道？他的推测没让柯天星最终相信。

那么，是谁呢？他有如此大的能力？他又为什么要追杀她们呢？而且，米冰倩为什么不敢说呢？是害怕还是被对方蒙蔽了？一连串的问题使柯天星如堕五里雾中。

新晓蓉神情恍恍的，她坐在柯天星的面前只是流泪，说我对不起卫梅，我从小就看不惯她比我强，所以，就处处为难她，我……我把隗南让给她，是我们之间达成了协议，她给我十万元钱，我就不管她与隗南的事。我……我敲诈罗英彪，是我觉得他欠卫梅的。我虽然没有他与卫梅关系的证据，但我可以肯定，卫梅每次到东昌市来，就是找他的。柯警长，他跟卫梅好，又跟苗圃上床，你说他是个什么玩意儿！新晓蓉恨罗英彪恨得咬牙切齿。

柯天星不关心罗英彪玩了多少女人。他关心的是，他们之间有什么秘密。

他又问，在和平市，卫梅还跟其他男人有关系吗？除了托比和李先进以外。

新晓蓉瞪大了眼睛，你难道发现了卫梅还有别的男人？天呐！她这是怎么了？隗南、李先进、托比三个男人还不够吗？还要找别的男人。她摇了摇头，我也不清楚。

从拘留所出来，柯天星望着蓝天发呆。

"怎么样，有收获吗？"西门红霞问。

柯天星点了点头，肯定有收获啊！对了，这两个人真的要判刑吗？

西门红霞说，材料已经交给了检察院，恐怕得判刑。史头儿把这件事控制在很小的范围内，他说罗英彪是市委领导，保护领导是我们的职责，我看他做得对。人嘛！都得为自己考虑啊！对了，还需要我帮你什么忙？有话就直说。

"这……"

西门红霞咯咯地笑了，秀丽的眸子瞪了他一眼说，"想不到你也结结巴巴了。说吧，只要不是上刀山下火海，我都帮你办，有什么办法呢，你是我大哥嘛！"

"那……那帮我弄两张空白介绍信，我要到北京去办案。"柯天星搓着手，十分为难地说。

西门红霞一头雾水，你不是分局长吗？还用得着偷我们局里的介绍信。

柯天星没有办法，只好把自己辞了分局长，休假出来办案，以及对卫梅案子的分析，包括陈志明的分析全盘托出，我觉得这个案子背后有一只黑手，我必须抓住他们。

她震惊了，既佩服又不解地说，"大哥，你这样做，会把自己逼上绝路的。何苦呢，国家是大家的国家，又不是我们一个人的。领导既然不同意调查，就不查，有什么大不了的，天也不会塌下来啊！这万一……"

"西门，那就算了。"柯天星淡淡一笑，"我不为难你，我自己想办法吧。"

"大哥，我不是这个意思，介绍信就是归我管的，我给你两张就是了，我是觉得你这样做不值得啊！万一让冀南方知道了，对你没有什么好处。你这个人也是，你要是当了那个分局长呢，你就可以派人调查，这不比什么都好。"

西门红霞一席话，说得柯天星连连点头，我怎么就没有想到呢？他连忙握住她的手，说哥哥谢谢你，要不，晚上你过来，我们一块吃顿便饭。西门红霞答应了。

离开刑警队，柯天星又找到了谢小东，问他能不能把苗圃的通讯录给他看看，如果有笔记一类的东西他也想看看。

谢小东说，苗圃的父母已经把值钱的东西都拿走了，那些书籍等东西还都放在我家里，我带你看看吧，有用的你就拿走。他开着车，带着柯天星回到了家，把苗圃的东西都拿了出来，让他看。

柯天星挑了两本笔记本和一本通讯录拿走了。回到饭店，他仔细地阅读苗圃的笔记本，很多地方她都用英文字母替代了，不明白是什么意思。但也可以看出，她在北京 P 医院进修前后，思想发生了重大变化。他又拿出苗圃与其他九个女人合影的照片，除了卫梅、米冰倩外，其他的七个人他都不认识。通讯录上记录的电话，北京市只有当时他在苗圃手机里核查的那两个，其他的都是外省市的。

柯天星准备把这些人的情况弄清楚。

晚上，西门红霞来了，把两张空白介绍信给了他，说你记住，欠我一份情。

柯天星连连点头，我记住了，以后要哥哥办什么事你尽管说，只要不是让我犯罪。

西门红霞咯咯地笑了，你放心，我不会让你犯罪的。如果你坐了牢，我西门给你送饭送酒。

她的话，说得柯天星哽咽了，半天说不出话来。

"大哥，你怎么了?"

柯天星攥住她的手说:"西门，你的话让大哥感动，这么多年来，没有一个女人跟我说这样的话。谢谢你，大哥记住你的话了。"

原本要请西门吃饭的，但她晚上局里有任务，就先走了。送走西门红霞，柯天星就准备下楼吃饭。刚走到楼梯口，就与一个年轻的女孩子撞了一下，他倒没事，但把女孩子撞倒了。柯天星赶快上前，连忙说对不起，伸出手，把她拉了起来。她一看穿着警服的柯天星，什么话也没说，瞪了他一眼就走了。

第二天他上火车，座位正好挨着那个女孩子。

柯天星心里有些不爽，尴尬地笑了笑，说世界真是太小了，怎么又碰到了你。女孩子不屑地瞪了他一眼，说，是啊，世界太小了，说不定我们到北京还会碰面呢。说完坐在那里一言不发。

到北京站后，柯天星住进了前门的一家旅店，他万万没有想到的是，刚办好住宿手续，又在大厅里碰见了那个女孩子。这下，柯天星愤怒了。

"你到底是谁，为什么跟着我？"

"警察同志，你这话就怪了，难道我不可以住这家旅店吗？我还要问你呢，你为什么老跟着我？"她不屑一顾的样子，转身走了。

柯天星心里嘀咕，难道那伙人要对我下手，派这个女孩子来了？想到这里，他倒笑了。那个女孩子看样子也就二十多岁，我怕什么。柯天星骂自己是个胆小鬼。

他按照苗圃笔记本提供的线索，来到了北京 P 医院，他要从这里寻找有关线索。卫梅、苗圃和米冰倩都是学医的，她们是在 P 医院进修班认识的，卫梅离开老本行改做导游，就凭这点，他觉得就很难理解。他要从蛛丝马迹处下手，破解卫梅的死因。

那个女孩子还是进进出出地在他面前晃动，他懒得理她，他不想因为她的出现而破坏整个计划。他根本就没有把她放在眼里，更没有想到他这次来北京，早就被人算计到了。

28

在柯天星反复游说下，医院里终于有一位老同志出面接待了他。他看了柯天星提供的照片，判断那是第 98 期来医院进修的医生。他马上把一个熟悉那一期的一位医生找来了。医生一看照片，就如数家珍地告诉了他那照片上十个女人的名字，还找出了她们原来的通讯录，说她们离开医院后，我们就没有联系了，现在她们做什么我就不知道了。

在又问了一些她们在医院生活和工作的情况后，柯天星就离开了医院。回到旅店，他把那十个女人逐一排列，让他心头感到一阵从未有过的恐惧。

卫　梅　东昌市第一人民医院附属医院

苗　圃　东昌市省立友谊医院

米冰倩　东昌市省委保健所

于　凤　H市省医学院

白秀珠　W市省附属第一医院

莽秀明　U市幸福医院

翟　超　O市红旗医院

苏美丽　O市跃进医院

沙　欣　Y市第六医院

欧阳倩　Y市省委保健所

从P医院得知，当时这个班进修的课程都跟保健业务相关，也就是说，她们来自不同的医院，有可能回去从事一样的工作，那就是省委领导的保健工作。这样说来，卫梅、苗圃、米冰倩都做过省委领导人的保健工作？都与省委有关领导认识或者熟悉？柯天星由此推断，她们三个人都有接触领导的条件。

天呐！他喊了起来，他们到底想做什么？米冰倩手里到底掌握了什么有用的东西？他们通过这些保健医生做什么？柯天星百思不得其解。

还剩下一张介绍信。柯天星来到公安局，要求核对苗圃死后留在手机里的两个北京的电话号码。公安局在他的介绍信上加盖了一个公章，他来到电信局，查出了电话号码登记的单位是一家公司。他不死心，顺着地址来到位于亚运村附近的一家公寓，保卫人员看了看他的介绍信，查了查登记本，说那两个电话号码是"社会经济研究协会"办公室的，他们租我们的房子办公。不过，三天前这个协会已经搬走了，搬到哪里去了不知道。

线索再一次中断。

"也许是两个不太重要的号码？"柯天星这样想着。介绍信用完了，线索也中断了。柯天星百无聊赖地在大街上走着，他准备明天坐火车返回和平市，再想其他的办法。

他来到王府井，想到北京烤鸭挺有名的，既然来了，为什么不吃一顿呢。他这样想着，脚就不自觉地迈了进来。一走上楼，突然，肩上被人用力地拍了一下。他回过头，一看来人的面孔，惊得张大了嘴巴。

"郜野原……"

郜野原打着哈哈："柯天星警长，你怎么跑到这里来了？我路过这里，看到像你的背影，还真是你。到北京出差吗？唉！离开和平市后我特想你，想不到你到北京来了。都挺好吗？"

柯天星实在弄不清楚这个叫郜野原的女人到底是做什么的。他只好吞吞吐吐地说，我休假，到北京瞎逛逛，不想碰上了你，你怎么样，挺好的吧？

郜野原说，挺好的，挺好的。我在一家公司做事，还不错。好了，难得碰上你，今天我做东，一块吃一顿饭。她做了个请的手势。柯天星碰上个熟人，挺高兴的，没有推辞，笑了笑，在桌子边坐了下来。

郜野原打扮入时，穿着名牌衣服，戴着闪闪发光的戒指，一反在和平市的穿着，更像一个高贵的夫人。她先让服务员上了一壶西湖龙井，亲自给他斟了一杯，柯大哥，案子如何？那个跟着你的路晓丽还好吧？还有那个耿同志也好吧？

柯天星笑了笑说，都挺好的，案子还那样，不死不活的。他搪塞着。

"噢，是这样的，那好，那好，明天我陪你到长城去吧，不到长城非好汉呀！对了，找到对象了没有？要不我在北京帮你介绍一个？北京我挺熟的，你要了解什么就问我，省得你到处乱跑。"郜野原笑得自然随意。

柯天星一听对方这样说，警惕的心情一下子就放松了。他告诉对方，还不是为了卫梅的案子，他说了苗圃案子情况，说了去P医院的情况，说我怀疑这其中有什么蹊跷，这才利用休假的机会来了北京。郜野原还是不解，你怎么就查到了电话号码？你怎么知道苗圃打的那个电话是协会的呢？据我了解，没有公安局的同意是查不到的。柯天星就把自己从东昌市弄到的介绍信笑着说了，郜野原说，你真是一个有魅力的男人，到哪里都有红颜知己帮你办事，你看，到了北京，就有我了，你说是吧？她的话，说得柯天星笑了。

几杯酒下肚，两个人都红光满面。

"柯大哥，还愿意读我这本书吗？"

鄁野原露出了微微的媚态，眼波荡漾，放射出只有男人能读得懂的一种光。柯天星心里好像被什么东西"揪"了一下似的。要说不想，那是假话。鄁野原也是一个迷人的女人，有一种与米冰倩不一样的风情，而这种风情，对于已经三十五岁，从未与女人上过床的柯天星来说，是一种极度的诱惑。她看见他的双眼红红的，瞪着她半天不语。她也不说话，从桌子底下握住了他的手，并放在了自己的大腿上。

柯天星一时有点不知所措，犹豫了一下，还是把手抽了出来。

"……噢，不要让我犯错误。"他憨厚地笑笑。

鄁野原也开心地笑了笑。

喝完酒，她执意要把他送回住处，他没有拒绝。回到房间，柯天星就觉得浑身像着了火一样，躁得慌，他以为自己喝高了，也就没有放在心上，你走吧，我喝多了，要睡一觉。

鄁野原说，柯大哥，你睡吧，我走了。说完在他脸上轻轻地吻了一下，就走了。

待柯天星睡着后，鄁野原返回他的房间翻看了他的调查报告，然后她来到服务台，对服务员说，我大哥累了，能不能帮忙找一个按摩的。服务员一听就知道是怎么回事，一会儿工夫，一个漂亮的女人就来了，鄁野原告诉了她房间号，附在她耳边说了半天，把几张大票塞进了她的手里，这才走了。漂亮女人看见自己手里的钱，高兴得双眼放光。这个女人来到柯天星的房间，先把自己剥得精光，又帮柯天星脱衣服，还调情似的东一把西一下，把柯天星搞得不知东南西北，根本搞不清楚身边的女人是谁。女人十分轻松，赤裸地坐在他身边，悠闲地嗑着瓜子。

鄁野原走出饭店，没有离开。她坐在汽车里，看着手表，估计着时间差不多了，这才走出汽车，来到一个公用电话亭，拨通了"110"电话。一会儿，"110"的警车就停在了酒店门口，几名警察走进了酒店。

冀南方接到北京方面的电话气得把电话机都摔了。"这个柯天星，这个柯天星，简直是……"他连话都说不出来了。

一会儿，耿琦站在他面前问，冀局，发生了什么事呀？

冀南方浑身还在哆嗦，把柯天星在北京嫖娼，被公安局抓住的事说了一遍，老耿，你说这是怎么回事？你说他想女人也不至于这样呀！到北京旅游也不请示报告，简直是反了。要不是看在同学的面儿上，我……我……

"冀局，我看这事恐怕有些误会。我了解柯天星，他不是这样的人呀！我们还是等事情弄清楚了再说吧。"耿琦根本不相信柯天星会嫖娼。

"唉！我也是相信天星的人品的。但北京市公安局的电话是错不了的。老耿，你是老人儿了，又是柯天星的搭档，你今天就和路晓丽坐飞机去北京，把他接回来。记住，这件事不要告诉任何人。"冀南方反复叮嘱。耿琦答应了一声就走了。

下午五点多钟，耿琦到达北京。

他和路晓丽一分钟也不敢耽搁，马上赶到公安局，把柯天星接了出来。

柯天星十分沮丧，当着两个人的面，什么也不说。耿琦反复问他到底是怎么回事，路晓丽也急着说，你不顾脸面我们还要呢，你不说清楚就要背一辈子黑锅，哪个女人还敢嫁给你。

柯天星在他们两个人的逼迫下，只好把自己从西门红霞手里弄介绍信，到北京 P 医院调查，核对电话号码，碰上邰野原，吃饭喝酒直至被抓的经过说了一遍，叹着气说，我也弄不清楚那个女人是怎么跑进我房间的。

两个人还是听得一头雾水。

"你到底做了没做？"路晓丽怒吼。

"我……"他说不清楚了。

两个人气得直喘粗气。

就在他们三个人站在那里不知如何是好的时候，那个在火车上与柯天星坐在一起的女人从外面走了进来，朝他招了招手。

柯天星马上走了过去，女人笑了笑，想知道你被公安局拘留的真相吗？如果想知道，晚上就过来。她告诉了他房间号码，转身就走了。

柯天星站在那里，呆呆的。

耿琦和路晓丽走了过来，问那个女人是谁？

柯天星说，火车上碰到的，没事，没事，他搪塞着。

"你可不要再找麻烦。"路晓丽不满地说。

"不会的，不会的。我是那样的人吗？唉！我现在是跳进黄河也洗不清了。"柯天星一副懊丧的样子，也不理他们俩，走进了房间。

耿琦叹了口气，小声说，公安局说了，要不是看在同行的面儿上，这件事就麻烦了，那个女人告他强奸。

路晓丽一听，更是气得说不出话来，也怪我，我要是早点给他介绍个对象呢，也不至于这样。两个人长吁短叹，后悔莫及。

吃完饭晚，柯天星又要单独找那个女人。

耿琦和路晓丽再次劝他，不要跟陌生的女人接触，说谁知道她是做什么的。

柯天星被这个神秘的女人吊着胃口，坚决要去，你放心吧，我再要做那样的事，我就是猪，连猪都不如。话说到这个份儿上，两个人也就不好再说什么了。

"去吧，去吧，早点回来，我们明天就回和平市，冀南方可等着呢。你不怕什么，我还想要这张脸呢。"耿琦脸色凝重。

走到门口，路晓丽又说，"你要再出事，我就调离这个组，不跟你搭档，我丢不起这个人。"

柯天星没理他们，头也没回地走了。

29

柯天星推开了女人房间。

"告诉我，你到底是谁？"柯天星疑惑地问。

女人给他倒了一杯水，端到他面前，笑着说，我叫伍歌，在东昌市工作，我在公安系统和政法系统有些朋友，我知道你叫柯天星，是和平市的一名刑警，我也知道你到北京的目的。我觉得你现在只有两条路可走，一是放弃手中的案子，平平安安地当你的刑警；二是继续调查，那么，卫梅、苗圃和李先进的下场就是你的下场。你不是要知道那个女人是怎么走进你的房间的吗？你把前前后后的事情想一想，难道还不明白吗？你当了多年的刑警，这点判断能力还没有？

"是郜野原，她为什么这样做？"他震惊道。

伍歌笑笑："你真的不知道？"

"阻止我调查……"

"不愧是老刑警啊！告诉我你调查的结果，也许我能帮帮你的忙。我实在不愿看到一个优秀的刑警就这样被人陷害。不要慌，我可以告诉你，一回到和平市，你会受处分，永远也接触不到这个案子。"伍歌分析说。

柯天星嘿嘿地笑了："我怎么相信你？"

"也好，你好好想想，回和平市后如果想通了，就给我打电话。记住，这是我们之间的事，不要告诉第三个人。如果你把跟我接触的情况告诉了别人，那么，你的死期就到了，神仙也救不了你。"伍歌语气平淡，柯天星却惊得瞪大了眼睛。

"你不要吓唬我啊！我是刑警，从来都不怕什么。好吧，就按你说的办。"他记下了伍歌的电话，也没有握手，离开了房间。

在北京住了一晚后，第二天，三个人回到了和平市。柯天星被冀南方狠狠地训了一顿，对他的解释，半点儿也听不进去，责令他写检讨。三天后，对柯天星的处罚下来了，记大过处分，不允许他接触任何案子。这还不算，冀南方还把他调到了"110"指挥中心，专门负责处理报警电话。

柯天星叹着气，感叹地想，真应了伍歌的话啊。

西门红霞也受到了处分。

他给她打电话，说西门，是我害了你。

西门红霞倒没有那么沮丧，说没事，为了你，我认了。她询问去北京的情况，柯天星长叹一口气，一言难尽啊！你有空到和平市来，我好好跟你说说。西门红霞答应了。

卫梅的案子仍然没有进展。

隗南和新晓蓉的案子移交到了法院，现在就等着判决了。东昌市的人大召开了，果不其然，罗英彪当选为市长，几天后，史新民离开了刑警队，当他的公安局副局长去了，邓刚也成为市政府秘书二处的处长，一切都出乎柯天星的预料。

米冰倩也活得十分惬意，她见到柯天星后惊恐万状，柯警长，你什么事都不可以做，为什么要……那样呢？唉！也怪我，要是我当时答应了你，你也不会……这个年龄的人嘛，可以理解，可以理解。

气得柯天星恨不得上前就把她压在身下，把她撕裂。

看起来一切都平静了，非常平静。

柯天星来到东昌市，见伍歌。

"你的预言都实现了，现在可以告诉我，你到底是做什么的吗？"

伍歌笑笑，你何必问得那么清楚呢？这并不重要，只要你告诉我卫梅案子的全部，我就可以帮你找到答案。

柯天星想了许久，觉得一起凶杀案也不关涉什么国家秘密，就从头到尾，讲了案子的经过，包括自己的疑惑和困窘。

伍歌静静地听着，偶尔插一句话。

柯天星最后说，你放心，案子我还要调查下去，我就要解开这个死结，不管它牵涉谁。

伍歌笑了笑，什么也没说。

陈志明接到了郜野原的电话。

"为什么不动手，为什么还……"

"郜小姐，柯天星已经起不到任何作用，他构不成对我们的危害，米冰倩也绝不会把知道的情况向外说的。你……你们就高抬贵手吧。她如果死了，会带来更多的麻烦。"他在电话中乞求。

郜野原拒绝了，米冰倩知道的事情太多了，她必须死。如果你下不了手，"他"说了，我们会安排的。

陈志明慌了，还是我安排吧，我想办法叫她出来。

放下电话，陈志明长叹了一口气。

他开着车，在高速公路上狂奔。

"志明，难得你带我出来，我已经好久没有到凤凰山度假村来了，记得我们第一次认识，第一次做爱，就在这里，是吗？"坐在副驾驶座位上的米冰倩，看着窗外的山山水水，心情格外清爽。

凤凰山度假村距离和平市五十多公里，是一个旅游度假的好去处，也是和平市重要的缴税大户。市政府有规定，任何政府会议都不允许在这里召开，所以，除了他们的总经理外，其他的人都不认识陈志明。他选在这里与米冰倩相聚，也是有苦衷的。市政府的事太多，离开时间长了，就会有人到处找他，所以，只能选择周末出来散散心。

他瞥了一眼她，心绪还是不定。我怎么可以杀了她呢？我怎么可以杀一个爱我的女人呢？不杀，他们不会放过我。我的仕途也就完了，一切都完了。男人没有权没有钱，狗屁都不如啊！

"政治是权力的核心，你只有拥有权力，才能实现自己的价值，自己的价值才能体现出来，若没有能力拥有权力，就没有批判事物的资格。你不是恨中国贪官太多了吗？只有当你到了权力的顶峰，才能扭转这种现状，才能打造一个更加民主的社会。我们看重你的，正是你廉洁自律的本质，正是你那颗爱民之心。记住，建设一个更加民主的社会，是我们协会的目的。"陈志明耳边响起了"社会经济研究协会"会长兼秘书长平天浩语重心长的话。

他明白对方的实力，如果自己不这样做，那么米冰倩也得死，而且自己肯定也活不了。

米冰倩看着他心情沉重的样子，你怎么了？有什么心事？工作上不如意？志明，不要去想这些。我知道官场上的事比什么事都累人，不要太认真了，熬过这一两年就好了。志明，为了你，我一切都不在乎。她半靠在他的肩上。陈志明也用另外一只手，抚摸着她细腻的脸庞。

在到达度假村把汽车停好后，陈志明就让米冰倩去订房间，他不愿意留下任何蛛丝马迹。一会儿，他从后门进入她的房间。房间很大，也很高级，浴室里有天然温泉。

陈志明看着她，也不说话，轻轻地一件一件脱掉她的衣服，抱着她进入浴室。两个人躺在特制的浴池里，紧紧地搂在一起。两个人也不去餐厅吃饭，用了点儿带来的酸奶和面包，洗漱完毕就倒在床上。陈志明吻着这熟悉又陌生的身体，仿佛是身处在火山之上。

米冰倩心旌摇荡过后有些害怕，紧紧地搂着他，拍着他的背，志明，到底有什么事，告诉我好吗？

陈志明慢慢地从她身上起来，把她搂进怀里，冰倩，谢谢你给予我的一切，你看窗外的星星，多么亮啊！那两颗最亮的就是你和我。我们哪怕死了，灵魂也永远在一起。

米冰倩泪水涟涟，志明，有你的爱，此生足矣！她伏在他的怀里，静静地听着窗外的虫鸣和风声，她觉得什么声音也没有今晚的声音那么美妙动听。

九点半钟，陈志明要走了。

"对不起，宝贝，我要走了，市政府明天早上还要开会，我必须回去，否则……你在这里住两天，星期一早上再走，我明天晚上再过来。我爱你，永远爱你。"他抱着她的头，深情地吻着，搅得她柔肠寸断。

米冰倩知道他说的是对的，一个市长，是没有任何人身自由的。但她实在舍不得他离开。她有一种感觉，好像在做一次诀别。她倒在他怀里，柔软得好像没有骨头，化了的水一样。

"记住，志明，在你的生命中，你还有可能会碰上别的女人，但哪个女人也没有我如此爱你。哪怕我死了，我的魂魄也会与你在一起，永不分离。走吧，希望你记住我，永远记住我。我是你的，生是你的人，死是你的鬼。听我一句劝，不要再与'他'打交道，'他'是一条狼啊！"她抚摸着他，十分动情。

"我记住了。"陈志明看了看表，知道不能再拖了，他必须走了。"楼下有个舞厅，外地来的人很多，不会有人认识你的，你要睡不着，可以跳跳舞。冰倩，只要你活得快乐，就是对我最好的爱。"他再次吻了吻她，转身走了。他从后门走了出来，开着车，离开了度假村。

陈志明一走，米冰倩实在睡不着。

她从床上爬了起来，穿好衣服，化了淡妆，来到楼下的舞厅。她哪有心情跳舞，就要了一杯咖啡，坐在一角，看着舞场上那些男男女女，想着自己的心事。一个个有礼貌西服革履的男人走到了她面前，又懊丧而去，她不想跟任何人跳舞，她只想静静地坐在这里，梳理一下自己的情绪。

她第一次见到陈志明，就被他俊朗的外表所吸引。当平天浩提出让她用色相勾引他时，她毫不犹豫就答应了。

陈志明之所以愿意充当这样一个角色，在很大程度上也是离不开她。他跟罗英彪不同，他除了对仕途的渴望外，对女人也有一种让人离不开的魅力。她很长一段时间都不知道平天浩，这个五十多岁的男人为什么舍得花钱把陈志明捧上官场，当卫梅把那份材料交到她手里时，她才知道这背后真正的原因，一个让人毛骨悚然的计划。

"哟，这不是冰倩吗？"一个漂亮的女人出现在她的面前。她一惊，看了半天才认出在她面前的女人是她大学时的同学寇楠茜。一个风情万种的漂亮女人。

米冰倩惊呼了一声，两个人就紧紧地搂在一起，她问你怎么跑到这里来了？

寇楠茜说，我心情不好，到和平市散几天心，你怎么样？还在做保健医生？

米冰倩说，一言难尽，走，到我房间坐坐。

她牵着寇楠茜的手，离开了舞厅，回到了房间。两个女人诉说着毕业后的境况，一会儿笑着，一会儿又哭着。

米冰倩做梦也没有想到，大难临头了。

30

冀南方赶到度假村已经是上午了。

最早接到报案的是刑警队，当队长带人赶到时，已经是凌晨五点多钟。度假村经理、保卫部长、当地派出所领导都傻呆呆地站在值班室里。保卫部长汇报说，我们发现着火应该是在凌晨两点钟左右，当保安赶到现场时，大火已经把房间门堵死了，救人已经来不及了，等把火扑灭，人已经烧得不成样子。我们查了住房登记，她是头一天下午住进来的。住店人多，我们也没有注意她是一个人来的还是有同伴，我们只知道她的名字叫米冰倩。

"啊！米冰倩……"

跟着队长过来的路晓丽一听到这个名字，浑身哆嗦了一下，马上把队长拉到一边，说了半天。队长一听，脸色相当难看。他再次让宾馆保卫部长把登记本拿给他看。当他看完登记本后，交代路晓丽核对身份证号码，自己带人走进了那间已经烧得不成样子的房间。

房间已经烧得一塌糊涂，死者躺在床上，已经成了焦炭，弓成一个大虾样，可以想象当时的痛苦。队长交代保留现场，通知技术处来人。吩咐完又把路晓丽拉到一边，详细问了卫梅案子的情况。由于案子原来是柯天星主管的，他也懒得问，一听路晓丽说这个死的女人跟陈志明有关系，他感到事情没那么简单。

他想了想，还是拨通了冀南方的电话。

刑警队长是老公安了，是跟耿琦一批进入公安系统的，当然知道这件事的分量。他没有讲多余的半句话，只说度假村出了这么一个事故，死者名叫米冰倩，是和平市冰倩诊所的大夫。据初步了解，是电线短路引起火灾的，我已经通知了技术处来人，尸体准备拉回去，做进一步解剖。他请示下一步怎么做。

冀南方好像还没有睡醒，在电话里"嗯"了一声，交代说，你在度假村等着我，我马上到，就挂了电话。

队长带着人又勘查了一次现场。由于房间烧得不成样子，什么多余的线索也找不到。跟着他的路晓丽说，队长，真的是电线短路起火的？柯天星怀疑有人杀她，多次劝过她，她就是不听。我推测，她肯定是死于杀害卫梅那个凶手之手。这不是事故，是谋杀。

"证据呢？"队长冷冷地问。"晓丽，你也沾染了柯天星的一些坏东西，我告诉你，办案要重证据，要让证据说话，臆想的东西会坏大事的。他在诊所里看见了陈志明，就能判断他跟这个女人有不干净的关系？人家就不能到诊所看病？简直是胡闹。她是卫梅的朋友，她是苗圃的朋友，她们俩死了，就能说她也有危险？我不相信。退一步说，陈志明就是跟她有一腿，又能说明什么？"他把路晓丽教训了一顿。路晓丽绷着脸，一言不发了。

冀南方带着人到达了度假村。

听完汇报后，看了看现场，他交代尽快写一份案情分析报告。路晓丽不顾队长的一再警告，又把自己的推测说了出来，肯定地说，是一起谋杀案。

冀南方倒没有批评她，而是用缓慢的口气说，谋杀也好，偶然的事故也好，调查完了再下结论。说完就带着人回了市局。

回到和平市，已经是中午。

路晓丽沉不住气，还是把米冰倩死亡的消息告诉了柯天星。

他一听，就跳了起来，大吼道："我说了，我说了下一个死的人就是她，她就是不听。没错，杀卫梅的凶手就在和平市，就在我们的身边，苗圃、李先进都是他杀的。我一定要抓住这个凶手。"他放下电话，跑到停尸房，看了看米冰倩烧得不成样子的尸体，脸色铁青。

他怒气冲冲地闯进了冀南方的办公室。

"冀南方，就算我柯天星求你了，你把卫梅的案子交给我吧。我不去'110'了。我告诉你，米冰倩是被人谋害的，我可以肯定，杀他的人就在和平市，就在我们身边，他们肯定有不为人知的目的。"他第一次以乞求的口吻在自己的同学面前放下了自尊。

冀南方冷冷地摇了摇头。

"你……"

"天星，我冀南方对得起你。我让你当分局长，给你脸你不要，这就怪不得我了。我让你调查案子，你在外嫖娼，我不办你，我对不起自己头上的国徽。我这个政法委书记、公安局长不是为你柯天星当的，我是为和平市三百万父老乡亲当的，你明白吗？不要太看重自己，没有你地球就不转了？米冰倩是不是被人谋杀的，不是你我说了算的，要事实说话，你明白吗？不要太过于联想，这不是写小说，这是生活，这是办案，知道吗？回'110'去吧，那个地方也缺人手，案子的事我会处理的。"冀南方拒绝了他的提议。

"你……你是不是怕这起案子牵扯陈志明，牵扯你？冀南方，既然你这样说，我也不得不告诉你，李先进死前就告诉我，他看到你跟卫梅在凤凰山游玩，我怀疑你在这起案子中扮演着重要角色，我怀疑卫梅、苗圃、米冰倩、李先进都死于同一个人之手，而他们的死，肯定牵扯着和平市的黑幕。"柯天星失去了理智，把不应该说的话说了出来。说完了他又有些后悔，毕竟，与冀南方闹僵了对他没有半点好处。

相反，冀南方脸色却很平静。

"柯天星，我不得不佩服你的想象力。我可以明白无误地告诉你，我们家蓝蔻不比卫梅、米冰倩长得差，我没有必要在这样的女人身上作茧自缚。在和平市，我虽然不是书记、市长，但也是个人物，我如果想，会有许多女人找上门来。我们同学一场，我想该是你离开公安系统的时候了，你不适应这里的工作。"他平静地说着。

"你让我辞职？"

"我想这是你最好的选择。"

柯天星长叹了一口气，他实在太热爱这个工作了。但是，倔强的性格又使他不愿再开口求他。他什么也没说，默默地离开了冀南方的办公室。

下午，他的辞职报告就放在了冀南方办公室桌上。冀南方一分钟也没有停留，拿起笔就批了。还特地给政治处打了电话，多给柯天星发三个月的工资，并提前把年终奖金发给了他。

下午三点，柯天星就把公安局的证件、枪支等有关物件交了，办好了辞职手续。

耿琦、路晓丽得知消息，默默地把他送到大门口。

"天星。"路晓丽流了眼泪。

柯天星却开心地笑了。他拉着她的手，好妹妹，跟着我让你受罪了，我这个人与这个社会格格不入，这样的下场是早晚的。冀南方还算不错，多给了我不少钱。

路晓丽擦着泪说，我也觉得卫梅的案子实在有些蹊跷，我估计公安局这条路是走不通的，如果你还要调查下去，会有生命危险的。我给戈桐打过电话了，如果你有什么事，就到省公安厅找他，你们虽然没有见过面，但他知道你的名字。他们比我们更有办法。

耿琦摇了摇头，找谁也离不开冀南方这一关，如果他认为米冰倩是死于偶然，谁调查下去也是枉然。像卫梅这样的凶杀案，我们局又不是一起，十年前的案子还有挂在那里的。天星，听哥哥劝，放弃吧，我们斗不过他们。我觉得这后面的势力过于庞大。你看不见，摸不着，却感到它无处不在。唉！耿琦连连摇头。

"我记住了，谢谢你们。"柯天星不愿多说什么，握了握他们的手，就告辞了。

他不知道到什么地方去，他不知道下一步如何办，没有了公安局赋予的权利，他有天大的本事也做不了什么。何况面对的是一个看不见，摸不着的对手。他毫无目标地走着，走着，不知不觉地就来到了米冰倩开办的诊所。

诊所还是那么繁忙，看不出有什么不对。他走了进去，正好碰见了喻文。

喻文怔了一下，马上认出了柯天星，赶忙把他拉到了一边，柯警长，米小姐死得真惨，唉！你告诉我，到底是怎么回事？难道真的是意外事故吗？我总感到有些不对劲儿似的，但怎么不对劲儿，我又说不出来。我刚才到医院去了，陈市长也在那里，都流了泪，她是一个好人啊！我们会想她一辈子的。喻文双眼也潮湿了。

"陈志明去看了米冰倩？"

喻文愣了一下，这有什么不对吗？他到我们这里看了几次牙，跟米小姐挺熟的，是我告诉他的，他就来了。陈市长一点架子都没有，这样的官难得啊！

柯天星不相信陈志明跟米冰倩的关系仅仅是医生与病人的关系，凭着自己多年办案的经验，他确信两个人有着见不得人的秘密。如果仅仅是两性关系，凭着陈志明在和平市的势力，没有人敢动她。

"救救米冰倩。"他又想起了苗圃死前的那句话，这不仅仅是一个即将死去的人最后一句话，而且是苗圃意识到了米冰倩面临的巨大威胁。这种威胁恐怕是一般人阻挡不了的。

那么，在和平市，除了陈志明、冀南方，还有谁呢？冀南方从未跟米冰倩接触过，那么，只有陈志明了。他想到苗圃和李先进的死，都是那样的蹊跷，都是那样的不明不白。

"你认为陈志明跟米小姐的关系……"

喻文显然明白对方问话的意思，这个三十多岁的医学院高才生，是土生土长的本地人，虽然有些些木讷，却不笨，一听他问，就笑了，柯警长，你不要认为男人跟女人接触就有什么目的性，你也不要认为米小姐跟陈志明如何如何，告诉你，他们的关系是干净的。陈志明每次来，都跟其他病人一样，提前预约的。每次看病我都在身边，一句多余的话都没有。他详细谈了两个人见面的经过，让柯天星十分失望。

"那好吧，麻烦你了。"他握了握喻文的手，就告辞了。

回到家，柯天星拿出从北京 P 医院调查的材料，又看了看，决定从外围入手进行调查。

他相信，只要自己有耐心，总能找出卫梅等人死亡的原因。订下了计划，他心里倒踏实了，舒舒服服地睡了一觉。

第二天起来，他把这些年来的积蓄存在银行卡里，做好了旅行的准备。路晓丽再次打来电话，让他去找戈桐，告诉他已经打过了电话，柯天星答应了。

31

柯天星一个人悄悄离开了和平市。

就在他离开和平市的时候，郜野原到达了东昌市，住进了白天鹅酒店。她在这里秘密地约见陈志明。陈志明是深夜从和平市开车过来的。他一进房间，也没有坐下，冷冷地说，郜小姐，请转告平先生，我已经为你们做了很多事了，我想你们应该兑现自己的承诺吧。

郜野原说，这你放心，我们会遵守诺言。这次我来东昌市，就是办你的事的。我保证两年内让你进入省委班子。

"你有把握？"陈志明有些惊诧。

郜野原嘿嘿地笑了。

"不要忘记了，你的市长是怎么当上的。不是我们运作，你永远都是一个副市长，一个连常委班子都进不了的副市长。是我们给了你一切，这不比十个米冰倩好吗？下半年，省委要组织一批厅局级干部到国外进修两个月，我们会利用这段时间对你进行必要的训练，满足你生活的需求。平先生让我转告你，和平市的事情已经了结，那份材料也随着米冰倩的死亡进了坟墓，你现在要做的事情就是修身养性，成为一名出色的领导干部，其他的事情你不用管。"

郜野原语气冷静，脸上毫无表情。

"知道了，郜小姐。"陈志明点着头。"对不起，我想问一句，你如何运作我的事，难道省委、中组部也有你们的关系？罗英彪知道我与你们的关系吗？我害怕这其中哪个环节出了错，我……我会死无葬身之地啊！"他既担心，又想知道这其中的奥妙。

郜野原抛给他一支烟。

"这不是你要问的事。陈市长，你只做你分内的事，其他的与你无关。我可以告诉你，三五年后，我们建立起来的厅局级干部队伍，就要进入省级领导班子，这笔财富，是任何金钱都不可比拟的。让中国成为一个民主的国家，是一项系统工程，不是一朝一夕可以办成的，我们要下气力，我们会成功。关于你与罗英彪的关系，我可以负责地讲，他永远都不知道什么。按照我们的纪律，你是不应该问这个话题的，你既然问了，我只好说。"她仍然是那样沉着冷静。

"那好吧，我走了。"他摁灭烟头。

"不送。"她坐在那里没动。

陈志明一离开酒店，郜野原也打车离开了。她来到东昌市中心公园，向一个约好的长椅走去。长椅上，坐着一个戴着墨镜的男人。幽幽的月色在那昏暗的灯下更显得清幽，树叶把灯光和月色撕成斑马状的条纹，两个人的脸色都看不清楚，只能看见男人的烟蒂像萤火虫那样一闪一闪。不知道他们说了什么，不知道又是一场什么样的大戏拉开了序幕。

第二天晚上七点，白天鹅酒店暖香阁雅间。

皇甫赞穿着藏青色的金利来西服，扎着素花领带，提着公文包，出现在郜野原面前。他一看就她一个人，马上笑了，上前握住她的手，久久不放。"小丫头，平老呢，他怎么没有来？好久没见他了，还真有些想。他身体还好吗？"

郜野原没有把手抽出来，反而牵着他的手，轻轻地把他按在椅子上，都好，都挺好的，您呢，也好吧？皇甫伯伯，平老让我问您好，说上次的事他十分感激，平老特地去了一趟加拿大，把您两个孩子的事安排好了，您就放心吧，我这次来，他还有点事要麻烦您……

几年前，皇甫赞还是省委副书记的时候，在北京 P 医院养病，在他弟弟的再三央求下，出席了他弟弟的书画展。在那个展览上，他认识了弟弟的赞助商，"社会经济研究协会"的秘书长平天浩。平天浩的那份儒雅、风度、谈吐深深地吸引了他。弟弟告诉哥哥，为了办这次书画展，平先生赞助了 20 万元。皇甫赞虽然没有说什么，心里却十分感激。继而，两个人开始交往，他的家人，从弟弟到儿子、女儿，还有其他亲戚，都对这个平叔叔感激不尽。几个孩子出国留学，都是平天浩让郜野原一手操办的，他也弄不清楚他们在自己身上花了多少钱。因为他没有看见一分。

皇甫赞轻轻地抚摸着她的发丝。

"真是越长越漂亮了。野原，做我干闺女吧，伯伯给你在东昌市介绍一个对象，保证找一个让你满意的，怎么样？"他调笑着说。

"干爸。"郜野原马上改口。

"嗯。"皇甫赞兴奋地应着。

她马上打开了一瓶法国干红，轻轻地倒上了一小杯，端到了他的面前。皇甫赞没有接过杯子，而是拿起桌上的筷子，小心地夹了一只虾放进了自己的嘴里，这才轻轻地呷了一小口酒说，野原呀！你告诉我，陈志明和罗英彪到底跟你们是什么关系？你们为什么要帮助他们？不是看在你们帮我办了那么多事的面儿上，我是不会向省委组织部建议的。现在满意了吧？罗英彪和陈志明都提起来了，当了市长。两个人干得不错，口碑蛮好。野原，我退居二线了，虽然还是人大常委会主任，说的话也不一定管用。好在你们说的这两个人下面反映都挺好，否则，也有些难啊！

"知道，干爸，谢谢您。"

郜野原露出一份妩媚，一份嗲态，又把一只虾放进他面前的盘子，干爸，我告诉您吧，您做了这么多年的官，一个自己的人也没有，您现在还是人大常委会主任，当您什么也不是时，就什么事也办不成啊！平先生老跟我说，一定要为您晚年创造一个好的环境，我们这才为您选了陈志明和罗英彪，您放心，到时候我们会把这一切告诉他们的，他们会感激您一辈子，您仍然可以在这块土地上呼风唤雨，这多好啊！您的话，省委会尊重的，何况您是省里的老人儿。陈志明和罗英彪年轻有为，有学历，又廉洁奉公，这样的好干部您到哪里去找啊！我看当个副省长什么的，也没有什么问题，您说呢?

皇甫赞马上领会了对方的意思，开心地笑了，拍了拍她的手，还摸了一把她的脸。你是一个听话的孩子，在你面前，干爸就不好拒绝了。我明白你的意思，你的话也有道理，我会尽力的，告诉平先生，放心吧。皇甫赞开心地笑着说。

“……我还有两件事想要你帮忙，一件事是你把我与卫梅做爱的照片底片给我，虽然她死了。我这个年龄了，名声比什么都重要。另一件事是你们是怎么知道我得了早期胃癌?我在北京做了治疗，省里除了几个领导外，没有人知道，你是从什么地方弄到我的病历，难道北京P医院也有你们的人?”皇甫赞仍然笑呵呵地说。

郜野原打开包，拿出一个信封放在桌子上，这就是那些底片，全部给您。至于……另一件事，对不起，原谅我不能告诉您。不过，正因为我们知道您身体不好，上面不可能重用您，这才……人的生命是短暂的，要珍惜生活的每一天啊！您也看到了，现在干部轮换很快，您不可能永远拥有权力，在您有权的时候，您不利用，不是太可惜了吗?来，喝酒，干爸，我会永远记住您的。

皇甫赞默默无言，他知道对方说的是对的。

过了一会儿，他觉得空气有些闷，端起了杯子。“闺女，伯伯不想吃饭，也不想喝酒，只想吻你啊!”他半开玩笑半认真地说。

“干爸真想?”

他点了点头。

“不忙，不忙，干爸，是您的东西跑不了，到时候我会让干爸开心的。来，我们再喝一杯。”郜野原又端起了杯子。皇甫赞不好拒绝，也喝了一杯。吃好了，喝好了，郜野原扶着他往房间走，一走进房间，就把门紧紧地撞上了。

送走皇甫赞，郜野原使劲洗着自己的身子。

“这个老东西，还有这样的情趣。吃了伟哥也做不动，做不动就算了吧，还把我身上弄得脏兮兮的。”郜野原一边洗着一边骂道。

洗完澡，又换了一件衣服，修饰了一下脸，洒了点香水，她离开了房间，走进了酒店的咖啡厅。

罗英彪正在那里等她。一见她来了，连忙站了起来，鄀野原挥了挥手，让他坐下，自己要了一杯咖啡，呷了一口，这才问起他目前的情况。罗英彪说，上次跟苗圃的事被人知道了，弄得……唉！也怪自己太大意了。鄀小组，你能不能跟我说句实话，苗圃的死到底是不是你们做的？米冰倩也死了，听说烧得像焦炭一样，太残忍了。我总觉得这样做是不是有些那个……我给陈志明打电话，他不承认米冰倩是死于他的手，我知道，他杀不了人。虽然冀南方已经把这件事抹平了，那个姓柯的警长也离开了公安局，我估计，他不会就此罢手的。我看……

"你怕了？"

"不是我怕，我是觉得有些事情你办得太……太那个了。苗圃和米冰倩虽然知道些……但也不至于什么都说出来呀！对她们也不好啊！总是一条船上的人吧，你说对吗？何况中国的事不是你想象的那么简单。"罗英彪有些忧虑。

"罗英彪，你放心好了，你的事我们答应帮忙，这个你就不要管了，由我们来办，但是你要记住，我们彼此是有约定的，如果你违反了，苗圃、米冰倩就是榜样。我告诉你，你一定要严格按照要求去做，廉洁奉公，绝不能在钱和女人身上犯错误……不要计较一时的得失，不要贪图一时的享乐，你要女人，就到北京来，我会安排的。我要你在仕途上一路走好，爬到高位，绝不能因小失大。"她反复叮嘱。

"明白，鄀小姐。"他点着头。

"好，你走吧，一般情况下不要跟我联系，有事我会找你的。"她挥了挥手。罗英彪喝完咖啡，离开了咖啡厅。

她没有动，仍然搅动着杯中的咖啡。"是啊！罗英彪的话是对的，柯天星不是一个普通的角色啊！他现在做什么？在哪里？"

她突然想起了他，心头掠过一阵风暴，感到这才是真正的对手。

她有些畏惧这个小角色。

32

柯天星一个人来到了 H 市。

他没有公安局的工作证，更没有介绍信，除了一个身份证外什么也没有，跟普通人没有两样。H 市省医学院一听他打听于凤，马上格外警惕，问他是什么人，差一点就报告了公安局。他只好冒充于凤的同学，询问有关人员，有好心人告诉他，她调走了，去了省委机关。他又来到省委机关，七问八问，还真让他找到了。

柯天星不敢大意，见到于凤后，小心翼翼地问她跟米冰倩、卫梅、苗圃熟不熟。

于凤的年龄跟米冰倩差不多，长得蛮漂亮的。她一听柯天星的问话，怔了一下，说认识，我们一起在 P 医院进修过，好几年没联系了，也不知道她们怎么样了？

"她们都死了，凶手还没有抓到。"

"死了，你是说她们都死了？"

柯天星点点头。

于凤一阵愕然，脸色惨白。

"你是为此而来的吧。我能给你什么帮助呢？从北京回来以后，我们就没有联系，对她们的事我真的是一无所知。你问吧，凡是我知道的，我都告诉你。"于凤恢复了原先的神态，冷静了许多。

柯天星也不想绕弯子，就问她，你们在 P 医院进修期间，有没有发生过什么让你们感到奇怪的事？我知道 P 医院是高级领导人的保健医院，难道就没有接触到不属于你们知道的秘密？或者说其他的什么事？

于凤摇了摇头："我不明白你的意思。"

"我总觉得卫梅她们死得蹊跷，这才特地来找你。我想她们的死，肯定跟你们在 P 医院进修发生的事情有关。我现在就是弄不清楚发生了什么事，你跟她们在一起待了一段时间，恐怕会知道一些什么的。这是我的推测。"柯天星也感到迷茫，弄不清楚她们发生了什么事情。

于凤再次摇了摇头。

没有任何收获，柯天星十分失望。他默默地离开了 H 市，来到 W 市，找白秀珠来了。

打着卫梅朋友的旗号，他这次很容易就找到了白秀珠。她没有调走，仍然在第一附属医院，是医院保健科主任。谈话中他了解到，保健科负责全省局级领导干部的病历档案，每年一次的体检，依据省委组织部提供的名单进行，副省级干部的病历档案分两份，原件在省委保健所，副件在保健科，主要是便于掌握领导的身体情况。

柯天星又问她生活得还好吗？她笑了笑，挺好的。

说到卫梅、苗圃、米冰倩三个人的死，她仍然淡淡的，说在 P 医院时，我们关系不是太好，联系不多，记得她们三个人都长得挺漂亮的，出了这样的事实在可惜啊！

"你不觉得这里面有蹊跷吗？"柯天星性格中天生的缺陷，说话总是直直的。"我这次来找你，就是想了解你们在北京的情况，我相信她们三个是被人杀死的。"

白秀珠听完他的话，仍然淡淡的，你既然怀疑她们是被人杀死的，你就调查好了，这跟我没有任何关系。

柯天星不好再说什么，默默地离开了医院。

他来到大街上，感到十分茫然。

"难道我错了？难道我的路子不对？"他怀疑自己走的路错了。他怀疑自己调查的思路有问题。"回去，回和平市去，杀害卫梅她们的凶手不可能是外地的，肯定在和平市。米冰倩也肯定死于熟悉她的人之手。"一想到这里，柯天星没有迟疑，立刻买了火车票，连夜赶回来了。

从 W 市到和平市没有直达火车，他只好先到东昌市，再转汽车回家。火车到达东昌市时已经是第二天傍晚了。

柯天星一想，既然到了东昌市，去见见路晓丽的那个男朋友戈桐吧。也许，他会帮助我的，最起码不会有什么坏处。

想到这里，他就打了个车，往省公安厅去。一下车，却碰见了邓刚。

"噢，邓刚，你怎么在这里?"

邓刚当然不知道柯天星的情况，一见到他，像见到了老朋友一样，把他拉到了一边，坐了下来，柯警长，真是难得，又见到了你，怎么样，还好吗? 唉! 跟你说白了吧，在官场上混，有时候是身不由己啊! 你看，罗英彪不是当上了市长吗? 我要跟他作对，我死定了。我还年轻，我总不能……你能明白我的苦衷吧。

"你爱苗圃?"

"那样的女人不可能不爱。你没有碰上，你碰上了也挣脱不了。我知道她有心事，我到现在也弄不清楚她到底有什么心事，女人的心，三月的天，我们男人有时候是猜不出来的。"邓刚说到这里长长地叹了一口气。

他突然好像想起了什么，柯警长，有一件事我想告诉你，我的表姐失踪了，已经好几天没见踪影，我表姐夫急坏了。我在表姐家里看到了一张她跟别人合影的照片，里面有个人叫米冰倩，我看见过苗圃与她的合影，我想你会对这个事情感兴趣的。

"真的?"柯天星跳了起来。

他拉起邓刚就走，一定要邓刚带他去见表姐夫。邓刚拗不过他，只好带着他来到了表姐家里。

表姐夫恹恹的，没有精神。他听邓刚说柯天星是和平市的刑警，挺有名的，马上把照片拿了出来，说了妻子失踪的经过。说我们就是吵了几句，她就走了，应该是去了和平市，也有可能是找那个米冰倩去了，也有可能不是，我也弄不清楚。她这个人玩心特重，我想肯定是到什么有山有水的地方玩去了，碰上了坏人。否则，不可能这么长的时间还不跟家里联系，这绝不可能。

"你放心，我帮你查查。"柯天星问清楚了他爱人的姓名、手机号码和有关情况，就离开了邓刚表姐的家。

已经是晚上八点多钟了，找戈桐也找不到了，柯天星决定连夜赶回和平市。他就是一个这样的人，一有事，坐都坐不住。

邓刚说，何必呢，明天走也不迟，何况晚上也没有汽车。

柯天星说，我可以搭私人的便车走。

邓刚打趣说，也是，谁敢打你柯大警长的主意，那好吧，要是帮我找到了表姐，我谢谢你了。

柯天星拦了辆拉煤的货车往和平市赶。

货车走走停停，又在半路坏了，当他回到和平市时，已经是深夜两点多钟。他疲惫之极，打了个车就往家里赶。

路过米冰倩住的公寓，他不经意地抬头一望，天呐，整个楼漆黑一团，只有十八层米冰倩的家有着微弱的灯光。"难道住进了人？难道她的家人把它卖了？不可能，我走的时候房子还空着，怎么可能走了几天就有变化了呢？"柯天星来到公寓。

保安一听柯天星是刑警队的，也没有敢看他的证件，说住在十八层的那个女的叫米冰倩，我们都知道她死了，公安局冀局长还专门打电话来交代过，不允许任何人动那里面的东西。怎么可能里面住了人呢？你是不是看走了眼。他跟着柯天星来到外面，朝上一看，什么也没有，漆黑一团。

这让柯天星心里"咯噔"一下。"难道是我看走眼了，还是闹鬼了？"他揉搓着眼睛，倒怀疑起自己来了。

"好，麻烦你了，小伙子。"柯天星向保安表示歉意，又看了看公寓，转身走了。

第二天，柯天星通过关系，查到了邓刚表姐在和平市旅店住店的情况。他马上赶到了凤凰山度假村，一查，让他大吃一惊，邓刚的表姐寇楠茜就住在米冰倩死亡的楼上。

据度假村人员说，这个叫寇楠茜的女人住进来后，第二天一大早就办了离店的手续。

柯天星心里再次震撼。"难道寇楠茜也跟米冰倩的案子有牵扯？难道米冰倩的死亡跟她有关？"想到这里，他马上给邓刚打电话，说出了自己的疑问。

"绝不可能，绝不可能，"邓刚在电话里反复说，"柯警长，我敢以我的脑袋担保，我表姐绝不是那样的人。如果表姐在凤凰山度假村住过，恐怕可以这样推断，她知道了，或者看到了米冰倩死亡的经过，凶手怕暴露，把她杀了，这完全有可能。你放心，我会正式向公安局报案的。"

柯天星同意他的分析。邓刚又说，柯警长，听说你已经离开了公安局，这件事就不麻烦你了，我会通过市局史新民局长跟和平市公安局联系的，你就放心吧。

柯天星有些尴尬，"嗯"了声就挂断了电话。

"这个邓刚，昨天就调查了我。"

柯天星十分懊丧，就懒得再动，要了一间房，住了下来。吃完晚饭，他闲得无聊，就来到度假村边上的树林散步。度假村背靠着大山，树木郁郁葱葱，十分幽静。天色逐渐暗淡下来了，他仍然没有动，坐在长椅子上，想把这些天来烦琐的思路理顺一下，第六感告诉他，后背有一股阴风朝他扑了过来。他回过头，一把尖刀正朝他扎了过来。

柯天星机灵地扑在地上，刀扎了个空，拿刀的人差一点倒在他身上。他滚了两滚，腾地弹了起来。

"你是谁，为什么杀我？"他问。

天快黑了，对方又蒙着脸，他看不清对方。一听他的问话，对方一声不吭，一步一步逼近了他。

柯天星看得出，对方是一个经过训练的杀手。他不敢大意，调动全身的神经迎敌。一来二去，两个人就交上了手。也不知道咋回事，对方好像十分熟悉他的动作，总是提前把他的一击化解，渐渐地，他有些招架不住了。

"住手。"一个女人喝道。

蒙面男人一看有人来了，猛然向柯天星一击，把他打倒，转身跑了，一会儿就消失在树林中。

女人走过来，扶起他，笑了。"啊！这不是和平市鼎鼎大名的柯大警长吗？怎么也如此窝囊，让我失望。我告诉你吧，要不是我赶来，你今天死定了，你打不过他。"女人讥笑着。

柯天星正想发火，一看对方，大惊："怎么是你，你到底是人还是鬼？告诉我伍歌，你为什么老纠缠我？"

伍歌说："我的话你为什么不听？我告诉你，你要是再调查她们的死因，就死定了。你也不想想，为什么与她们有联系的人都死了？你想明白了这些，案子也就破了。"

说完她就走了，把柯天星晾在那里，愣愣的，不知如何是好。

33

伍歌的话，让柯天星茅塞顿开。

他从度假村回来，马上开始了对陈志明的调查，像个幽灵那样跟着陈志明。这一天，他看见陈志明在市民政局局长的陪同下，和一个据说是"社会经济研究协会"的秘书长平天浩在一家酒楼吃饭，在一起的还有市社会团体管理办公室的主任。平天浩戴一副眼镜，面容十分清瘦，给人很儒雅的感觉。

"陈市长，我跟淡主任商量过了，郑局长也同意了，我们准备办一个'扶贫助困协会'，由我们社会经济研究协会出资，主要是解决农民在生产过程中存在的技术问题，以及种什么的问题。现在是信息社会了，信息就是金钱，这对于解决农民致富问题也是至关重要的。市政府可要支持我们啊！"平天浩语气平稳地说。

"一定，一定。"陈志明端起了杯子说，"平先生，我代表和平市三百万人民谢谢你们。解决农民致富的问题，是我们这一届政府的首要任务。你们出人出资，我们是求之不得的啊！郑局长，淡主任，你们要大力支持平先生的工作，为他们创造一个良好的环境，开绿灯，特别是你们社团办，更要把它当作一份重要工作去做。要改变工作作风，你们不仅仅是登记、审查，更重要的是为经济建设服务。"

"是，陈市长，我们一定积极落实您的指示。"淡主任拍着胸脯答应了，我已经与平先生商量好了，协会先行注册，选几个重要的乡镇开展工作，我们不但要做好扶贫协会工作，而且要在市里成立下岗就业协会，把帮助下岗工人就业当作大事来抓，协助市政府做好工作。淡主任侃侃而谈，说了他与平天浩一块商量好的计划。

民政局郑局长也表示支持。

"太好了，谢谢你们的支持。"平天浩指着坐在边上的一个四十来岁的中年人说，他叫弓长伟，是我们协会成员，由他负责和平市的工作。有你们各级政府部门的支持，我们的工作一定能取得成绩，我们的目标就是，为社会服务，为人民服务。我们先期要投入一部分资金做启动工作。为了使这项工作长期开展下去，我们拟投资创办一家广告企业，由它的利润支持协会工作，希望市政府支持。

"没问题。"陈志明答应了。

弓长伟又就一些具体问题说了些意见。陈志明对坐在一边的秘书——交代落实。吃完饭，陈志明与大家握手告辞，坐着奥迪汽车走了。

柯天星从朋友处借了一辆摩托车紧紧跟在后面，想看看他到什么地方去。汽车开出市区，向凤凰山度假村方向行驶。大概走了十公里的样子，汽车停了下来，陈志明、司机和秘书下车，走到一旁方便去了。

柯天星也在不远处看着。

突然，一声不大但十分震耳的声音传来。汽车轮胎突然爆炸，整个车轮飞上了天，惊得三个人目瞪口呆，连柯天星也被惊呆了。

"怎么回事，有人要杀陈志明？"

柯天星脑子里第一时间就冒出了这样的想法。难道他掌握着米冰情同样的秘密？怪不得她说过，谁知道了就得死。想到这里，柯天星没有过去，而是站在远处看着他们。

陈志明看着眼前的这一切，呆了。秘书还没有等陈志明交代，就拨通了冀南方的电话。十分钟后，刑警队的警车和冀南方乘坐的汽车就把这个路段围了起来。

陈志明和冀南方站得远远的。

"陈市长，不用技术检查，我一眼就可以判断是人为的，是有人想谋害您。您放心，在和平市地面，我就是挖地三尺也要把那个人找到。陈市长，原谅我问一句不应该问的话，是不是卫梅、苗圃、米冰情在未死之前就约定了什么人，我想除了她们外，不可能有谁会杀您的。"冀南方的眼睛躲躲闪闪，他在试探对方的态度。

陈志明脸色铁青。

"南方，米冰情真的死了？"

冀南方大吃一惊："这没有错呀！"

"唉！"陈志明长叹一口气，没错就好。我总担心这之中会出什么岔子。南方，不是我不相信你，是这个世界太复杂了。你记住，我们是一荣俱荣，一损俱损，这个道理我想你懂。市委常委、政法委书记不是你的最终目标，眼光要看远些。好了，这件事情，控制在最小的范围调查，先不要立案，你选几个精干、靠得住的人去做。我要结果，我要知道谁在后面下黑手。陈志明说完，也没有看冀南方的脸色，转身走了。

回到家，柯天星百思不得其解。

他按着自己的思路推测：如果是陈志明杀了米冰倩，如果她死前把这个消息透露给某某人，而这个人报仇来了。那么，可以肯定，这个人是她最信任的人。谁是她最信任的人呢，除了自己的家人，不可能会有别人。

一想到这里，他马上给路晓丽打电话，让她去问问米冰倩的家庭情况。路晓丽一听，知道他还惦记着案子，就有些不高兴了。

"我说你呀！就是受累的命。米冰倩死亡的案子，是索巴负责的，他早已经结案了。你知道，我跟他关系不是太好，你这不是让我为难吗？戈桐给我打过几个电话，埋怨你没有找他。我弄不清楚，你还操这个心做什么？我说柯天星，我帮你物色了一个女朋友，你见见面吧，你这个人，没有女人拴住心，早晚要倒霉的。"她说话还是那样刻薄，让人受不了。

"好了，好了。你这个巫婆。你不知道，陈志明差一点被人炸死了，我怀疑这件事跟米冰倩死亡的案子有关。"他叹着气说。

路晓丽说我知道了，那件案子，冀南方亲自挂帅，你瞎操心做什么。她怕柯天星再纠缠，答应马上找索巴。她知道他是一根筋，你要不给他办，你也休想安宁。

十多分钟后，路晓丽的电话打来了，说我看过了材料，她父母已经死亡，她在和平市唯一的亲人就是一个表弟。这个表弟今年刚二十七岁，是去年从部队复员的。她告诉了他这个人的工作单位和家庭住址。最后她说："我知道你对上面的材料不感兴趣，还有一点你会感兴趣的，她这个表弟是工兵出身。"

"什么，工兵？"

"你看，我猜对了吧。我对你太了解了。对，工兵，而陈志明的汽车是被炸药炸坏了的。一看就是一种人工制作的炸弹，它的量控制得很好，不是专业出身的人，配制不了。找到这个叫裴勇的人吧，我估计，他知道米冰倩的秘密。"路晓丽阴阳怪气地说。

"谢谢你晓丽。"柯天星真是兴奋了，"有空我一定请你和老耿吃饭。代我问戈桐好，抽空我一定去找他。晓丽，有关这方面的消息，你要及时告诉我，好吗？你说对了，我一定要把杀害卫梅的凶手抓到。"

路晓丽懒得听他啰唆，说了两句就挂了电话。

柯天星满大街找这个叫裴勇的人。

晚上，在和平市人民公园里，两个男人坐在树底下。四周没有灯，只有幽幽的月光洒在他们的脸上，看不清他们的表情，只看见那一闪一熄的烟蒂在眼前晃动。半天，也听不见两个人的说话声。

"你是一只狼啊！我瞎了眼，错看了你。你是不是想杀了我？你是不是选到了比我更合适的人。我警告你，你不仁就不要怪我不义。如果你再……我会到国家安全机关去，向他们坦白一切。我看你计划还怎么实现。我就不明白，你为什么要这样做呢？难道我……我对你们还不好吗？你说要杀卫梅，我派人杀了，你说要杀苗圃，我又做了，最后你逼着我杀我自己的女人，我为了全局利益，也做了，你还有没有一点道义和良心。你……你让我失望啊！"坐在左边的男人长吁短叹。

"我向上帝保证，这件事不是我做的。"

坐在右边的男人使劲吸了一口烟说，你想想看，我们把你扶上市长的高位，疏通各方面的关系，我们花了几百万元，我们之所以要让那三个女人下地狱，就是要保你平安，如果你有一点脑子，就可以想得到，我们没有任何理由杀你呀！陈志明，你可以运用一切手段调查这起事故的原因，如果发现此事与我们有牵连，我愿承担一切责任。我明天要走了，我挺忙。我们的确是想帮老百姓做点事，没有任何政治目的。希望你能支持弓长伟的工作。他不知道我们之间的关系，他只做他的事。

"希望你说的是真话。"

"当然，我从来不说假话。能告诉我，你是借谁的手杀了卫梅她们的吗？我没有别的意思，我说过了，这是你的自由。我只是告诉你，不要让那个人知道得太多。你应该知道，那样的话，你就掌握在他的手里，他反过来就要牵制你。我提醒你一句，可不能太大意啊！"对方口气阴阴的，那声音让人发颤。

"谢谢你，我会处理的。"

"那好，算我说多了。"对方从身上掏出一张名片。我知道你这个年龄的人是离不开女人的。我们不希望在这个问题上影响你的仕途。我知道米冰倩的离开给你带来了巨大的创伤。这是我们特意为你选择的一个女人，在东昌市，她叫田雪，是一个水一样的女人，你一定会喜欢的。你要想女人的话，就给她打个电话，报上自己的名字就行了，她随时听从你的召唤。她什么也不知道，只是你一个性伴侣。男人说完，起身走了。陈志明接过名片，放进了口袋，一会儿，也离开了公园。

回到家，家中一片漆黑。

夫人到外地出差去了，儿子在东昌市上学，家里就是他一个人。他有些寂寞，刚想拉开灯，一个冷冷的声音从沙发边传了过来。

"陈志明，不要惊慌，我是卫梅的鬼魂，我今晚来找你了，你告诉我，冰倩姐是不是你杀的，苗圃妹妹是不是你杀的，我是不是你杀的，你要是条汉子就说实话。"那声音明显捏着嗓子，尖尖的，在这漆黑的夜色里，十分瘆人。

陈志明喊了声天啊，腿一软，就瘫在地上。

"你……你是卫梅，你不是死了吗？难道真有鬼？卫梅，真……真的不是我杀的，你看我能杀人吗？是冀南方干的，你恐怕不知道，冀南方也是'他'的人。"他瘫在墙边，哆嗦成了一团。

34

沐剑锋是在一天后才知道陈志明被炸一事的。

"是谁做的，难道是柯天星干的？不可能呀！他怎么可能做这样不明智的事呢？那是谁做的？是……"他实在想不出来。

阮眉看见沐剑锋皱眉的样子，就说柯天星已经不见踪影了，可能是调查案子去了。现在他就是老百姓一个，我看也查不到什么。从现在掌握的情况看，卫梅、苗圃、米冰情的背后，的确有一个巨大阴谋。而这个阴谋，的确跟陈志明、罗英彪有关。我调查过了他们两个人晋升的过程，没有任何歪门邪道的地方。这两个人，都是在局级班子调整过程中，根据中央指示精神，从专业人才中选拔的。两个人都是大学教授，任职这几年来，无论是上级领导，还是同级领导；无论是老百姓，还是工商各界，都对他们两个人反映相当好，这就让我们越来越糊涂了。

"是糊涂啊，这是我们从来也没有经历过的事。"沐剑锋抬起头来。"我找不到这三个女人死亡的任何证据和理由。唯一让我感到不放心的就是那个托比，民主基金会在国内做了许多工作，非常隐蔽。记得那个妇女热线吗？热线的资金就是民主基金会提供的。托比不可能无缘无故走近卫梅，他肯定有目的。这个狡猾的家伙。"他有些愤怒。

"直接问柯天星呢？"她说。

沐剑锋摇摇头，说现在还不成熟。凭着他的性格，如果他拿到了证据，早就闹得天翻地覆了，冀南方也阻止不了。如果我们现在接近他，就暴露了我们的意图，对方有可能会把尾巴缩回去，那样的话，恐怕就更难了。陈志明和罗英彪毕竟是一级领导，会给我们工作带来许多阻力的。你走吧，还是按照我们现在的思路做我们的工作，密切注意和平市的动向。我总觉得事情发生在和平市，根子却在北京啊！对了，那个部野原有什么消息？

"没有。不过，她的确是社会经济研究协会的人。这个，我调查过，是一个挂靠在社科联下面的正式社团。协会具体情况我没有仔细了解。上次柯天星一事，恐怕也有些意气用事的因素，因为我们没有发现她插手这起案子。我了解过，当初李先进把她介绍给柯天星，也有些巴结的味道。她虽然认识陈志明，我觉得就是一般朋友关系。"阮眉分析说。

"好吧，就这样。"沐剑锋点了点头。

阮眉一走，他把戈桐叫了进来，"怎么样，那个社会经济研究协会到底是一个什么样的货色？它的领导人是谁？你调查过吗？什么，秘书长叫平天浩，是A国人？那他为什么成了中国合法社团的秘书长?"沐剑锋一听他的话，皱起了眉，连连摇头，有些不相信这种事。

"不仅仅是这些。"戈桐继续说，"据我这些天的调查，这个叫平天浩的男人，跟省里的某些领导关系不错，在和平市、东昌市、龙川市等地方都办了分会。在农村，他们办了扶贫助困协会，在城市，他们办了下岗就业协会，投了些钱，也的确办了些事。你知道，现在的人，只要你投资，没有人问这钱是从哪里来的。特别是一些穷地方，更是如此。我琢磨了半天，也没有琢磨出这个协会是好还是坏，他们的目的是什么。"

沐剑锋也瞪大了眼睛。

半天，他才抬起了头说，"戈桐，我向厅长汇报一下，再研究下一步的工作计划，你跟郭晓雨继续调查吧。要注意方法，我们千万不要随便下结论。敌对势力对中国的渗透是多方面的，有的不一定是为了某一项情报，这是一种新的动向。"他谈了自己的想法，再次叮嘱他注意方法，不要暴露了意图。

戈桐一走，沐剑锋走进了副厅长李子霖办公室。

李子霖一看他来了，马上让他坐，把一份材料递给他，说你看看，这是民政部转来的有关非法社团的材料，敌对势力利用社团和民办企业，积极向社会各个阶层渗透。他们利用合法社团在生存中的困境，注入资金，从而达到用合法的外衣从事非法的目的。

他停顿了一下，接着说，"还有一种动向你一定要注意，那就是，敌对势力已经把手伸向了我们农村的最基层组织。剑锋呀！'基础不牢，地动山摇'啊！"

"是，厅长。"沐剑锋汇报了卫梅案子的前后经过，汇报了有关托比的情况，谈了自己对案子的想法。

李子霖听到陈志明和罗英彪两个人的名字后，看了他一眼，没有吭声。他同意沐剑锋组织人员从侧面进行调查，说卫梅的案子，说到底是一起刑事案子，和平市公安局已经介入了，我们再查就是超越范围，何况我们没有这起案子的确切证据，也不好向上汇报。他要沐剑锋跟省民政厅联系，最好以社会团体管理办公室的名义进行调查，免得有不必要的麻烦。

"好的，厅长。"沐剑锋答应了。

"关于你说的那个叫柯天星的事，你可以让戈桐利用路晓丽的关系，这样自然些。一定要找到他，谈一次，避免我们再走弯路。对了，人手够不够？不够我再调人。我也觉得卫梅的死有些蹊跷。"这个案子，引起了李子霖的警惕。

"暂时就这样吧，需要人我再找你。"沐剑锋说完，就离开了办公室。

他开了一封省公安厅的介绍信，亲自来到省民政厅。负责社团管理办公室的副厅长接待了他，问明情况后，亲自给社团办主任打电话，让他们安排。沐剑锋开车，来到省社会团体管理办公室，他们安排了一个叫杜娟的女同志陪同他一同下去。这位女同志有三十多岁，十分热情，他们约好了碰头时间，明天一块先到龙川市。

第二天一早，沐剑锋带着戈桐、郭晓雨，拉上杜娟，直奔龙川市。到达龙川市已经是中午了，吃完饭，在当地社团办有关人员的陪同下，他们来到了龙川市滁槎镇，这里有一个龙川市扶贫协会滁槎分会。经过了解，沐剑锋他们才知道，分会是由龙川市协会负责筹办的，投了两万元的启动费，先帮助四户人家发展养殖，尔后由他们负责销售，这四户人家是四个自然村的，然后再在四户的基础上，逐渐发展会员，到目前为止，龙川市龙川县基本上被协会覆盖了。从资金来看，他们除先期投入外，基本上是靠协会养活协会的。

"扶贫助困协会弄得不错。"县里一位负责同志说，"它对我们发展经济是有帮助的。一个全国性的协会，能在我们这样的贫困山区进行这样的工作，十分难得。许多协会成员都是我们村里的干部或者支部书记。发展经济嘛，我们当然要大力支持。村子里改选支部，许多老百姓都愿选协会的同志当，能带头致富嘛。

"难道我们的党组织就不可以带领群众脱贫致富？"沐剑锋一听他的话，马上警觉起来，不解地问，"扶贫助困当然是好事，但我觉得这些事应该是我们政府的事啊！为什么要让一个协会去做呢？难道我们办不成？还是我们不愿意办？"

"你这是什么话？"那位领导一听就不高兴了，脸上有些愠色，说政府的事千头万绪，我们哪里做得过来，何况我们没有这样的精力和财力。协会是你们批的，也是你们主张搞起来的，我弄不清楚你为什么讲这样的话？他不知道沐剑锋的身份，完全把他看成省民政厅下来检查工作的。

杜娟马上解释说，没别的意思，你说得对，我们是支持协会工作的，我们只是随便问问，随便问问。杜娟的话，使那位领导气顺了些。

"沐处长，你们到底是什么意思？"

出了门，杜娟也有些不高兴，你是想了解情况，还是怀疑协会的目的？我可以负责地告诉你，他们的手续是齐全的，没有任何问题，而且经过政府同意。龙川市、和平市的工作发展很快，对社会经济的推动是有目共睹的。协会的会员已经遍及各个部门，在老百姓中口碑也相当好。就拿和平市下岗就业协会来讲吧，帮助很多人找到了工作，树立起了威信，这对社会有什么危害？

沐剑锋无言以对。

"杜娟，沐处长不是这个意思。"戈桐连忙出来解释，"只要对社会对老百姓好的事，我们肯定是大力支持的，这一点问题都没有。但是，我们虽然没有发现这个组织的犯罪活动，但一些疑点已经出现。基层政权是我们国家的基础，我去过和平市，发现一些协会已经有取代村委会的作用，而且分会的领导都是村里的干部，这不能不引起我们的警惕啊！"涉及案子一些不便讲的原因，戈桐也只是讲了点儿大概的情况。

杜娟摇了摇头。

"你们太神经兮兮了。"她有些不以为然，说共产党政权已经建立了半个多世纪，几个协会就能搞变天，你们是不是有点儿太职业病了？沐处长，我跟着你也不方便，你们以我们的名义去调查，发现了什么问题我们再商量，省得我跟着你们碍手碍脚的。杜娟说完就走了。

"杜娟……"

杜娟没理他，走了。

"唉！"沐剑锋长叹一口气，埋怨自己刚才说话过了头，我要是说得婉转一些，事情也不至于这样。我太急躁了啊！

戈桐说，她走了也好，我们可以踏踏实实地调查，只要我们把龙川、和平两市的协会调查清楚，我们就可以初步判断出他们的目的是什么。

郭晓雨说，这可是要花时间的，万一没有什么问题，这些时间不是耽搁了吗？何况阮眉已经接近了那个柯天星，我看还是从她那里下手吧。

"双管齐下。"沐剑锋越来越觉得卫梅等三个女人的死，不是一起简单的刑事案子，这背后肯定有不可告人的目的，而这个目的，是跟这些协会有牵连的。三个人统一意见后，就开始逐乡逐村地调查。龙川市地处山区，经济比较落后，交通也不方便，行走十分困难。为了取得第一手材料，几个人毫无怨言，奔走在崎岖的路上。他们坚信，对协会的调查很有可能是揭开案件的关键一步，只有了解他们的真正目的，才会弄清楚他们为什么这样做。

35

三天调查下来，沐剑锋他们三个人沉默了。

他们跑遍了龙川县一半的乡镇，发现协会已经在每个乡镇建立了工作站，帮助当地农户脱贫致富，而且都是得到乡镇党委支持的。工作站的站长大都是由村里的支部书记担任，每年他们都会拨一部分经费，就是靠这部分经费运作，下面的人对协会赞不绝口，他们认为协会的参与，弥补了政府经费的不足。协会每年都要对站长进行培训，有时候是三天，有时候是一个星期，都是在外地。说了些什么，做了些什么，每个人都说得不一样，反正，没有一个人反对。

"扶贫助困协会。"沐剑锋念叨。

戈桐、郭晓雨望着他，不知道什么意思。

"你们没有看出什么？"他问。

戈桐说，我真的没有看出什么。协会办的都是好事，又是登记注册了的，应该没有问题，只是他们的资金不知道是从哪里来的，平天浩是外国人，好像我们用外国的资金不是太好，但是，为什么不太好，我真的想不明白。

郭晓雨说，如果卫梅她们三个人的死，跟平天浩有关，罗英彪、陈志明的晋升跟他们有关，那么，我可以肯定地说，他们看到的不是眼前的利益，而是长远的利益，这个长远，就是要演变我们国家的社会制度，太可怕了。

"有那么严重吗？"戈桐说，不要自己吓唬自己，共产党的江山不是说演变就能演变的，有些天方夜谭。但是，你要说不是，那么，他们真的有那样的好心，想帮助老百姓脱贫，又让人不相信。我觉得，我们还是要找到杀害卫梅的凶手，只有找到这个凶手，很多事情才能大白于天下。

沐剑锋叹了口气。

"你们先忙去吧，让我好好想想。你们俩分开，分别跟全省一些主要市县联系，看看他们那里的情况是不是也这样，我们只有调查完了，才能得出结论。"他交代。

两人分头忙去了。

他们一走，沐剑锋给阮眉打了个电话。他交代，一定要保护柯天星的安全，我感觉到，他们的目光已经盯住了他，我害怕他会是卫梅她们三个人的下场。我了解过柯天星，他这个人，有时候一根筋，脑子很少拐弯。

阮眉说，你放心吧，我一定会按你说的办。她告诉了他和平市的情况，说我越来越感觉到，冀南方是杀害卫梅她们三个人的凶手，陈志明在前，他在后，他们有共同的利益。我还听说，凶手是在找一样东西，什么东西我不知道，这样东西，恐怕关系到他们的生死。

沐剑锋再次叮嘱，我意识到了，他们要杀人，恐怕是到了万不得已的地步，他们当然知道杀人的后果，但是，他们如果不做，那他们也得完蛋。"阮眉，你记住，一定要注意自己的安全，如果对方知道你在保护柯天星，那么你就有危险，我不想你有危险，知道吗？"

阮眉在电话里笑了，告诉他，我知道，有你的话，我会安全的。

她挂了电话。

民政部转来了一份北京市民政局社团办转发的材料，通报了查处社会经济研究协会的情况，沐剑锋向厅长请示，要到北京去一趟，了解查处的详细情况。

厅里同意了，沐剑锋第二天就带着戈桐和郭晓雨来到了北京，在民政部有关同志的陪同下，他们来到北京市社团办，看了有关材料，更加震惊。

北京市社团办的领导告诉他们，社会经济研究协会的领导人叫罗布，我们找过他，这个罗布是不是傀儡，是不是平天浩的替身，我们没有调查过，很难下结论，但是，平天浩在北京的活动，我们早就掌握，他的资金，来自 XX 国 XX 基金会，这是确定无疑的。

他们出示了调查的材料。

"他们发展了多少会员？"沐剑锋问。

社团办的领导告诉他们，注册的会员说是有五千人，但是，我们没有看到那么多，有三千多人吧。关键是他们的章程，明确要建立一个所谓的民主社会，是一起典型的政治案件。

他们还说，这是我们已经发现的问题，没有发现的，就不知道了。

从社团办出来，沐剑锋他们又来到民政部，民政部明确表示，需要我们做什么就来电话，我们绝对不允许任何违反国家法律的行为存在，更不允许任何对我们干部、公民的政治渗透，一旦发现，坚决查处。

回到东昌市，沐剑锋向李子霖汇报了北京之行的情况，焦虑地说，很多情况跟我们预想的一样，这是一起政治谋杀案，其背后的凶手就是平天浩。

李子霖问，他们为什么要杀卫梅呢？你到现在还找不到理由，凶手在哪里？

李子霖告诉沐剑锋，我们当前的首要任务，是抓到杀害卫梅她们的凶手，凶手抓到了，很多事情就迎刃而解了。先不要提政治案件，先从刑事案件入手，这样，我们做起来阻力小些。柯天星已经跟他们正面接触了，我们先站在后面看。这样，他们的注意力放在柯天星身上，我们就有机会。我觉得，还是要从卫梅案件入手，根子还在和平市，我判断，杀害卫梅她们三个人的，一定是公安口的人，否则，他们不可能有如此手段，至于陈志明、罗英彪之事，我们要相信组织，相信我们党，当然，我不否认你的推测，这确实是一起特别让人震惊的案件。

"厅长，要不，我去和平市，找找冀南方。"沐剑锋提出，他说自己跟冀南方挺熟的，上次托比的事情就找过他，估计没有什么问题，而且，他是土生土长的和平市人，很多事情，包括道上的事情，都比我们熟悉。

"剑锋，如果他是凶手呢？"

沐剑锋很诧异，"他……厅长，好像没有理由。他的仕途很看好，现在又是政法委书记兼公安局长，不会搅到这件事中来吧。冀南方很精明，又很干净，也很廉洁，没有任何迹象呀！"

李子霖望着他，叹了口气。

"往往就是看似没有理由的事情，却躲过了我们的视线，在案子没有弄清楚前，任何可能都有，不要过早下结论，让事实说话。"他告诉沐剑锋，案件为什么办不下去呀！柯天星为什么辞职？他为什么不来找我们，一件普通的刑事案件，为什么出这么多状况，柯天星为什么一去东昌市，苗圃就死了，这不蹊跷吗？史新民掌握着很多照片，不交出来，为了什么？这些事情，难道不值得我们深思吗？

李子霖的一番话，让沐剑锋哑口无言。

"厅长……"

"去吧，剑锋，我相信你，一定能抓到凶手的。"他挥了挥手，沐剑锋就走了。

回到办公室，戈桐和郭晓雨分别汇报他们的调查情况，全省很多县市，都有协会的影子，也就是说，他们的手伸得很长了。

"用正规的手段，达到非法的目的。我们现在是很难找到他们违法的证据，他们是有长期打算的，是在扶持势力，培养对他们有用的'精英'，这些思想上的渗透，比杀人更为厉害啊！厅长说得对，我们还是要从凶杀案下手，只有抓到凶手，我们才能彻底摧毁他们的计划。"他要戈桐和郭晓雨悄悄地去一趟和平市，不要让任何人知道，连路晓丽都不要告诉，了解一下米冰倩的情况，发现问题，马上回来报告。

两人答应一声走了。

他们一走，沐剑锋给史新民打了个电话，史新民一听是他，打着哈哈说，我的沐大处长，怎么有空给我打电话。

沐剑锋说，你提了副局长，也不请客，太不够意思了。

史新民笑了，一定，一定，你定个时间，什么请客，不就是聚聚吗？哥哥我也好长时间没有见你了，还真有些想。

沐剑锋调侃说，你是罗英彪的死党，他当了市长，你就可以当局长了。

史新民扯开了话题，不要说这个，现在的社会，今天就说今天的事，谁知道明天怎么回事呢。你没有听说吧，和平市的柯天星，你应该认识，他的手下路晓丽，不就是你手下戈桐的未婚妻吗？一根筋，竟然辞职破案去了，你说是不是神经病？

"你跟冀南方熟。"

史新民说，可不是嘛，我给冀南方打过电话，人家说，是柯天星提出来的，拦不住，我就想不明白了，这案子跟他有什么关系？公安局杀人放火的案子多着呢，也不是每一件都可以破的。你在公安厅，应该知道这些。

沐剑锋就聊起了卫梅、苗圃、米冰倩、李先进的死，有风闻传，这些案子都是一个人做的，这个人很有可能是公安局的，有人还说是冀南方做的，我不相信，他一个政法委书记，杀人干什么呢？没有理由。

"剑锋，我们是朋友，你最好不要掺和到这里面来。我告诉你，这里面水很深，但是，有一点我是相信的，冀南方绝对不会杀人，你要说他是不是幕后的那个人，我拿不准，跟我没有关系，我也不过问，多一事不如少一事。"史新民十分谨慎。

"是，是，你说得对。"沐剑锋打着哈哈，"我随便问问，等时间定下来了，我给你打电话，你一定要找个东昌市最好的馆子，不要舍不得花钱。"

史新民答应了。

沐剑锋挂了电话，更加感到事情的复杂性。显然，史新民有很多话没有跟他说。他当刑警队长多年，很多事情猜都猜得出来，如果是冀南方做的，他知道了，也不会说。

沐剑锋也不认为冀南方会杀卫梅，那谁杀了卫梅呢？他想不明白。他总感到凶手就在眼前，而且正对着他笑，就是看不清楚他的面孔。他决定去一趟和平市，要当面跟阮眉交代一下，他怕阮眉不是对方的对手，他越来越感到这个要面对的人，一定是个狠角色。

沐剑锋心情很沉重。

36

柯天星像个鬼影，终于跟上了裴勇。

这个比米冰倩小不了几岁的年轻人，长得结实威武，浑身黝黑的肌肉，中等偏上的个头，一对眼睛炯炯有神。走起路来咚咚响，十分有力，一看就是军人出身。他步频特别快，如果柯天星不是专业出身，很可能就被他甩掉了。

他们来到了和平市郊区的李家村。

村子是傍山而建，高低不平，都是石头的屋子。裴勇熟悉地形，几个拐弯，柯天星就跟丢了，弄得他在村子里转来转去，寻找裴勇。

裴勇警惕地推开了一扇沉重的石门，一个有些憔悴的女人坐在那里，等着他的到来。

她一看见他进来了，马上警惕地把门关上，问情况怎么样？

"表姐。"裴勇喝了一口水，有些懊丧地说，炸药的量我没有计算好，你放心，下次我一定让他上天堂。

女人长叹了一口气，说裴勇，如果表姐让你去杀了冀南方，你有把握吗？我是说假如的话。

"表姐。"裴勇惊得从石椅上弹了起来，不解地问，"你怎么了，为什么要杀冀南方呢？陈志明受惊，已经怀疑你没有死，冀南方调集了和平市最精干的刑警，一定要找到我们，我们可是四面受敌啊！你不是告诉我，是陈志明背叛了你吗？怎么又涉及冀南方？表姐，你要相信我的话，就把事情的前后经过告诉我。"

女人再次叹了一口气。

　　"没想到我米冰倩弄到了这一步，如果我听了柯天星的话，也许就不会这样，我太相信陈志明了。看来，一切都如柯天星判断的那样，他们要杀我灭口。"米冰倩擦干了泪水，向他讲述她与卫梅、苗圃的关系。

　　她说裴勇，表姐现在只有你一个亲人了，对你，我没有任何保密的。几年前，我和卫梅、苗圃一同在北京P医院进修，彼此认识了，关系相当好，好的像一个人一样，不害羞地说，我们连床上跟男人的事都不隐瞒。就在这时，一个外国人出现了，他就是平天浩。他带着我们三个人，出入高档酒吧、舞会，送给我们高档化妆品、衣服、香水等东西，我们也为他窃取了我们能拿到的高级干部的病历。在回到东昌市一段时间后，他再次出现，通过卫梅窃取了我们省厅级以上干部的全部病历档案，卫梅和苗圃在他的花言巧语之下，帮助他把罗英彪拉下了水，这个时候，他不知用什么手段，使罗英彪当上了副市长。

　　"我的妈呀！"裴勇惊诧地喊了一声。

　　米冰倩继续说，办完了东昌市之事，平天浩又来到和平市，先是通过卫梅找到陈志明，那个时候，他还是副市长，他们跟陈志明说，可以把他弄到政法委书记的位置，他要陈志明答应为他们工作，被陈志明拒绝了。这个时候，平天浩又找到我，受到他的蛊惑，也是看在钱的面儿上，我答应了用色相把陈志明拉下水。陈志明看见我，当时就呆了，没用什么工夫，他就答应了平天浩的要求。

　　"后来呢？"他问。

　　"后来你知道了，陈志明当上了政法委书记，我也开了一个诊所，日子过得平平安安的，陈志明对我也特别好，我就是为了他，才到现在还没有结婚。我……我没有想到他竟然要杀我灭口。"米冰倩十分愤怒。

　　"你怎么判断是他杀你的？"

　　"裴勇呀！表姐不是跟你说了嘛，我去凤凰山度假村跟他幽会，没有任何人知道，如果不是我偶然之中跟寇楠茜换了房间，死的人肯定是我啊！可怜的寇楠茜，就这样不明不白地做了替死鬼。我不杀了陈志明，死不瞑目啊！"米冰倩恨得牙根痒痒。

"但我调查过了，陈志明那天一直在值班呀！我在市政府工作的朋友证明了这一点，从时间上来说，他没有作案的时间呀！"裴勇冷静地分析。

"那就是冀南方。"

"他会为了陈志明杀人吗？"

这样一问，米冰倩愣了，一时不知如何回答。

裴勇分析说，杀你的人肯定不是陈志明，但他是幕后黑手，这是不容置疑的。如果是冀南方，那么可以肯定，他被陈志明收买了，如果是那样的话，我们的处境将更加危险，我们面对的是黑白两道，面对的是一个高举着正义之旗的天罗地网。表姐，我还是有些不明白，难道他们为了杀人灭口，晓得这件事的人都要杀了吗？这有些说不通。难道还有别的事？

米冰倩苦笑了一下。

"你不方便说，不方便就算了。"

"裴勇，你舍命救我，帮我，对你，我毫无保留，我的一切都是你的，只是……这件事关系到一件天大的秘密，知道了的人都得死。没有一个能活着的。我、卫梅、苗圃就是证明。"她十分害怕的样子，说完了还朝外看了半天。

"这样的秘密你是怎么知道的？"

米冰倩在他的追问下，只好告诉他，卫梅有一次在东昌市与平天浩幽会，无意中得到了那份东西，后来被平天浩发现了，要索回那份东西，卫梅不肯，还做了一个复制件给我。平天浩先是通过陈志明传话，想要回那件东西，没成功。接着他们又派出了托比，我们不知道托比是他的人，他做了卫梅很长时间的工作，我估计是没有做通，也没有拿到东西，所以，她就死了，后来托比去找苗圃，她也死了，托比通过陈志明得知，那份东西应该在我这里，要我交出来，我拒绝了，所以，我也死了。

"是托比杀的？"他大惊。

"不，是冀南方。"她说我想过了，所有的人，都是冀南方杀的，只有他才有这个条件。米冰倩没有说自己跟冀南方的关系，心里却认定了。

两个人正要再谈下去，石门被突然推开，柯天星一脸憔悴地站在他们的面前。

裴勇顺手操起一根木棍，就要冲上去，却被米冰倩喝住了。

"裴勇，他是柯天星，我跟你说过的，他不会抓我的，你到门外守着，我要跟他谈谈。"米冰倩冷冷地说。

裴勇愤怒地瞪了一眼柯天星，提着木棍走出了石屋。

"柯天星，你不愧是和平市最棒的刑警，能这么快找到这里，说明你具有一般人没有的智慧。你现在是老百姓一个了，这件事，我请你不要插手，我自己会处理的。"米冰倩嘴角露出一丝苦涩。

"杀了陈志明?"柯天星叹了一口气，坐在一块石头上，点燃了一支烟。我早就预感到了这一步棋。你不要再说什么，你说的话，我都听见了。冰倩，听我劝，把那份东西交出来，我们一块去省公安厅，请求他们的帮助。我们无法对抗他们，他们手中有权，他们可以利用一切合法的手段，置我们于死地。冰倩，为了国家的利益，你只有这一条路可走。他说。

"不。"米冰倩跳了起来，愤怒地说，陈志明背叛了我，我不杀他，解不了我心头之恨。我给了他一切，我的灵魂，我的肉体，我为了他，什么都做了。柯大哥，如果你还喜欢我，想帮助我，就不要阻止我。我做这一切都跟你没有关系。我知道你是最好的人，我佩服你这样的人。

她泪流满面。

柯天星半天无语。

"冰倩，你知道法律……"

"不要跟我讲法律。"

她马上打断了他的话，法律只不过是当权者手里的刀剑，谁妨碍了当权者的切身利益，他们就挥舞着法律，说你如何如何了。在和平市，法律就是陈志明和冀南方手里的刀剑。你以为冀南方是个好人，我告诉你吧，他早跟卫梅上过床，我要不是有陈志明的保护，也逃脱不了他的魔爪。陈志明说是冀南方杀了卫梅，如果不是他杀的，他也知道是谁做的，在和平市，没有一件事能逃脱冀南方的眼睛。她坦白地告诉他。

柯天星仍然不相信冀南方杀了卫梅。

"这……冰倩，我们还是要以事实为依据，以法律为准绳的，这样的事情最好不要凭感情来判断。你知道，感情是一码事，法律是另一码事。感情是代替不了法律的。你还是听我一句劝，把你知道的全部告诉我，由我出面为你伸张正义，千万不要再做出杀人的事。"柯天星说到这里，触动了埋藏在心底的情愫，我这样劝你，除了法律的层面，还有更深的一层，就是我不希望你被毁灭。

"你现在还喜欢我？"

他默默地点了点头。

"柯大哥，我的身子脏了，不值得你喜欢。你有这份心，我米冰倩死而无憾。这样吧，我们想办法一块找到陈志明，如果他承认了是他杀了我，杀了卫梅、苗圃，请你依照法律程序逮捕他。如果是那样，你会得到那份东西。"米冰倩看着他说。

柯天星同意了她的意见。

她走出门，把裴勇喊了进来，让他回和平市，通过关系了解陈志明的动向，找到接近的机会。她说了与柯天星商量的意见。

裴勇看了柯天星半天，默默地往外走，走出了几步，又转了回来，把米冰倩拉到一边，说表姐，这样做合适吗？你和这个姓柯的待在一起，会不会有危险？这个地方虽然离和平市不远，但信号不好，手机打不通，万一……

米冰倩拍了拍他的肩膀，说你放心走吧，我跟他打过交道，知道他是一个什么样的人。

"你爱他？"他问。

米冰倩苦笑了，裴勇，不要说爱，这个世界没有什么东西能承受这个字的分量。我需要他，我现在需要一个男人为我卖命。因为，仅仅靠你是不够的。你走吧，表姐已经把存折上的 50 万元转到了你的名下，如果我死了，我的一切财产都是你的。

37

山村的夜晚异常寂静。除了几声狗叫，只能听到山上虫鸣和鸟啼的声音。今晚的月色十分清幽，洒在这个小山村的上空，倒别有一番意境。

　　米冰倩住的小石屋是裴勇一个部队战友的，他借住在这里，小屋不大，除了放一张床外，几乎没有了下脚的地方。裴勇一走，柯天星也不好意思在房间里待了，说了一声我到外面，就走了出去，斜躺在屋外一堆干麦垛上。

　　他看着星星和月亮，做梦也没有想到自己混到了这一步。他后悔自己没有听路晓丽的话，去找戈桐。平天浩收买了陈志明、罗英彪，总没有把手伸向省公安厅吧？不，他马上否定了自己的想法，连冀南方都……虽然有些猜测的成分，但无风不起浪，万一……谁又能担保他们没有打省公安厅的主意？如果……这不是送肉上砧板吗？对，我一定要把事情查清楚，直接向最高机关汇报。柯天星坚定了自己的想法。

　　"想女人了？"山区的夜晚有些凉，米冰倩披了一件衣服，走了出来。她一屁股坐在他的身边，有些调侃地说，我弄不清楚，你就不想女人？是不是有什么毛病？听说上次你在北京……不说你不高兴的事了，我知道你是受害者，我了解你，你不会有那么差的口味，连站街的女人都……是吧。柯大哥，你不是说过，我不缺男人，就是缺爱吗？我米冰倩这么多年来，苦苦地在人生的旋涡中挣扎，就是为了寻找爱。我到现在才明白，我寻找的东西就在眼前，却视而不见，我真是瞎了眼啊！柯大哥，上帝还是可怜每一个对它忠诚的人，它把爱和男人都送到了我的面前，我……我真的好幸福啊！

　　她靠在了他的肩头。

　　"这……"

　　柯天星的心咚咚直跳。

　　他不害怕任何困难，但是，一遇到这样的问题，往往乱了阵脚，愚钝得有些不知所措。毕竟，没有真正接触过女人的男人，有些事情不知如何处理。从内心来讲，面前这个女人是他的一个梦，一个不敢做却挥之不去的梦。她的美丽和优雅都让他产生了一种梦想。何况是两个落难之人。

　　"冰倩，这……不好吧。你的礼物太重，我怕承受不起。你知道，我是一个没有出息的男人。仕途上不必说，处理问题也与这个社会格格不入，我恐怕一辈子也只能是吃饱了睡，睡起来吃的人。

你放心，只要你向政府坦白了一切，我陪你走遍天涯海角。我柯天星说到做到。"他想往外挪动一下，麦垛太软，怎么也动不了。

"你说实话，喜欢我吗？"

"这……好吧，我不隐匿我的观点，我的确是喜欢你。一个漂亮的女人，没有男人不喜欢的。卫梅生前我没有见过，苗圃也是个漂亮的女人，但她比起你来，好像都缺了点什么，缺什么呢，我也说不准，我总觉得你身上有一种无形的东西牵着我。对不起，原谅我说了实话。"他也不知道哪来的勇气，把自己的观点都说了出来。

"那好，抱我进去。"她嗲嗲地说。

"……"

"你不是喜欢我吗？听见了就抱我进去，这是我们两个人的世界，我要你喜欢我，我要你疼我，爱我，把我当成心肝宝贝那样疼我，怜我，宠我。我要做你的奴隶，让你成为我生命的主宰，统治我。我要把我说的话，写在五线谱上，谱成曲子，成为永恒的歌。"她柔情似水，在这寂静的夜晚，是那样充满着激情。

柯天星从未经历过这样的场面。

他慢慢地站了起来，伸出手，把她抱了起来。她的双手吊在他的脖子上，摸着他硬而粗的胡须，欣喜地笑了。房间里没有电灯，只点着两支蜡烛，烛光温暖而朦胧。他轻轻地把她放在床上，马上想走，却被她拉住了。

"天星，你记住，我不是那种随便和男人上床的女人。爱一个人，是需要勇气的。我保证，如果你真心爱我，从此，我就是你一个人的。如果你害怕承担责任，你可以马上离开，到外面麦垛里睡吧，我不勉强你。"她瞪着明亮的眸子，看着他，那如水的目光，再坚强的男人也挪不动步子。

柯天星被她的话激怒了。

他一把撕开了她的衣服，由于用劲儿太大，连同乳罩也被他撕坏了……

性，是上帝为苦难的人生准备的礼物。

他累了，像个孩子，手摸着她，躺在那里。她像一个母亲，亲热地拍了拍他的脸，睡一会儿吧，睡一觉你就会恢复过来。

柯天星一声不吭，片刻就睡着了。也不知过了多长时间，米冰情感到身体被一种沉重的东西压着，她睁开了眼睛，这才发现他又一次疯狂起来。那种贪婪让她忍俊不禁，但她没有笑出来，仍然配合着他。

"好吗？"她问。

"冰倩，三十五年来，我把女人看得很淡，我所有的梦想就是破案，成为一个真正的破案高手。对任何女人我都无动于衷。我看不起那些喜欢女人的男人，我以为我是性冷谈，为什么见了女人没有冲动呢？今天我才明白，压抑得越久，爆发得就越烈。感谢苍天给这个多灾多难的世界留下了这独一无二的语言，这种语言是任何快乐和幸福取代不了的。你放心，只要你爱我，我这一辈子再也不会爱任何一个女人，哪怕她是天仙。"柯天星发出人生感慨。

"帮我，把我的事当成你的事？"她说。

"当然。"

"任何情况下都不背叛我？"

"永远。"

米冰倩笑了，从床上拿出一条纯金项链，套在他的脖子上。项链的坠是一个菱形的小盒，打开一看，里面是一张她的照片。"天星，一辈子戴着它，它是我们爱的见证。想我的时候就看看我的照片，记住，只要你活着，就不要把它弄丢了。"她吻着他，泪水涟涟。

"你放心，我会记住你的话，它与我的生命同在。"

两个人再也睡不着，穿好衣服，一同来到外面，坐在山坡上，看着星星和月亮。

他试图问她那份东西的事，还未说完，就被她拒绝了。

他问她，平天浩为什么要帮助陈志明竞争市长的位置？陈志明答应了对方什么？

她说我不知道，但我晓得平天浩这样做是有目的的。他与上面有很多关系，很多事情我也不清楚。但有一点很明确，他不是为了钱，而是为了改变中国的颜色。我害怕的也就是这一点，他不是普通的犯罪分子啊！我担心，在我们政府部门，安插了他们的人。那些病历档案，对他有重要作用。

"苗圃是谁杀的？"

　　"不知道，但陈志明肯定晓得。他们的网络遍布全国。和平市、龙川市、东昌市仅仅是他们阴谋的一部分。我之所以告诉你，是让你不要随便相信别人，搞不好，你汇报的对象就是他们的人，那样的话，你就会不明不白地死去，像苗圃那样，死于车祸啊！"她说完这些话，浑身打了个冷战，柯天星明显地感到她的手在抖动。

　　他说出了自己的计划。

　　"也只能这样了。"米冰倩忧虑地说，我推测，陈志明肯定预感到了什么，只要我一出现，他就会让冀南方杀了我的。我不怕死，我已经死过一回了，我担心的是你，万一……这不是罪过吗？我想我已经危及他们的利益，他们是不会让我活着的。

　　"你放心吧，有我。"

　　他把她搂进怀里，说你放一万个心好了。我不会让他们得逞的。我就是要他们出手，我才能抓住杀害卫梅、苗圃的人，才能挖出幕后的真正凶手，彻底弄清他们的目的。

　　他问她了解部野原这个人吗？她摇了摇头，除了托比和平天浩外，协会的人我一个也不了解。陈志明和罗英彪直接跟他们联系，可能会知道更多的东西。

　　"好吧，天快亮了，我们回屋睡一会儿吧。"

　　他牵着她的手，走进了小屋。两人都有些疲惫，米冰倩得到了满足，躺在他怀里，一会儿就睡着了。柯天星也睁不开眼睛，迷迷糊糊地合上了双眼。做梦也没有想到，一场危险正逐渐向他们走近。

　　裴勇通过市政府的朋友，打听清楚了陈志明这几天的工作安排。后天，他要带队到乡下检查工作，晚上住在凤凰山度假村，这是接近他最好的机会。

　　探明情况后，裴勇一分钟也不敢耽搁，天蒙蒙亮就往回赶，却没有注意后面跟了一个尾巴。也是他太心急了，又怕表姐受到柯天星的欺负，不放心，这才匆匆忙忙的，什么也顾不得了。

　　走到李家村，天边露出了鱼肚白。

38

早上起来，柯天星陪着米冰倩在外面散步。

"天星，乡村的早晨多么好啊！比城市好多了，空气清新，鸟语花香，我真想永远在这里，住在这里，这个地方，没有城市的喧闹，让人非常惬意。"

他再次询问她跟陈志明和冀南方的关系，在 P 医院里的工作情况，柯天星想从这些蛛丝马迹中发现有用的东西。米冰倩把跟陈志明的关系说得很细，什么事情都说了，包括床上的事，跟冀南方的关系，却东一棒子，西一椰头，让人听得云里雾里。有些事情，她不太愿意说，是否还对冀南方有幻想，只有她自己知道。

"卫梅、苗圃、李先进，包括你，如果跟陈志明有关系，也只能说他是幕后策划者，他不可能亲自去杀人，那谁会去杀人呢？如果是冀南方，从技术上说是可行的，但是，这里有个问题，据我对冀南方的了解，他不会为了当政法委书记杀死四个人，这不符合逻辑。难道除了这两个人外，还有第三个人？第四个人？"柯天星皱起了眉头。

"东昌市的史新民？"米冰倩说。

柯天星浑身一颤。

"你为什么想到他？"

米冰倩说，据我所知，提他当副局长，是罗英彪提议的，而且，他在处理新晓蓉案子时帮助了罗英彪。你想想看，如果把那些照片交给纪委，会是什么后果，他那个市长还做得了吗？你和史新民极为熟悉，你应该了解他呀！

柯天星说，我当然了解他，我们算是朋友，就是我了解他，我才觉得他不会做。我知道，他会讨好领导，也会做官，但是杀人的事他不会做，他知道杀人是要偿命的啊！

米冰倩说，谁不知道杀人要偿命，但是在利益面前，哪个人都很难保持冷静。我原先以为，这个世界会有真正的爱，我就是太相信男人，这才走到现在这一步，你不是老问我跟冀南方的关系吗？

我现在都告诉你，我爱他，他答应了保护我，我之所以说话硬气，就是有他的保护，我出事后，想给他打电话，质问他为什么，但是，我想了又想，如果他知道我没有死，那么我会再次死去的，不是他要我的命，是平天浩一定会让我死。

他详细问了她跟冀南方交往的经过。

"真让人想不到，冀南方也参与进来了。这样看来，卫梅的死，一定是他做的，他走近你，不是爱你，而是为了那份东西，当他得不到那份东西后，他只有做了你。你说得对，不是他，是平天浩。冰倩，听我一句劝，把那份东西交给我吧，我带你去省厅，如果你不相信，我带你去省政法委，去省国家安全厅，我就不相信，没有一个地方是干净的。我相信党，我相信组织，我相信国家，请你相信我。我不是为了个人，而是为了国家利益。"柯天星耐心地劝着。

米冰倩再次拒绝了。

"天星，你是我最相信的人。正因为这样，我不愿意看到你出事，知道这份东西的人都死了，包括我。你不了解平天浩布的网有多大，我都猜不出来。但是，我知道，这十年来，他在中国做了许多工作，做了多少，没有人知道。原先我以为冀南方跟这件事没有关系，谁知道他也是平天浩的人，人们抛弃了一切，只为了利益。原谅我，等我们到了北京，我就把那份东西交给你，我说到做到。"她抚摸着他的脸，吻着他的唇，泪水涟涟。

"好吧，我尊重你的选择。"柯天星无奈地说。

米冰倩站住，盯着他。

"怎么了，冰倩？"

米冰倩说，冀南方是你的同学，应该对你十分了解吧，他会不会找到这里来，会不会派人跟踪裴勇？裴勇怎么还不回来，我心里老是不踏实，总觉得会出什么事情。冀南方权力太大了，在和平市地面，派出所、协警，还有居委会，会把每一个角落都封死的。如果是那样，我们就麻烦了。

柯天星不以为然，告诉米冰倩，一时半会儿他还想不到这里，时间长了，就不好说了，你说得对，冀南方对我太了解了，我也了解他，这是我的优点，也是缺点，为了安全，你还是回屋子里吧，我出去迎迎裴勇。

米冰倩摇摇头，不让他去。

"村子里的人都不认识你，一碰见老乡，他们会怀疑你的，马上就会报告，我们不要找麻烦，还是在这里等吧。也许是我太紧张了，也许没有事，我想裴勇应该快回来了。"她自己安慰自己。

柯天星也有些焦虑。

两人坐在石头上，不语。

许久，米冰倩说我们进屋吧，坐着扎眼。

柯天星跟着她进了屋。

她靠着他的肩，眯上了眼睛。

柯天星闻着这个女人的气息，心乱如麻，这是他从来没有过的。他知道，就是为了这个女人，他的心才乱了。他想只有躲过这一劫，去省厅汇报，才是上上之策。但是，他知道冀南方不会让他走出和平市的，他会在这个地方，置他于死地。他会以正当理由，发出通缉令，以杀害米冰倩的罪名把他送上绞刑架，他太了解这个同学了，为了利益，什么事情都做得出来的。"冰倩，你睡一会儿吧。"他扶着她，躺在床上，她很踏实，闭上了眼睛，好像睡着了。

柯天星来到外面，点燃了一支烟。

"冀南方、史新民、索巴……谁是凶手，哪个都不像，哪个都有些像，连索巴都有些像，如果冀南方让他做，他会很乐意的，他想升官都想疯了。但是，冀南方是谁？他绝对不会让索巴这样的人知道他的心思，没有人知道他想什么，连自己都很难把他捉摸透。难道除了这几个人外，还有一个人我没有想到？"他皱起了眉头，脑子里飞快地把自己感觉像凶手的人排了个队，毫无踪影。他感觉凶手像个影子，感觉在身边，却很难抓住。

"唉！我轻看他们了。"他叹着气。

柯天星望着蓝天，心情沉重，知道自己面对的是死亡，是容不得自己大意的死亡，如果自己死了，也许一切都不会有人知道了。

"伍歌，伍歌在哪里，难道她不知道自己的处境？"柯天星突然间想到了那个陌生又熟悉的伍歌，他多么渴望着她再一次出现，拯救自己。

"她总是那么神奇，每次在我绝望的时候总会出现。"他相信，她会出现在他想不到的时候。柯天星再次掏出一支烟，对接上那支烟的烟蒂。他烟瘾不太大，无聊的时候，特别是想事的时候，手上总想夹点东西，好像夹了东西就踏实了。

阮眉见到沐剑锋很吃惊。

"你怎么来了？要是让他们看见了，很多事情就麻烦了。"在和平饭店，她看见匆匆忙忙赶来的沐剑锋，眼睛里露出喜悦，嘴上却满是埋怨。她给他倒了水，让他回东昌市，这里的事情她能够应付。

"我不放心，说说吧，什么情况。"

阮眉心事重重，她告诉沐剑锋，冀南方已经感觉到了什么，派出一组又一组的人马，到处寻找那个炸陈志明汽车的人，但是，我觉得，他是想通过正式通道，把那些阻止他的人，用正当的手段绳之以法。他织了一张网，在和平市地面，这个人很快就可能被找出来。

"是谁，调查了吗？"

阮眉说，我通过公安局的朋友，了解到了米冰倩在和平市有个表弟，叫裴勇，在部队曾当过工兵，而陈志明的汽车，是配制炸药炸毁的，从这一点看，就可以肯定，是他做的。可以这样推测，米冰倩死前做了准备，这是她的最后一步棋，她告诉我们，杀死她的就是陈志明，除此之外没有别的解释。

沐剑锋说，我了解过，陈志明没有作案的时间，应该排除他，难道他利用冀南方去做，难道他跟冀南方是一路的人，还是北京方面那个平天浩命令他做的？

阮眉摇了摇头，有些事情，我也理不出个头绪，柯天星也不知道跑到哪里去了，找到他，也许知道一些。

"要不，我去找一趟冀南方？"阮眉说。

沐剑锋摆摆手，找到他说什么？如果我们问案子的情况，会惊动他。冀南方可不是一般人，他是刑警队长出身，什么案子没经历过？李子霖反复叮嘱我，我们现在不便出面，隐在后面，这样，对破案更有好处。

他问阮眉，你一个人在外面，有什么困难？要不这样，我再派个人过来，两个人有个伴儿，总会好些。

"你挂念我的安危呀!"

"当然。"

阮眉答应了,要求把区虹派来,她说我们两个女人在一起,工作起来方便些。

沐剑锋笑了,你真会选人啊!区虹从武警特警部队转业来公安厅,还没有正式分配工作,听说她的身手整个公安厅都找不出对手,而且在和平市没有一个人认识你们。我找找李子霖,明天就让她过来,我给她配最好的装备,摩托车、手枪,你有了她,再有两个冀南方也不是对手。

阮眉很高兴,一下子把他抱住了。

"别,别,别。"沐剑锋说。

阮眉说,不可以吗?你没有娶妻,我没有嫁人,孤男寡女,我们不可以吗?

沐剑锋说,可以,当然可以。我们不是还有案子嘛,等案子结了,我们就可以谈恋爱。

阮眉刮着他的鼻子。沐剑锋和阮眉亲热了一番,就离开了和平市,回了东昌市。

下午,区虹就从东昌市来到了和平市。她骑着宝马摩托车,这是公安厅刚从德国进口的,极为先进,这让区虹兴奋不已。

"阮姐,真想你。"她抱着阮眉,笑着。

阮眉说,不要叫我姐,我还没有你大呢,又没有结婚,叫我阮眉吧,有了你,我就放心了。

区虹说,我刚来,什么也不懂,沐处反复叮嘱我,一切听你的。你交代就行了,我会冲在前面。

阮眉笑了,不怕死就行,做我们这一行的,牺牲随时都有可能,你要有思想准备。

区虹说,我有,我做特警,比这个更苦。有时候为了救人质,一蹲就是几个小时,我更喜欢做警察。

阮眉说,休息一会儿,我们就出去。

39

米冰倩走出屋子，就看见裴勇和柯天星在打斗。

裴勇不顾米冰倩的喊叫，仍然和柯天星打着。一拳紧似一拳，弄得柯天星连解释的机会都没有。

"裴勇，你怎么了，我没有欺负你表姐，我们两个相爱了。你听我好好解释行吗？"柯天星喘着气，一边应付着一边解释。他这样一说，裴勇更加愤怒，红了眼，像只狮子扭住他不放。要不是索巴的声音传来，两个人还不知道打成什么样子。

"柯警长，真是有艳福啊！"索巴的声音不太大，却在这寂静的早晨格外清脆。吓得两个人马上住了手，向四周看着。

只见索巴、耿琦、路晓丽三个人，站在离他们不到十几米的距离，提着手枪，看着他们。

"冀局真是料事如神。老耿，你服了吧。我说了冀局的推测是没错的，杀陈市长的凶手就是裴勇，指挥他的人就是米冰倩和柯天星。柯警长，现在怪不得兄弟我了，你有什么委屈，跟我回去，到冀局面前讲清楚，你们毕竟是同学嘛，我想他不看僧面也会看佛面，会原谅你的。裴勇，我以杀人嫌疑正式拘留你，不要反抗，任何反抗只会加重对你的处罚。"索巴扬扬得意，站在那里，玩弄着手枪。

"索巴，你听我说，你既然知道米冰倩活着，你难道不问问，她是怎么活着的？是谁杀的她？我告诉你吧，杀她的人就是陈志明，是他派人杀她的。你把枪放下，我跟你走，我不相信这个世界上没有讲理的地方。冰倩，不要害怕，我们还未到绝路。老耿，晓丽，我讲的都是实话。"柯天星开始做他们两个人的工作。

"索警长，是不是……"

"住嘴。"路晓丽还没有说完，就被索巴喝住了。我知道你们同情柯天星，我告诉你们，同情代替不了法律。他涉嫌犯罪，我们就要履行自己的职责。老耿，你可是老人儿了，我想你应该知道如何办吧。我命令你们，马上拘留这三个人，带回局里审查。他喊着。

耿琦磨蹭着往前走。

裴勇明白了眼前的一切。倏地转身，像一头豹子，猛然地扑向索巴，一下子就把他扑倒在山坡上，滚了下去，手枪也掉了。

柯天星喊了一句对不起了，就向耿琦冲了过去。耿琦当然知道如何做，还没有等他扑到眼前，就倒在地上，坐在那里喘着粗气。

路晓丽没有看他们，却奔向索巴，扶着他坐了起来。

柯天星等三个人飞快地跑了。

裴勇向东，柯天星拉着米冰倩向西。一会儿就不见了踪影。索巴从地上爬了起来，大怒。耿琦、路晓丽，我知道你们同情柯天星，但你们拿工作开玩笑，我要向冀局汇报，给你们两个人处分。今天的事全怪你们。如果你们还有那么一点点责任心的话，也不至于弄成这样。他冲着他们两个人吼着。

两个人也不解释，也不强辩，默默地跟在索巴后面。索巴用对讲机向冀南方汇报了事情的经过。

冀南方听完了，笑了笑，我知道了，她真的没有死，真的没死啊！他叮嘱索巴该如何行事，又让办公室的人马上起草报告，以杀人嫌疑通缉裴勇、柯天星、米冰倩三个人。

他亲自来到陈志明的办公室。

陈志明听完他的汇报，瞪大了眼睛。

"你把那个索巴叫来，我要亲自问问他，她真的没有死？那个死的人是谁？她是怎么逃脱的？南方，这件事你还有什么办法吗？她知道一切，如果你的话是真的，那么可以肯定，柯天星也知道一切，这是我最不愿意看到的。"他叹着气。

"陈市长，你放心吧。"冀南方嘴角露出一丝轻蔑的笑意，说我对柯天星太了解了。我知道他下一步走什么棋，你放心好了。他离不开米冰倩的，我知道该怎么办。

陈志明听完冀南方的话，没有一丝放心的样子，连连叹气。

冀南方再次劝慰，陈市长，你没有必要担心，我们是公事公办，裴勇是杀人和爆炸犯罪的重要嫌疑人，这类人是刑法重点打击的对象，我们要对社会负责。米冰倩和柯天星肯定参与了犯罪，我们完全有理由拘捕他们。你放心吧，李家村是山区，道路崎岖，方圆十几里没有可以躲藏的地方，他们跑不远的。

果然不出冀南方的预料，裴勇跑出村子不远，就落入了另一组刑警之手，他连反抗的机会都没有。刑警们对冀南方的判断佩服得五体投地。柯天星跟冀南方打了这么多年交道，当然知道他的计谋，他拉着米冰倩，反其道而行之，没有离开村子，找了一个地方躲了起来。索巴带着耿琦、路晓丽在预定的路口等到中午也没有看见柯天星等人的出现。

"索警长，柯天星再傻，也不会在村子里待着，早跑了，走吧，我们顺着来路追过去。"耿琦劝道。

索巴一听，想说什么，又没有说。这个时候，他接到了裴勇被抓的消息，大喜，带着他们两个人和另一组人汇合了，押着裴勇回到了市公安局。

冀南方亲自审问裴勇。

他承认了陈志明的汽车是他炸的，跟米冰倩没有任何关系。对于其他的问话，他什么也不说。

冀南方也知道他不会说什么，就没有再问。

索巴看见冀南方走出讯问室，走上前去说，冀局，李家村到市里还有五十多里路，没有公共汽车，中间还有魏村、黄村和段家镇，我已经向那里的派出所交代了，让他们务必加强警戒，我想柯天星本领再大，也跑不出去的。何况那里的派出所他不熟，我保证明天把他拘捕归案。索巴拍着胸保证。

"挺好，就按你的计划办。"冀南方拍了拍他的肩膀，笑着说，你很忠于职守，很好，比柯天星有出息，他是一个扶不起的阿斗。如果这次任务完成了，党委一定给予嘉奖。你会得到你应该得到的东西。

索巴很激动，一个立正，冀局，你放心，我一定遵照你的指示办。他请求把耿琦、路晓丽换掉，冀南方答应了他一半的要求，派了一个叫汤长生的人接替耿琦。索巴欢天喜地地走了。

冀南方回到办公室，坐在那里抽烟。

他看着玻璃板底下的毕业照片，柯天星就站在他身边。两个人在学校时，就是铁杆兄弟，他了解他，他也知道自己。正因为他知道柯天星的能力和为人，正因为他知道十个索巴也顶不了一个柯天星，所以，他要用索巴这样的人。

"我给了你一个机会，你不要，就怪不得我了。"他心里想着。

冀南方在公安局有较好的口碑，虽然在业务上不是那么突出，但在为人上，却没有人可比。这个看起来不贪不赌不嫖的人，也没有听说做过什么歪门邪道的事，夫人蓝蔻，是市法院一个庭长，十分漂亮，谁都说他们是天生的一对。有一个儿子，今年刚上初中，送到东昌市上重点中学去了。

他拨通了一个电话，片刻，一个长得高大结实的男人走了进来。

"冀局，您叫我？"

"噢！是苍宇呀，坐，你从特警部队转业过来，一直也没有给你任命职务。今天我正式通知你，经局党委研究，任命你为警长，一级警督，等大学生到了，再给你分配助手，今天晚上我要你单独完成一项任务。"冀南方说出了计划。

"没问题，我一定完成任务。"

"那个米冰倩你不认识，柯天星你应该是认识的吧？虽然他原来是我的部下，还是我的同学，局里的人都知道，现在他犯了罪，那么我们就要履行一个人民警察的职责，你明白吗？我之所以让你去，是怕别人不是他的对手。万一……万一他带了枪，在保护自己的前提下，可以把他击伤，尽量不要打死，我们还要审问。"他交代着。

"如果他不去呢？"他问。

"那就没有你的事。别的地方我都布置了，你就办你的事，好吧。"冀南方再三交代。

杜苍宇行了一个标准的军礼，转身走了，脚步声敲得地板咚咚响。这是特警部队一个一流的搏击高手，虽然年龄有些大了，今年四十岁，但整个公安局上下，还找不出一个对手。二十多年的军旅生涯，杜苍宇视完成命令为天职，极为忠诚，充分显示出一个传统的军人本色。他从不问命令对错，只知道执行。

柯天星带着米冰倩在村子里躲到天黑。

"天星，我们就这样躲着？"她问。

柯天星摇了摇头，吻了吻她，我身上还有些钱，我们到老乡家买一匹马，今晚赶回和平市。到了城里，收拾一下东西，明早离开和平市，从东昌市坐火车去北京。现在我对省里任何人都不相信了，只有去北京，直接向公安部汇报，否则，我们会死无葬身之地啊！索巴、冀南方、陈志明会置我于死地的。冰倩，请你把所知道的一切告诉我，包括那份东西。

"这……"

"你不信任我吗？"

"不是的，天星。"米冰倩抱住他，泪流满面，你是我的一切，我的命都是你给的，我还对你保留什么。只是这份东西太重要了，如果他们知道你见过，你难逃一死。我不想失去你啊！知道吗？天星。你现在是我唯一的亲人呀！我要你好好活着，知道吗？我答应你，一到北京，就把那份东西交给你。

"好吧。"他再次吻着她。

来到老乡家，买了一匹马，两个人骑着，连夜往和平市飞驰。来到黄村，柯天星有些累了，决定在一家小饭店休息一会儿，就发现街上有警察游动，忙问老板是怎么回事，老板说，派出所来通知了，说有什么犯罪分子要路过这里，让我们发现可疑的人员马上报告，说完他拿出了通缉令。灯光太暗，老板没有看清楚他们两个人的长相，柯天星一看，大吃一惊，上面印着他跟米冰倩的画像。米冰倩一看，差一点就惊叫起来。两个人付完账，匆匆离开。

"完了，天星。"她十分懊丧。

柯天星此时也犹豫不决起来，不知道去往哪里。

40

这天上午，沐剑锋带人来到了新建县。

县里正在召开扶贫协会会议。他们通过县民政局，拿到了一份参加会议的人员名单。一对照，让他大吃一惊。

"戈桐，晓雨，你看，会长是县人大常委会主任，各个村的代表，是村委会的主任，他们都是扶贫协会的领导，又是县人大代表。他们到底要干什么？走，我们听听他们的报告，看看他们讲什么。"几个人走进了会议室。

会议室有两百多人。

县人大常委会主任，也是扶贫协会会长主持会议。他站了起来，以洪亮的声音说："同志们，我们扶贫协会召开年度会议，就是要推广滁槎镇的经验，采取户帮户的做法，把所有的人员都纳入我们的协会中来，只有这样，我们才能团结起来，战胜困难。现在请省扶贫协会会长兼秘书长刘辰讲话。"

一位五十多岁的汉子站了起来。

"会员同志们，新建县的工作是开展得最好的。你们组织严密，规章制度便于操作，入会资格审查严格，会员们能自觉自愿地遵守纪律，这些都是十分好的。但是，这远远不够，我们还要强调，扶贫助困协会是我们穷人的组织，要广泛宣传它的作用。我们穷人，是社会最弱势的群体，我们只有组织起来，才能确保我们的利益。协会不但要帮助你们脱贫致富，还要帮助你们打官司。只有这样，我们才能真正地获得解放，才能真正地在这个社会生存下来……"这个叫刘辰的男人，滔滔不绝，讲了两个多小时。

和平市下岗就业协会会长弓长伟也讲了话，他特别强调了城里协会与农村协会相互帮助的重要性，说农村的穷人和城里的下岗工人，都是弱势群体，他们只有组织起来，才能在这个社会生存下去。他列举了一大堆贪官污吏的犯罪劣迹，痛恨地说，这个社会已经烂透了，不可收拾了。腐败已经像病毒一样侵害了我们的肌体，到了我们自己捍卫我们自己的权利的时候了。他还列举了一些下岗工人受到伤害的事件，俨然一副为民请命的架势。

会议还通过了协会新的章程。

从章程上看，找不到半点违反法律的问题，显然是经过深谋远虑修改过的。从会场上出来，三个人坐在汽车里，半晌无语。

"戈桐、晓雨，我们已经去过几个县了，情况大概了解得差不多了，谈谈你们的看法。你们觉得这个协会是一个什么样的协会？是真的为民办事吗？是真正地为工人谋福利的吗？"沐剑锋点燃了一支烟，那袅袅升起的烟雾顿时弄得车厢里有些呛人。

"我看不出什么大的问题。"郭晓雨说，我调查得十分详细，乡下的农民还是十分欢迎协会帮忙的。他们派人下来，帮助指导农民种瓜种菜，增加了农民收入，所以，农民都愿选他们担任村里的干部。城里的下岗就业协会，帮助下岗工人找到了工作，很受欢迎。弓长伟的话讲得虽然有些过，但都是事实。现在有些当官的确实贪污受贿，报纸上每天都有这样的消息啊！当然，我感到他们好像……好像什么呢，我一时也琢磨不透。

"好像挺可怕的，是吗？"戈桐笑着说，问题不是在他们帮助农民、工人做了什么，我认为应该讨论的是，他们这种做法有没有违反法律。有一点头脑的人都看得出来，他们有取代共产党和政府的意思。难道就他们关心农民？就他们关心工人？我们的政府，我们的党组织都在哪里？我觉得这个协会是一个相当可怕的组织，他们买通了一些人，钻了我们法律的漏洞，他们用合法的手段，掩盖他们非法的目的。联想到卫梅、苗圃和米冰倩三个人的死，联想托比在民主基金会的工作，这个社会经济研究协会绝不是一个普通的组织。我建议，还要去一趟北京，彻底把这个组织背景弄清。

"戈桐说得对啊！"沐剑锋马上赞同他的观点。今天你们就回东昌市，明天去北京，请求部里跟北京方面打个招呼，让民政局出面，彻底调查一下这个社会经济研究协会。我去和平市，到那里和阮眉会面，看看她那里有什么进展没有。关于那个平天浩的情况，我已经向部里作了汇报，请求他们调查此人的来历。

戈桐和郭晓雨要走，沐剑锋说，你跟我们一块去和平市，从那里返回东昌市，顺便见一下路晓丽，问问案子进展的情况。

"我还跟着他吗？"郭晓雨问。

沐剑锋说，这个事你就不要问我，你愿意跟着就跟着，不愿意就回避一下，给戈桐一点空间，你说是吧？

他的话，说得两个人都笑了。

汽车沿着宽敞的公路往和平市急速行驶。

下午三点，到达和平市，为了避开别人的注意，沐剑锋找了一家旅店，开了两个房间，先休息一会儿，让戈桐开车找路晓丽去了。

路晓丽见到戈桐，愁眉不展。

"你怎么了？晓丽，到底又发生了什么事？我一来你就这样，真让人受不了。"戈桐有些不高兴。

路晓丽坐在他的车里，伏在他肩膀上哭了起来。这一哭，戈桐慌了，问到底发生了什么？晓丽乖，晓丽听话。在他的哄逗下，她才一五一十地把这几天发生的事告诉了他，说局里已经停止了她的工作，老耿也被停职了。

"戈桐，我真的弄不清楚，那个米冰倩真的没有死，柯天星真的跟她在一起，冀南方真是神了，判断得十分准确。这到底是怎么回事？难道杀米冰倩的人真的在我们公安局？难道杀害卫梅的人和要杀米冰倩的是同一个人？谁都知道陈志明跟米冰倩的关系，难道是他要杀人灭口？这到底为了什么呀！"路晓丽一把鼻涕一把泪地向戈桐哭诉着。

"那个叫裴勇的人承认了要杀陈志明？"

路晓丽点了点头，他承认了。他是米冰倩的表弟，米冰倩又跟柯天星在一起，无论从什么角度说，柯天星跳进黄河也洗不清了。局里已经下达了通缉令。我觉得冀南方已经下了决心，要把柯天星、米冰倩置于死地。而且，会以正当理由击毙他们。戈桐，你帮我想想办法，救救柯天星，我可以保证，他绝对是个好人。

"你有什么理由说冀南方下了决心？"他问。

路晓丽说，戈桐，你不知道局里的情况，有一个叫杜苍宇的人，转业到我们局，这个人四十来岁，搏击手段一流，刚从刑警学院分来的大学生都不是他的对手，从来不分配给他案子，冀南方都是在最棘手的时候用他。半年前，东方闹市有一伙人强买强卖，谁都不愿意去，知道那些地痞流氓不是好惹的。杜苍宇带人去了一趟，弄断了几个人的手臂，从此，那个闹市平静下来了，冀南方派他出手，就是算准了让他对付柯天星的。而且，这个人是个牛脾气，服从命令听指挥，从不讲价钱，是真正的军人出身啊！

戈桐听得浑身一阵战栗。

"好吧，晓丽，我马上去想办法。这样吧，我今天要赶回东昌市，我给你留下我们沐处长的电话，有什么紧急情况，马上告诉他，他会想办法的。记住，不要告诉任何人我来过了。"戈桐交代一番，马上开着车走了。他感到事态有些严重。

沐剑锋听完戈桐的话，脸上毫无反应。

"处长，你怎么了？我觉得晓丽反映的情况挺严重的，她的分析也是对的，冀南方是有点借刀杀人的味道。不管他动机如何，他这样做，肯定有不可告人的目的。他是一个办事十分精明的人，不会轻易做出什么事的。这样看来，杀米冰倩，也跟他有关系。"戈桐再次请求沐剑锋想办法。

"你们回东昌市吧，我心里有数。"

郭晓雨说，要不我们留下来，明天再走？

沐剑锋摇了摇头，留下来也没有用。柯天星涉嫌杀人，他杀的可不是一般的人，是市长啊！冀南方作为公安局长、政法委书记，当然有权力依法办事，我们不好插手此事。你要说卫梅、苗圃、米冰倩的死跟他有关，我们没有证据呀！何况又牵扯两家的关系，陈志明又是这里的领导，这个问题十分复杂啊！我向李厅长汇报了这几天调查的情况，说了你们去北京的事，到了东昌市，你再亲自向他汇报一次。

"好吧，那我们走了。"戈桐说。

两个人离开了旅店，坐班车返回了东昌市。

沐剑锋拨通了阮眉的电话，问她在什么位置，把戈桐了解的情况向她讲了一遍，叮嘱她要注意自己的安全。

阮眉说，你放心吧，他们伤不了我。

沐剑锋开车来到米冰倩诊所，以洗牙为名走了进去。洗完牙，他故意来到喻文的面前，笑着问，喻大夫，米医生呢？我是特地从东昌市来找她看病的，怎么没有见到她呀？她到哪里去了？

喻文一听他问到米冰倩，警惕地看了看外面，见没有人，这才把米冰倩的情况讲了一遍。

"死了，是怎么死的？"他故意大惊。

"唉！世事难料，没有想到那个叫柯天星的警长的预言变成了现实。听说柯警长被开除公职了，弄不清是什么原因。你不知道，她跟陈志明，就是我们市长的关系……"喻文说到这里，变得十分神秘，把头靠近他，讲了两个人的关系，我也弄不清楚，在和平市的地面上，有他的保护，还有谁敢动她。

"杀人灭口？"沐剑锋说。

喻文不可理解地摇了摇头，说陈志明不是傻瓜，他不会那样做的。我看得出来，他十分疼爱她，而且，她也喜欢他。

　　沐剑锋又问了一些细节，问了米冰情的住址。喻文说，她住的地方有两处，已经被公安局查封了，说是等案子了结了再处理。他说了两处地址。沐剑锋又闲聊了几句就告辞了。

　　沐剑锋开着车，到喻文所说的两处地址转了一圈。转完了，他给阮眉打电话，说了自己的计划。阮眉说，你放心吧，他们在我的控制之中。我会有办法的。

　　沐剑锋还是不放心，再次叮嘱，你一定要管理好区虹，好钢要用在刀刃上。

　　阮眉说，你不要再啰唆了，我心里有数，你回东昌市吧，有什么事我告诉你。

　　沐剑锋同意了。

41

　　晚上，一个男人来到和平饭店。

　　他穿着便装，戴了一副墨镜，在大厅里没有停留，一进门，就上了电梯。来到二十八层，推开了一扇虚掩的房门，一进来，就把门撞死了。脚步声刚在客厅里响起，浴室里就传出一个清脆温柔的女人声音。

　　"来啦，自己坐吧。酒柜里有巴尔干葡萄酒，我知道你喜欢这个牌子。我马上就好，你稍等。"他没有接对方的话，走到酒柜前，倒了一杯葡萄酒，还加了少许冰，就坐在那里，慢慢地呷着。他脸色平静，看不出一丝的变化。

　　女人披着薄如蝉翼的粉红色睡衣，全身线条清晰可见。飘过来的香水的气味，一下子就把他紧紧地裹住了。但是男人依然平静如水，视若无睹。女人点燃一支摩尔烟，朝他深情地笑了。

　　"你啊！你是一头真正的狼，一个真正的男人。你前期的事没办好，但是，后期的事我们很满意，今天找你来，就是要告诉你，陈志明已经不起什么作用了。米冰情活着，使我们处于十分不利的境地，还有那个柯天星。更重要的是，省公安厅已经注意到了这个案件，已经注意到了陈志明。如果他有什么问题，他肯定会供出你的。"女人的话冷冷的。

"你是说沐剑锋?"

"对的,你认识他。这是一个跟你一样的人物,十分冷静,任何物质诱惑和色相的勾引,包括金钱的收买,对他都毫无用处。关键是他们的调查无声无息,你不知道他在什么地方下了手,等我们一发现,已经来不及了。所以,你要考虑这步棋。"她再次说。

男人嘴角露出一丝不易察觉的感情变化。他摁灭了烟头,平静地说:"郜小姐,我曾经说过,我对你们是什么组织,目的是什么,从不关心。我关心的是我的利益。你放心,事情不会坏到那一步的,我有办法。关于陈志明,你们安排,我不过问。如果……请在一年之内,把我调到省公安厅,出任主管刑侦的副厅长,否则……原谅我不能。我手上已经沾满了鲜血。"

"好,我答应你。"郜野原说。

她拿出一个存折,放在茶几上,我们履行诺言,这是瑞士银行的存折,密码在里面,只要你做了,我们可以在关键的时刻把你送到国外,过一辈子舒适的生活,你不用担心什么。如果若干年后,中国发生了什么变化,像苏联那样的变化,我们马上就会送你回来,你就会成为一个大人物。凭着你的聪慧和坚韧,你一定会成就伟大的事业。记住,你是我们心目中最为重要的人,从私人感情来说,我喜欢你,尽管你对我无动于衷。为了远大的理想,你要忍辱负重,要吃常人不能吃的苦。你跟陈志明不同,他的优柔寡断成不了大事。成大事者,忍,忍字头上一把刀啊!

男人转过了头,看了她一眼。

"我有些弄不清楚,你们要把卫梅、苗圃、米冰倩做了,既然告诉了我,为什么还要通过陈志明跟我说呢?我实在弄不懂你们什么意思。这样的事情,知道的人越多越麻烦啊!这下倒好,她还活着。"他露出一丝忧虑。

"是这样的。"郜野原解释说,我们主要是想检验一下陈志明这个人,看来,我们选择他是错了,知识分子软弱的个性,永远改不了。你不同,我知道你很爱卫梅,但是,一旦决定,毫不犹豫,这就是一个做大事的人所具有的坚毅。

"你是不是安排了第二个我?"

"不，你错了。"郜野原连忙摇了摇头，你千万不要这样想，我们那样做还是人吗？就是上面有这个意思，我永远也不会答应。亲爱的，你知道我是多么爱你啊！我永远也不会让别人毁了你。虽然你不爱我。你跟柯天星比，少了一分激情，多了一分沉稳。你是我心目中永远的男人。

男人艰难地露出一丝笑意。

"郜小姐，对你说实话吧。我也需要女人，但我永远都不跟有利害关系的女人走得太近，这是我为人的准则。我们只是一桩买卖，对你我有利就行了，至于你，当然是个尤物，要说不想，那是谎言，但我不想让你看到一个迷失本性的我。好了，我走了。柯天星今晚会来和平市，我没有猜错的话，沐剑锋也会在这一两天到达这里，你最好今晚就离开和平市，我不怕柯天星，但我对沐剑锋这个人猜不透，你落入他的眼帘，他会有许多联想的。"男人从沙发上站了起来，就往外走。

"亲爱的……"

男人走到房门口，又站住了，回过头看着她。

"……你就不能吻吻我再走吗？这一别，又不知何日能见到你。我实在太忙了，我坐今晚的火车离开和平市，明天我还要飞到陕西，我们要在穷的地方做工作……亲爱的，可怜可怜我吧。"郜野原泪水涟涟。

"不，会有男人疼你的。"他说完，转身而去，皮鞋声敲得地板咚咚响。

郜野原关上房门，马上换成了另一张笑脸，自言自语地说，值了，值了，这个人真是一只狼，一只凶狠的狼啊！我们需要这样的人，需要这样的男人开拓我们的事业。用不了几年，他会成为一代霸主的！我要打造他，一定要打造他。她心里暗暗发誓，一定要抓住他，利用他，完成我们伟大的事业。

她马上给皇甫赞打了电话。

"干爸，是我，您的干闺女。我九点钟到东昌市，您帮我在白天鹅酒店订一个房间。当然是套间了，您不是睡不习惯标间的床嘛，我还不是为您着想……对，对，您放心，我会让干爸满意的。

好了，就这样，见了面再说。"郜野原挂断了电话，收拾好东西，就离开了和平饭店，包了一辆出租车，直奔东昌市。

九点钟，皇甫赞在酒店门口等她。

"干爸……"她带着一股香水味扑了过去，吻着他那张布满皱纹的老脸。皇甫赞父亲般地拍了拍她的脸，牵着她的手，回到了早已订好的房间。笑着说，又到东昌市来办什么事？

郜野原说，不办事就不能来了吗？人家想您呗！想您就来了，这有什么，您是我干爸嘛，您说是吗？

皇甫赞抚摸着她的脸，闺女啊！干爸也想你，只是干爸力不从心，满足不了你。

郜野原哆哆地说，看您，干爸，好像我就是为了那样的事，羞死人了。不说了，干爸，我们一块洗个澡，好好睡一会儿，好吗？我知道，您喜欢这样。

"我听你的，闺女。"

郜野原就侍候他宽衣解带，一会儿，两个人一块躺在浴池里。洗完澡，两个人回到床上，他抚摸着赤裸的她，从上到下吻遍她的全身。看着他那迷蒙的双眼，她的内心产生了一种从未有过的厌恶。

"这个蠢猪，连猪都不如，好像没见过女人一样。"但她仍然笑眯眯的，让他尽情地玩耍，让他得到精神和肉体上的双重满足。

"闺女啊，干爸累了。"他躺在那里，一只手还攥着她的乳房。我跟你说，下个月召开人代会，我这个主任就不当了，真正地退下来了，你如果还有什么事要我办，就尽管说，过了这个村就没这个店了。我问过省委组织部，陈志明、罗英彪干得不错，反映挺好的。是为人民的好干部。你放心好了。看样子，你还是有眼光的，没有挑错人。他刮着她的鼻子说。

"干爸，知道和平市的冀南方吗？"

"冀南方，听说过，是公安局长还是政法委书记，我记不太清楚了，这个名字听说过，听说是一个不错的人。"皇甫赞说道。

"上次我到和平市办事，被人欺负了，差一点就完了，是冀南方帮助我。我想这样有能力的干部，组织上应该重用他呀！他想到省公安厅，您看能不能跟组织部说说，我知道部长是您原来的老部下，他听您的。"她伏在他怀里，像一只温顺的小猫。

"闺女，你太可怕了啊！"皇甫赞说，我实在弄不清楚，你们一个协会，管这么多事做什么？难道也是为了钱？也是，这样的买卖比任何买卖都赚钱啊！说实在话，我要是不知道自己得了绝症，不会上你们的当的。当然，现在不同，我有些离不开你，我的小乖乖。好吧，有机会，我会向组织部门推荐一下。他看了看表，十点多了，我要回家去了，不在这里睡，我不想找这样的麻烦啊！

"那好吧，干爸。"郜野原帮着他穿衣，穿完了，亲自把他送到房门口。皇甫赞说，不要送了，碰见熟人不好，你睡吧，好好做个美梦。郜野原再次吻了吻他，看着他走进电梯，这才关上门。

她来到浴室，重新洗了一遍，用漱口水反复冲了口腔，全身喷上香水，这才回到卧室，点燃了一支烟。

抽完烟，穿好衣服，她来到楼下的咖啡厅。

"郜小姐……"

一个男人毕恭毕敬地站了起来。

"刘辰，坐吧。你的工作做得不错，这是给你的奖励。"说完把一个信封推到他跟前。"协会已经在省民政厅注册，是一个合法的社团，各方面的路子也已经打通了，你要利用这个千载难逢的机会，积极开展工作。我已经往那个账号打入了三十万元，你要好好管理这笔钱，目前的工作，就是发展组织，扩大影响。不要做任何违法的事，明白吗？"

"郜小姐，我明白。"

"明白就好。你是训练班的人了，我不想多说什么。就这样吧。"刘辰接过信封，走了。一会儿，弓长伟进来了，来到了她身边。她仍然像对待刘辰一样，交代了一番。

做完这些事情，她回到住处，给平天浩打了个电话，平天浩说，你还要在东昌市住几天，注意一下和平市的情况，我们要等结果，等米冰倩和柯天星死了的结果，否则，我的心放不下来。

郜野原说，好吧，我随时注意。

42

晚十点，柯天星和米冰倩偷偷地进了市区。

"天星，我们这是去哪里？不知怎么了，我的心脏总是咚咚跳，总感到大祸临头一样。"她像一只可怜的小鸟，紧紧地抓住他的胳膊。

"亲爱的，不用怕。"柯天星爱怜地拍了拍她的头，在她额头上吻了一下，最危险的地方就是最安全的地方，你的家不是被公安局查封了吗？我想没有比那个地方更安全的。我们太累了，休息两天，再想办法。你不是还有一些钱放在家里吗？我们也需要。出门在外，只有靠我们自己了。你放心，只要我柯天星活着，我就要保证你的安全。

"谢谢你，天星，你对我真好。"

两人拦了辆出租车，在她家的前一站停了下来。晚上十点钟，路上行人稀少，小区的道路上也几乎没有人了。两个人不敢停留，走进小区就奔单元楼而来，上了电梯，心才放了下来。打开米冰倩家的房门，两个人长长地出了一口气，这些天来的奔波，他们实在太累了，回到家，有一种如释重负的感觉。插上房门，两个人站在门口的黑暗中，接了一个长长的吻。

"天星，知道吗？我这一辈子最大的财富就是认识了你。我走了许多弯路，也跟很多男人打过交道，只有你疼我，把我当成人看待。正如诗人们所说的那样，爱情，是要等泪水冲刷干净污垢后才能看得清的。天星，抱紧我，永远地疼我，我会带给你快乐的。"她伏在他怀里，如水一样化了。

柯天星的心里灌满了幸福。

"会的，会的，冰倩，我一定疼你爱你怜你宠你。等这件事了结了，我们就去和平市最远的山区，过只有我们两个人的生活。我也被这些事情纠缠累了，做一个正正派派的人太难。好了，我们洗个澡，好好休息，我实在有些累了。"他扶着她走进起居室，拉亮了灯。

杜苍宇铁塔般站在那里，面无表情。

"你……"柯天星就算胆大的了，也被吓得魂飞魄散。米冰倩更不用说，怪叫一声，瘫在地上，不停地哆嗦着。她不认识杜苍宇，眼睛露出从未有过的恐惧，好像世界末日已经来临了一样。

柯天星毕竟是柯天星，马上明白发生了什么事。他扶起米冰倩，硬挺着笑了笑，指着杜苍宇说："不用怕，这是公安局的老杜，杜苍宇，特警部队的一流搏击高手。看样子，冀南方用心良苦，把什么都想到了啊！老杜，动手吧，你知道，我不是你的对手。"他伸出了双手。

"柯天星，这样最好。我只是服从命令，有什么事你回局里讲吧，冀局是你同学，总会有一个说法的。"说完他走了过来，从身上掏出手铐，就要给他戴上。也就是一刹那，柯天星使出全身的力气，朝他的下体一脚踢去。他知道，真正打起来，他根本不是杜苍宇的对手，只有偷袭，才能有片刻喘息的机会。

"你……"杜苍宇毕竟受过特警部队极为严格的训练。身体自然的反应是一般人没法比的，柯天星的脚也只是踢到了他下体的一点点，即便是这样，也使他倒在了地上，抱着下身号叫着。柯天星叫了一声快跑，一把将米冰倩推到了门口，自己也要冲出去。杜苍宇哪能让他就这样走了。他一个鲤鱼打挺跃起，扑了过去，抓住了柯天星的脚，想扭动旋转。柯天星当然知道这一招的厉害，马上顺其自然地化解，刚刚站稳，他的拳头就过来了。

"柯天星，怪不得我老杜了。"

"不怪你，你是条汉子，来吧。"

两个人就在起居室打了起来。

米冰倩已经打开了房门，天星，我怎么办呀！柯天星一边应付着杜苍宇，一边喊着，冰倩，你快走呀！快走，一分钟也不要停留。你不知道，冀南方要置我们于死地啊，这个老杜，就是来要我们的命的。米冰倩哪里愿意走啊！站在门口，不知如何是好。一会儿，柯天星就支持不住了，喘着气，连米冰倩也看得出来，他快不行了。

就在这时，一个蒙面人从浴室里冲了出来，还没有等杜苍宇反应过来，就抓住他的手，一拧一扭，把他的胳膊拧脱臼了，疼得他倒在沙发上号叫起来。来人手快脚快，手伸向他的下巴，又把他的下巴弄掉了。杜苍宇从来也没有受过如此羞辱，眼珠子都快瞪出来了。来人拉上柯天星和米冰倩，就冲下了楼。

楼下停着一辆破旧的桑塔纳轿车，三个人上了车，汽车一会儿就冲上了公路，向着城外发疯般驶去。半个小时后，汽车驶出了和平市区，来到了市郊，来到了凤凰山度假村的附近，蒙面人这才把汽车停在马路边上。

米冰倩一再表示感谢，柯天星说，告诉我你的姓名，我柯天星一定会好好谢谢你的救命之恩。

蒙面人取下面罩。

"哎呦……"柯天星倒抽一口凉气。"你是伍歌。伍歌，告诉我，你到底是鬼还是人？如果你不说，我也不勉强你，我谢谢你救了我的命，欠你的债，容我日后再还。我们就此别过，走，冰倩。"柯天星拉起米冰倩。

"慢着。"伍歌喊住他，"柯天星，你听我说。冀南方已经下达了通缉令，以你们谋害陈志明为由，把你的材料传到了公安部网站上，你跑到哪里都是死路一条。听我说，把你知道的情况告诉我，让我来完成你未完成的事，相信我。只要你提供的材料属实，我保证依法办理。"伍歌站在他面前劝道。

"那好，你告诉我你的身份。"

"请原谅，我暂时不能告诉你。你明白，他们的网络十分复杂，我们也弄不清楚他们到底在什么部门安插了人。柯天星，听我一句劝，冀南方派出杜苍宇，已经表明了他的态度。你需要我的帮助，我能在你危险的时候出现，你应该猜到我是什么人。米冰倩，我知道你是最清楚事情经过的人，你手里肯定掌握着他们致命的东西，只要你拿出来，只要有他们犯罪的证据，我一定把他们送上法庭。"伍歌再次劝米冰倩。经过这些磨难，两个人都拿不准谁可以信任。米冰倩看着柯天星。柯天星更是觉得现在没有信任的人。但是，她救了自己两次，要是不……他觉得过意不去。

"好吧，伍歌，不是我不信任你，是这个世界太复杂了。卫梅、苗圃的死，包括米冰倩的死，为什么没有结果？原先我也猜不出来，现在我才明白，冀南方就是他们的人，他跟这件事有直接关系。"他讲了陈志明、罗英彪的情况，没有讲那么详细，讲了个大概。最后他拿出苗圃与同学的合影和上次到北京调查的材料，都交到了她手里。你只要把这剩下的七个人调查清楚了，你就知道事件的真相了。

伍歌接过材料。

"好的，有什么事马上跟我联系。柯天星，你有我的电话。告诉我，你现在去哪里？如果去东昌市，我送你。"柯天星拒绝了，我们今天就在度假村休息一天。你走吧，再次谢谢你。他不愿意伍歌知道的事情太多。伍歌知道他对自己不放心，就没有再说什么，开着车走了。

"她到底是什么人？"伍歌一走，米冰倩问。

柯天星摇了摇头，把认识她的前后经过讲了一遍，我到现在也不知道她是什么样的人。有一点可以肯定，她是个好人，否则，她可以不救我们。只是这个世界太复杂，我们不得不防。走吧，冀南方再聪明，也不可能知道我们来到了度假村。

两个人走进度假村大门，已经是深夜三点多钟了。

杜苍宇站在冀南方面前，一言不发。

"冀局……"

"什么也不用说了，老杜，你没有做错什么，连我也没有想到会有人出手帮他们。你只告诉我，从手法上看，你感觉像什么人？黑道还是白道？我实在想不出来，柯天星会有什么关系，而且能如此准确地判断我们去了米冰倩家里。是偶然碰上的，还是……"冀南方皱起了眉。

"绝不是偶然的。"杜苍宇分析说，从对方的手法看，绝对是特警部队出来的。出手的部位、速度、手法，都是规范动作。对付这样的人，我是有把握的，问题是我没有防备，把全部注意力都放在了柯天星那里，所以，让对方得逞了。

冀南方摆了摆手，老杜呀！我知道了，你回去休息吧。让我好好想想。杜苍宇一个立正，转身走了。

冀南方望着漆黑的夜空，十分不解。

手机响了，他一看电话号码，就知道是陈志明的。

"陈市长，是我。对不起，差一步，又让他们跑了，对，柯天星和米冰倩。什么？你给罗市长打了电话，太好了，只要把东昌市封锁起来，我看他出不了省。好，我会与史局长联系的。"陈志明再三叮嘱才挂了电话。

早上起来，柯天星拨通了路晓丽的电话。他没有其他办法，他只有通过她了解局里的动向。

路晓丽一听是他的声音，惊恐得声音都变了。她走出办公室，来到楼外，这才说："我的天呐！我以为你昨晚死定了呢。碰上了杜苍宇，我就知道你不是他的对手。"她悄悄地告诉他，冀南方已经跟东昌市方面的史新民联系上了，你走不出去的。现在戈桐也帮不上你的忙了，不过，我把你的情况都告诉了他，他昨天来了和平市。

柯天星没有过多想她的话，只是"嗯"了一声。

"这样吧，柯天星，出和平市地界，有一个路村，是我的老家，我给叔叔打个电话，你到他那里待一阵子，风声过去后再想办法。你放心，冀南方不知道那个地方。"路晓丽说。

"那好吧，听你的。"柯天星答应了。

路晓丽给叔叔打完电话，又把电话打到了他的手机上，说联系好了，我会抽空去看你的。记住，不要跟任何人联系，冀南方把所有的手段都用上了。她再三叮嘱他。

柯天星说，这个手机卡是新买的，除了你，没有第二个人知道。放下电话，他带着米冰倩去了路村。

柯天星也许不知道，危险正逼近他。

43

戈桐和郭晓雨到达了北京。

到公安部换了介绍信，就来到市公安局。市公安局的同志把负责社团的人找来了。

戈桐介绍了案子的情况，告诉他们，我们主要是了解这个"社会经济研究协会"到底是一个什么样的机构。上次我们来北京，去过那里，他们说是挂靠在一个事业单位，我们调查了半天，也没有弄清楚这些关系。社团监察大队的同志带着戈桐他们，还有市公安局的同志，一块来到位于亚运村的"社会经济研究协会"。平天浩和郜野原都不在，只有一个叫李援军的人接待了他们。

他拿出了有关证件，戈桐一看，这才知道这个协会是在 Z 省注册登记的。

监察大队的同志说，你们在 Z 省登记注册，是不允许在北京活动的。如果要在北京活动，要征得当地社团登记机关的同意。

戈桐和郭晓雨又赶到了 Z 省。

经调查，"社会经济研究协会"的确是经过登记的合法社团组织。挂靠在 Z 省社会科学联合会这样一个松散的组织下面。他们根本不知道协会从事什么活动，只是为了收取每年几万元的管理费。社科联拿出了他们当初交来的有关人员名单。

平天浩　会长兼秘书长

陈志明　副会长

郜野原　副会长

就这么简单的几个人员名单。至于这些人的年龄、职业、国籍、单位等其他详细资料，根本就没有。

戈桐实在弄不清楚当初他们是通过什么手段让社科联同意的。戈桐把情况向沐剑锋作了汇报，请求通过公安部，向 Z 省公安厅通报情况，请求他们的帮助。

沐剑锋同意了，戈桐马上向公安部有关部门通报了相关情况，联系上了 Z 省公安厅，他们答应马上调查，并将调查情况通报给省公安厅。

戈桐和郭晓雨又回到了北京。

社团监察大队依照有关法律，查封了"社会经济研究协会"在北京的机构，在收缴的资料中，没有发现任何有价值的东西。对于协会在国内到底发展了多少组织，以及分支机构，仍然是一无所知。没有证据，就无法追究相关人员的责任。看似工作取得了进展，但依然是一无所获。

两个人悻悻地回到了东昌市。

"不要难过，这次北京之行还是有价值的，最起码我们知道了这个组织是一个什么样的货色。打着合法社团旗号从事非法活动，从表面上看，是查不出什么的。他们早把我们的法律规章研究了千百遍。我已经给省民政厅去了电话，请求他们对省里的扶贫协会、下岗就业协会，严格依照社会团体登记管理条例执行。关于陈志明和罗英彪的问题，我会以省厅的名义，向省委组织部报告。戈桐，晓雨，你们还不能休息，我们从柯天星那里获取了卫梅在北京 P 医院进修班其他人员的名单，我也觉得，对余下的七个人的调查，有可能揭开'社会经济研究协会'的谜底。"沐剑锋说完，把那七个人的名单交给了戈桐。

"好的，我们一定详细调查。"戈桐接过名单，问阮眉的情况如何，有没有进展？他说路晓丽已经被冀南方停职，她什么事也不知道，耿琦也被停了职。冀南方组织了精干的侦破小组，看样子，柯天星凶多吉少。他接着说，"沐处，我觉得米冰倩知道一切，只要她开了口，一切真相就会大白于天下。"

"问题是她不开口啊！"沐剑锋皱着眉说，陈志明、冀南方、罗英彪，这些人都跟该协会有关系。她现在弄不清楚该协会在什么地方安插了人，她不相信任何人，连柯天星也对我们保持着警惕。这也难怪，换成我也会这样做的。我们到现在也找不到多少平天浩、郜野原、托比的资料。我们看到的只是东昌市、和平市、龙川市这几个小地方，他们在全国到底建立了多少机构，从事了多少活动，仍然无法查明。所以说，我希望你们这次外出调查，找到他们从事非法活动的证据。注意，要格外小心，如果他们知道我们插手了，会设置障碍的。

"我明白，沐处。"

沐剑锋仍然不放心，再次叮嘱，我们的队伍也不是铁板一块。他谈了公安机关过去发生过的一些问题，说有些人对事对人缺乏判断力，在甜言蜜语面前，失去了自我保护能力，最终断送了我们的事业，也葬送了自己。我们都是人，都有可能犯错误，我们都是男人、女人，都不是冷血动物，都有感情，这就要求我们自己要有控制感情的能力，要时刻把国家利益放在第一位。这个案子，是我多年来从未经历过的案子，我们一定要加倍警惕。

"是。"郭晓雨点了点头。

沐剑锋说，你们要去几个省市，为了调查和工作方便，我请示了省厅，你们开着车去。派一个专职司机跟着你们，你们俩也可以换着开，省得他一个人累着。好了，你们去准备吧。

沐剑锋安排完毕，又给阮眉打电话，她和区虹在外，他实在不放心。阮眉跟沐剑锋的关系省厅都知道，有这层关系，他的关心又多了一层私人的成分。

阮眉接到他的电话，告诉他，你放心吧，我没有问题。我判断柯天星他们还没有离开和平市，可能躲在什么地方。我打听过，冀南方正在加紧调查，一经发现，他会使出任何手段的。

"阮眉，一定要注意他的动作。"沐剑锋说，我们要保证他们俩的安全，否则，将失去此案的重要证人。你注意冀南方的动作就可以了，东昌市这边，史新民也加强了对车站、机场的控制，我觉得，陈志明已经感觉到了什么，他肯定给罗英彪去了电话，所以，他们要动用手中的全部权力，置柯天星他们于死地。我正在选调人员，一经确定，就过去帮助你。

"谢谢，剑锋，你也要注意身体。"阮眉叮嘱了他一番，让他抽空去一趟她家，告诉她父母，就说她一切平安。沐剑锋答应了。两个人又相互叮嘱了几句，就挂了电话。

远在Y市的平天浩接到李援军的电话，这才知道北京发生的事。他说了句知道了，就挂了电话。不久，Z省社科联的电话也打过来了，说经过研究，我们取消你们挂靠的资格，从今天起，不允许你们用"社会经济研究协会"的名义活动。关于善后事宜，等你们回到了Z省我们再商量。

他接通了郜野原的电话。

"北京出事了，你要抓紧和平市方面的工作，那份东西，千万不能落在省公安厅手里。万一有什么不测，马上去香港。我估计，沐剑锋已经插手此案。托比已经回来了，改了名字，叫尼尔，我派他去U市和Y市，想办法阻止他们的调查。我没有判断错的话，沐剑锋下一步工作就是要彻底弄清楚我们的目的。明白吗？"他严厉地说。

"放心吧，平先生。"郜野原十分自信，我已经在东昌市、和平市、龙川市经营了多年，我会有办法的。何况我们培养的人现在都已掌握着实权。我了解过了，沐剑锋归副厅长李子霖管，我想办法把他调离此工作岗位。另外，我会督促冀南方抓紧工作，找到柯天星他们两个人，把事情了结。我想，凭着他这些年的工作经验，应该是没有问题的。她再次宽慰对方。

"暂时中断协会的工作。"平天浩在电话里想了想说，把协会中层人员全部撤离。特别是知道事情真相的人，安排他们去香港，进行新的培训，让那些不知道我们内幕的人负责。

郜野原同意了对方的安排。放下电话，她马上给刘辰、弓长伟等人打电话，让他们安排人员离开。在安排好这些工作后，她给罗英彪去了电话，让他到酒店来找她，说有事。对方迟疑了一下，就答应了。因为是白天，罗英彪又是市长，在东昌市也是个响当当的人物，所以，汽车到达酒店后，他跟秘书说，我去见一位北京来的朋友，一个小时后来接我。说完，就走进酒店，进了电梯。

他推开了房门。

"坐吧，罗市长。看见你春风满面的样子，我是多么高兴啊！权力，只有权力能让男人变成魔鬼啊！你现在是正厅级干部了，用不了多久，省里的大权就会落在你的手里。你放心，我会帮助你扫清道路上的一切障碍的。"郜野原微笑着，倒了一杯加了冰的葡萄酒，递给了他。

"谢谢，郜小姐。"他接过杯子。

"知道我找你什么事吗？"

"不知道，我洗耳恭听。"

她谈了沐剑锋的问题，请求他想办法把他调到市政府工作。罗英彪听完皱起了眉，郜小姐，你应该知道，我跟平先生有约定的。几年之内，他不会让我办任何事，让我严格要求自己，做一名廉洁勤政的干部，一个为民的干部，我正是按此要求去做的。何况沐剑锋属省组织部门管理的干部，我不好插手。而且，此时插手，倒让对方有所警惕，更不好。平先生知道此事吗？

她知道他说得有道理。

"好吧，我不勉强你。通过史新民，协助和平市警方，尽快找到柯天星和米冰倩，这应该是你职权范围的事吧。我要让这两个人永远闭嘴，你明白吗？"她看着他。

罗英彪说，这点你放心。他们两个人涉嫌杀害陈志明，这是一起重大的刑事案件，省委、省公安厅都十分重视，我会让他们全力以赴的。一点都用不着躲躲闪闪，陈志明已经给我打过电话了……那个女人知道我和陈志明的全部，都是他太手软了。唉！郜小姐，对付沐剑锋他们，我想你会有别的手段的。我相信郜小姐知道如何做。他的话，说得郜野原开心地笑了。她说，你走吧，一般情况下不要给我打电话，有事我会找你的，当好你的市长，做个好干部。

"好的，我服从。"他起身走了。

郜野原望着他的背影，心里有些不舒服，她不愿意看到失败，想到这里，她给弓长伟打电话，让他给政府一些难堪。他答应了。

44

戈桐和郭晓雨风尘仆仆地赶到 U 市。

U 市也是省会城市，是中原的大城市。他们顾不得旅途的劳累，马上赶到了莽秀明所在的幸福医院。一打听，才知道她已经调到省委大院了，两个人又赶到省委大院，仍然没有找到莽秀明，她一年前已经辞职不干了。接待他们的人给了一个手机号码，说你们打打看，也许打得通，听说她已经发财了。

戈桐拨通了那个号码。

里面传来了一个女人清脆的声音。

"哪个？"

"你好，是莽秀明小姐吗？我姓戈，是从北京来的，有个 P 医院的先生托我给你带来一点东西，让我当面交给你。你看……"戈桐不敢把真实情况告诉对方，怕对方拒绝见面。就听从沐剑锋的交代，讲了上面的一段话。对方一听是从北京来的，马上热情地说，好，好，你过来吧。她告诉了戈桐自己所在的位置。两个人马上赶到了莽秀明的公司。

莽秀明长得不算太漂亮，却有一种女人特有的精明。高高的个子，苗条的身材，举手投足之间有一种女强人的霸道。为了调查方便，戈桐和郭晓雨没有穿警服。她握着戈桐的手，笑着说，是P医院的刘晓吧？我就知道这个冤家会找我的。你们也许不知道，在P医院进修期间，我碰上了一起车祸，导致膀胱挫伤，是他帮我做的手术，当时我还有些不好意思的，我一个没结婚的女人，他一个年轻的大夫，唉！不应该看的地方都让他看了，现在想起来真是好笑。

她只顾说话，倒把他们两个人忘记了。也许，那个叫刘晓的医生给她留下了太美好的回忆。

戈桐有些尴尬，郭晓雨马上走上前，解释说，我们是东昌市的警察，刚才怕你……所以才……请你原谅，我们有些事情想问问你。

莽秀明一听她的话，脸色陡变，呆呆地看了他们半天。

"说吧，找我有什么事？"她变了张脸。

戈桐只好把卫梅她们三个人的情况简单地说了说，问她知道不知道平天浩这个人。知道不知道卫梅、苗圃和米冰倩三个人的情况。问她平天浩他们为什么对你们感兴趣。沐剑锋通过戈桐的关系，从路晓丽口中，知道了柯天星的全部情况。

莽秀明一听，愣了一会儿，马上说不知道，我什么也不知道。对不起，戈警官，我什么也不知道。那已经是好几年前的事了，我现在从事的工作与此毫无关系。请吧，先生，我很忙。

莽秀明根本听不进戈桐的话，下了逐客令。

两个人不好再待下去，只好走出了门。

"这个娘们儿。"戈桐骂道。

郭晓雨笑了："是个厉害的角色。"

"看样子她肯定知道一些情况，只是不肯说罢了。戈桐，我们通过公安局了解一下，你说呢？"郭晓雨说。

戈桐被这个女人弄得灰头土脸的，心里也有些不爽，就同意了。两个人拿着介绍信来到公安局，接待他们的人听说是调查莽秀明，都沉默不语。

戈桐问，到底是怎么回事？你们就说实话吧。

公安局的人说，我们也不知道她是怎么发起来的，我们也到她的公司调查过，没想到第二天上面就让我们不要去，我们也弄不清楚她跟上面的关系。如果你们有她犯罪的材料，我们倒是可以立案调查，其他的恐怕不好办。这个女人很难缠。

两个人明白了一切。

公安局的人也有所顾忌，不愿讲更多的情况，戈桐也不好问，两个人只好悻悻地回到了住处。

郭晓雨说，如果这是一个阴谋，这个女人也只是整个阴谋中的一个小棋子……不过，他们能把事情做这样大，恐怕不是一个人能做得了的。我估计，平天浩绝不是为自己做事，他是为某组织在做事。

郭晓雨的分析正好吻合戈桐心里千百次想过的那个推测。为谁做事呢？一个把网撒向全国的组织就不是一般的组织，这样的组织没有国家作为后台，是不可能有这样的经济实力的。莽秀明一事，更坚定了他要把事情弄清楚的决心。

戈桐决定在 U 市待几天。

他让郭晓雨和司机在旅店休息，自己带着相机，开着车，来到莽秀明公司门口，他要跟踪一下，如果她有后台，晚上肯定会与人见面的。

不出他所料，下班后，莽秀明穿着入时，脚蹬高跟鞋，胳膊上挎着小巧时尚的坤包，一身乳白色的西服套裙使她的身材更加性感。她开着一辆宝石蓝颜色的跑车，估计在 U 市也没有几辆这样时髦的车。她一上汽车，就飞速地上了公路，一下子消失在公路的尽头。好在戈桐开车的技术蛮好，否则，就让她甩掉了。

来到一家不算太豪华的饭店，莽秀明把汽车停下来就进了饭店。戈桐也停好汽车，刚要跟上去，四个戴着墨镜的男人从一辆汽车中走了出来，慢慢地向他靠近。他知道事情不好，仍然镇定地说，你们要干什么？你们是什么人？我可是警察。那四个人一声不吭，走上前就拳打脚踢，把他打得躺在地上。

戈桐脸上青紫，鼻孔流着血，腿上和腰上都受了伤。他挣扎着爬了起来，一瘸一拐地走到电话亭，拨通了郭晓雨的电话。

"我说你呀你，为什么不让我跟你在一起呢，肯定是那个女人派人打的，戈桐，我们还是离开这里吧，再查也查不出什么的。"郭晓雨风风火火地赶来，把他送到医院检查。他倒没有什么内伤，拿了点药水，就回到了旅店。

戈桐躺在床上，有一种说不出来的痛苦，他知道越是这样，越说明这个案子有重大问题，否则，对方不会不配合的。

"不，我一定要调查到底。"他挣扎着从床上爬起来，摇了摇头，语气坚定地说，"小郭，你想想看，这个莽秀明要是没有问题，绝不会这样的。我一定要把这七个人的情况调查完，只有这样，心里才有数。"

"那……"郭晓雨叹了口气，说你现在这样的情况，没有一个星期是恢复不过来的，后面几个人的情况我们还查不查？时间长了我怕……沐处那里不好交代啊！她的忧虑也是有道理的，如果陈志明知道沐剑锋插手，恐怕会动用全部关系，那个时候，就不好办了。

"这……"他一时语塞。

"要不这样吧，从这里到 O 市也没有多远，让我一个人去查翟超和苏美丽，看看她们两个现在做什么。你放心，我不会像你那样傻的，我会慢慢地问，见好就收，这样，等你的伤好了，我也就回来了。什么也不耽搁，你看如何？"郭晓雨提出了一个两全其美的办法。

"好是好，我怕你一个人再出点什么事，我不好向沐处交代啊！我一个男人，出了事没有什么，你不同呀，一个女孩子。"戈桐实在不愿意把这样一个危险的工作交给她干。

郭晓雨说，不是还有司机嘛。你放心好了，我会平安回来的。郭晓雨安排好戈桐，一个人带着司机去 O 市调查翟超和苏美丽去了。

戈桐一个人待在旅店里养伤，给路晓丽打了个电话，诉说了自己的遭遇，要不是他极力劝阻，她立刻就要坐火车赶过来。

三天后，他恢复得差不多了，自己又一瘸一拐地到医院拿药，不小心摔在马路上起不来了，一个叫林夕的女孩子特地把他扶到了医院，又打车把他送回了旅店。他十分感激，一个劲儿地说谢谢。

林夕听说他是警察，是来 U 市办案的，更是瞪圆了眼睛说，我从小就喜欢当警察，可惜没当上。警察哥哥，你在 U 市有什么案子办？我帮着你，我在一家公司工作，反正也不忙。林夕露出二十多岁女孩子特有的朝气，叽叽喳喳的，倒给戈桐带来了从未有过的快乐。

一天后，林夕又来了。

"警察哥哥，我带你到我们 U 市水上公园玩玩，那里可好玩呢，你会高兴的。"林夕抓住戈桐的手，一定要拖他去。

他拿这个女孩子没办法，故意责怪地说："林夕，你老往我这里跑，你父母知道了会骂你的，还是回去吧。过几天我的伤好了，我就要离开 U 市，你有空到东昌市来找我，我认你这个妹妹了。"戈桐心里有一种从未有过的怜爱之情。

林夕歪着头，说："让我叫你大哥吧，大哥，不要老把我当小孩子，我今年已经二十二岁了，你比我大不了几岁，我父母说，我不懂事，找对象就要找一个比自己大的，好照顾我，你愿意照顾我一辈子吗？"她半开玩笑半认真地说。

戈桐心里"咯噔"了一下。

跟她在一起，他从未往这方面想，一听她的话，自己倒先脸红了，摇着头说，你疯了，净瞎说。走吧，我们去水上公园。两个人在公园玩到下午五点多，找了一家餐馆吃饭，他心里被一种情绪折腾着，多喝了几瓶啤酒，人就有些醉了。

林夕关心地问他案子的情况，戈桐先是不肯说，经不起她的纠缠，就一五一十地告诉了她。

林夕皱着眉问，照你这么说，和平市的市长和东昌市的市长都有问题了，是吧？你就不怕他们找你麻烦？戈桐有些脑袋发热，说有什么麻烦可找的，我们依法办事，很快就会拿到他们犯罪的证据。好了，不说了，不说了。林夕，刚才说的话可千万不要告诉别人，知道吗？你可不要害哥哥啊！他有些后悔，怕她真的说出去了，会有麻烦。

他问她知道不知道莽秀明这个人，林夕摇了摇头，说不知道。

"大哥，我们回旅店吧，看你醉的。"她娇嗔地说。

"好，好，听你的，我们回旅店。"戈桐埋了单，摇摇晃晃地出了餐馆，打了车，回到了旅店。

林夕说，大哥，我在你这里洗个澡再回家，行吗？

戈桐倒在床上，说洗吧，洗吧，不洗白不洗，反正又不要钱。她就脱了衣服，走进了浴室。

戈桐脑瓜子发热，朦朦胧胧的，有些话不想说，但不知道咋的，就说出来了。

"我怎么了？"他使劲摇了摇脑袋，觉得异常沉重，仿佛被什么东西箍得紧紧的。总觉得心底里有一种什么冲动，他明知这种冲动十分危险，却控制不住自己。他从不抽烟，却从包里掏出招待别人的香烟，点燃了一支，想极力控制自己，但越是这样，就越是烦躁。

45

从浴室出来，林夕更显得清新靓丽。她坐在床前的玻璃镜子前梳理头发，丰腴的脸庞，白里透红，黑白分明的眸子，在细长的睫毛下闪动。她穿了件宽松的衬衣，扣子之间的缝隙处，正好看见她丰满而有弹性的乳峰随着双臂的动作在上下颤动，整个房间都散发出一种诱人的女人特有的气息。

戈桐亢奋了，使劲儿地咽了口唾液。他脑子有些空，把路晓丽忘记了，更忘记了沐剑锋在他临来时的交代，只瞪着一对空洞的眼睛看着她。

"大哥。"林夕喊了一声，没有听见回声，这才转过头，发现他一对眸子露出那种灼人的光，一时脸红了。

"看你，大哥，你怎么这样看我呢，让我害怕。我好看吗？我不是说嘛，你愿意不愿意照顾我一辈子，你又不回答我。大哥，我一看到你就喜欢上你了。真的，骗你是小狗。你要是喜欢我，你就来吧，反正我也不在乎。"林夕似媚似哆的口气，像一桶油倒在火里，更是激起了满天的火光。

戈桐脑子一时有些晕，他揉了揉眼睛，想让自己大脑清醒些。哪知道她走到了他身边，解开衣扣，拿起他的手放在自己柔软的酥胸上。

他慌了，感到天旋地转，脑子里什么也没有了，一片空白。只感到夜幕的灰幔把自己整个罩住了，什么也看不见了。

她完全变了一个人，再也不是那种笨拙的女孩子，她熟练地操纵着这艘航船，按着自己的意志驶向彼岸。桌上的摄像机开始了工作。

"对不起，林夕。"戈桐满身是汗地清醒过来，觉得有一种内疚和歉意。"是哥哥不好，哥哥是坏人，欺负你了，我真该死啊！"他帮她披上衣服。

"大哥，你不要自责，这是我自愿的，我喜欢。大哥，我明天就要到上海办点事，我会永远记住你的，有空一定到东昌市找你。"她再次倒在他怀里，吻着他。

戈桐点点头，把自己手机号码告诉了她，说，如果你愿意，我可以照顾你一辈子。

林夕从楼上下来，一个戴着墨镜的女人站在大厅一角，她把一个信封交给她，朝她笑了笑，什么也没说。

林夕接过信封，放进坤包，转身离开了旅店。

一会儿，两个男人来到女人身边，小心翼翼地说，莽姐，一切OK。莽秀明笑了笑，带着人离开了旅店。

尼尔看了摄像机里的录像，又听了录音，满意地笑了。对莽秀明说，你做得很好，我不会亏待你的。你现在的任务就是把公司经营好，我们需要它为我们的事业服务，知道吗？其他的事情你就不用管了，我会有办法的。他拍了拍她的脸。

"托比，噢……对不起，你叫尼尔。尼尔，是不是卫梅把我们的事情全暴露了呀！为什么警察找上我们了。你们到底让她们做了什么？我给苗圃打过电话，她吞吞吐吐地不肯说。我到现在也没有弄清楚，你们协会到底是做什么的？对了，我问过她们了，你弄那么多病历档案做什么，有什么屁用？"莽秀明瞪着一对圆圆的眼睛问。

"没有什么屁用。"尼尔搪塞着说，有的人感兴趣，我可以换几个钱花。你不要多心，对你，我从来不隐瞒什么。卫梅、苗圃和米冰倩的事真的跟我没有什么关系。是她们在处理情人的问题上犯了错误。一个女人，不能同时跟两个男人玩爱情游戏，何况这两个男人都是人物，你说对吗？我们通过你，收买政府官员，虽然违反中国的法律，也是没有办法的事啊！我们要在中国做买卖，就必须这样做，否则，我们什么事也办不成。

手法一样，尼尔通过莽秀明，把一个年轻的副市长拉下了水。拉下水以后，那个副市长就断绝了与她的交往。她弄不清楚尼尔在这其中扮演了什么角色。更不知道他是如何跟那个副市长打交道的。通过这笔交易，她也获得了大把金钱，过着十分舒适的生活。她害怕尼尔，又离不开他。戈桐的出现，开始在她平静的生活中注入一种让人战栗的种子。

她当然知道这个男人有办法。

"尼尔，你今天就离开 U 市了，我还能为你做点什么？"莽秀明坐在他的身边，问道。

尼尔摸了摸她的脸，吻了一下。你什么都不用做，如果还有人问你在 P 医院的情况，你搪塞两句就行了。问卫梅她们的情况，你就说不知道。其他什么话也不要说。你记住，如果你多说了一句与此有关的事情，我救不了你。我们不会害你，我们都是为你好。

她点了点头。

46

戈桐的身体完全康复了。

郭晓雨也把 O 市的翟超和苏美丽调查完毕了，两个人刚约好了到 Y 市汇合，调查沙欣和欧阳倩，沐剑锋的电话就打来了，让他和郭晓雨马上赶回东昌市。

沐剑锋没有说什么事，只告诉他，明天晚上一定要赶到。

戈桐一听他的口气，也不敢说什么，答应一声就给郭晓雨打电话。郭晓雨接到戈桐的电话有些惊诧，刚想问什么，他就说，沐处来电话了，听那个口气，恐怕厅里出了什么事，我们还是先回去吧。

两个人于第二天下午赶回了厅里。

沐剑锋脸色铁青，一见他们俩进来了，一句话不说，就带着他们来到李子霖的办公室。

李子霖也满脸愠色，把一沓照片甩在戈桐面前。

戈桐拿起来一看，天呐！他惊呼了一声，这是他跟林夕做爱的照片，怎么……怎么到了李子霖的手里，难道她……她也是莽秀明的诱饵？他不相信，死也不相信，跟他第一次上床的女人会是……一个美好的梦想在他心里轰然倒塌。

"我没有什么解释的，我愿接受组织的处罚。"戈桐面无表情，承认了自己跟林夕做爱的事实。他不想解释什么，他知道越解释越解释不通。莽秀明既然做这样的套，他就是有一万张嘴，也说不清楚。

李子霖又把一盘磁带插进录音机。

里面传出了他跟林夕的对话。

这次，戈桐再也坐不住了，连沐剑锋也从椅子上弹了起来，说完了，这次算完了，彻底完了。戈桐，你走之前，我反复交代你，叫你不该讲的千万不要讲，为什么还犯这样的错误呢？你难道忘记了以前的教训吗？

李子霖重重叹了一口气，十分心疼地说，我们先不讨论对方为什么要这样做，我告诉你戈桐，这是东昌市政府昨天收到的"礼物"。市委书记把我和厅长找去了，十分不满。省政法委书记也找过我了。无论我们现在如何怀疑罗英彪，但他现在仍然是市长，正厅级干部。调查他，要经过相当一级领导的批示，这你应该知道。案子还没有一个眉目，很多事情我说不清楚，你也说不清楚。公安机关是专政的工具，是为国家和人民的事业服务的。戈桐，你……你让我伤心，让我心疼啊！

"厅长，我错了。"他低下了头。

"厅长，我也有责任。"沐剑锋也垂着头，再一次向李子霖检讨自己的工作。

他知道，李子霖面临的处境有多难。从柯天星的经历，到戈桐的遭遇，他真正地感到，面前这个对手的可怕。这不是一般的窃密案，你抓到了犯罪证据就可以了，这是一种无孔不入的渗透，你弄不清楚他们在什么地方，做了什么工作。显然，利用扶贫协会，下岗就业协会，他们的目的就是彻底动摇党在基层的组织，组建属于他们的网络，一旦有风吹草动，这些组织摇身一变，就会成为一些团体，而且，他们在最贫穷的地方下手，更是可怕。他们收买我们的政府官员，打造属于他们的队伍，以廉洁爱民的面目出现，这种假象，可以迷惑相当一部分领导干部。

沐剑锋越来越感到卫梅之死后面的阴谋的可怕。

那么，罗英彪和陈志明陷入得有多深呢？平天浩他们又在多少个地方和多少个部门，打造了像陈志明和罗英彪这样的干部呢？省公安厅，下面的公安局，他们都插手了一些什么部门？这个问题是沐剑锋和李子霖拿不准的。但是，在查处"社会经济研究协会"中，他们已经发现了几笔资金来自国外的民主基金会，这就证明，他的背后，是国外敌对势力无疑。

"剑锋，你在想什么？"李子霖问。

"噢，没想什么。厅长，我知道我们的处境，我同意你的意见，把戈桐调离，我想过了，请你把二处的龚超调给我，我让他和晓雨做搭档。他是一个老同志了，风风雨雨都经历过，我想，不会有什么问题的。你放心，我一定会找到案子的突破口，我知道证据在这样的案件中的重要性。"沐剑锋看着李子霖说道。

"我……"戈桐对这突然的安排感到不可接受。郭晓雨也想说什么。

沐剑锋马上说，我告诉你吧，上面一定要让你辞职，离开省厅，是李厅长保下来的。依照纪律，开除你也说得过去，你不要有什么委屈。

李子霖马上挥了挥手，剑锋，什么话也不要说了，戈桐，我知道你不是有意的，如果你有意泄露案件内容，我绝不轻饶你。在这件事上，你是吃了年轻的亏。戈桐，接受教训吧，不要以为我们的工作没有腥风血雨，我告诉你，它比战争年代有过之而无不及。战争年代，我们知道谁是敌人，谁是朋友，知道什么是枪，什么是刀，而现在分不出来。我们面对的，是一伙西装革履、道貌岸然和彬彬有礼的家伙；是一些操着温情，貌美如花，却毒如蛇蝎的女人。要做好我们的工作，仅仅靠对党的绝对忠诚，对人民无限热爱还不够，还要精干内行。也就是说，要有做好我们这行工作的职业技术水平。

"厅长，我懂了。"戈桐说。

李子霖挥了挥手，戈桐和郭晓雨离开了房间。

李子霖问沐剑锋，下一步打算怎么办？他说了自己的计划。

李子霖皱起了眉，这件事有些棘手，弄得不好，我们没有一点退路。他想了想，又看了沐剑锋一眼，下决心说，剑锋，你放手干吧，出了事我顶着。我们到现在还没有找到平天浩的资料，部里也为此有些急，但这件事情的确是我们面对的、从未有过的新案件，它反映出来的现象，我们已经以另外一种形式向上面作了汇报，中央和部里都高度重视，要求我们一定要调查清楚，彻底查清这个案件背后的黑手。他拍了拍他的肩膀。

沐剑锋感到肩上沉甸甸的。

他回到了办公室，详细听取戈桐的汇报。

为了工作的交接，沐剑锋把龚超也叫来一块听。龚超四十多岁，是公安系统的老人儿了。他见了戈桐，什么也没说，只拍了拍他的肩膀。沐剑锋已经把情况向他通了气。

戈桐说完莽秀明的情况后，郭晓雨把去 O 市的情况讲了讲，从调查的情况来看，O 市的两个人，翟超和苏美丽都接触过省委领导人的保健工作，都有机会接触省委领导的病历档案，但翟超已经离开了红旗医院，到一家外资医院去了，苏美丽仍然留在跃进医院，这所医院也是省委定点医院，负责厅级局干部的体检工作和省委领导的常年保健工作，所以说，她们都具有获取省委领导身体健康状况资料的可能。我弄不清楚，他们收集领导人的病历档案做什么用呢？难道就是为了更好地爬上高位，我有些想不通，我也从来没有听说过，有通过这种手段爬上高位的。她找不到答案。

沐剑锋虽然推测了种种可能，有些事情也不是完全清楚。

"戈桐，等下你把情况向老龚再讲讲。从调查来看，除了 Y 市的沙欣和欧阳倩我们没有接触外，其他的人我们和柯天星已经接触过了。已经知道得差不多了，我推测，如果陈志明参与了此事，他也不过是其中的一枚棋子，他不可能把手伸向这么多省市，唯一能解释清楚的就是北京那个什么'社会经济研究协会'的平天浩和鄢野原，是他们操纵了这一切，他们为什么操纵呢，唯一能解释的就是，这是国外情报机构改变中国颜色的一个重要阴谋。"沐剑锋说出了自己的看法。他的分析，把龚超吓了一跳。

"沐处，有这么严重吗？"他疑惑地问。

沐剑锋看了戈桐一眼："你说呢？"

戈桐摇了摇头。

"我了解过了陈志明是怎样当上的副市长和市长的。前两年，市里要从知识分子里选拔一位副市长，陈志明是工科出身，学历和年龄倒是符合条件，但是当时根本没有把他放在候选人之列，是省委一位领导打了招呼，这才列入候选人。你还不知道现在的官场，一看上面对陈志明如此重视，以为有什么关系，他就这样当上了副市长。他跟东昌市的罗英彪有同样的经历，也是前后当上副市长的。我可以肯定，在陈志明和罗英彪的仕途上，卫梅她们起了穿针引线的作用，米冰情也有可能是在这个时候认识陈志明的。"戈桐把这些天来调查的情况，加上自己的分析，厘清了一下自己的思路，逻辑分明地说。

"那他们为什么要杀这三个女人呢？"郭晓雨问。

"问得好。"戈桐点着头说，"你问得好。关键就在这里，她们掌握了对方的秘密。你想想看，如果她们说出了什么，那么陈志明的乌纱帽能戴得住吗？沐处，你说我分析得对吗？我觉得这件案子，现在关键是米冰情，如果她这次真的死了，我们将陷入困境啊！通过我这次出事，他们已经知道我们插手了此案，后面的工作将会更加艰难。"

沐剑锋同意他的分析。

"好吧，戈桐，今天我们就商量到这里，等一下你把有关情况再向老龚讲一下，老龚，我今天有点事要处理，明天上午我们再碰头，研究一下这几天的工作安排。"

他们一走，沐剑锋拨通了阮眉的电话。

"阮眉，辛苦了。"第一句话就透出温情。阮眉有些哽咽，半天才有声音。她说剑锋，有你这句话，我知足了。从目前的情况看，冀南方仍然是外松内紧，看样子，他已经掌握了柯天星的藏身之处。我找过路晓丽，她吞吞吐吐地不肯说。我推测，他是从路晓丽的神色中判断出了什么。今晚我跟踪她一下，很有可能发现柯天星。

沐剑锋停了一下，没有告诉她戈桐的情况，说出了自己考虑。

"好，我按你的计划办。"她没有犹豫。

"阮眉，这个计划有些冒险，主要是你有危险。但不这样，我们就无法找到冀南方的犯罪证据。阮眉，我只能用你来完成我的冒险计划，别人，我是想都不会想的。你明白我的意思吗？"沐剑锋在抑制自己的情绪。

"剑锋，我明白。为了事业，我义无反顾。如果我真的光荣了，请你记住我，永远记住我，我爱你，一生一世。"沐剑锋听完她的话，眼睛潮湿了。

47

柯天星和米冰倩住在路村，已经有些烦了。

"冰倩，这路晓丽搞什么鬼，让我们老这样待着，这能办成什么事。我要离开这个地方，哪怕有危险我也要走。老这样待下去，冀南方肯定会发现什么。我太了解他的为人了。"柯天星看着她，在房间里来回走动。

"天星，你不要急呀！"她靠在他身边，说路晓丽是我们联系外边的唯一途径。她冒着危险帮助我们，绝不会害我们的。恐怕是我们走不了，一走，就有可能落入他们之手。这一次，他们不会让我们活着，他们会痛下杀手，会制造一个我们反抗而被击毙的现场。我太了解他们了！

"有这种可能。"柯天星点了点头。

"那就等等吧。今晚她要过来的，问明了情况我们再作打算。天星，你记住，你的命已经不是你的了，你身上系着两条人命，知道吗？如果你有什么三长两短，我绝不偷生。"她倒在他怀里，流出了热泪。

他抚摸着她，点了点头。

这段时间的患难与共，使两个人的感情更加亲密无间。她向柯天星讲了她与陈志明交往的细节，讲了她与罗英彪交往的经过，讲了他们两个人爬上高位的过程，但是，对于平天浩是如何通过省委领导把他们弄上市长的位置，她不清楚。她还讲了在 P 医院进修的经过，说平天浩做没做其他七个人的工作，她不太清楚。但她没有讲苗圃和谢小东之间的事，为什么没有讲，不清楚。柯天星再次问到那件东西，她仍然不肯说。

"冰倩，你到现在还不相信我？"

"原谅我，天星，正因为你在我心中的分量太重，我才不告诉你，到了北京，我们安全了，我一定告诉你。你不知道，平天浩的网络太可怕了。我知道的也只不过是冰山之一角。我已经死过一回了，我不怕，但你不同。国家需要你这样的人，警察队伍里需要你这样的精英啊！天星，到现在我才明白你的固执是一种多么好的品质啊！陈志明、罗英彪、李先进、隗南、任四海，包括刘清……没有一个人把国家利益放在心上，只有你，为了弄清事实真相，身败名裂也在所不惜。"她抚摸着他那张长满胡须的脸，感慨万端。

"冰倩，平天浩为什么有如此的把握把陈志明、罗英彪提为副市长，难道省委真的有他们的人？还是……"柯天星仍然有些不解。

"这个……他这个人做事十分缜密。我不知道他利用什么关系买通了什么人，但可以肯定，他们花了钱，下了功夫。卫梅、苗圃没有跟我说过……卫梅好像知道些什么，但她不肯说，我也就没有多问。我看得出'他'遵守的是直线的工作方式，那就是说，你只能知道你的事，别人的事是不可能知道的。'他'对让我和卫梅、苗圃都参与了陈志明、罗英彪的收买工作感到后悔。我感到这个人，这个组织太可怕了。我实在弄不清楚，'他'在和平市、东昌市和龙川市还收买了什么人。所以说，我现在不告诉你那份资料的内容，就是为了保你平安啊！"她吻着他的脸，柔情万分地说。

柯天星没有再问，他知道瓜熟蒂落的道理。

他笑了笑，在她脸上亲热地吻了一下，牵着她的手，走出了小院，走进了田间。已经是秋天的时节，田地间到处是一片丰收的景象。柯天星深深地呼吸着，感慨地说，我一闻到这青草和泥土的气味，就会感到从未有过的惬意和舒畅。我觉得世界上没有哪一种味道胜过它。我虽然在城市长大，但儿时是在乡下度过的。儿时的记忆，永远铭记在我的脑海。冰倩，你说我们一生的奋斗为了什么？金钱、名利还是爱情？

"你成哲学家了，天星。"她看着他那张认真的脸，扑哧一笑，说你呀你，我还以为你是一个粗人呢，没想到你能提出如此深奥的问题。这说明你的确是动脑子了啊！怎么说呢，如果没有这些经历，也许我马上就可以回答你，现在我有些为难了。很多人知道官场丑恶，知道它风险太大，之所以还钻营投机，往上爬，就在于它有太大的利益，而这种利益几乎是经商达不到的。金钱的好处是实在的，是看得见摸得着的。而爱情太撩人了，又太虚幻，也正因为如此，人们从未中断过追逐。有时候，人们喜欢生活在梦的世界，我也是如此。

"难道你我的爱也是虚幻的？"他问。

"不。"米冰倩停住脚步，踩了踩地下的土地，双手箍住他的脖子，认真地摇了摇头，深情地说，天星，你看我们脚下踩着的这块土地，我们的爱像它一样坚实。不管你以后如何，我对你的爱将伴随着我的生命终结。我永远都是你的，包括我的生命。人们说爱是生命的血液，的确如此，假如把我身体里的爱抽走，我的生命也就没有了。

柯天星紧紧把她搂进怀里。

从田间回来，已近黄昏。他们吃完房东做的饭，在院子里坐到九点多钟，洗刷完毕就躺下了。两个人享受着这种患难之中的爱情的甜蜜。

晚上九点半，路晓丽借了一辆摩托车出发了，她要去路村，告诉柯天星和米冰倩，可以离开和平市了。她订好了明天晚上十点钟从东昌到北京的火车票。她准备到时候借一辆汽车送他们去东昌市。

路晓丽被停职，无事可做，每天只是去局里报到一下。冀南方和刑警队的领导都不太愿意管她，她愿意做什么就做什么，反正就是不能插手案件调查，工资不少你的。

摩托车后面不远处，也是一辆摩托车，再后面，却是一辆桑塔纳轿车。

路晓丽把摩托车停在村口，就悄悄地溜进了村子。她根本没有注意到后面跟着的人。而后面的黑影也没有注意他的后面还跟着一个人。

听到熟悉的敲门声，柯天星从睡梦中惊醒了，这就是职业刑警特有的本领，无论睡得多沉，只要有一丝动静，他们都能立刻清醒。而此时的米冰倩，已经睡熟了。

他打开一条门缝，发现是路晓丽。

"晓丽……"

柯天星溜出门，一把抓住她的手，显出从未有过的激动。"谢谢你，没有你，柯天星早成了冀南方的枪下鬼了。老耿好吗？局里有什么动静？"他急不可耐，问了一大堆，弄得她回答不过来。

路晓丽瞪了他一眼，从门缝往里一瞧，在皎洁的月光下，米冰倩只穿着内衣内裤，朝内侧睡熟了。房间里散发着那种撩人的气味。

路晓丽从心里笑了一下，有一股酸楚，马上把他拉到院子一边，向他说了局里发生的事情，讲了戈桐被调离的经过，说公安厅都奈何不了他们，你千万要当心些。

柯天星一听戈桐的事，大惊。

"他真的被调离了？"

"是，我去了一趟东昌市，戈桐把事情的经过都告诉我了。他落入了别人的圈套。也怪他脑子糊涂，见了女人就动不了身子，跟你在北京时一模一样。那个叫林夕的女人录了像，要不是李子霖保他，恐怕得开除公职。我也不理他了，哼！犯这样的错误，永远不可原谅。"路晓丽气得鼓鼓的。

柯天星顾不得劝她，只一个劲儿地叹气，这样一来，破案的难度更大了。原来我把全部的希望都寄托在沐剑锋他们身上，带着米冰倩到北京，拿到那份资料，就奔省城。没想到弄成这个样子。看来，平天浩的势力的确不可小觑。

路晓丽说，她到底怎么了？那份资料如此重要，她为什么不现在告诉你，交给你。柯天星，你已经跟她这样了，为什么不想想办法。我看你呀！天天跟她泡在一起，迷糊了吧。等我问问她，她到底是个什么意思。

路晓丽说完，就要往屋子里面走去，被他拉住了。

"晓丽，你听我说。"他告诉她，资料不在她身上，就现在的状况，拿到了资料也送不出去，我不想为了这事把你也牵扯进来。我只要离开和平市，很快就能到北京，到时候我一定把东西交到部里，我相信，平天浩就是有天大的本事，也不可能把手伸到那里。

"好吧，我听你的。"她放下了手，说明天晚上也是这个时候，我过来接你。你在村口等我。记住，明天哪里也不要去，防止出现什么不测的事。我看得出，冀南方已经下了狠心了。

"你也当心。"他叮嘱。

"我用不着你关心，你关心你的米冰倩吧。柯天星，告诉你，可不要忘记了西门红霞，她可是老打电话问你的情况。哼！我现在才知道，你们男人没有一个好东西。西门是个多好的人呀！你竟然……你的事我懒得管。"路晓丽明显对他不满。她做梦也没有想到，一个如此不修边幅的男人，漂亮的米冰倩竟然看上了他。她觉得他肯定要了什么手段。

柯天星嘿嘿地笑了。

"你笑什么，说得不对吗？"

"对，对。晓丽，男女之间很多东西是没有规律可循的。我也没有答应西门什么。你爱得戈桐要死，他犯了错误，你也不能原谅他吗？这就是爱，爱得不到，就生恨，我希望你原谅戈桐，他没有做错什么，只不过犯了每个男人都可能犯的错误罢了。"他笑着劝她。

"不行，我永远也不能原谅他。"路晓丽"哼"了一声，就往外走，走出几步，又叮嘱他，我交代的事千万不要忘记了，我感到冀南方已经离我们不远了。不要告诉米冰倩我来过，不要把什么事都告诉她，你呀你！跟戈桐一样，挺精明的一个人，见到女人就糊涂。

他要把她送到村口，她拒绝了，调侃说，快回去吧，搂着她睡觉，多么美妙啊！说完，一会儿就消逝在黑暗中。

柯天星返回院子，一个黑影一闪就不见了。

"见鬼，难道有人跟着她过来了？"他浑身一个激灵。揉了揉眼睛，站在那里听了半天。一切寂静，连虫鸣的声音也没有变化。他又怀疑是不是自己看走眼了，还是产生了幻觉。

回到屋里，他瞪着眼到天亮。

48

难熬的白天总算过去了，柯天星盼到了天黑。

"天星，我们能走出和平市吗？我真害怕落到他们手里，我死不足惜，我就怕你……昨天路晓丽来，你为什么不喊醒我？她进屋了吗？我的睡相是不是特难看。"米冰倩得知路晓丽来过，把他一通埋怨。

柯天星朝她笑了笑。

他拉灭了灯，两个人就那样搂抱在一起，坐在床上。

"九点四十五分我们从这里走，我跟她约了十点钟在村口见面。路叔叔那边，我已经说过了。冰倩，你放心好了，只要我还有一口气，我一定把你带出去。"他抚摸着她的脸，充满着柔情。他看了看表，已经九点半了。

一个蒙面的男人推开了门。

"你……"

柯天星"你"字还没有喊出来，男人一刀就刺了过来。

他条件反射般把米冰倩往右边一推，可还是晚了半拍。因为男人已经计算到了他会把她往右推。这一刀正好扎在米冰倩的胸口，她喊了声天星你快跑，就昏倒在床上。

柯天星被激怒了，像一头猎豹，已经顾不上自己的危险，从床上猛扑过来。一边挥拳一边喊道，你是条汉子就摘下面罩，我倒要看看，我柯天星到底死在谁的手里。我知道，你不是杜苍宇，老杜绝不会做这样的小人之事。

两个人在房间里打得天翻地覆。

渐渐地，柯天星明白了什么。

"停，你是冀南方。"他站住。

对方站住，嘿嘿地笑了，拉亮了电灯，摘下了面罩。

"毕竟是老同学，怎么伪装也是逃脱不了你的眼睛。柯天星，久违了，我告诉你，你永远也逃脱不了我的手掌。不要怪我心狠，是你敬酒不吃吃罚酒，如果你当了那个分局长，就什么事也没有了，你不识抬举，竟然要一条路走到黑。我让你死得明白，卫梅、苗圃，包括床上的米冰倩，还有李先进，都是我的杰作。你肯定要问我为什么这样做，一句话，为了自己。"冀南方站在那里，手里玩弄着一把匕首，笑容满面。

"陈志明让你来的?"

"他算什么，他只是一条狗。收拾了你，我就要收拾他，用不了多久，和平市就是我冀南方的。我告诉你，柯天星，这个社会就是这样，胜者王侯败者寇，认命吧。"

柯天星抱着米冰倩，一个劲儿地呼喊。

"怜香惜玉了。你这样的人，永远都没有出息。一个女人算什么，告诉你吧，卫梅对我多好，世界上再也没有这样对我好的女人。为了需要，我仍然把她杀了。这有什么，只要有权力，什么样的女人没有。"他一副放荡不羁的样子。

"你混蛋，冀南方，我告诉你吧，不要被权力迷惑了。你以为平天浩他们是为你好吗? 他们是要利用你，是要改变我们国家的颜色。冀南方，假如你还有一点点做人的良心，你就放下屠刀，跟我去省城，把什么都坦白了。"他从一件衣服上撕下一块布条，使劲捆扎住米冰倩的伤口。

冀南方仰天哈哈大笑。

"你以为我是一只菜鸟，你以为我是一头笨猪? 我告诉你吧，我早知道平天浩是个什么样的人。他利用我，我利用他，世界不就是这样吗? 这有什么奇怪的。好了，跟你心爱的一起下地狱吧。杀她，我还真有些舍不得，一个多么迷人的娘们儿啊! 认命吧。"他的刀挥舞着刺过来了。

"你……"

柯天星早就料到了他这一招，在他刺过来的时候，一脚朝他下体踢去，哪知道他这一招也是假招，看柯天星踢过来了，身子往后一缩，躲了过去。

柯天星放下仍然昏迷的米冰倩，往后一个倒退，想从下盘击倒冀南方。冀南方也不是泛泛之辈，早就料到了，迎着他的脚就是一下，把柯天星踢得倒在一边，疼得抱成一团。

冀南方哈哈大笑，我让你心疼女人，我告诉你柯天星，你这样的人根本就不能爱女人，因为你保护不了她。说吧，有什么遗言，看在我们同学一场的面子上，我帮你带到。他一步一步地向他走过去，拿在手上的刀还滴着血。

"咚！"

一个戴着黑巾的人破窗而入，一个翻滚，站在了冀南方面前。

冀南方连问都没问，挥刀就刺了过去。来人往旁边闪了一下，脚就朝他的小腹踢去，冀南方连忙迎战，不料此人踢出的脚半路却收了回来，一拳打在冀南方的面门上，疼得他号叫着。

"你这个贼婆娘，到底是哪一路的，快说，我冀南方不跟无关的人过不去。"他已经从身形上判断出袭击他的是个女人。他一边说着，动作并没有停。

"我是东昌市来的。"

"史新民的部下？"

"让你猜对了。"

冀南方"啊"了一声，你是西门红霞？怪不得手法如此麻利，不愧是刑警学院的高才生，对不起了，西门，你要搅到这里面来，也怪不得我了。说完，拳头一下紧似一下。

柯天星也爬了起来，前后形成了对冀南方的夹攻，就是这样，也没有对冀南方形成威胁。看来，冀南方能爬到公安局长的位置，也是有真本事的。

三个人越打越紧，柯天星伤着腿，又记挂着躺在床上的米冰倩，渐渐地有些支持不住了。

就在这时，外面响起了脚步声。

一个熟悉的面孔推开了门。

冀南方"啊"了一声，就呆住了，怔怔地站在那里不知所措。

"冀局，久违了，我们又见面了，我没有想到在这样的场合见到你。我推测了千遍，总希望这个人不是你，没有想到……真的没有想到。你让我痛心啊！为什么要这样做呢。党和人民亏待过你吗？柯天星跟你一块参加工作，他什么也不是，却能为了正义，抛弃了一切。而你，却为了一己之私，杀了卫梅她们还不够，还要置柯天星于死地，你是不是太残忍了？"沐剑锋站在那里，几名全副武装的武警站在身后，边上还站着区虹。

沾满鲜血的匕首掉在地上。

柯天星抱着气若游丝的米冰倩，看着这一幕，呆了。

黑衣人摘下面罩，柯天星惊呼："你是谁？"

阮眉微微一笑，柯天星，我是省厅社团处的阮眉，这个是我的搭档区虹，这下你清楚了吧。她怎么样了？赶快送医院。几个人手忙脚乱，抬着米冰倩走出了门。

"冀局，我尊重你，多余的话我们就不说了，告诉我，是谁指使你这样做的，你的上线是谁？只要你交代了，我想你会得到一个公正的判决。"沐剑锋没有给他戴上手铐，冷冷地问。

"沐剑锋，我什么都不会告诉你的。你要逮捕我，没有省检察院的同意，你休想。我是副厅级干部，不是你可以做得了主的。你手里没有我犯罪的证据，你永远也奈何不了我。"他站在那里，脸不变色心不跳。

沐剑锋笑了一下。

沐剑锋走到床前，从床底下取出一块砖头似的东西，不知他动了什么地方，里面马上传出了冀南方的声音。

他呆了，不知所措，倒退了几步，你……你难道早有准备？连这样的间谍器材都用上了。我告诉你，你这是违反规定的。我……他再也说不出话来，瘫在地上。

"说吧，谁指使你做的？"

"陈志明……他是领导，我……我没有办法。告诉你，卫梅曾经是他的情妇，他……怕她泄露自己的事，才让我……他答应让我做政法委书记。我这才……我也是一个受害者呀！"冀南方十分清楚，供出陈志明是早晚的事，他知道沐剑锋早就注意到了他。但他没有说自己与平天浩和部野原的关系，他妄想凭借他们的势力，如果有可能，或许还可以救自己，因为自己掌握了他们的犯罪证据。

沐剑锋没有想到，冀南方如此精明的一个人，竟然一下子垮了。他挥了挥手，武警把他带下去了。

一伙人来到村口，汽车已经把柯天星和米冰倩送往医院去了。

路晓丽赶来了，得知沐剑锋抓了冀南方，大惊。她认识沐剑锋，连忙跑上前，一个劲儿地问，沐处，这到底是怎么回事？你怎么敢抓冀南方，他可是和平市的领导呀！

"谢谢你，晓丽。"沐剑锋握着她的手，是你把他引到这里来的。他是杀害卫梅她们和李先进的凶手，米冰倩也伤在他手里，还不知是死是活。

路晓丽一听，呆呆的，问清了柯天星去的医院，马上发动摩托车，飞快地走了。

沐剑锋站在黑漆漆的农田里，给李子霖打电话。他看了看表，已经是凌晨两点多钟了。

"李厅长，是我。"他汇报了事情的全部经过，特别详细说了抓捕冀南方的经过，请示马上逮捕陈志明。

李子霖说，你先回东昌市，等我请示了再答复你，反正他也跑不了。

沐剑锋说，案子十分复杂，如果再出现什么差错，恐怕会不利于案件的全部侦破。

李子霖说，陈志明是正厅级干部，没有省委的同意，我们无权逮捕他。冀南方是在犯罪现场被抓的，这说得过去，我们有权制止犯罪发生，特别是刑事犯罪。这样吧，你让武警把冀南方押过来，你马上去医院，要全力抢救米冰倩，她是一个重要的证人。

他还告诉沐剑锋，龚超和郭晓雨的调查还没有结果，我们要等综合情况上来了，才能全盘考虑。

沐剑锋同意他的意见。

武警押着冀南方回东昌市，沐剑锋一个人开着车，直奔和平市第一人民医院，他要去看望米冰倩，他明白，这是一个关键的证人。

沐剑锋心想，这个案子，虽然大部分情况已经清楚了，但是，平天浩为什么要杀卫梅，仍然是个谜。他们在全国有多少个这样的秘密社团，我们仍然不清楚。他感到肩头如此沉重。是啊！这不是一般的刑事犯罪，这是一起有组织、有目的的犯罪，是以颠覆中华人民共和国为目的的犯罪啊！

沐剑锋心情十分沉重。

49

阮眉他们坐在抢救室外的长椅上。

柯天星抱着头，一言不发。

路晓丽坐在他身边，一个劲儿地埋怨他，一个大男人，怎么就保护不了一个女人。阮眉疲惫至极，坐在那里打着瞌睡，人摇摇晃晃的，区虹站在那里，也显疲态。这些天来，她们实在太累了。

沐剑锋走了过来。

"情况怎么样？"他问。

柯天星摇了摇头，恐怕凶多吉少，冀南方这个王八蛋，我恨不得杀了他。

沐剑锋详细地问柯天星和米冰倩在一起的情况，柯天星说米冰倩告诉他平天浩是如何把陈志明扶上副市长宝座的，还说了罗英彪的情况，说了米冰倩在北京P医院进修时的情况。

"陈志明为什么杀卫梅？"

柯天星说，听米冰倩说，是卫梅在无意中得到了一份资料，而这份东西，可以置平天浩于死地。平天浩向卫梅要，她不给，又让陈志明出面要，她还是不给，又派了托比过来，她还是不给。卫梅怕有什么不测，把这些情况告诉了她和苗圃。我觉得，这份东西是揭开整个案子的关键。

"到底是什么东西？米冰倩为什么不告诉你，你们相处了这么长的时间，难道她连你也不相信吗？"沐剑锋有些不解。

"是的，她说如果我看了那份东西，必死无疑。她说平天浩不仅在和平市、东昌市、龙川市有势力，而且，他在外省也养了杀手。他的网络既严密又层次分明，一般人根本就不可能进入核心。她还说，到了北京，她一定把那份东西给我。唉！谁又知道出了这样的事。"柯天星悔之晚矣。

沐剑锋皱起了眉头。

"你们哪位是家属？"医生在喊。

几个人同时走了过去。医生说，那一刀伤着了肺部，流血太多，恐怕活不成了。我们给她打了一针，她现在清醒过来了，好像有什么话要说。医生让出一条路，大家都进去了。

米冰倩瞪着清澈的眸子。那对眸子，充满着对生的留恋和渴望，寄托着多少五彩的梦想。

柯天星大步上前，一把抓住她的手，泪如雨下。

这个走过多少坎坷，经历过多少磨难的坚强汉子，再也控制不住自己的情绪，嘶哑地喊着，冰倩，是我呀！我是柯天星，你有什么话就说。

米冰倩神志十分清醒，她紧紧攥住他的手，让他把脸贴在她的脸上。当他的脸靠着她的脸时，她伸出手，抓住他脖子上的项链，望着他，以十分微弱的声音说："天……天星，永……永远保护好它，它……它……"她再也没有说出一个完整的句子，手就垂了下来，闭上了眼睛，坠入了她那个永远的梦乡。

"冰倩……"柯天星伏在她身上，哭得惊天动地，让在场的人都十分动容。特别是路晓丽和阮眉，更是泪流满面。

沐剑锋马上给李子霖打电话，李子霖说我已经到了和平市，马上就到医院。

过了片刻，几辆奥迪汽车停在了医院门口，从汽车上下来了省委副书记兼纪委书记、省高院检察长、省公安厅副厅长等一大堆人。

李子霖带着他们走进了医院，来到了米冰倩的身边。

纪委书记亲自询问了冀南方的情况，听了录音。一行人马上坐车前往和平市委。

沐剑锋坐在李子霖身边。这个时候，已经是早上五点多钟了。

市委书记已经在办公室等着他们。

"同志们，情况有些特殊，这才把你们都请到这里来。省委听取了省公安厅同志的汇报，了解了案子的情况。现在已经基本确定，以平天浩为首的社会经济研究协会，是一个打着社团旗号，以扶贫、帮助下岗工人就业为幌子的间谍机构。他们的经费来自民主基金会。虽然我们现在还不明白他千方百计扶持陈志明、罗英彪，花钱为他们铺路的最终目的，但我们可以肯定，他们已经把手伸向了我们的中高级干部。这是国外间谍机构利用社会团体从事非法活动的最新证明。冀南方、米冰倩的口供已经证明了这一切。省委决定，以杀人嫌疑拘留陈志明、冀南方，由省公安厅具体办理。书记同志，你看……"省纪委书记以商量的口吻问。

市委书记马上表态，坚决执行省委的决定。

纪委书记说，我听过省公安厅同志的汇报，考虑到柯天星同志在案件中的特殊作用，我建议恢复他的警长职务，让他协助沐剑锋他们彻底调查这起案子。

市委书记马上把公安局党委书记叫了过来，当着省纪委书记的面，宣布了市委的决定。柯天星仍然和耿琦、路晓丽为一个专案组。

天刚蒙蒙亮，沐剑锋带人出发了。

陈志明的家离市中心比较远，七点钟，几辆汽车进入小区。为了不惊动居民，一行人悄然走上了四楼，敲开了门，这才发现陈志明不在家里。他的夫人说，他昨天晚上就没有回来，还在市委招待所住着。

一行人又直奔招待所，弄开他住的房门，陈志明伏在桌子上，已经死亡多时了。

沐剑锋向李子霖作了汇报，他马上决定，立刻赶往东昌市，拘留罗英彪，一刻也不要停。几辆汽车直奔东昌市政府。

路上，沐剑锋问柯天星，你觉得罗英彪的情况如何？

"说不准，很显然，有人把冀南方的情况告诉了陈志明，所以，他才自杀。"柯天星叹着气，沐处，你不要太乐观了，我了解他们，我从米冰倩的口中得知了陈志明、罗英彪的情况，但是你想过吗？他们通过类似的手段，到底把多少个陈志明、罗英彪送进了我们的队伍，我们无法推测。我觉得我们的首要目标是平天浩，只有通过他的嘴，我们才能发现对我们有用的证据。

"他可以不承认帮助了陈志明。"沐剑锋思索了一下说，"柯天星，你想想看，社会经济研究协会，是挂靠在 Z 省的正规社团，从这一点上讲，依照社会团体登记管理条例，我们顶多也就是说它违规。他们在我省的扶贫协会和下岗就业协会，都是登记了的。从这一点上，我们无法追究他的责任。陈志明已经死了，米冰倩她们三个女人也死了，我们还没有拿到对我们有用的东西。就是陈志明活着，站在你面前，你又能拿他怎么样呢？他会承认是平天浩帮助他登上市长宝座的？平天浩会承认他从事这些工作的真正目的？"

柯天星摇了摇头。

"根据我对冀南方的了解，他肯定没有讲实话。如果冀南方和罗英彪两个人，只要有一个人开口，我们就可以打破僵局，案子就会获得突破。我相信米冰倩，她不肯给我的那份资料，肯定能说明一切。唉！可惜了啊！她永远也不会开口说话……如果……如果这一切都没有结果。那只有从另外的七个人中寻找线索。我相信，你派去调查的龚超和郭晓雨会有收获的。"柯天星以肯定的口吻说。

沐剑锋没有接他的话，思绪却飞向了远方。

他挂记着龚超和郭晓雨，希望他们能有所突破。

还没有等他把思绪收回来，李子霖的电话打过来了，李子霖告诉他，省委再次研究了陈志明和罗英彪的情况，并上报了中纪委，中央首长认为，单凭米冰倩的口供不能直接证明罗英彪陷入了这起案子。他跟陈志明的情况不同，冀南方已经承认，是陈志明指示他杀害卫梅她们的，就这一点，就可以证明他参与了犯罪。为慎重起见，你们暂时不要惊动罗英彪，由省纪委负责谈话，有什么新情况再研究，你们现在要集中精力搜集平天浩犯罪的证据，听明白了吗？李子霖的口吻十分沉重。

"这……厅长，我们已经进入了市区，我怕他万一知道了什么，再出现一个跟陈志明一样的结果，我们线索可就断了呀！是不是……"沐剑锋想再说什么，被对方拒绝了。

"就这样。"李子霖挂了电话。

柯天星一听沐剑锋的话，有些急了，我给你们厅长再打电话，已经这样了，为什么不可以直接找他谈话？我可以推断出来，他们绝不会让罗英彪活着的。

沐剑锋阻止了柯天星的行动，不要争了，李厅长这样做，也是有道理的。回单位再说吧，我想还会有办法的。

汽车转了个弯，驶进了省公安厅大院。

省纪委书记一行，回到了省委大院。

"老李，你就不要参加与罗英彪的谈话了，我怕他一看见你，马上就会想到什么。我找他，他会放松一些，以为是违反纪律的事情呢。谈完话，我会告诉你谈话内容的。"纪委书记交代说。

李子霖点了点头，走了。

纪委书记先把省委组织部的同志喊了过来，询问陈志明、罗英彪提拔为副市长的经过。组织部的同志说，选拔过程都是阳光操作，我们在和平和东昌两市推荐的基础上，进行了多次民主测评，最终确定了他们两个人。在他们任职一年后，我们又下去征求了各方面人员的意见，反映相当不错，所以才同意市委推荐他成为市长的候选人。从总的评价来看，这两个同志的确不错。

组织部的同志不知道案子情况。

纪委书记又询问了和平、东昌两市主管组织工作的副书记，得到的结论是一样的。而且，所有的人对这两个人的反映都不错。

纪委书记叹了一口气，耳边响起了李子霖的话。"米冰倩告诉柯天星，平天浩要求陈志明、罗英彪严格要求自己，做一个好干部。"

想到这里，纪委书记浑身一震。他仿佛看到了平天浩那对鹰一样的双眼盯着自己，盯着身后那面鲜艳的党旗。"对的，这是国外间谍机关对我国渗透的一种新的形式，其目的就是要改变我们的颜色。"

"他们永远也不可能成功。"纪委书记一拳砸在桌子上。

"假的就是假的。再狡猾的狐狸也会露出尾巴。一个人可以欺骗一时，不可能欺骗一世。而且，就是他们上了台，也不可能扭转历史的进程。"他坚定地说。

是啊！历史不容颠覆。

50

罗英彪走进了纪委书记的办公室。

"罗市长，你坐，你坐。"纪委书记十分热情，倒了一杯茶，亲自送到他手里。"最近挺忙吧？东昌这么一个大市，也够你忙的。

找你没有别的事，随便聊聊。听说你跟一个姓苗的女医生挺熟，有这么回事吗？我只是听到了一耳朵，顺便问问，你知道，有时候一只虫子可能坏了一盘菜啊！"纪委书记淡淡地说。

"谢谢组织的提醒。"罗英彪十分自然，我知道这件事情的分量。在我没有当副市长之前，我就认识苗圃，后面就……就走到了那一步。和平市刑警柯天星曾经问过我，我承认自己在这件事情上有过失。但书记同志，那是我没有成为领导干部之前，成为副市长后，我就约束了自己的行为，但这有个过程。你知道，她知道我有可利用的价值，老纠缠我，我也没有办法。我知道你要问什么，我以党性向组织发誓，那个叫苗圃的女人之死，跟我没有任何关系。

纪委书记微微地笑了，谁也难以保证不犯错误，改了就好嘛。以前你是一个大学教授，现在你是一个市长，地位不同了，对你的要求自然就不同了啊！没关系的，说清楚了就好。

"你认识卫梅和米冰倩吗？"纪委书记问。

罗英彪怔了一下，脸刷地白了，瞬间又恢复过来了。"听苗圃谈过，好像……好像见过一两面，印象不太深了。你知道，市政府工作太忙，有些事情我实在记不清楚了。后来听史新民告诉过我，说卫梅被人谋害了，那个柯天星警长跑到东昌市来找过我，怀疑我与此事有关。我有些莫名其妙。我怎么……怎么可能牵扯其中呢。书记同志，我希望组织上认真调查，如果发现我与此案有关，我愿意接受法律的惩罚。"他说得极为认真。

"那么你认识平天浩这个人吗？"

"我第一次听说这个名字。"

罗英彪一听到这个名字，马上回避。他知道这个名字的分量。

书记没有再问下去，换了个话题，问他与陈志明关系如何，从昨晚陈志明自杀到今天，也就十几个小时的时间，沐剑锋他们严密封锁了消息，所以，关于陈志明的消息还没有传到东昌市来。书记知道，最晚今天下午这个消息就会满天飞。

罗英彪一听问到他与陈志明的关系，心里"咯噔"了一下，知道这件事越来越不对劲了。他弄不清楚对方到底知道多少，掌握了多少秘密。他不担心自己从教授到副市长、市长的过程，因为如何运作跟自己没关系，一切程序完全是按照省委组织部的要求做的。

至于平天浩他们花了多少钱，从法律上说，跟自己没有任何关系。他担心的是，他曾经承诺，在若干年后为平天浩他们做事，至于做什么事，他没问，平天浩也没有说，大家心里都有数。他害怕的是他跟平天浩的每次谈话，他们都录了音。这个是致命的。

"我跟老陈关系挺好的。无论从个人感情来说，还是两个市的关系，我们都处得不错。兄弟市嘛，相互帮助。何况我们都是那一批被选拔到副市长岗位上的。怎么，老陈他……"罗英彪十分平静，试探着想问什么，马上被纪委书记搪塞过去了。

"随便问问，随便问问。"

"哦……"

"英彪呀！你已经是中高级干部。这是党和人民对你的信任，你一定要记住一个干部的职责，那就是全心全意地为人民服务。我们党之所以成为伟大的党，就在于党是为人民谋利益的。组织上希望你尽心尽职，把工作做好。"书记说了一些鼓励的话。

如果沐剑锋调查的是真的，他也希望罗英彪悬崖勒马，回头是岸，彻底与平天浩决裂，把全部情况向组织上汇报。毕竟，他在市长的岗位上做了些工作，有些政绩是有口皆碑的。

"书记，我一定记住你的话。"他站了起来。

书记一直把他送到楼梯口，微笑着与他握手告别。

罗英彪一走，书记发现李子霖从对面的办公室走了出来。

纪委书记朝他笑了笑，无奈地摇了摇头，你呀你！进来吧，省得我再给你打电话。李子霖走进了书记办公室，纪委书记把情况简明扼要地向他说了一遍，从目前的情况看，我们没有任何理由拘留罗英彪。我希望你尽快提供有关证据。我总觉得他是一个不错的干部。

李子霖说，我会的，我一定会找出答案。陈志明自杀的消息是堵不住的，我想明天，自杀的消息就会传到东昌市，我们会利用这个情况，寻找到对我们有用的东西。

纪委书记说，好吧，我等着你的消息。利用社团从事间谍活动，这是一种新情况，中央十分重视，你要明白这个案子的分量。错不得的，这关系到一部分人的命运啊！纪委书记满脸忧虑。

从省委大院出来，李子霖的汽车很快就到了省公安厅。他走下汽车，走进了厅长的办公室。

汽车一出省委大院，罗英彪马上告诉司机，到邮电大楼办点事。汽车来到了邮电大楼，他让司机等一下，自己走了进去。他来到一个电话间，拨通了史新民的电话。他听从平天浩的叮嘱，一般情况下不用自己手机与对方联系。

对方一听是罗英彪，忙问，罗市长，您……

对方刚说"您"字，罗英彪马上轻松地说，"新民，没有什么事，我顺便问一下，和平市那个卫梅的案子如何了？有没有新的进展？那个柯天星现在做什么呀？我突然想起了他，觉得这个人是个不错的警察。"对方好像意识到了什么，说了句您等等，这才对着话筒小心地说，罗市长，您还不知道呀！和平市出大事了，听说陈志明畏罪自杀了。

"你说什么，新民？"罗英彪一听就急了。

"罗市长，您听我说。"史新民一口气喘过来了，这才说，"我从省公安厅那边得到的最新消息，冀南方以杀人罪追捕柯天星，说他杀了陈志明，哪知道落入了省厅的圈套，被他们抓了，他承认是陈志明让他杀害卫梅、苗圃、米冰倩的，还供出了一些其他的情况，陈志明在得到这个消息后就自杀了。听说这个案子已经惊动了中央，由省厅李子霖副厅长挂帅，沐剑锋具体负责。"

"还听到其他消息了吗？"

"到目前为止还没有。有的话我马上告诉您，我在省公安厅有熟人！你放心好了。"史新民没有探听罗英彪为什么打听这个消息，他知道那样做是不合适的。他只知道他是市长，市里的第二把手，自己这个小小的公安局副局长有责任为领导服务好。至于其他的，他不愿意想，他不想成为柯天星第二。

罗英彪长长地出了口气。

他又拨通了郜野原的电话，向她汇报了和平市发生的一切。郜野原是他和平天浩之间的联系人，只有她知道平天浩的一切。对方听完他的话，半天没吭声。

"郜小姐，谢谢你们为我做的一切。我不知道你们为我花费了多少费用，如果数额不太大，我想我可以付给你。我想中断我们的关系是最好的处理方式，你说呢？"

罗英彪跟陈志明不同，他对平天浩的情况知道得不是太多，他隐约知道他们疏通他仕途的关系目的是什么。但是，在权力巨大的诱惑面前，他看到了对方无与伦比的能量，他知道中国官场的情况，他知道没有几个人在金钱、女色和权力面前能保持身心不乱。至于答应平天浩的事，走一步算一步，到时候不做，他又能如何？

这是他天真的想法。

现在，他看到了这巨大的危险正一步一步走近他。他更明白，一旦沾上了反党反社会主义的罪名，只有死路一条。他不想死，他要挣脱这种束缚。反正，我又没有做什么犯罪的事。他们做的，与我无关。他是这样想的，也是这样做的。

"你想不干？"邰野原冷冷地问。

"我也没有答应你们做什么，谈不上不干。邰小姐，你可以问问平先生，他和苗圃找到我时，只是说帮我疏通仕途的关系，我当然是求之不得的啊！至于我与苗圃的关系，与米冰倩的关系，恐怕与你们无关。我知道你们是做什么的，关于这一点，只要你答应我，我可以保持沉默。"罗英彪十分平静。

"我有你和平先生谈话的录音，我想你不会忘记吧？罗英彪，你不要慌乱，事情还没有到不可收拾的地步。陈志明死了，米冰倩也死了，知道事情真相的人一个个都死了，你怕什么？你听着，我很快就要去东昌市，你什么也不要做，只做好你的本职工作，等我的电话。就这样。"对方没有等他再回答，就挂了电话。

放下电话，邰野原有些惊慌失措。

她不害怕罗英彪，她害怕冀南方，她怕他说出一切。她知道，他可不是陈志明、罗英彪这样一类的人物，他是一只真正的狼啊！

正在南方办事的平天浩接到邰野原的电话，连想都没想就说，做掉冀南方，按三号方案行动。我早就警告过你，这样的人可以成事也可以坏事。他坚持不跟你上床，我就知道这样的男人是什么样的男人，可惜你太迷恋于他的霸道，却不知道霸道后面的危险啊！

"可是，我们需要这样的人啊！"

"是的，我们需要冀南方这样的人，但我们更需要像扶贫协会、下岗就业协会这样的组织。我们完全可以利用当前中国的矛盾，达到我们的目的。在这方面，我们已经取得了长足的进步。他们永远也弄不清楚我们在社团方面做了多少工作。野原，你面对的对手是省公安厅社团处，这是一支不为我们熟悉的队伍。那个沐剑锋，听说是研究生毕业，还没有结婚。你不要太急，慢慢来。但三号计划不要让它留下蛛丝马迹。"平天浩再三交代。

"知道了，先生。"她挂了电话，马上来到电脑前，从里面调出了有关冀南方家庭情况的详细资料，包括他们家房间的结构图。当她从电脑里调出他夫人蓝蔻的照片时，她笑了，突然发现了什么。她知道冀南方跟夫人的关系，跟卫梅的关系。她知道他在床上的表现。这个年轻美丽的女人，脑子里慢慢地构思着一个计划，一个让谁也猜不出来的计划。

危机一个接着一个来了。

51

蓝蔻是个美丽的女人。

她高高的个子，苗条的身材，走起路来风一样快。作为法院民事审判庭庭长的她，行事十分泼辣，在圈里是有名的。加上冀南方的地位，可以说，在法院，她是一个说一不二的人物。严格地讲，她跟冀南方是一对政治夫妻。基本上是谁也不管谁，但在外面，始终给人的感觉是一对十分融洽的夫妻。

谁也不知道他们俩在床上的生活，两人谁也不谈。从生完孩子以来，他们就分床而眠。两个人把全部精力用在工作上，除了冀南方跟卫梅有过一两次偷欢外，他在外面没有女人。生活上的严谨、朴素，工作上的勤奋、努力，又无贪污受贿，和平市的人都说冀南方是一个好官。谁也不知道他内心的世界，连蓝蔻都不知道他想什么。冀南方始终被权力的欲火燃烧着。他渴望那个世界，那个主宰一切的世界，为达到这个目的，他可以忍受一切。

而蓝蔻，跟他一模一样。

"不是一家人，不进一家门。"老百姓说夫妻之相，总是有其道理的。她也是一个工作狂，为了工作，可以六亲不认。好像在她身上，找不到一点女人的味道。不是没有男人喜欢她，是男人们怕她，怕她什么，谁也说不清楚。当听到冀南方被捕的消息后，冀家就炸了窝，而她仍然上班下班，好像什么事都没有发生一样。

"嫂子，你为什么不去看看哥哥？"首先打来电话的是冀南方的弟弟冀东方。

他说，我真搞不懂，你还有心思上班。嫂子。难道哥哥出事了对你有什么好处吗？听别人告诉我，哥哥这次可是犯了罪，杀了好几个人。天呐！我真是弄不清楚，他杀人做什么？他值得杀人吗？抓他的是省公安厅，难道他泄露了国家秘密？也不可能呀！他是政法委书记，难道连这些基本常识也不知道吗？嫂子，我现在见不到他，你是家属，听说你们院长跟李子霖关系蛮好的，怎么说也会给这个面子吧。嫂子，就算我求你了。

他以乞求的口吻说。

蓝蔻不好拒绝小叔子的乞求。

"好吧，东方，我今天把工作安排一下，明天就去东昌市。你放心，我知道李子霖这个人，我见过他。他上次到和平市找我们院长，还是我接待他的。我了解过了，是公安厅社团处抓的，说你哥哥杀了卫梅，她是我们和平市的一个导游，说是陈志明指示他做的。我不相信，凭着我对冀南方的了解，他绝不会做这些事的。他把仕途看得比什么都重要，应该知道哪头轻哪头重。东方，你不要着急，纵然我跟你哥哥再如何，他现在也是我的丈夫，我会问个清楚的。"蓝蔻劝慰了几句，就挂了电话。

她找到院长，说明了来意。

院长蒋欣二话不说，拿起电话，就拨通了李子霖的手机。

"子霖，是我，蒋欣，怎么，我就不能给你打电话？保密，哼，你能保得住吗？冀南方可是我们和平市的大人物。你这可是把天捅了个大窟窿啊！什么？什么人都不能见他？蓝蔻是家属，你总得让人家送件衣服什么的吧？我比你更清楚法律，你不要跟我谈什么法律。好了，就这样，明天上午她过去，对，直接去省厅找你。"他没等对方再说什么，挂了电话。

"院长……"

蒋欣把手一挥，蓝蔻，你什么也不要说，明天上午就过去，你开单位车去，直接到省公安厅找李子霖。你放心，我跟他是二十多年的朋友，何况又不违反什么法律。带几件衣服，带一点吃的东西，不要带得太多了，他们会检查的。

蓝蔻问，他到底犯了什么罪？我了解冀南方，他做事从来都是十分谨慎的呀！

蒋欣摇了摇头，我真弄不清冀南方到底是因为什么被抓的，社会上各种说法都有。你不要多心啊！有人说他跟那个卫梅，还有那个叫什么米冰倩的女人怎么样了，还听说这几个女人都跟陈志明有关系。唉！乱七八糟的，我也弄不清楚。但是，有一点我可以告诉你，李子霖办事比冀南方更谨慎，没有百分之百的把握，他不会抓人的。

"啊！"蓝蔻瞪大了眼睛。

从院长房间出来，她有些悻悻的。虽然别人从她的面容上看不出什么。安排好工作后，她就开车出了单位。快到家时，她把汽车停在了超市停车场，进去选了十几个进口冰橙，冀南方最爱吃这一口，然后回到了家。孩子不在家，她一个人随便吃了点饭，就开始打电话，询问冀南方的情况，她要知道他到底是犯了什么罪。

问了一圈，也没有人知道。

公安局的熟人告诉她，和平市唯一知道内情的人就是柯天星，你不是认识他吗？问问他就知道了。

蓝蔻只好拨通了柯天星的电话。她当然认识他，结婚的时候还是他做了冀南方的伴郎呢。

柯天星在东昌市，接到她的电话有些吃惊。

"蓝蔻。"

"是我，天星。我不是求你的，你知道我蓝蔻是个什么样的人，你只告诉我，冀南方到底犯了什么罪？你如果不方便说，我也不勉强你。我是法官，我知道这些。"她一字一句地说。

"这个……蓝蔻，我知道你跟冀南方不一样。别的我不说吧，他承认杀了卫梅。关于这个案子，公安局很多人都知道。其他的事，案子还在审理当中，原谅我不能说。好，谢谢你的理解，再见。"柯天星挂了电话。

蓝蔻又拨通了索巴的电话。

索巴一听是她的声音，一听她问起卫梅的案子，这才知道她给柯天星打过电话，马上说，蓝姐，你不要听柯天星胡说八道，我告诉你吧，冀局就是被他害的。他怎么可能去杀人呢？这不是天方夜谭吗？真是笑话。你要不相信，可以问问东昌市公安局的史新民。唉！也不知道柯天星走了什么关系，竟然又进入了公安局。索巴显得十分无奈。蓝蔻不愿听他的牢骚，说了几句就挂了电话。

第二天一早，她开车前往东昌市。

走出和平市区，汽车上了高速公路，一辆浅色的尼桑汽车紧紧跟着她的捷达。蓝蔻全部精力都集中在前面，根本没有注意到后面的汽车。进入东昌市区，蓝蔻的汽车在市政府门前被堵住了。只见成群结队的上访人员，把马路两边堵得死死的，汽车根本开不动。许多司机都从汽车里出来，站在马路两边抽烟，看着前面的热闹。蓝蔻也有些不耐烦了，从汽车里出来了，走过两辆汽车，想看看还有多长时间能通过。就在这个时候，从尼桑汽车里面走出一个人来，手里提着十几个进口冰橙，迅速地把蓝蔻汽车里的冰橙换了下来，前后不到两分钟。

蓝蔻到达省厅，已经是中午十一点半了。

李子霖正在办公室等她，一见她进来了，马上说，我给蒋院长打电话，他说你已经出来了，左等右等也不见人，我这才知道堵在路上了。对不起，我今天要到省政府开会，我让别人陪你去。

他把沐剑锋和柯天星叫了进来，作了介绍，柯天星是你们和平市的人，又是冀南方的同学，就让他陪你过去，有什么事，马上告诉沐处长，东西交技术处检查一下，再送过去。李子霖交代完就走了。

省政法委召开紧急会议。

政法委书记在会上说，南城的危房改造，涉及几百户下岗职工的利益，这件事情，本来已经妥善解决了的，不知怎么回事，这几天，有人散布谣言，说政府补助太少了，不要说买房子，连租房子都不够，弄得大家人心惶惶的。据公安局调查，是一个叫下岗就业协会的组织起来的。他们的领导人叫弓长伟，是和平市人。据省社会团体管理办公室说，这个组织已经被取缔，弓长伟是省公安厅案子中的一个人物。李厅长，你知道这些事吗？

李子霖一听，有些愣了，马上说，我打个电话问问。他走出会议室，拨通了沐剑锋的电话。这才知道了具体情况。李子霖马上把这件事和冀南方的案子、陈志明的自杀联系起来，越来越感到这个案子后面的巨大阴谋。

他告诉政法委书记，要单独汇报。

会议散了，政法委书记单独留下了李子霖。听完他的汇报，书记脸色十分凝重，半天没有开口。许久，他长叹一口气，冀南方的那个案子，我听你说过，省委考虑让纪委插手方便些，我这才没有过问，我没有想到如此复杂。

"子霖，间谍组织插手扶贫和下岗事宜，是一件非常危险的事情。你们虽然取缔了他们的组织，但是，他们的人员还在。你们要和公安局、社团办紧密合作，揪出后面的黑手。从你汇报的情况看，他们熟悉法律，知道我们的弱点，我们也要动动脑筋，找到他们犯罪的证据，只有这样，我们才可以彻底摧毁他们的网络，还社会一个安定啊！"政法委书记显得十分忧虑。

"我知道了。"李子霖站起来说。

"好吧，我等着你的消息。"政法委书记点了点头。"去吧，冀南方的事情已经震惊了全省，传得沸沸扬扬的，加上陈志明的自杀，已经使全省干部队伍处于不稳定状态。案子要尽快有个结果，我们拖不起啊！"他再次告诫李子霖此案的重要性。

回到省厅，李子霖再次召开会议。

经省委同意，柯天星带着耿琦、路晓丽加入案件组，直接听从沐剑锋的领导。

沐剑锋接到李子霖的电话，匆忙从拘留所赶回来了，除案件组成员龚超、郭晓雨在外省调查没在外，其他人员都参加了会议。省厅有关处室的领导也列席会议。

李子霖传达了省政法委书记的指示，谈了目前的情况，说了案件面临的困境。请大家谈谈自己的想法。

柯天星说，我现在找不到米冰倩要给我的东西，目前唯一要做的就是，从P医院进修班另外七个人下手，寻求突破。我想平天浩他们，绝不会只在这三个人身上下手。

沐剑锋说，凭我对冀南方的了解，我觉得他还有话没有说，包括罗英彪。我们在这两个人身上打点主意，也许他们会主动出现。

大家讨论得十分热烈，争论不休。

<h1 style="text-align:center">52</h1>

案子还没有进展，东昌市却出事了。

第二天，下岗就业协会组织了几百人的队伍，把东昌市政府大门堵了起来，这一次跟昨天不一样，全部都是危房改造中涉及的东风服装厂职工。由于危房改造占用了东风厂的地方，他们没有工作，全部下岗了，由于资金没有落实好，很多家庭日子十分艰难，很多人十分气愤，只要有人一招呼，就来了。组织他们的是厂工会主席欧阳令，这次弓长伟没有出面，只组织人员送水送饭，以示关心。

东昌市政府工作处于瘫痪状态。

罗英彪急得团团转，他让市政府办公厅出面，维护治安。但是，下岗工人情绪激动，无论如何劝，他们就是不走，要求政府马上兑现承诺，答应一次性补发一年的生活补助，否则，明天还要来市政府，什么时候答应什么时候不再来。

办公厅领导把欧阳令和弓长伟都请进了会议室，劝他们好好做做职工工作，体谅一下政府的困难。代表市政府办公厅的邓刚，也说破了嘴皮子，仍然没有人听他的。

"怎么办，怎么办啊！"罗英彪在房间里来回走着。

邓刚走了进来，小声说："市长，先答应他们一小部分，发半年的，我算了一下，有一千万元就可以了。东风厂有三千多名职工，要是全部来了，就要成为全国性的新闻啊，那样的话，就不是钱能打发他们的了。"

"好吧，你去把财政局长叫来。"

邓刚答应一声走了。

财政局长站在罗英彪面前，有些为难。

"市长，财政今年没有这笔开支。"

"不要跟我说这些话，你的任务就是落实一千万元资金，你从哪个地方挤出来，这是你的事，我跟书记汇报过，他基本同意，你去落实吧。好了，邓刚，把欧阳令叫进来，把他们的代表都叫过来，我要跟他们好好谈谈，记住，一定要和蔼可亲，我们得罪不起他们啊！"从来都是好脾气的罗英彪，也有些上火。

欧阳令和十几个代表走进了会议室。

"同志们，在安置下岗职工问题上，市政府有责任，但是，你们也要体谅政府的困难，现在改革正在关键时刻，很多地方都需要钱，政府答应了你们的，一定办到，只是时间上有些拖，请你们原谅。"罗英彪再次向他们保证，答应了的事情一定办，拖也拖不了多久，最多一年，快的话，半年就可以解决。

"罗市长，我们不是不讲理的人。"欧阳令说，我们体谅政府的困难，但是，你应该知道，这些钱对于市政府不是问题，我们下岗了，生活已经十分困难，如果政府不把我们安置好，我们如何活下去呀！这是我们的最低要求，否则，我们明天还会来。没办法，我们要活着，只能这样。我们不打也不闹，我们知道，那是违法的，我们就在这里静坐，我们等待政府答应。

"这样行吗？我们先发半年的补助金。"

欧阳令说，我们商量一下。

十几个人，马上围在一起，嘀咕了半天。

欧阳令说，我们同意你的提议，但是，另外半年的补助，要在半年以后的前一个月发下来，否则，我们还会来的。

罗英彪同意了，他笑着说，欧阳，你是工会主席，是东风厂党委委员，你应该保证，不要再出现这样围堵政府的事件，有什么事情，你们可以派代表来找我，这么多人来不好，不但会影响工作，也会被有心的人利用，我想你应该明白这个道理。

欧阳令面无表情，罗市长，我六十多岁了，我不会被人利用的，我争取自己的权利，生存的权利，我想你应该比我们清楚，作为一个人，第一就是要吃饭，第二才能考虑别的，你说对吗？

"对，你说得对，那你们先回去吧。"

"钱的事……"

罗英彪说，我答应了的事，绝对不是儿戏，明天有点来不及，后天我派人去你们老厂，你组织好下岗职工，我们当面发，好不好？

欧阳令说，这样最好，我们这就回去。他带着人走了。

他们一走，罗英彪长叹了一口气，回到办公室，人瘫了一样。

邓刚走了进来，他一招手，交代说，东风厂的事，你负责，后天你跟财政局的人一块过去，绝对不能再出乱子，出不得的。

"市长，钱的事……"

"有问题吗？我落实，你去吧，有什么情况马上告诉我。"他挥了挥手，邓刚走了，他一走，他马上给财政局打电话，落实资金，还把情况向市委书记作了汇报。

书记交代，稳定是大局，钱的事就这样，从哪里出，我们可以想办法。反正，不要再出现这样的情况，他让罗英彪把类似的问题都查一遍，多关心下岗工人，绝对不可以出现违纪情况。

罗英彪说，书记，你放心吧，我全力以赴做好这项工作。我知道，现在有些人在调查我，我经得起调查，我什么也不怕。

书记说，罗市长，不要听闲话，不要信小道消息，我们要相信组织，相信党，一个真正的共产党员，只要问心无愧就够了，你说是吗？

"是，你说得对，只要问心无愧就可以了，书记，谢谢你，我能走到今天，是党的培养，是大家的帮助。"他挂了电话，心里感到舒畅了一些。

他让秘书把史新民叫到了办公室。

"老史，坐吧。"他抛给他一支烟，轻松地说，"这几天，把我累坏了，我没有想到，他们组织得如此好。你没有什么话跟我说吗？我想你应该有些话跟我说。"说完看了看他，看得史新民有些不好意思。

史新民说，罗市长，这些上访活动，都是下岗就业协会弓长伟组织的，这个组织，原先是登记了的，现在被社团办取缔了，但是，他们也没有以这个组织的面目出面活动，只是帮助那些下岗工人，没有违法，我们公安局也不好过问。和平市的事，我不太清楚，冀南方被捕，消息严密封锁，我一点也打听不到，但是，有一点可以确定，这件事还没有完，还在查，柯天星再次进入了公安局，现在归沐剑锋管，他来东昌市，我给他打电话，也找不到人。看样子，他太忙了。

"老史，我没有问你和平市的事。"

"啊！你看，我多嘴了。"史新民尴尬地笑了一下。

罗英彪说，我关心东昌市，这里的事闹得我忙不过来，我哪还有心思想冀南方的事。我只是告诉你，东昌市的稳定是头等大事，出不得状况的，东昌市是省政府所在地，出了事，就要影响全省。好了，把稳定放在重要位置，有什么情况马上报告。

史新民答应了，站了起来，罗市长，没有什么事我就回去了，有事打电话。

史新民走了。汽车上，他摇摇头，感叹罗英彪越来越狡猾了，他想打听和平市的事，却不说，自己说了，又批评你。史新民明白，这就是官场，这就是官话，不入官场，你永远都不知道官话是如何说的。罗英彪刚当副市长的时候，什么也不知道，一就是一，二就是二，而现在，却成了人精。

"人是会变的，时间长了，再好的人也会变成官僚，多可怕啊，这就是今天的现实。"他一边开着车，一边想着。

李子霖和沐剑锋坐在会议室两边。

"厅长，我们了解过了，这次围堵市政府，还是下岗就业协会弓长伟组织的，虽然他没有出面，表面上是由东风厂欧阳令领导的；但是，背后的黑手是他，他提供了资金支持。遗憾的是，我们到现在还没有查出来他的资金来源，看样子，他们应该想到了这一步，我不解的是，如果他们有长远的计划，为什么还要这样冒出来呢？他们应该退后一步。何况冀南方在我们手里，如果冀南方把一切都说出来，对他们相当不利，他们为什么不做冀南方的工作呢？"他有些迷惑。

"你为什么判断他们没有做?"李子霖眼睛盯着他。

沐剑锋无语。

"剑锋,不要大意了,你以为这种表面上的平静是好事吗?我觉得不是好事,我倒觉得他们是让弓长伟吸引我们,是要分散我们的注意力,也为罗英彪提供机会。我心里老是不踏实,总感到要出什么事情。什么事情,我琢磨不出来。东昌市、和平市,还有外面的调查,都要抓紧,案子的情况,除了案件组成员外,不允许任何人知道,保密对我们来说,尤为重要。"

"明白,我明白。"

李子霖还说,中央政法委已经来过电话,过问案子的情况,要求我们一定要彻底查清楚,这伙人的目的是什么,一定要有证据,要用事实说话,考虑到案子的复杂性,重要事情要请示。关于罗英彪的情况,已经报告了省委,在省委还没有指示以前,维持现状。另外,省委已经部署,对近两年来新提拔的正厅级领导干部,进行一次全面排队,看看在提拔的每一个环节,有没有什么腐败问题。中央组织部转发了省委的文件,每个省委都要进行排查,以防"两面光"的干部进入我们高级干部行列。当前,我们的外部环境非常恶劣,西方世界不愿意看到一个强大的中国出现,正在文化、思想、经济上围堵我们,他们想让苏联的悲剧在中国重演,而我们有些干部,失去了应有的警惕性,这个案件告诉我们,危险正一步一步地逼近我们。一个高级干部,如果失去了信仰,将是毁灭性的。一个党员,如果失去了对党的忠诚,他的才华和能力,只能助长他的犯罪。除此之外,没有任何意义。

"厅长,我明白案子的重要性,我会抓紧的。"沐剑锋听完李子霖的话,浑身的热血都在沸腾。他清楚,这个案子,比任何案子都重要,因为这关系到国家的安危,关系到党的存亡。

李子霖没有再说什么,只是让他回去后,把所有的线索再捋一遍,不要怕麻烦,不要怕没有用,缺人给人,缺钱给钱,一定要把案子弄个水落石出。

回到办公室,沐剑锋闭上了眼睛。

他在细细地梳理案件,从卫梅、苗圃、李先进、米冰倩的死亡,到冀南方的被抓,还有陈志明的自杀,乃至柯天星的辞职,这一切都是围绕着一个东西,可是这个东西到底是什么呢?

沐剑锋想不出来。就在他焦虑的时候,新的情况又出现了。

53

冀南方出事了,昏死过去了。

沐剑锋接到电话后赶到医院。医院正组织人员抢救。

沐剑锋在听完医生的报告后,直觉告诉他要马上全面封锁消息,并对冀南方吃的、住的、用的进行全面技术检查。检查的结果让人很困惑,因为没有发现任何可疑的迹象。但是,冀南方的脸色越来越难看,脸部还出现了褐色的条纹、浅黑色的斑点和青紫色的疙瘩。脸也在逐步变形,一种黏性分泌物从他的眼睑里分泌出来,血液从他的毛孔里渗透出来,皮肤变得干燥,皱缩而发红,他的头发一碰便大缕地脱落下来。

一切迹象表明他是中毒了。

但是,中的什么毒?是通过什么东西中的毒,仍然查不出来。

李子霖赶到了医院,省委副书记、纪委书记和省委政法委书记都赶到了医院,他们立刻决定,通过中央政法委,马上请北京、上海、广州最权威的病毒学专家赶到东昌市会诊。

顿时,省公安厅空气显得异常紧张。

沐剑锋坐在李子霖办公室。

"厅长,我有责任。我虽然预测到了冀南方没有讲真话,也考虑到他有重要线索没有说,饮食上也派了专人监督,蓝蔻送来的衣服和冰橙我让人送到技术处作了专门的检查,仍然让他们钻了空子。我没有猜错的话,这种病毒是我们没有见过的,省技术处的设备检查不出来。我问过蓝蔻,冰橙在送到冀南方手里的过程中,她没有离开过,除了晚上有人可以进入冀南方家调换东西,或者路上堵车她离开一会儿外,没有作案的机会。我想这个人还在东昌市,还在等待结果,我想……"沐剑锋讲了自己下一步设想。

"剑锋,"李子霖口气异常严肃。我跟部里通过电话,部领导十分关心这个案子。他们觉得这是反间谍工作中面临的一个新情况，是间谍机关一种新的手法。当前，社会团体和民间组织越来越多，它们在我们经济生活中充当着重要的角色。随着中国融入国际社会，非政府组织在国内的活动也越来越多，它们绝大多数是好的，对我们的经济建设有帮助，但是，也让间谍组织有了可乘之机。我们不可能把门关上，重要的是我们要找到对付他们的办法。他谈了当前省内外的形势，分析了卫梅案例的背后原因，说了冀南方、罗英彪问题的复杂性，再三叮嘱他要谨慎从事。

话未说完，省委的电话打过来了。

电话是省委书记打来的。他告诉李子霖，中央又来过电话，询问案子的进展情况。中央指示，此案不管涉及谁，都要查个水落石出。涉及其他省市的，由上面协调。

电话刚放下，省纪委书记的电话就打来了，说关于陈志明、罗英彪的提拔情况，我问过省委组织部，他们说，组织部是征求过皇甫赞同志的意见，他是向我们推荐过这两个人，但整个过程是阳光的，没有任何问题。而且，他们上任后反映相当不错。他要李子霖把这些问题一并考虑。

放下电话，李子霖长叹一声。

"陈志明和罗英彪一事，比任何间谍活动都更为可怕。他们知道我们选拔干部的全部过程，他们不再搞任何歪门邪道，而是在正常渠道中发现对他们有用的东西。他们以正直、廉洁和勤政的面目出现，更具有欺骗性。剑锋呀！我们面临着从未有过的艰难局面，我们不但要与间谍组织斗智斗勇，还要与我们工作中的习惯势力作斗争啊！"他同意沐剑锋下一步工作的考虑。

三天后，冀南方死亡。

从全国各地来的病毒专家经过多日的加班加点工作，终于从冀南方体内找到了病毒源，一种受过强烈原子辐射的铊毒通过冰橙进入了他的体内。这种放射粒子十分弱小，一旦进入体内就完全分解，并以强烈的辐射渗透全身，一般的常规检查根本查不出来。从国家安全部来的反间谍专家说，这是二十世纪五十年代苏联研究出来的。1957年，苏联间谍尼古拉·霍赫洛夫就是中了此毒，差一点葬送了生命。后来这种毒基本绝迹，我们没有想到，现在还有人用。从这一点出发，此事的背后，是 A 国间谍机关无疑，因为只有他们拥有这种铊毒。

沐剑锋目标明确了。

他通过别的渠道向外透露，一名护士死亡，冀南方仍然活着。他派柯天星带人再次回到和平市，调查冀南方生前接触过的人员，寻找破案的线索。阮眉也带人在东昌市展开了调查，沐剑锋坚信，这个人还在东昌市，还在他们身边。与此同时，公安局拘留了组织上访的弓长伟，虽然他没有直接承认社会经济研究协会是幕后的黑手，但在他结结巴巴的供词中，协会真正的面目逐渐露出水面。

柯天星回到和平市，变了一个人似的。

米冰倩的死，深深地触动了他埋藏在心底的那份情愫。他一个人悄悄地来到郊外，来到米冰倩的墓前，看着墓碑前她的照片，眼泪潸然而下。

"冰倩，是我害了你啊！如果我不到处找你，冀南方永远也不可能知道你的存在。我……"他揪着自己的头发，可谓痛彻心扉。

他拿着她送给自己的那条项链，看着项坠中的照片，伏在碑上，号啕大哭。

一个人悄然来到他的背后。

他好像感到了什么，转过身来，看见来人的面孔，颇为愕然。

"是你，郜野原，哼，你竟然还敢跑到和平市来找我？告诉我，那次我去北京遭遇的耻辱，是不是你的杰作？我没有想到，你竟然是'社会经济研究协会'的人。说吧，你跟平天浩是什么关系？跟陈志明到底是什么关系？你是不是为了冀南方来和平市的？"柯天星双眼血红，恨不得上前给她一个耳光。

"天星，你冤枉我了。"郜野原露出内疚的表情，我后来才听说你在北京的事。你猜得不错，我是协会的人，只是一般的工作人员。协会被政府取缔了，我已经离开了那里。这次我来和平市办事，听说你回来了，这才来看你。听说冀南方已经被关起来了，到底发生了什么事？天星，转了一圈，我现在才知道，我这本书只有你能读懂。你对米冰倩的感情让我感动。一个对女人如此痴情的男人，是女人盼都盼不到的啊！天星，不知你还有无兴趣读我这本书?

她露出娇媚之态。

柯天星鼻子"哼"了一声，转身而去。

郜野原急步跟了上来，换了一种口吻说，柯大哥，只要你愿意，我可以带着你离开和平市，去北京，我在那里还有朋友，我可以给你一个广阔的天地，任你飞翔。

柯天星站住，厉声说，我不管你是敌人还是朋友，郜野原，你给我走得远远的。我告诉你，如果你是卫梅案件的中心人物，你的阴谋永远也不可能得逞。虽然我现在没有你犯罪的证据，但我早晚会找到的。你不要用女色来迷惑我，说句粗话，我永远也不会跟你上床。

他挺胸收腹，鼻子中发出一丝不屑，迈步而去。

郜野原站在那里，看着他的背影。

"这头犟牛，你不要高兴得太早了，我会让你哭不出来的。"她心里冷冷地笑了。

郜野原没有在陵园停留，沿着柯天星走过的路，离开了陵园，拦了辆车，回到了和平市。

李子霖再次接到蒋欣的电话，有些为难。

"老蒋，你知道，冀南方已经承认了杀害卫梅、苗圃和李先进，又承认了杀害米冰倩，你应该知道他的罪有多重，上次你打电话给我，我不好推脱，你看……做做蓝蔻的工作，就不要来探望了吧。你知道我们的纪律，案子没有彻底弄清楚之前，是不允许探视的啊！"李子霖尽量把话说得婉转。他跟蒋欣是多年的朋友，也知道他是一个什么样的人。

"子霖，是这样的，"蒋欣一口气喘过来了，"蓝蔻找到我，说外面风传冀南方已经死了。他的家人都跑到了她家里，务必要她再见一次面。我想小道消息弄死人，让蓝蔻见一面，一切都云消雾散了。你放心，这是最后一次求你。"他也有些为难。

李子霖半天无语。

"如何，你说话呀！"蒋欣追问。

"好吧，好吧，明天让她来吧，我告诉你，这可是最后一次。"

李子霖有些恼了。

放下电话，他把沐剑锋喊到了办公室，说了他跟蒋欣通话的经过，我实在推脱不掉。难道又是那个人在此中做了手脚？万一不是呢？我们如何向蓝蔻和她的家人交代？

"我们没有退路。"沐剑锋摇了摇头。厅长，我们找了弓长伟，他就是协会的人员，但是，他不知道内幕。据他交代，协会在全国都有网络，在城市成立了下岗就业协会，在农村成立了扶贫协会，吸收的会员有政府工作人员，还有一些知名人士。他们以慈善事业的面目出现，具有相当大的欺骗性。我觉得，他们采取的是两手，一方面，利用我们工作中的薄弱环节，动摇我们的基础；另一方面，收买我们政府中的意志薄弱者，做长期的准备。如果我们不能在冀南方事件上寻求突破，那么，我们就将被动，永远也弄不清楚他们的全部目的。他再次强调此事的重要性。

"好吧，我们做最后一搏。"李子霖同意了。

冀东方是在接到了一个匿名电话后，才得知哥哥的情况。他急了，马上给嫂子打电话。

蓝蔻一听，也急了，我上次去看你哥哥他还好好的，怎么可能死了呢？她根本就不相信。

蒋欣接到蓝蔻的电话更是不相信这是真的，冀南方可不是一个普通的人，他死了，肯定会有个说法。他劝了一番她，这才给李子霖打了电话。打完电话，蒋欣告诉蓝蔻，李子霖很为难，你知道，这起案子很重要，听说已经惊动了中央，有些事情，他也做不了主。

蓝蔻诧异，什么，你说什么？惊动了中央，到底是什么事情，这个该死的，到底做了什么事情，连中央都惊动了。

蒋欣劝她，你也不要着急，李子霖说，他会考虑，有了结果，会给我打电话。只是我告诉你，这是最后一次，我不可能再求他，否则，我都会被牵涉进去的。

蓝蔻再三表示感谢。

54

郜野原从和平市返回了东昌市。

回到白天鹅酒店，她洗了个澡，披着浴衣来到窗户前。看着窗外繁华的景象，面无表情。她现在不敢给罗英彪打电话。她知道他的日子也不好过。下棋到了这个份儿上，这颗棋子已经没有多大作用了。但她仍然跟皇甫赞交往着，她知道沐剑锋在他身上找不到多少有用的东西。她来到电脑前，把一个软盘插了进去，里面显示出全省厅局级干部的全部病历档案。

她在寻找下一个冀南方。

晚上，电子信箱发来了秘密指令。

"马上核查冀南方情况，是死还是活。据我们掌握的内部情报，他还活着，如果活着，你应该知道如何做。"

指令没有签名，没有时间，什么也没有。但是，郜野原看见了，浑身颤抖。

"他没有死，还没有死。"她不相信。

郜野原根本不相信冀南方没有死，他不可能不死。"这是沐剑锋的诡计，是引我上钩的，我不能上当，我绝对不能上当。"她告诫自己，一定要冷静，一定不要慌张，否则，一步错，不是步步错的问题，是可能葬送自己。

她点燃一支烟，坐在窗前，望着繁华的东昌市，自己问自己，我应该如何，我还有牌可打吗？难道"他"要我……她想不明白。

突然间，她想到了皇甫赞，这个以前省里的太上皇，是不是可以利用他，询问一下呢？"不，我不能这样做。"她否定，如果沐剑锋知道这层关系，那么，他也有可能遇上不测，他可是我们在省里的大树，这棵树倒了，很多事情都玩不转。

"那么，我怎么办呢，自己去探一探？"

郜野原想来想去，也拿不出个主意。她后悔没有培养第二个冀南方，如果那样，自己就有退路。史新民、沐剑锋、柯天星、索巴、杜苍宇、区虹，这一大串身手好的名字都登记在册，但是，有些工作，自己还来不及开始，就发生了这样的事情，让她有些沮丧。

"如果托比在呢，自己还有个人商量，没有谁会猜到托比也是一个杀手，一个杀人无影的杀手。连柯天星、沐剑锋都猜不到。"郜野原长长地出了口气。

她还是觉得必须和皇甫赞见一面。

犹豫了许久，她拨通了他家的电话。

是保姆接的，问她是谁？

郜野原说，我是省委保健处的医生，有几个数据想问一下皇甫书记。

保姆马上答应了，一会儿，皇甫赞声音就传了过来。

郜野原甜腻地说："干爹，是我，我来东昌市了，后天就走，走之前，我想见您一面。"

"嗯，好好，我记住了，有事我会给你打电话的，那就这样，再见。"他挂了电话。

郜野原知道，一定是他不方便。他一定会找过来的，她耐心地等着。

十分钟后，电话打进来了。

"闺女啊！不要随便给我打电话，不方便啊！来了好，我还真有些想你。这样吧，你说个地方，明天我过去，我就说去省委办事。"皇甫赞知道对方有事找他，没等她提出，就答应了。

"还是在老地方吧，我十点钟等您。"她挂了电话。

郜野原要等见了皇甫赞再决定下一步。

第二天上午十点，皇甫赞准时推开了房门。

"闺女啊！你怎么还来东昌市呢，不好啊！难道就是为了看我这个老头子？不值得你看啊！"他伸出手，抚摸着她的脸、她的发丝，深情地说，我知道你对我好，我十六岁参加工作，走到这一步，是个奇迹。我喜欢你，有些离不开你，但是，我更知道，晚节对于我，就是命，没有晚节，我的命也没有了，包括我的家人，我不想那样做啊！我想你应该明白我的话。

郜野原扶着他坐在沙发上，把他的手放在自己胸前。她知道，他最喜欢的就是这样。他的手没有拿开，也没动，而是露出了浅浅的笑容。

她嗲嗲地说，干爹，你放心，我不会让您做损害您自己的事情。我让您向组织部推荐的那些干部，都是为了您的利益，陈志明虽然死了，罗英彪还是市长，如果他能坐稳，将为您在省里以后的生活提供方便，我了解过了，省委组织部对他们进行了考察，十分满意，这符合中央的精神，跟您没有任何关系，您不会受到牵连，您害怕什么，我有些不明白。

"你真不明白？"他问。

郜野原故意傻傻地点了点头。

皇甫赞苦笑了，感慨地说，你啊！总是拿我当傻瓜，我有那么傻吗？我为共产党工作了一辈子，当省委领导多年，我什么事情没有见过？是的，我对党的工作是有意见，现在的干部，把贪污受贿当成儿戏，我们的工作是有需要改进的地方，但是，在中国，除了共产党，还有哪个政党能带领中国人实现富强？没有，真的没有。我把跟你们的接触经过想了想，明白了你们的用心。我的家人花了你们一些钱，你对我也有付出，我就当没有发生过这样的事情，今天是我们最后一次见面，我们不再见面，这样，对你好，也对我好，顺便劝你一句，不要想着演变中国的社会制度，你们办不到的。

郜野原震惊，没有想到他变了。

"干爹……"

"我知道你有事情找我，我也知道你找我是什么事。"皇甫赞毕竟当过多年的省委领导，脑子绝对不糊涂，当他冷静下来，把前前后后发生的事情，又把东昌市发生的事情联系起来，得出了一个血腥的答案，这个答案让他不寒而栗。他害怕，更知道这件事的分量。所以，他今天来了，是想把这件事了结。但是，他想得太幼稚了。郜野原会放过他吗？她没有想到过这一步吗？一个叛徒，从他背叛革命开始，他的灵魂就变异了。想要回来，可能吗？对方会让他回来吗？如果一个人的灵魂没有缝隙，在任何情况下，都不可能出卖自己。

郜野原趴在他膝下，仰着脸。那个样子，你说有多可爱就有多可爱。她把媚、嗲、怜融为一体，哪个男人见了都会心碎，皇甫赞也不例外。她征服他的就是这种东西。她在等着他说，看他说些什么。他心里本不想说得太多，但是，总有一种东西推动着他，是什么，他不知道，感觉到嘴已经不听大脑的指挥了。

"陈志明死了，冀南方被捕了，罗英彪也在调查之列，这个案子已经震动了中央，听说已被中央列为头等大案。"皇甫赞点燃了一支烟，悠悠地说着，说得很慢。

他告诉郜野原，案子由沐剑锋负责，我对这个人不了解，对李子霖不了解，我只知道，冀南方已经中毒，从北京派来了很多专家，抢救过来没有，我不知道，因为来的专家都是国家安全部调来的，东昌市，包括省委，都不允许过问，我只知道，这种毒，中国没有，只有 A 国才有，这样说来，这件事跟 A 国有千丝万缕的关系。

"干爹，谢谢您。"她说。

"不用谢，这是我应该做的。闺女，我欠你的，现在还完了，你好自为之吧。"他站了起来，什么事情也不要做。顺便告诉你一句，医院警戒很严，任何人都不可能接近他。不要冒险，更不要想着用自己的性命去赌，如果那样的话，你会后悔的。好了，该说的我都说了，我走了，你留步。他没有再吻她，打开房门，走出了饭店。

司机正在下面等着他，一看他出来了，马上打开车门，汽车风一样离开了酒店。

郜野原站在窗前，看见汽车离去。

"这个死鬼，老王八蛋。"她骂了一句。

郜野原不相信沐剑锋如此精明，在中国几年，她见到的中国人很多，没有一个让她看得起的。冀南方是一个，但是，他太膨胀了，眼睛里面就没有人；柯天星是一个，可他太忠诚于自己的每一句话；皇甫赞是共产党培养起来的精英，掌握这个省几十年，吃过苦，受过罪，在金钱和女人面前，照样爬不起来。

"完了，这个国家完了，用不了几年，整个官场，找不到几个干净的，演变中国，正是时机啊！"她好像看到了成功，看到了自己的辉煌。

她照样被自己那颗心燃烧着。

郜野原穿好衣服，下了楼。

坐落在市区东边的公安医院，也和往日一样，格外安静。这座建于二十世纪五十年代的医院，已经有些破旧了。除了政法系统的人员到这里看病外，已经没有什么外人来了。同样的收费，人家当然要选条件好的医院。但是，这家医院却比别的医院保卫更严，特别是厅级干部病房，比任何医院条条框框都多。

郜野原看见医院保卫不是保安公司的人，也不是公安局的警察，而是武警。她的心里"咯噔"一下，原先可不是这样，她就怕武警进来，因为这些当兵的是不会通融的。

冀南方特护病房在住院部的三楼。

郜野原没有过去，她怕引起沐剑锋的注意。她来到护士部，询问三楼可不可以上去，她说自己有个亲戚在那里。

护士说，你最好不要去，三楼有事，你不要找麻烦。

她问你们的护士不上去换班吗？

护士告诉她，所有的人，都是从外面调过来的，没有我们医院的人。专家是从北京来的，护士是外省调来的，我们也不知道发生了什么事情。

郜野原站在那里，望着三楼，还是禁不住走了上去。

三楼有十来间特护病房，只有一个病房有武警站岗，一看就知道，这是一个有里外间的病房。她从门口走了过去，门关着，她看了一眼，就下来了。

她走出医院，绕着医院走了一圈，看了看楼房的高度，看了看前后的出口，还特地来到医院外面，看了看交通情况。她判断，只要自己用心，不会出事，她做这样的事情也不是头一遭。

从医院出来，她想给平天浩打个电话，想了想，并没有打。"打什么呢，让冀南方不再说话，是最为重要的。"

回到酒店，她就做准备。做好准备，她再次把有关情况梳理了一遍，直到现在，她仍不敢相信，这个冀南方，竟然没有死。

"不会是沐剑锋的诡计吧？如果真是他的诡计，我就完了。不，绝对不是，他想不出这样的诡计。"她坚定自己的想法。

55

东昌市的夜色，清幽而迷人。

街面上灯火辉煌。酒吧、歌厅、餐馆人头攒动。公园里也到处是人，在那清幽的小路上，年轻人手挽着手，嬉笑着，打闹着，享受着夜色；老年人手牵着手，露出慈祥的笑容，迈动着缓慢的步伐，品味着流逝的光阴。

沐剑锋和柯天星他们已经等了三个晚上，还是没有动静。今天晚上如果还没有动静，那么明天是否同意蓝蔻来探望冀南方呢，李子霖陷入了两难的尴尬境地。

柯天星说，沐处，我们放弃吧，我想对方没有那么傻，真的会来杀冀南方。

沐剑锋否定了他的提议，说一定要等，他坚信对方一定会来的。

柯天星不知道他判断的依据是什么。

病房里只亮了一盏床头灯，灯光橘红，很温馨，"冀南方"躺在病床上，病房外坐着两个穿着便衣的武警，值班的护士也是两个，她们轮流着进去，测试体温，观察打点滴的情况，一切都显得十分安静。

晚上十二点，一个黑影从楼顶滑下。

这个人到达窗前，用专用的工具拆下玻璃，顺利地进入病房，悄然地走向"冀南方"。

"冀南方"平仰着，脸色青紫，仿佛昏厥一样。

来人冷冷地露出了笑容，从玻璃瓶中拔下针，打开盖子，从身上掏出一个小玻璃瓶，往里倒进一些粉末，又原样弄好，这才走近"冀南方"，伸出手摸他的额头。这一摸，吓得来人坐在了地上。

来人接触到的是一个橡皮人。

"真的来了。"沐剑锋带着人推开了房门。

"摘下你的面具吧，让我看看你的真面目。凭着我对冀南方的了解，他不可能为了陈志明那点承诺，去杀三个人。他肯定有着更大的利益，而这个利益，只有陈志明的上家才能给予。我没有猜错的话，你是平天浩派来的人。"沐剑锋步步紧逼，逼得对方退到了窗前。

"不要往下看，下面都是我们的人。你只有一条路，放下屠刀，立地成佛。天星，去摘下他的面罩，我真的想看看他是谁。"沐剑锋冷冷地笑着，向柯天星下达了命令。

柯天星走上前，摘下了对方面罩。

"啊！"他惊讶得倒退三步。

"原来是你，郜野原。我早就应该想到是你。没有想到你这个女人还有如此身手，我看走眼了。佩服，真是让我佩服。我告诉你吧，冀南方已经死了，死前他就交代了一切。说吧，是不是你指示他杀了卫梅她们的，你给了他什么承诺？你的上级是不是平天浩？你们还在哪些省市建立了网点？培养了多少个陈志明、冀南方这样的人？只要你说出来了，我们会宽大处理的。"他盯着她，不紧不慢地说。

郜野原脸色苍白。

"沐……沐剑锋，你赢了。我没有什么可说的。既然冀南方已经死了，哼，我看你们也没有什么牌可打了。"她伸出了双手。

"带走。"沐剑锋一挥手。

带走了郜野原，沐剑锋埋怨柯天星不应该把冀南方死亡的情况告知她。如果她不知道冀南方的情况，还会有所顾忌，但是现在，她什么也不会说的。

柯天星说，我当时脑子一热，就说出来了，怪我。

沐剑锋没有再说什么，他知道再说也没有意义。

他让阮眉把郜野原押回拘留所，让柯天星和耿琦核查她手机的通话情况，自己带着路晓丽和有关人员，直扑白天鹅酒店。

很快，他找到了郜野原的护照。

姓名：野原樱子，又名郜野原、徐野青，日本北海道人，日本又一株式会社驻中国办事处首席代表。

沐剑锋惊诧得"啊"了一声。

他后悔自己没有把更多的精力放在郜野原身上，连她的身份也没有来得及调查。他万万没有想到，这个没有半点日本人影子的郜野原竟然是地地道道的日本人。从她电脑里调出来的资料更让他震惊，全省厅局级干部基本情况尽在其中。卡片里面不但有每个人基本情况，而且有每年体检的情况以及医生的结论。而这种病历档案和结论，不是给本人看的，是干部部门作为提拔干部时参考的，属机密资料。

"从身体中寻求对他们有用的东西，进而采取相对应的办法。这些病历档案，对六十岁以上的高级干部，特别是副部级以上干部，有着十分重要的作用。有的时候，上级组织为了关心干部，不可能把全部情况告知本人，他们获得了这些档案，就可以一击而成功。"沐剑锋站在那里，想着柯天星转述给他的米冰倩曾经透露的情况。

"沐处，你看这份材料。"路晓丽把一份材料交到他手里。

沐剑锋接过一看，眼睛就呆了。

这是一份全省扶贫协会和下岗就业协会的名单及工作计划。计划要求在每个乡镇建立扶贫协会，特别要求乡镇人大代表参加，每个参加的人每月给五十元的补助。计划特别强调，要在两年后，用协会取代基层党支部。计划还对资金的募集、管理、使用作了明确规定。

沐剑锋这才对李先进牵扯进卫梅案件，以及李先进的苦衷找到了答案。他们用金钱、阴谋、诡计铺平权力之路，用权力作为筹码，交换像李先进这样的大款手中的金钱，再用金钱织就一张网，一张看起来慈善，实则恶毒的网，从而达到控制政权、改变颜色的目的。

"太可怕了啊!"沐剑锋长叹。

几个人回到省厅，在沙发上睡了一会儿，就天亮了。

柯天星也回来了，他调查的结果更让沐剑锋震惊。郜野原手机里前十个电话，就有三个是打给皇甫赞的，两个是境外的。这说明，这几天，她与皇甫赞多次接触。

沐剑锋、柯天星当然对这位皇甫老人再熟悉不过了。

"天星，也许她与皇甫赞是朋友关系。通几个电话说明不了什么。好了，这件事就到此为止，等我向李厅长汇报后再定。省里的情况我们基本清楚了，虽然我们不清楚他们的工作细节，但也差不多。罗英彪不会说什么的，郜野原也不会开口的，我们现在最重要的任务就是了解他们的全部计划细节，彻底摧毁这个间谍网络。你把另外七个曾在北京 P 医院进修人员的资料再整理一下，我想会有用的。唉！龚超、郭晓雨那里仍然没有进展。"

沐剑锋叹着气，拿着柯天星的调查材料，走进了李子霖办公室。

李子霖听完他的汇报，没有说话。

"厅长，郜野原仍然不肯开口，我想她……"

他还未说完，李子霖抬了抬手，制止了他往下说。"剑锋，任何事情都不能猜测，这是做我们这一行的大忌。不能说在她手机上发现了某某人的电话号码，就怀疑此人跟她的关系。我不是害怕什么，我们要让证据说话，你明白吗？"他口气异常严肃。

"是，知道了。"沐剑锋点了点头。

就在郜野原被拘留的第一天下午，平天浩和威廉同机抵达北京。

两个人还没有走出首都机场，平天浩就接到一个来自东昌市的电话。他一听，脸色陡变，连忙捂住话筒，把情况向威廉讲了个大概，询问怎么办？

威廉说，停止一切工作。我早就说了，你的计划太过于冒险。我反对任何血腥的东西，我们需要的是头脑，知道吗？头脑，而不是杀戮。我会慢慢地让中国每一个细胞变质、腐败，直至死亡。

平天浩听不进他的话，号叫着，不，我不会失败，我永远都不会失败。他们永远也弄不清楚我的计划。东昌市没有了，我还有西昌市、南昌市、北昌……

他对着话筒恶狠狠地说，你听着，现在是你出力的时候了，实施二号计划，我要让沐剑锋、柯天星他们下地狱。

平天浩和威廉在汽车里争论不休。

就在案子陷入困境，沐剑锋、柯天星一筹莫展的时候，索巴带着一个女人来到了东昌市，来到了省公安厅。

索巴告诉他们，这个女人叫米雪情，是米冰情的堂妹，她有情况向你们讲。她说要当面向柯天星说。柯天星，你现在是名声在外了啊！冀南方都被你拉下来了，你的能量真的不得了。好了，人交给你了，我走了。

索巴的话酸溜溜的。他悻悻地走了，弄得柯天星倒有些尴尬。

"沐处……"

沐剑锋无奈地摇了摇头。"天星呀！是不是和平市公安局的人都在议论你，说你把冀南方扳倒了，是吧？一些情况他们不清楚，免不了有些误会，等案子了结，我会解释清楚的。"他安慰了一番。

柯天星说，我被别人误会惯了。

"说吧，米雪倩，我就是柯天星。"

"不，我要单独跟你说。"她坚持。

沐剑锋朝柯天星点了点头，就走出了房间。

房间里就剩下他们两个人。她说你真的是柯天星？我听索警官说，你很爱我姐姐，是吗？我可怜的姐姐，就这样没有了。

这个长得比米冰情还清纯的女人，一边抽泣一边流着泪。柯天星被她带进了对昔日的回忆中，双眼也潮湿了。我是爱你姐姐的，永远爱她。他拿了那条项链，说这是她送给我的，我没有保护好她，她的死，我有推脱不掉的责任。

米雪倩接过项链，左看右看，说只要杀害她的人死了，她就安息了。

柯天星未加思索，脱口而出，说死了，冀南方已经死了。

"那就好，我想他应该这样。"

"好了，有什么话你就说吧。"柯天星看着她。

米雪倩做了个说完了的动作。"没有了，柯警官，我来就是问你爱不爱我姐姐，既然你爱她，我就放心了。我知道你是个痴情的男人，我会替我姐照顾你的，你放心好了。"她偷偷地看了他一眼。

"你……"她的话，让柯天星哭笑不得。他想发火，又发不起来，他想骂她，又觉得欠妥。

沐剑锋、阮眉和路晓丽听说了事情经过，都觉得这个女人是喜欢上柯天星了，或者说有意替她姐接上这根红线，弄得他非常窝囊。

第二天下班的时候，米雪倩就在门口堵上了柯天星，像押着一个俘虏那样，押着他走了。

柯天星脑子有些迷糊，米雪倩说什么他听什么。

56

龚超和郭晓雨的调查依然没有进展。

他们按柯天星提供的名单，从 H 市于凤开始，到 W 市的白秀珠，U 市的莽秀明，以及郭晓雨调查过的 O 市的翟超和苏美丽，都没有发现有用的线索。他们寻找那个叫林夕的女孩子，也找不到，好像一切都十分平静。越是这样，龚超越感到不放心。多年的工作经验告诉他，这平静的后面，肯定有什么文章。他觉得这些人好像都知道他们会来的。难道对方已经做了准备？

"晓雨，就剩下 Y 市的两个人了，不知道结果如何。我感到他们已经做了准备。而且，不是每个人都能接触到核心机密的。也许这剩下的两个人里面，会有所收获。"龚超说。

郭晓雨点了点头，若有所思地说，我们每到一个地方，都是通过当地公安或者国家安全部门进行调查，我觉得这样有些不妥。万一他们在政府部门收买了人，像和平市、东昌市那样，那么我们的一切调查都将落入别人的圈套。也许，我过分担忧了，也许，他们的手还没有伸那么长？老龚，戈桐的教训你可不要忘记了啊！虽然你是老同志，又是这样的年龄，但我也要提醒你。

郭晓雨半是玩笑半是认真地笑着说。

龚超也笑了。

"长这么大，还真没有碰上过糖衣炮弹，我倒想尝尝它的滋味。你放心，我不是戈桐，他没有见过沙漠，一见沙地就以为是大漠了呢。我什么没见过，这些事情还能难倒我。小郭，你也要注意，你这个年龄，又没谈过恋爱，更要小心哟！"他幽默的话，说得她脸都红了。

两人到达 Y 市，开始调查沙欣和欧阳倩的情况。

他们没有通过当地有关机关，而是单独开始了调查。沙欣还在第六医院。她今天没当班，听同事说有人找她，特地从家里赶来的。他们是在医院值班室跟她见的面。这是一个小个子女人，没有米冰倩那样艳丽、招眼。第一眼看起来觉得没有什么特点，但越看越耐看，你挑不出任何毛病。

平平常常的衣服，却在其他地方下了一番功夫，白净的脖子上，一条极细的铂金项链，耳、鼻、唇，甚至连指甲都做了很好的修饰。香水散发着淡淡的幽香，像小鸟的翅膀，飞进了龚超的灵魂深处。

"你是谢小东，是苗圃的爱人？"她问。

龚超不敢实名相告，只好撒个谎。一听她问，他点点头，拿出了她跟苗圃合影的照片。

一看到照片，沙欣的眼眶就潮湿了，无限伤感地说："那是好几年前的事了，那两年在P医院的进修，是我最快乐的时光，我们十个人相处得十分融洽。唉！一分手，就再也没有见面了，苗圃她好吗？"

"出了车祸，她死了。"龚超直说。

沙欣惊诧地"啊"了一声，瞪圆了眼睛，"你说什么，她死了？天呐！怎么会是这样。那卫梅呢？米冰倩呢？她们都好吗？"她紧张地问个不停。

龚超咬住嘴唇，绷紧了脸，看着她，一言不发。

沙欣好像预感到了什么，紧张得浑身发颤，一对眸子露出恐惧，小心翼翼地问："难道……难道她们都……天呐，怎么会是这样。半年前，我还给卫梅打过电话呢。她快乐得像只小鸟，说有好多男人爱着她，她过着天堂般的生活，怎么就……你告诉我，到底是怎么回事？"

沙欣的恐惧和紧张没有一点做作的成分，这从她的脸上就可以看出来。郭晓雨以女人特有的温柔，劝慰说，你不要悲伤，有些事情是我们预测不到的。她把卫梅、苗圃、米冰倩死亡的情况扼要地说了一遍，没有加上自己的任何推测，只说了具体情况。

沙欣惊愕得半天没有喘过气来，不停地叹气，显得十分悲伤，与莽秀明的情况截然不同。

龚超试着问她们在P医院的一些情况。

沙欣一听他的话，长叹了一口气，感慨万端。

唉！说起来话就长了。米冰倩是我们那些人里面最漂亮的一个，卫梅是最活跃的一个，苗圃是最有心计的一个，还有 U 市的莽秀明，是最风骚的一个。由于我们是专门学习保健专业的，回各省的目标也很明确，那就是为省领导做保健工作，所以，带我们的医生都是专为高级领导做保健工作的，十分有经验。有这种关系，我们接触的人，最小的也是省部级的干部。大家八仙过海，各显神通，拉关系，走路子，有的人不惜牺牲自己的色相，具体的我不清楚。我嘛，是长得最差的一个，所以，也就没有人找我，我老老实实把我那份工作做好。至于卫梅她……具体的我就不清楚了。反正，没有她办不成的事。

"能举个具体事例吗？"

"她能一下子换回几万美元，低于市场价。"她说。

"你的意思是她关系多，是吧？她在北京认识谁，你还记得吗？"龚超知道这些是问题的关键。

沙欣想了一下说，我记得有一个叫车锦元的男人经常来我们住的宿舍。他长得高高的个子，很帅，嘴很甜，身上总是穿着名牌衣服，开着一辆黑色的宝马车。有人说他是大学教授，有人说是千万富翁，反正他挺有钱的。他每次来找卫梅，都是捧着鲜花。他跟苗圃、米冰倩、莽秀明都挺熟的，跟我们其他人的关系也挺好，谁要找他办事，都答应，都能办成。我们进修结束时，他还来送过我们呢。

"车锦元。"龚超记住了这个名字。

"听说过平天浩和鄯野原这两个人的名字吗？"他问。

沙欣摇了摇头，没听说过。

她说，我带你去找欧阳倩吧，在 Y 市，就我们两个人。

龚超答应了，两个人打了辆车，来到省委大院，找到了欧阳倩。欧阳倩比沙欣个头高点，人长得有些胖，不能说漂亮，但也说得过去。

一见面，沙欣就把欧阳倩拉到一边，嘀嘀咕咕说了半天，说得欧阳倩脸色都变了。她死死地盯了龚超和郭晓雨几秒钟。

"你真是苗圃的老公？"她问。

龚超一听她问话的口气，底气没有了，半开玩笑半认真地说，你见过他，你觉得我不像吗？

欧阳倩没有接他的话，仍然警惕地问，你认识平天浩和车锦元？你问这两个人干什么？这好像跟你没有关系呀！说吧，你到底是谁？找我们两个做什么？为什么对我们在 P 医院进修的情况感兴趣？

龚超被对方问住了。

欧阳倩显然不是沙欣。她比沙欣精明，也更为敏感。

房间里只有他们四个人，说了实话他怕对方什么都不说，不说实话对方更不会说。龚超处于两难的境地。

他看了看欧阳倩，反问道："欧阳小姐，你认识平天浩，是吧？既然这样，我也不隐瞒，我怀疑卫梅她们死于平天浩之手。如果你认识他，我劝你把你知道的一切都告诉我。否则……我不是吓唬你，米冰倩就是不听我们的劝告，才……不说了。她们就是听不进我们的话啊！多么漂亮的女人，竟然……你明白我的意思吗？"

"你是警察？"

"我叫龚超，她叫郭晓雨。"

两个女人瞪圆了眼睛。

"你走吧，我不想谈什么。"欧阳倩下了逐客令。

沙欣一个劲儿地说，欧阳，欧阳，这……这到底是怎么回事？我怎么像个傻瓜。欧阳倩一言不发，任由沙欣摇着自己的肩膀。

龚超一看这样，不走已经不行了，就拿出一张联系卡，交到沙欣手里，说有事给我打电话。说完就走了。

龚超一走，欧阳倩"哇"的一声，扑在沙欣肩上，哭了起来。她哆嗦着说，沙欣啊！你恐怕不知道，半年多前，那个该死的车锦元来过了，我……我实在禁不住他的诱惑，就……你知道吧，他要省委领导的病历档案，我……我就复印了一份给他。今天，你一讲到卫梅她们都死了，我就想到这件事肯定跟这个有关系，你想想看，他要省委领导病历档案做什么？还不是为了更好地研究领导人的状况，搞别的什么阴谋，你说对吧？万一……万一他们暴露了什么，我怎么办。唉！都怪我太……太糊涂了。

沙欣听得心惊胆战。

"你……你跟他上了床?"

欧阳倩不语。

"他给了你钱?"沙欣再问。

"你不要问了。"欧阳倩急得满脸通红,跟沙欣说,你说怎么办吧?不要忘了,我也把你那里局级干部的病历档案拍了下来,给了车锦元。

沙欣一听,更急了,你怎么能这样做,为什么不告诉我,你太不够意思了。

欧阳倩搂着她的肩膀,不要怪我,我不是糊涂吗?好了,我们商量着怎么办吧。否则,我怕走卫梅她们的路啊!两个人商量来商量去,仍然找不到一个妥善的办法。

"唉,躲是躲不过的,欧阳,我们就直说了吧。我看那个警察非要把这件事弄个清楚的。你想想看,车锦元在我们实习期间经常到我们那里去,现在看来,是有目的的。警察问的那个叫平天浩的男人,在 P 医院时,我曾经看见他跟车锦元来过,他跟卫梅挺熟的,我问过卫梅,她告诉我,他叫平天浩,是什么协会的。"沙欣劝说欧阳倩把事情说清楚。欧阳倩还是有些犹豫,怕一说,就纠缠不清了。

"告诉车锦元呢?"沙欣说。

欧阳倩摇了摇头,你恐怕不知道,前天他已经来 Y 市了,给我打了电话。从他说话的口气中,他好像知道这两个人会来。我想他应该有所准备的。也好,告诉他,让他想办法。

她一决定,沙欣也没有说什么。欧阳倩就在办公室拨通车锦元留下的联系电话,对方说知道了,让她什么也不要说。

放下电话没有十分钟,莽秀明的电话打过来了。

她惊讶对方为什么知道她的电话,莽秀明笑了,说她已经到了 Y 市,让她们过去找她,莽秀明告知了自己住的酒店名称。

57

莽秀明衣着靓丽，打开了门。

"哎呦，我的沙欣，你还是这样小鸟依人般可爱。欧阳，见到你我多么高兴啊！北京一别，我们已经有年头没见了，怎么样，这些年都好吗？"她一手牵着沙欣，一手搂着欧阳倩，显得十分热情。

"看你满面红光的样子，是不是发财了？知道那个车锦元吗？他可把我们害苦了啊！莽姐，我们俩遇到了一点麻烦事，你能帮我们想想办法吗？那个可恨的车锦元。"沙欣有些犯急，把事情经过讲了一遍。

"不就是两个警察嘛，一个叫龚超，一个叫郭晓雨，是吧。你们都跟他们说了些什么？是不是把我们在 P 医院那点事都告诉了人家？沙欣，我就知道你最沉不住气了，我告诉你吧，医院分别后，我就没有再见过他们。好了，不去管他，谁让你们是我的姐妹呢，Y 市的事你们不用管了，我来想办法。他们再问你，就说什么也不知道就行了。"莽秀明显得十分自信。

两个人悬着的心也放了下来。

"那就好，那就好……"欧阳倩脸色好看了许多。

三个人聊了好一会儿，看看时间不早了，就要告辞。

莽秀明再三叮嘱她们，该说的说，不该说的就不要说。她拿出两个硬纸袋塞到她们手里，这是姐姐送给你们的，一套香奈儿化妆品，你们这张脸，化化妆，还不把男人馋死。妹妹们，不是姐姐教你们学坏，一个女人，仅仅靠自己的男人，是永远满足不了自己的生活的。女人是朵花，要靠男人的雨露滋润。从生理角度讲，良好的性生活，是女人永远年轻的秘密。明天你们等我的电话，我带你们去一个新鲜的地方，妹妹们肯定喜欢。

"看你，莽姐……"沙欣嗔怪。

欧阳倩有些心动，"莽姐，你活得好爽哟。"

莽秀明把两个人送到电梯口，亲热得像糍粑一样粘在一起。女人谈起男人，也像男人谈起女人一样，十分有兴趣。她们抱怨自己的丈夫赚不到钱，咒骂他们在床上就像冰棍一样，没有一点浪漫可言，还说自己命不好，没有碰上一个好的男人。莽秀明细心地引诱她们进入自己设计的港湾，点燃她们心头的欲望之火，让它燃烧。

莽秀明回到房间，尼尔坐在那里朝她笑。

"怎么样，我又帮你收买了两个人。你放心，他们查不出什么的。告诉我，车锦元是你们的人吗?"

"你问多了，秀明。"尼尔弹了弹烟灰，你与她们的谈话我都听清楚了。不该问的你不要问。你按照我说的去做就行了。我们要想想办法把这两个人弄走，他们找到了车锦元，很快就会找到我们，我们还有许多工作要做。

"好吧，我听你的。"莽秀明拿起坤包，笑了笑，就往外走。

尼尔把她送到门口，又吻了吻，看着她走进电梯。一会儿，他来到窗前，看见她正在饭店门口等车，笑了，马上拨通了一个电话，交代了一番。

尼尔刚坐下，平天浩的电话来了。

他告诉尼尔，鄀野原已经在东昌市被拘，虽然她不会交代什么，但沐剑锋他们已经注意到了。我估计，那份材料没有被销毁，恐怕是米冰倩把它放在什么地方了，如果他们找到了那份东西，我们就完了。我虽然派了人过去，做了最坏的打算，但你那里的工作还是停一停的好，免得再惹出别的什么事来，毁了我们的事业。

"不行，平先生，我们的计划是按块划分的，东昌市出事，是鄀野原听不进我的劝告，她是自己把自己送进了坟墓。我这里一切顺利，你就放心好了。而且，我的计划已经向威廉博士汇报过，他也同意。关于那份材料，是你惹的祸，要怪，只能怪你。我想你到了该回国的时候了。"尼尔露出嘲讽的口吻。

"你……"平天浩有些发怒了，你这个鼠辈，你知道什么，没有我，我们组织在中国会有如此的成绩?我们已经有五千名会员，我们安插在共产党内部的炸弹，没有人能查出来，随时可以爆炸。我告诉你，我要是走了，也不会把这一摊子交给你。我已经向上面建议，由威廉接替我，出任会长和秘书长，我要到格鲁吉亚去，那

里急等着我去工作。好了，你既然听不进我的劝告，就好自为之
吧，你看不到我的失败，在东昌市，我还有一颗重要的棋子没有启
动，他就是车锦元，现在谁也不知道他在哪里，他会给沐剑锋致命
一击的。他啪地挂了电话。

放下电话，尼尔脸上泛起一丝不屑的微笑。

凯旋饭店是市里最豪华的饭店。饭店里的凯旋宫，是全市最为
豪华的歌舞厅。凯旋宫有三层，一层是散客大厅，罗马式的舞池，
显示出罗马贵族般的豪华。二层是小小的单间，是供客人练歌娱乐
的地方。三层是豪华的包厢，全是内外间的。外间的一圈沙发，是
供客人唱歌的地方，内间也是沙发，是供客人休息的地方。这个地
方黑的白的红的黄的全有，什么也不缺，只要你有钱。

欧阳倩和沙欣来到凯旋饭店门口。

"欧阳，我的心老是咚咚直跳，我有些害怕。我听说这个地方
消费最贵，是男人来的地方，全是做那个的。我们来这里，合适
吗？也不知道莽姐是什么意思，非要拉我们到这种地方来。"沙欣
瞪着眼说。

"看你，有什么了不起的。"欧阳倩以无所谓的口吻说，"反正
是莽秀明埋单，我们怕什么，我看她的样子，恐怕弄到了不少钱。
不玩白不玩，不吃白不吃。走吧，不会把你卖了的。"她拍了拍她
的肩膀。

站在门口的莽秀明看见她们，飞一样过来了。

"哎呦，看我等的，你们还磨蹭什么，进去呀！不会把你们吃
了的。"她连推带拉，把她们推进了饭店的门。

"天呐！没想到这个城市还有如此豪华的地方。这辈子算白活
了。"沙欣一边摸这儿摸那儿，一边念叨着。

欧阳倩也有些惊诧，瞪着一对大眼睛四处看着。她没有想到莽
秀明如此有钱。她的钱肯定来路不明。她心里嘀咕着。

莽秀明只是笑，什么话也没说。她朝跟在身后的小姐使了一个
眼色，一会儿，她就带着三个年轻男人进来了。这三个男人，看起
来也就二十岁左右，长得十分英俊，是那种小白脸一类的角色。

她说妹妹们，我请了三个小伙子陪我们喝酒唱歌，怎么样，我

们也高兴高兴？欧阳倩和沙欣都知道是怎么回事，有些尴尬，沙欣更是拘束。三个职业男人知道自己的角色，一口一个姐地叫着，甜滋滋的，让她们绷紧的神经也松弛下来了。

三杯啤酒下肚，大家马上放开了，特别是一块唱歌，几乎是亲密无间了。

"姐，你的歌唱得真好。"甲男说。

"姐，你真漂亮。"乙男嘴更甜。

丙男把莽秀明搂进怀里，轻轻地抚摸着她的发丝，一副旁若无人的状态。喝酒，唱歌，弄得欧阳倩和沙欣神采飞扬。

甲男对欧阳倩说，姐，我帮你揉揉肩吧，特舒服。没容得她反对，他就扶着她走进了内房。半个时后，两个人从房间出来，她的脸红红的。

沙欣问，欧阳，你怎么了，喝醉了吗？看你脸红的，像猴屁股。

欧阳倩瞪了她一眼，沙欣，你也尝尝那种酒，特好喝。

是吗？她一听，就拉着乙男走进了内房。过了许久，两人才从房间里走出来，沙欣脸上洋溢着那种难以抑制的兴奋，也不害羞。莽姐，我做梦也没有想到，做坏女人也如此之好啊！她的话，说得一房间人哈哈大笑。

"莽姐，你怎么不进去喝杯酒。啊！我明白了，你喝够了，是吗？莽姐有福气啊！中国酒外国酒都品尝够了，这辈子也算没有白活啊！"沙欣揶揄的话，说得两个女人都咯咯笑了。

"没关系，你愿意品尝我负责安排。"莽秀明说。

"沙欣，你今天怎么了。莽姐可是为我们好，这小伙子多棒，还满足不了你？我真没有想到，平时守着妇道的你，怎么变成了这样。这人呀，真是没得说。"欧阳倩发出一番感慨。

三个女人享受着三个男人的爱抚，天南地北地聊开了。

欧阳倩问，莽姐，你告诉我们，卫梅她们到底是怎么回事？车锦元那个人到底要病历档案做什么？我真搞不清楚是怎么回事。

沙欣也说，那两个外省的警察，恐怕要把这件事搞个水落石出的。莽姐，这跟我们没有关系吧？

莽秀明搂着两个女人，小声叮嘱说，你们不用害怕，什么事也没有的。只要你们什么都不说就行了。莽姐不会亏待你们，你们会过得比现在好，天天都掉在蜜罐里。欧阳、沙欣，你说我们女人活一辈子为了什么？没结婚想结婚，结了婚想着孩子，唯独没有我们自己。我们也应该为自己活一把，该玩就玩，这多好。你们说是不是？有了钱，就什么都有了啊！

三个女人捂着嘴偷偷地乐着。

龚超和郭晓雨的调查陷入了僵局。

欧阳倩和沙欣现在理都不理他们，更不要说谈什么了。龚超给沐剑锋去了电话，汇报了调查的情况，对方告诉他，部野原虽然被抓，但她什么都不说，我们是可以起诉她，但是，社会经济研究协会仍然在活动，它们在全省乃至全国的情况我们依然是不清楚的。柯天星带人去了下面，想从底下着手，查清那些藤藤蔓蔓的关系，最终弄清他们的计划。沐剑锋希望龚超这里能有所突破，为案件最终的破获做出贡献。

放下电话，龚超心情沉重，他跟郭晓雨说，我们一定要取得进展，否则，我们这一趟外出调查就白来了。两个人认真商量着。

58

柯天星带着路晓丽和耿琦，在东昌市附近的市县调查。他仔细看了上次沐剑锋调查的资料，想彻底弄清楚社会经济研究协会在全省的情况。调查回来后，几个人累得要死，但也有所收获。

从调查的情况来看，扶贫协会的网络几乎覆盖了全省，都是以县为单位的，相互没有联系，每个县的负责人都是本地人，有的还是县里的领导，他们说，我们只是搭起了架子，他们提供了一些经费，我们不清楚他们在下面进行了什么工作。

所有的调查都说到一个人，这个人就是刘辰，省扶贫协会会长。省社会团体管理办公室说，根据上面的精神，这样的公益性社团组织，我们是应该支持的，所以，就登记注册了。他们提供了刘辰的基本情况。本省人，六十岁，刚从省教育学院退休。我们找到刘辰，他否认协会跟社会经济研究协会有关，说资金都是他募集来的，主要是想为农民办点实事。

柯天星无话可说。

"上次我去过新建县，参加过他们的一次大会，组织之严密，是这种社会团体中少见的。虽然他们受到老百姓的欢迎，也投了一些钱，办了一些好事。但我总是怀疑这种组织背后的目的。当然，绝大多数会员是好的，他们不可能知道这些人的用心。像下岗就业协会那个弓长伟，上次群体上访事件，就是他挑动起来的。如果他们利用农村中的矛盾，充当农民的代言人，后果是可怕的啊！如果我们不能找出他们的违法证据，弄清他们的目的，我们将十分被动。"沐剑锋听完他的汇报，忧虑地说。

"听说罗英彪……"

"是的，天星。省委接到我们报告后，找过罗英彪谈话，他否认在自己的晋升上做过手脚。的确，调查也没有发现他做过什么手脚。米冰倩已经死了，就是她没有死，要省委相信她的话，也是有难度的。他们把一切都做得天衣无缝啊！让我们无法下手。我认为米冰倩的话是对的，为了更大的利益，他们就是要打造一个廉洁勤政的党员领导干部的形象，从而获取更大的政治上的利益。间谍机关的阴谋太可怕了，太可怕了。"沐剑锋连连叹气。

"我们就没有办法？"柯天星问。

"省委要我们拿出证据。罗英彪在四处活动，得到相当多的人同情，皇甫赞指责李子霖有意陷害领导干部，说陈志明和冀南方有问题，不能说明罗英彪也有问题。说社会经济研究协会有问题，不能说所有扶贫协会都有问题。天星，如果我们拿不出证据，我们的工作将十分被动。省厅、省政法委、省纪委都面临着巨大的压力啊！对了，不说这个烦心事了，你那个米雪倩怎么样？我看这个女人爱你爱得要发疯了吧？"沐剑锋感到气氛太压抑，故意笑着问他。

"可不，一个疯女人。"柯天星笑了。

沐剑锋叮嘱他，把所有的线索理一遍，寻找对我们有用的东西。他说，我不相信他们没有一星半点儿疏忽，就能做得滴水不漏？

柯天星一走，阮眉走了进来，我调查过了，米冰倩是有一个堂

妹叫米雪倩，但她早已出国了，而且跟米冰倩关系并不好。我们找
不到米雪倩的照片，无法判断这个人的真伪。要不，我们把这些情
况告诉柯天星，让他注意点。

"不，暂时不行。"沐剑锋摇了摇头。

李子霖电话打过来了，要他过去一下。

"剑锋，告诉你一件事，你要有思想准备。"沐剑锋一进门，李
子霖就把他按在沙发上。

"冀南方出事后，省委想让你出任和平市政法委书记兼公安局
长一职，省委组织部征求省厅的意见，党委让我先找你谈谈，这毕
竟关系着你的未来。这个位置有风险，你要考虑好，我给你三天时
间，再告诉我。你记住，这个选择对你来说，也许一辈子只有一
次。"李子霖十分平静。

沐剑锋没有任何惊诧。

"这……难道是柯天星的故事在我身上的重演？难道我们已经
接触到了案件的核心？"沐剑锋双眼放光，自言自语地念叨着。

"你嘀咕什么呀！"李子霖不解地问。

沐剑锋马上把冀南方当时提拔柯天星当分局长的事情经过说了
一遍，难道上面还有他们的人？这件事会不会跟案子有牵连？如果
是那样，那太好了，我们正可以顺着这条线，找到我们有用的
东西。

李子霖一听，脸陡然变色，训斥道，沐剑锋同志，你把我们党
组织看成了什么？你把省厅看成了什么？这个决定，不是一个人作
出的，是组织作出的。我是代表厅党委跟你谈话的，你自重些。

"是，厅长，也许我想多了。"

"你不是想多了，是想歪了。好了，你走吧，我等着你的回答。
你记住，我们还有许多优秀的干部，不是只有你才能出任这个职务
的。"李子霖十分不悦，眼睛看都不看他。

沐剑锋十分尴尬，悄悄地离开了李子霖的办公室。

月亮清幽而迷人。

夜色覆盖了一切。树木和花草都在夜色中显得朦胧，月亮一会

儿躲在云层，一会儿又调皮地跳到你面前，把那银色的金辉洒满大地。

吃完晚饭，沐剑锋来到楼前的小花园，坐在葡萄架下，就那样一言不发，就那样静静地坐着。

一个幽静的影子从他后面走了过来，悄悄地站在他后面。他没有回头，只轻声说，阮眉，你放心，我什么事也没有，只想一个人静静地坐一会儿。

"你怎么知道是我？"阮眉惊诧了。

沐剑锋转过身，猛地把她搂进怀里，一言不发。

一会儿，她发现他浑身发抖，声音哽咽。她很震惊，摇着他问，剑锋，你怎么了，到底怎么了？他们相恋多年，她从未发现他软弱过，哪怕案子走进死胡同。她这样一问，他的身子更是抖得厉害。她知道，他在极力控制自己的情绪。但是，无声的泪水打湿了她的衣服。

"好了，谢谢你来看我。"他恢复了平静。

"告诉我，到底发生了什么事？"她摇着他的肩。

他实在不想告诉她今天发生的事，又感到委屈。我有什么错吗？我为什么不可以这样想问题？我难道是多心了吗？为什么在案子的关键时刻让我去当局长？他不担心别的，更不担心自己的前途，他担心的是敌对势力渗透到了我们关键的部门，那才是最为可怕的啊！在她再三追问下，沐剑锋这才把今天下午李子霖找他的经过说了一遍，并且说出了自己的疑惑。

"太好了，剑锋。"阮眉露出从未有过的笑脸。

她拿出手绢，擦着他脸上的泪珠。剑锋，你还犹豫什么呢？还有什么事情能比这件事情让人高兴的。这是组织对你的信任，是你多年奋斗的结果。你不要想得太多，听组织的话就行了。你不是老对我说嘛，公安战士是党手中的剑，党指向哪儿，就打到哪儿。现在组织要求你去一个全新的工作岗位，正是党对你的信任啊！

她伏在他怀里，显出从未有过的快乐。两个人恋爱多年，谈情说爱少，除了工作还是工作，这样的缠绵是极少见的。

听完她的话，他有些晕乎乎的，好像在梦中一样。

她说晚上凉，我们回家吧，反正爸妈不在家。她牵着他的手往回走。他没有听明白她的话是什么意思，像个孩子，跟在她身后。

回到家，她让他坐在沙发上。

"你等等，剑锋，我今天送你一件礼物。"

她笑着离开了他，走进了浴室。一会儿她在房间里喊着，傻瓜，快进来，来看看我送给你的礼物。

沐剑锋的思绪还在案件中漫游，一听她喊叫，木偶般走了进来。

冷冽的月光透过窗户，洒满了一地。床上，一块火红的藏棉布包裹着一个人，仰躺在那里。她的脸裹着一条素色围巾，朦朦胧胧的。他先是呆呆的，站在那里不知所措。

忽然，一声呼喊从寂静的夜色中传来，幽幽的，如水如梦如冰，使他的灵魂从云中坠落到地下。他猛地走过去，一把抱住床上的女人，泪如雨下。

他掀开了那块火红的藏棉布，看见了一幅从未看到的风景。他伏在她身上，不停地吻着，喊着，泪水洒满了她一身。

"来吧，剑锋，这就是我送给你的礼物。我知道你太累了，让我的身体温暖你的灵魂。记住剑锋，你是世界上最好的男人，最棒的男人。你放心，就是你不在了，我也会让案子水落石出，揪出幕后的黑手，还世界一份安宁。剑锋，你快点拿去呀！"她搂着他。

"阮眉，我听你的。"

月色如冰，他的背凉凉的，手上的汗珠胜过荷叶上的露珠。她没有驾驭骏马的本领，他的慌乱、迷惘、不知所措使她感受到一种从未有过的心酸……然后泪止不住地坠落，心里有种撕裂般的疼痛。

"剑锋，我多么高兴啊！"声音轻柔如一尾羽毛。

"阮眉。"他把她搂进怀里，抚摸着她的秀发，忧虑地说，"自从我们发现托比的问题以来，我就有些忧虑，我不是害怕什么，我是感到这样的案子，跟我们以前破的案子有许多不同。他们对我们的法律和官场关系研究透了，总是在我们要抓住他们的时候，从我们手里滑落下去。我知道冀南方没有讲实话，我预测他们会对他下手，但是，还是让他们得逞了。如果我们能从冀南方口中挖出点情况，也不至于这样。郜野原又是那样死不开口。龚超又找不到半点儿线索，柯天星……"说到这里他停住了。悄悄地附在她耳边，不知说了点什么。

"记住，这只是我的预测，只能你一个人知道。"他再三叮嘱。

"知道了，我的局长大人。"她调侃。

"别这样说。"沐剑锋马上纠正她的话，"阮眉，去不去和平市，我还没有考虑好呢。我实在放不下这个案子，我总有一种不祥的预感，我的调动，会跟案子有关。但愿是我想错了。"

阮眉有些不解地望着他，什么也没说。

59

最近，东昌市、龙川市、和平市以及附近的 H 市、W 市、U 市等几个城市，相继出现了上访群众围堵市政府的事件。经调查，组织者全部是原先社会经济研究协会的人员，这样一来，又把沐剑锋推到了风口浪尖上。

中央在东昌市召开了相关几个省市主要领导人会议。

"同志们，严峻的形势告诉我们，国外反动势力利用民间组织进行颠覆活动已经到了丧心病狂的地步。它们打着为民请命的旗号，混淆是非，制造混乱，利用一些正常的内部矛盾，夸大事实，这股势力已经危害到国家安全。"中央领导停顿了一下接着说，"我看过了你们省公安厅的报告，很好。现在重要的是，抓住现有的线索，扩大成果，彻底摧毁这些组织。我相信，你们会给中央一个满意的答复。"中央领导又针对一些具体的政策讲了斗争的策略和战术。

会议一散，省委又召开会议，落实中央领导的讲话精神。省委会议一散，省政法委会议、省公安厅会议一个接着一个召开，部里还派出了案件督察组，几乎把李子霖和沐剑锋逼到了崩溃的边缘。

两人坐在会议室长长的桌子两头。

"剑锋，你是什么想法？"他问。

黑暗中，只见沐剑锋的烟蒂一闪一亮。

"你为什么不说话，是茫然不知所措，还是无处下手？我感到他们就在我们身边，他们的主要人物就在东昌市。上访事件是他们制造的烟幕弹，目的是转移我们的视线。还有，他们仍然没有拿到那份资料，他们害怕落到我们手里。我猜想，米冰倩应该把它放在一个不为人知的地方了。剑锋，你是否有答案了？"李子霖的话，透出一种焦虑。

"是的，厅长，但现在只是我的推测。"他说。

"说说吧。"

"厅长，还不成熟，我要等等。"

"好吧，好吧，我不逼你。"李子霖长叹了一口气，感慨地说，"干了这么多年，还从来没有如此焦虑过。明明看见敌人在那里，却抓不着。明明知道是他们做的，却找不到证据。"

"是啊，厅长。"

"还有，平天浩已经离开了中国，是他在国外指挥着协会行动，还是另有他人？那个叫车锦元的人还没有找到，这个你心中要有数。省委已经找罗英彪和皇甫赞谈了话，事实证明，郗野原交代的完全是事实。我们现在已经基本可以认定你原来的推测，该协会采取了两种手段，一方面，通过获取病历档案，在我党的中高级干部中做文章；另一方面，利用政府与老百姓之间的矛盾，推波助澜，破坏稳定的局面。还是刚才所说的，我们只有找到那份资料，才能弄清楚他们的全部目的。"李子霖重复着他多次讲话的内容。

"我明白，厅长。"

李子霖起身，你明白我就不多说了，我们需要的是结果。他说完推开了会议室的门，走了。

沐剑锋仍然孤独地坐在那里，黑暗中，只能看见他的烟蒂像荧火虫一样在不停地闪烁。他再次把卫梅案子的全部细节在大脑里不停地回忆，把柯天星告诉他与米冰倩接触以至相爱的经过细节反复琢磨。突然，那条项链映入他的脑海。

"难道是项链……米雪倩……"

他回到办公室，拨通了阮眉的电话。

"阮眉，是我……对不起，打扰你睡觉了。我刚才反复回忆了一下柯天星与米冰倩接触的经过，她给柯天星留下的唯一的东西就是那条项链，我现在弄不清楚，项链的意思是什么呢？它仅仅是一样物品吗？还是有别的……你是女人，你的感觉是什么？"沐剑锋没容对方喘息，就急着说。

已经是晚上十点钟了，阮眉已经休息。她睡眼蒙眬，一听他的话，就有些不高兴。"处长大人，它当然不仅仅是一件物品，它代表着女人对男人的一份情意，情意，懂吗？我看过那条项链，那是女人戴的项链，不是她特意买给他的，那上面，有她的汗渍和气味，浸透着一个痴心的女人对心爱的男人的向往，懂吗？它的价值是无法用金钱来计算的。米冰倩可以瞑目了啊！柯天星是那么爱她，有一个男人如此想念她，一个女人还图什么呢？好了，处长大人，我困了，要睡了。"

沐剑锋的话，似乎触动了她心底的那份情愫和情感，她说了一大段感慨的话，又觉得无聊，他刚要接她的话，对方就挂机了。

沐剑锋懊丧地长叹了一口气。

我做错了什么呢？他实在有些不理解阮眉的想法。

处理完事情，他看了看表，有些晚了，就走下楼，开着汽车回家。

车刚开出院子，他就发现马路对面一个似曾相识的女人身影，马上把车停在路边，走了过去。

"田雪，怎么是你？"

"沐哥哥，我……我实在睡不着，就来找你，这才知道你是处长，门卫告诉了我你办公室的窗口，我就这样等着你的房间灯灭。沐哥哥，你太辛苦了，如果……如果你不累，就陪我到咖啡厅坐坐，我实在难过，沐哥哥……"她捂着脸，哽咽着。

"别哭，好，我陪你去。"沐剑锋让她上了车，一会儿就到了附近的一家咖啡馆，要了两杯咖啡，静静地听她诉说着过去的往事。

她告诉他，自己和男朋友是在上大学时认识的，他对她很好，半年前，班里转来了一个女生，长的比她差，她实在弄不清楚，他怎么会看上她。她说，我不是伤心他抛弃我，我是搞不清楚，他怎么会看上一个比我还差的女人。

"沐哥哥，你是男人，你告诉我，这到底是怎么回事？我总在想，如果他找一个比我更好的女人，我一点也不生气，优胜劣汰嘛，很合理的。现在我……我糊涂了，这个世界到底怎么了？"她瞪着一对迷茫的眼睛，看着他，像个迷路的羔羊。

沐剑锋和田雪是在前一段时间偶然认识的，沐剑锋并未在意过什么，可是今天她说的话，使沐剑锋心头阴霾一扫而光。

那种在阮眉身上得不到的东西，在这里他得到了。尊重和自尊，是男人生命中最为重要的东西。如果一个男人在心爱的女人面前，得不到一份尊重，那么，他的心灵就要遭到重创，那埋在他心底里的怨恨会永久地潜伏在心底。

"田雪，人生最说不清楚的就是男女之爱。不要难过，当一扇门关闭的时候，上苍总会为我们打开一扇窗的。当一件事情不再属于我们的时候，另一件事情总会找上门来。也许，失去一种想念，会得到另一种幸福。"沐剑锋端起了咖啡，微笑着说。

"……哦，你真是一位哲学家。"

田雪的脸上有了红晕，眼睛也露出羞涩。她偷偷地看了他一眼，而这一眼，正好撞上了他的眼神，弄得他尴尬地收回目光。

她转弯抹角地问起阮眉，并探寻他和女朋友的关系如何。

沐剑锋在这样一个小妹妹面前，搪塞道，我们很好。他不愿意说得更细，更不愿意把自己的痛苦向任何人诉说。多年破案的工作生涯，使他养成了少说话的习惯，何况他仍然认为阮眉没有做错什么。

"田雪，不早了，我送你回去吧。"

田雪只好招招手，要埋单，被他拦住了。他结了账，走出了咖啡厅。

沐剑锋把她送到住处，走下了车。

田雪十分高兴，谢谢沐哥哥陪我。她告诉他，自己要到国外读书去了，以后见面的机会不多了。

"你闭上眼睛，我送你一件礼物。"她调皮地说。

"礼物，什么礼物？"

"沐哥哥，你闭上眼睛。不闭上眼睛不好玩嘛，听话，闭上眼睛，我的沐哥哥最听话的。"田雪那种小孩子的神情，跟那种女人的嗲媚完全不同，显出那种心无顾虑的孩子气。

他闭上了眼睛。

一种湿润突然沾在他唇上，他睁开眼睛，这才知道她吻了他。

他责怪说，你呀你，这么孩子气。

她认真地说，我要你沾上我的气味，一辈子也忘记不了。说完，跳跳蹦蹦地进了楼。

沐剑锋开着车往回走，心头还荡漾着田雪快活的形象。

田雪的出现，根本没有在沐剑锋的考虑范围之内。可是，就是这个田雪，差一点给他带来了灾难。

60

A 国，繁华的都市。一家豪华的酒店。

一个满脸胡须的中年男人拍了拍尼尔的肩膀。他一回头，怔住了，惊诧，是你，威廉博士。

威廉博士是非政府组织环境与人口驻中国的首席代表，也是平天浩和尼尔的好朋友。他又是中国一所著名学府的名誉教授，是个地地道道的中国通，一年中有半年在北京。

两个人走出饭店。福特汽车沿着宽敞的大道，一会儿就到了一座巨大的灰色的建筑前。

威廉把汽车停在外面，走了进去。

推开熟悉的房门，尼尔发现平天浩正坐在那里喝茶。他见威廉和尼尔走了进来，马上朝不远处的秘书打了个响指，秘书马上端着两杯泡好的茶走了过来。

"这是铁观音，是我刚从中国带来的，味道好极了。你们应该知道，铁观音也叫功夫茶，只有慢慢喝才能品出味道来啊！"他一语双关。

"是，平先生。"尼尔说。

威廉笑了笑。

"尼尔，我们聘请威廉先生为我们的顾问，许多情况我就不多说了，陈志明自杀，他们省的纪委书记已经找罗英彪谈过话。我们分析过，是米冰倩把有关情况告诉了柯天星，沐剑锋才知道这些。但那份资料仍然没有到他手里，否则，我们在中国境内的组织将全部完蛋。我们通过关系人打听过，米冰倩是怕柯天星遭遇不测，才不说出那份资料在何处，这对我们倒是件好事，那份资料，也许永远也找不到。沐剑锋已经在打另外七个人的主意，尼尔，你马上赶回去，掐断一切可能暴露的线索，利用他们制度上的矛盾，设法制造一些障碍。戈桐已经调离了社团处，龚超和柯天星都不是好对付的角色。另外，从今天开始，我们不再利用社会经济研究协会工作，所有的资料和组织人员，以后都以威廉先生的环境与人口组织开展工作，它是非政府组织，比我们更有条件。"他交代说。

"郜野原那里……"

"这不是你应该问的。"平天浩冷冷地说，"你只做你知道的事，这是我们组织的纪律，你应该知道。她的工作开展得很好，无论在农村还是在城市，都取得了成绩。东昌市政府已经被下岗拆迁的事闹得晕头转向。没有稳定，就不可能有经济上的效益。"他露出了得意的笑容。

"尼尔，我很快就要回北京，也很快就会到你那里去，我会亲自指导你工作，你放心，没有了陈志明、罗英彪、冀南方，我们会再打造另一个类似的群体。这一代人不行，我们就做下一代，和平演变中国是我们长期的任务，不要太急，慢慢来。"威廉拍着他的肩，亲切而又自然。

尼尔又询问了一些具体的事宜，包括经费、几个关系人联系情况等，平天浩一一作了交代。他又与威廉闲聊了几句，就告辞了。

尼尔一走，平天浩关上门，两个人坐在昏暗的灯光下，谈了两个多小时。

尼尔第二天飞到了北京。在北京停留了一晚后，就走了，去了哪里，没有人知道。尼尔熟悉这块土地，更熟悉这里的人们。

但是，他还是被池北海看见了。

他感到十分吃惊，连忙给柯天星打电话，电话打不通，又给路晓丽打。

路晓丽接到了电话，问明了情况，连忙向沐剑锋作了汇报。

沐剑锋大吃一惊。他的出现，到底为了什么？

柯天星说，托比的出现，跟陈志明、冀南方和郜野原都有关系，我可以说，他是此案的一个关键人物。

沐剑锋马上派人调查他住店的情况，这才知道他已经改名，叫尼尔了，而且是非政府组织环境与人口的成员，这使沐剑锋更加谨慎。他知道，为了那份材料，他们不会住手，从这个角度看，我们没有拿到材料，他们也没有拿到，那么材料到底在哪里？

沐剑锋有种侥幸，也有种焦虑，毕竟好多事情，只有见到那份材料才能彻底判断清楚。一份能让人杀人的材料，一份让双方都焦虑的东西，一定是绝密的。

沐剑锋坚定了自己的想法。

61

尼尔再次来到中国后，忙得不行。他没有听从平天浩的安排去东昌市，而是去安排自己的事情了。他知道，沐剑锋的调查，恐怕会涉及他那一块，他要提前做准备。他相信平天浩有能力拿到那份东西。当然他知道那份东西的重要性，更重要的是，他要布置第二道防线，像打仗一样，必须想到敌人的进攻。

平天浩来到东昌市，见了车锦元。

"车先生，现在是你为组织做贡献的时候了。郜野原被捕，冀南方死了，他们的注意力全部集中在了那七个人的身上，那一块有尼尔安排，经综合分析，那份东西，还没有到沐剑锋的手上，否则，我们在中国的日子不会这样好过。不要忘记了，我们在你身上，是花了大价钱的。"他望着车锦元，平静地说。

"为什么不动用罗英彪？"

"蠢，现在动用他，就是一个字，死。我们要想尽办法让他渡过难关，只要渡过去了，我们就可以迎来一个春天，不要忘记了，最好的棋子，是最后用的。比如你，谁又能想到你是车锦元，连最精明的沐剑锋和柯天星都想不到。你的任务，就是要找到那份东西，我想它一定是在米冰倩的家里，你要想办法。"他交代。

车锦元为难了，告诉他，苗圃活着的时候，我反复问过她，她也不知道，我去过米冰倩的家里，也没有发现什么，去哪里找？

平天浩冷冷地说，你应该知道，那份东西关乎我们十年来奋斗的成果，你无论如何也要找到那份东西。他将头靠近车锦元的耳边，说出了自己的计划。

车锦元点了点头说，我尽力吧。他提出，应该在柯天星、沐剑锋的身上想办法，派人走近他们，那样的话，我们就能知道更多。

"这个不用你提醒，我有安排。"平天浩站起身说，"我这次到东昌市，就是为了这件事来的，为了安全，你不要再与我联系，拿到东西，马上去北京，你知道如何处理，我交代过你，好了，就这样，你走吧，我还有好多事情要处理。"

车锦元起身，走了。

下午，在公园，平天浩跟一个女孩子坐在一起。他问她，工作如何，有进展吗？

女孩子笑着说，你放心吧，如果东西在，我一定想办法拿到，没有我办不到的事情。只是你答应了我的事，希望兑现。

平天浩说，这个你放心，如果你拿到了东西，我一定兑现我的诺言，让你满意。

他告诉对方，我明天就离开东昌市，这里没有人帮你，你一个人要注意，遇事要三思，不要太自信，太自信的人都将毁灭自己，部野原就是先例。

"我明白，先生。"

"明白就好。对了，我去看过你父母，他们都很好，你放心吧。"他朝她笑着。

女孩子脸色陡变，望着他，冷酷地说："先生，我们之间的事情，你最好不要把我父母牵扯进来，更不要以此威胁我，如果那样，我想你应该知道后果。我不明白，你这样聪明的人，为什么要做这样的选择呢？人嘛，攻心为上，何必采取这样的办法。"

平天浩感到失言。

"对不起，我收回我刚才的话。"

"那就好。我之所以帮你做，是有我们共同的利益，如果我被人绑架了，我就是做了，结果也是不一样的。你对中国文化了解得太少了，还自称是中国通，我看，有些事情会败在你手里。"女孩子说完，头也不回地走了。

平天浩站在那里，愣愣的。

"是个人才啊！"他感叹。

62

在这样的夜色里，总是有许多缠绵发生。

柯天星也被米雪倩堵在了回招待所的路上。他的家在和平市，借调到这里工作，只好住在省公安厅的招待所。

他本来是跟耿琦一块往回走的，耿琦一看远远站着的米雪倩，笑了笑，扔下他走了。

他无奈，朝她走去，厉声说，你到底要做什么？我告诉你，我不喜欢你，你走得远远的。你姐永远都是我心中的神，你代替不了她。

"天星，陪我吃顿饭，我有话问你。"她幽怨地说。

柯天星一时有些愣了。她今天怎么了，不再那么霸道了，显出另外一种柔情。他最害怕的就是女人的眼泪，一看她双眼潮湿了，就说吃饭就吃饭，以后不要再找我了，我太忙，知道吗？

他跟着她上了出租车，来到一家饭馆。

她点了几个他爱吃的菜，又要了几瓶啤酒，他本不想喝酒，但心里实在有些烦。案子弄成这样，虽然知道了对方的目的，就是抓不住证据，这是最让人头疼的事。

"天星，他们为什么杀我姐？"

柯天星瞪了她一眼，一大口啤酒倒进了肚子，我不知道，我天天忙，就是要找出他们为什么杀你姐，知道吗？他根本不跟她说案子的情况。

她知道他不愿意说，就一个劲儿地劝酒，这闷酒一喝，他就觉得有点喝多了。说不喝，不喝了，我要回招待所。米雪倩说好吧，我扶着你。他说我不用你扶，我走得动。刚迈出两步就有些摇晃，要不是她扶着就倒下去了。

一上出租车，他就困得不行。

柯天星在米雪倩的扶持下，推开了房门。他一躺下就呼呼地睡着了。

一觉醒来，他发现旁边躺着一个嫩滑的身体，大惊，酒马上醒了。他伸手去抓衣服，这才发现自己只穿了条裤头。他大怒，一把推醒了躺在边上的米雪倩，你想做什么？我说了，我心里只有你姐一个人，你走吧。

米雪倩坐了起来，柯天星，不是看在我姐的面子上，我才懒得理你呢。我告诉你，你已经做了，跳进黄河也洗不清了。

"你说什么？"他呆住了。

米雪倩趁机扑进他的怀里，像一团火，容不得他半点喘息，整个要把他烧成灰烬。她跟米冰倩是两种不同类型的女人。米冰倩高贵、典雅而又充满着柔情，是那种水一样的女人，米冰倩像一株柔弱的菟丝子，窈窕的身材显出南方女人特有的清秀，她那略带忧郁的神韵，总是散发出幽幽的有点病态的女人味道；米雪倩则不同，那是一朵红色的玫瑰，热烈而灿烂，带着野性的咆哮，既贪婪又奋不顾身，就像要把对方吞噬一样。就是柯天星这样的汉子，也经受不起她的折磨，她是罂粟花，只要沾上，你就永远也摆脱不掉。

"米雪倩，谢谢你看得起我。我跟你说，我给你带不来幸福，我是一个没有约束流浪惯了的人，四海为家，我的心已经累了，我不想再害别的女人，特别是你。你走吧，我永远也不想看到你。"

她看见了他脖子处的项链。

"这就是我姐送给你的项链？"她问。

柯天星拨开她的手，生气地说："你不要动它。你说对了，这就是米冰倩送给我的唯一礼物。这里面有她的照片。"

"我看看行吗？"她试探着问。

柯天星只好把项链摘下来，交到她手里。她左看看，右看看，还打开鸡心项坠，看着米冰倩的照片皱起了眉头。

她问他，这就是我姐送给你的唯一礼物，她没有交代什么？我是说，她在和平市开诊所多年，有些积蓄，会不会给你留下点什么？

"你是说钱吗？"

柯天星把项链拿了过来，冷冷地说，你跟着我，是不是想找出你姐的财产？我告诉你，我不知道，就是知道了也不会告诉你。我真的没有想到，你竟然是这样一个人。

米雪情笑了，怪不得我姐喜欢你，你真是一个直肠子，是个好人。我告诉你，我不缺钱，如果你需要钱，我可以帮助你。

她幽幽地笑了，像那稍纵即逝的烟霞。她穿好衣服，突然跳起来吻了一下他就走了。

柯天星摸着被吻过的面颊，呆呆的。

"这个疯女人，我摆脱不掉她的折磨。"

他在心里诅咒她，却又感到另一种味道。这种味道是他从米冰倩身上感受不到的。他看了看表，已经是夜里十一点多钟了。他不想在酒店里过夜，穿好衣服，离开了酒店。

回到招待所快十二点了，耿琦早已经睡了，他悄悄地脱了衣服，上了床，一觉睡到天亮。

早上刚起来，史新民的电话就打过来了，他说柯天星，你应该不会忘记新晓蓉吧？她在一号监狱服刑，她昨天来了电话，要见你。

"她没有说什么事吗？"柯天星问。

"不知道。"史新民冷冷地说，"你现在不得了！和平市都管不了你。听说你归省公安厅管。告诉我，到底是什么案子？听说罗英彪也被牵扯进去了，是吗？我弄不清楚，难道就因为他和苗圃睡觉的事？这样的事情还叫事吗？罗市长可是个好干部，是我见到的最廉洁的干部啊！如果连他这样的人都有问题，我真搞不懂谁还没有问题。"他发泄着不满。

"你看，新民。"柯天星搪塞着。他告诉史新民，我是卫梅那件案子的办案人，他们才把我抽调过来。我只负责这一块，其他的我真的不晓得。好了，谢谢你告诉我新晓蓉的消息，我马上就去劳改局，她毕竟是卫梅的亲妹妹嘛。

他打着哈哈。史新民明白对方的意思，也就没有再问，寒暄了几句就挂了电话。

柯天星带着路晓丽来到了监狱。

以敲诈罪被判了五年的新晓蓉，完全变了一个人。她头发凌乱，面色蜡黄，完全没有了往日的清秀和精明，像个五十多岁的老妇人。

柯天星和路晓丽竟然一下子没有认出她来。当认出她来的时候，路晓丽惊讶得连忙捂住了嘴，差一点就喊了出来。

"吓着你了，路警官。"她苦苦地笑了一下。

"没……新小姐。我……我能说什么呢？自己挖坑埋了自己。你不能怪别人，只能怪你自己。说吧，如果你有立功的表现，我们可以向上面反映，减少你的刑期。我想，你应该知道你的每一句话的分量。"路晓丽看了柯天星一眼，认真地说。

"好的，我记住了。"

两人摊开本子，等待她说话。

"我听说罗英彪还在台上，我弄不清楚这是怎么回事。对这样腐化的干部，共产党为什么还用？我敲诈他是犯了罪，但他跟苗圃之间，绝不是单纯的男女关系，他们早就认识，而且，他跟我姐……也就是卫梅，还有米冰倩之间也有说不清楚的关系，我曾经看见他和卫梅一块吃饭，跟米冰倩一块走进白天鹅酒店。所以说，卫梅的死，罗英彪肯定知道内情。"她眼睛看着他们两个人，试探着他们的反应。

"就这些？"

"这还不够吗？柯警长，我知道你是一个有头脑的警察。你想想看，罗英彪与苗圃之间，会是那种纯粹的男女关系？他肯定是通过卫梅她们三个女人，达到了自己的目的。否则，他不可能爬上市长的宝座。我希望你们真正地以国家利益为重，彻底查清他的问题。我没有报复他的意思，我是不愿意看到这样的男人继续在市长的位置上坐下去。"她再次说明自己的意思。

柯天星有些失望。

"好，如果你没有别的可说的，那就这样吧。晓丽，把笔录让她签字。你放心，政府绝不会放过任何一个坏人，我们一定会查清楚你说的问题，你再好好想想，想起了什么事，马上告诉管教，他们会通知我们的。"他起身，准备往外走。

"这……你们等等。"她喊住了他们俩。

新晓蓉站了起来，四周看了看，害怕房间外面站了什么人。

柯天星说，你放一百个心好了，这里只有我们三个人，无论你说了什么，我们都会保护你的。

她一对焦虑的眼睛还是警惕地四处张望，在确定没有什么人后，害怕地说，我现在才知道，跟当官的打交道，死了都不知道是怎么死的。

"说吧，我听着。"柯天星又坐了下来。

新晓蓉长长地出了一口气，沉默了半天，才说："柯警官，你一定要保护我啊！卫梅没有到和平市之前，我曾经看见过她跟皇甫赞在一起吃饭，两个人十分亲热。那个时候，皇甫赞还是省委副书记，权力大得很。我因为害怕，这件事没有跟任何人讲过，包括刘清和隗南。"

"你没有看错？"柯天星惊讶了。

"我怎么能看错呢。他又不是别人，天天上电视的，谁不认识他呀！我琢磨着，这件事是不是跟卫梅的死有关。我知道他在省里的权力，所以不敢说，进来以后，我天天琢磨，总觉得不对劲儿，这才……这才下决心告诉你。"她说完后，脸色更加苍白。

柯天星又详细问了一些细节，问完后，把笔录让她签了字，这才离开监狱。

沐剑锋看完柯天星拿回来的笔录，一句话也没有说，拿起笔录就走进了李子霖的办公室。

许久，他从李子霖的办公室出来，告诉柯天星，这件事就到此为止，其他的情况厅里会处理的。他再三叮嘱柯天星，关于皇甫赞的问题，在没有结论之前，不要在任何人面前再说起这件事。

"沐处，是不是就这样不了了之了？"他问。

"天星，皇甫赞是我党的高级干部，我们必须慎之又慎。他是承认向组织部门建议过使用陈志明和罗英彪，作为一个老同志，这完全是合情合理的。组织部门审查也是符合规定的，没有任何超越规定以外的事。如果新晓蓉说的是真的，也说明不了更多的问题，他跟一个女人吃了一顿饭，难道违反了什么吗？难道就能说卫梅的死跟他有关系？关于罗英彪的问题，无论从法律上还是党的纪律上看，除了两性关系外，我们没有更多可说的。两性关系问题，则属于道德范畴，你说呢?”沐剑锋分析道。

63

龚超和郭晓雨做欧阳倩和沙欣的工作取得了进展。

他们没有当面接触她们两个人，而是迂回做她们父母的工作，做她们丈夫的工作。在家庭巨大的压力下，她们动摇了。

“欧阳，你说莽姐真……”沙欣问。

“我看她肯定是跟那个车锦元穿一条裤子。沙欣，现在我们家里的人都知道此事，这要是出了什么问题，我们逃脱不了干系的。我老公要是知道了我上次在饭店里的那事，非杀了我不可。你也轻松不了，我知道你家的那口子，他要是知道了，还不知道怎么折磨你呢。到时候，你想死都死不了啊!”欧阳倩的话，说得沙欣脸色惨白。

“就是告诉了警察他们也会知道呀!”

“那也比晚知道好。”

两个女人商量了半天，最后还是决定向龚超他们坦白交代。

跟龚超联系好了，欧阳倩和沙欣打了辆车，来到了酒店。她们一五一十地讲了事情的经过，当然没有讲那天莽秀明带她们去饭店歌厅的情况。她们觉得没有脸讲。

“车锦元?”龚超重复这个名字。

“他在我们实习期间，经常和平天浩到我们那里去，估计卫梅她们三个人都认识他。特别是莽秀明，跟他更熟。”沙欣说。

“你给了他多少份病历档案?”龚超感到事态越来越严重。

欧阳倩说，除了省委书记和省长的病历档案没有在我这里外，他拿走了六个副省长、三个省委副书记和一些五十岁以下正厅级干部的病历档案，给了我三万块钱。我也是一时糊涂，才做出了这样的事情来。

龚超又问平天浩的情况，两个女人如实作了交代，说在P医院时，经常见他。她们也证实了卫梅跟平天浩的关系。

"好，就这样。今天的事你们不要告诉任何人，包括你们 Y 市的公安机关，这个案子是我们负责办理，等我回去向领导汇报再定。如果车锦元来电话，该怎么说还怎么说，千万不要暴露跟我们的关系！"龚超反复向她俩作了交代，又表扬了她们积极配合的态度，一直把她们送到酒店门口。

龚超兴奋异常，打电话把进展告诉了沐剑锋。

沐剑锋接到龚超的电话，更加迷惑，这个叫车锦元的男人到底在哪里？我们怎么没有见过呢？

就在他困惑的时候，北京方面传来消息，尼尔和平天浩出现了。

他觉得案件的整个脉络已经在他大脑里越来越清晰了。

沐剑锋来到李子霖的办公室，汇报了案件的进展情况，说我们现在掌握的材料证明，平天浩在几年前，就利用社会经济研究协会进行渗透工作。他们从保健医生培训班上敏感地意识到这些人的作用，进而采取拉拢、引诱和腐蚀的办法，把其中一些人拉下了水，进而通过她们获取了省委领导的病历档案，从而寻找缝隙进行工作。他们从皇甫赞口中得知了我们干部选拔的过程，在正常的渠道中，获取了有用的信息，这样，陈志明、罗英彪顺利当选，一般人是找不出这其中的错误的。我推测，卫梅、苗圃和米冰倩在其中扮演了一定的角色。

"那她们三个人的死呢？"

"我推测，当平天浩得知米冰倩爱上了陈志明的时候，他不允许她影响陈志明的仕途，这个问题，柯天星已经证实。所以，让她们永远闭嘴是最好的选择。"沐剑锋认真地分析。

李子霖摇了摇头说："如果是那样的话，平天浩有更多的办法对付卫梅，杀人是最蠢的办法。"

李子霖沉思着说："你的分析也许是对的，也许只是一个方面。但是，有一点可以肯定，那就是，这不是一般的刑事案子，这是一起利用民间组织进行的，以颠覆社会主义制度为目的的间谍案件。策反、收买、利用、分化我们的干部队伍，只是他们计划的一部分。更重要的是，他们利用民间社团建立网络，发动群众，进而颠覆，或者以民间社团取代我们的基层党组织，这才是最为可怕的啊！"

"是，厅长。"

"跟北京方面取得联系，以违反社团管理条例为由，拘留平天浩和尼尔，查清他们的真正目的。我害怕的不是发生在我们省的问题，我担心的是他们还在哪个省，从事了一些什么样的工作。另外，马上写个材料，上报部里。"李子霖交代。

一个星期后，尼尔和平天浩在北京被拘留。

尼尔在柯天星提供的有关米冰倩的证词面前，仍然极力狡辩，说我没有杀害卫梅，更没有向她索要什么材料，我是在旅游时认识卫梅的，对于柯天星的指供，他拒不承认，说我付给卫梅260万元，完全是喜欢她，没有任何个人目的。

平天浩更是不急不躁，说协会基本的目的是想为中国的老百姓办点实事，事实也已经证明，我们办了些实事。他举了一些成功的例子。对于刘辰、弓长伟违反中国法律的事情，他说那是省协会的事情，与我们没有任何关系，何况协会是中国政府批准的，是合法的。现在政府不让我们办，我们已经不办了。关于几年前在培训班跟卫梅等人关系的指供，他更是否认是为了病历档案。他说他不认识车锦元。郜野原、尼尔的行为与协会无关，是他们个人的行为。他真是振振有词。

威廉还通过联合国非政府组织驻中国代表处，向外交部提出正式交涉，说尼尔和平天浩已经是我们环境与人口组织的成员，如果他真的违反了中国的法律，请你们拿出证据出来。

威廉的质问让沐剑锋十分尴尬。

一个星期后，他们只好释放尼尔和平天浩。从拘留所出来，平天浩和尼尔先后出境。抓到手的泥鳅，又从手指缝里滑出去了。

沐剑锋仍然不死心，又带人来到U市，通过有关部门，找到了莽秀明，想通过她了解尼尔的情况。但是，让他失望的是，她一个字都不说，案子僵在了那里。

"厅长，我想得太天真了。"

沐剑锋站在李子霖面前，露出了少有的自责。他低着头，说我考虑问题简单，我没有想到这样的案子跟窃密案截然不同。我以为，在柯天星的证词面前，尼尔会承认一切。我以为，尼尔一垮，必然要牵出平天浩和鄁野原的杀人问题，难道他们能逃脱了干系？没想到这些家伙比狐狸还狡猾啊！

"这就是工作的复杂性啊！"

李子霖告诫他，我们面对的不仅是职业间谍，而且还是中国问题专家。他们对我们的长处和短处了解得十分清楚，他们对我们的法律研究得很透彻，一般情况下，他们不会明显违反法律。鄁野原那样做，是她没有选择。剑锋，我估计米冰倩要交给柯天星的那份东西，一定是一份十分重要的东西。它没有被销毁，它还在，我们要想办法找到它。平天浩和尼尔虽然离开了中国，但那个叫车锦元的人我们还没有找到，我想他们的工作是不会停止的。他们也可能在寻找那份东西，我们一定要想办法走到他们的前面。否则，这起案子就可能成为死案，那些隐藏下来的被分化瓦解的变节分子，将永远是我们的痛，是共和国的隐患。

"是，厅长。"

沐剑锋感到一种无形的压力陡然地压到了肩上。

"剑锋。"李子霖停了一会儿又说，"关于你去和平市一事，你考虑得如何了？省委组织部已经催了多次了，厅党委希望你能服从组织，这边的工作你暂时还管着。"

李子霖这样一说，坚定了他的决心。他心里想，我是渴望到一个新的岗位上建功立业，但是，目前的情况，我无论如何也离开不了，让我管着，太好了，我一定要把案子彻底查清，一定要把这个组织彻底铲除，否则，我的内心永远都得不到安宁。

沐剑锋感到这个案子后面黑手的可怕，仅在东昌、和平两市，他们就安插了两个人，而这两个人，居然成了市长。由此推断，在全国各地，他们又安插了多少这样的人呢？

"厅长，我决定了，去和平市，我一定要把这起案子弄清楚，我一定要把他们安插在我们党政机关的定时炸弹彻底清除。"他语气坚定地说。

"好的，剑锋。"李子霖高兴地握了握他的手，能够摆脱名利的束缚，你的心胸将更为宽阔，我相信，你一定能找到破解案子的钥匙。如果那份东西还在东昌市，我觉得他们一定会围着东昌市做文章的。平天浩和尼尔已经走了，当然还可能回来，他们的活动不会停止，现在你要找出接替他们的人，比如车锦元。关于罗英彪、皇甫赞的事情，你也不要急，等你案子有了进展，组织会处理的。

两天后，沐剑锋就任和平市政法委书记兼公安局长。

沐剑锋马上安排人员，对协会进行全方位调查。许多情况比他想象得更复杂。你看得到的，不一定能抓到，你抓到的，不一定是你想要的东西，而且在法律上找不到半点漏洞。

64

夜色幽暗，飘着细细的雨丝。

沐剑锋回到了东昌市，吃完晚饭，他来到阮眉的家。最近一段时间，阮眉似乎情绪不高，对沐剑锋若即若离的。女人的心思真是猜不透，当时告诉她组织将安排自己去和平市任职时，她是高兴的，还"奖励"了自己，后来告诉她自己尚未最后决定，她又表示了不解，可是现在自己已经决定去和平市任职了，她却又对自己爱答不理的，唉，女人的心思真是搞不懂。她神情恍恍的，见他来了，只瞥了他一眼，就再也没有看他。他说我们去公园吧，我有些话要跟你讲。她默默地拿起坤包就出了门，他跟在身后，像一个怜爱妹妹的兄长。走进公园，走进那片梧桐林，他们在这里第一次亲吻，第一次拥抱。这里有太多的回忆，太多的甜蜜。

"阮眉，你听我讲。"沐剑锋一把拉住走在前面的她，面对面看着她，阮眉，我很忙，你应该理解我，我这样做，完全是为了工作。你应该知道，案子到了这个阶段，就像足球比赛，到了胶着状态，跟拔河一样，你一松手，也许这起案子三五年都不会有进展。你知道这意味着什么吗？不要说三五年，就是两年，他们也有可能把我们相当一部分中高级干部拉下水，不是那种收买，是思想的变化。这种变化比物质的收买更为可怕啊！他们从思想到意识，从人情世故到切身利益，营造一个全方位的环境，让你不自觉地和他们站在一边。这些年来，我们破获过各种案子，而利用协会进行工作，全方位进行渗透的案子还是第一次。

阮眉站在那里，仍然一言不发。

沐剑锋扶着她的双肩，动情地说，阮眉，我没有半点埋怨你的意思。我知道你很爱我，我知道你为了我忍受了多少痛苦，我知道你把我的进步看得比你生命还重要。我更知道，我这个年龄就升到副厅级，是多么不容易啊！可以说，前途一片光明。但是，阮眉，你想过吗？如果国家变了颜色，这样的位置又有何用？难道我们一辈子的奋斗，我们千辛万苦地工作，就是为了争到个位置吗？我的思想也许有点"左"，也许与这个时代格格不入，但你想想看，是不是这个道理。一个人只有活在自己的崇高理想中，才是一个幸福的人啊！

她冰冷的脸上滚过一滴清泪。

他试图用手擦拭，被她拒绝了。雨越下越大，他打起了伞，看着她那张清秀的脸。她仍然不语，看着外面的雨。雨一会儿大，一会儿小，或忧郁或洒脱地敲打着慵懒的梧桐和那路边的孤独的棕榈，敲打着梧桐林中那湿漉漉的伞影……

"我们走吧。"她迈进了雨中。

两人从梧桐林中回到公园的长廊，沐剑锋收起了伞。仿佛有许多回忆突然流进了他记忆的长河中。一年前的春天，他们俩也来到这个公园，也遇上了雨。柔如绒毛的春雨，滋润着青青的小草，翠绿的树，摇曳着生长的躁动和生命的活力，感受到春回大地的炽烈。他们肩并肩走着，谈论着春的缠绵，虫的呢喃，露的清凉。那份丰盈，那份幸福，那份惬意，实在很难用言语表达出来。

"去年春天……"

"……是啊！春雨，恬静曼妙如音乐。就像浅吟低唱的唐诗宋词啊！你看这晚秋的雨，挣扎般地呻吟。它要毁掉这勃勃生机的大地啊！"她显然话中有话。他也听出来了。

"阮眉我……我是爱你的。"

"你什么也不用说。剑锋，这个案子，没有你，仍然可以破。不要说一个平天浩，就是十个，也毁不了国家。剑锋，我是一名国家公务员，我知道我的职责，但我更是一个女人，一个要居家过日子的女人啊！我既害怕你有危险，又担心你离我远了，把我忘记了。谢谢你今晚讲了这么多，好在我们还没有结婚，你我都可以选择。"说完，她起身就走。

"阮眉……"

"你留步，我不想你送我。我要一个人好好想想。你放心，作为你的部下，我会忠诚于我的职责。"她拒绝了他的相送，一个人走了。

沐剑锋跌坐在长廊的木栏上。

"怎么会是这样，难道我错了?"他拿出烟，点燃，望着漆黑的夜空思索着。

坐了许久，他看了看表，已经是晚上九点半了。他起身向外走去。

走到长廊尽头，他突然看见田雪坐在那里呻吟。

一看见他来了，她就乞求着说，沐哥哥，我脚崴了，你能帮帮我吗?

他问，你怎么一个人出来?

她说自己心情不好，所以出来散散步。

他就扶着她，走出了公园。

"我扶你上车，你回家行吗?"

把她送到住处，已经是晚上十点多钟了。

"沐哥哥，喝口水再走吧。"田雪挣扎着站起来，要倒水去，被他制止了，"沐哥哥，我看见你那个女朋友了，长得真漂亮。女人都好耍个小性子，没有关系的，过几天就好了。我看你一脸正气，你这样的男人让人敬佩。"她一口一个沐哥哥地叫着，让他十分舒畅。

沐剑锋笑了。

田雪说，沐哥哥，你一定要讲一些惊险的故事给我听。我从小就喜欢 007 这一类的惊险电影，多好玩啊，多么刺激。沐哥哥，我从小就没有父母，是叔叔把我拉扯大的，我是多么渴望有一个像你这样的哥哥啊! 田雪声音哽咽，流下了泪水。

"我会抽空来看你。好了，好好休息吧，我走了。"沐剑锋看着她年龄不大，个子很小，但长得十分均匀，清瘦的脸上，一对会说话的眼睛闪动着，透着一种孩子气。

刚回到家，柯天星的电话就打过来了。

"沐处，你让戈桐联系的 U 市公安局来电话了，说找到了那个叫林夕的女孩子，就是跟他上床的那个。我估计，她很有可能知道真相。如果我们能让林夕讲出事实，那么，莽秀明才可能讲真话。我想明天带路晓丽和戈桐去一趟 U 市，弄清真相，案子也许会有突破，顺便也能解开戈桐与路晓丽之间的疙瘩。"他汇报说。

"好，你去吧，反正龚超和郭晓雨已经回省厅了，人手够了。对了，天星，你再好好想想，你跟米冰倩待了好几天时间，她说给你的那份东西到底放在什么地方了？这十分重要，你一定要好好回忆一下。"他叮嘱着。

"好的，我知道了，沐处。"

柯天星在卫生间打完电话，这才回到房间。米雪倩坐在那里，十分无聊的样子，一看他回来了，就撇着嘴说，我还以为你掉在茅坑里了呢，我正想求救"110"，让他们来救你。她的话，把他逗笑了。

柯天星拿这个有些疯癫的女人没有办法，被她拉到了这凯旋宫，折磨得实在有些烦。

"天星，今晚去我那里过夜。"她娇媚地说。

"不行，我们是什么关系？你不要自作多情，我跟你说过了，我是不会跟你结婚的。我要对你负责，也要对自己负责。走吧，这里消费太贵，不是我这种人来的。"他拿起了衣服就要往外走。

"什么关系，夫妻呗。"她嗲嗲地说。

"你……"

"天星，你可是跟我上过床的啊！做了的事可要负责的。"她一边说，一边倒在他怀里，抚摸着他的脸，笑眯眯的，弄得他浑身都起了鸡皮疙瘩。柯天星对上次的事十分后悔，虽然记不清自己是做了还是没做，但她赤裸地躺在自己身边是没错的。

柯天星长长地叹了一口气。

"你叹什么气，难道我比不上我姐吗？虽然她比我漂亮，但我比她年轻呀！何况我身上有的东西她没有。听喻文告诉我，他说我姐陷入了一件案子，说她拿了人家一件什么东西，说原来和平市的市长陈志明，就是我姐的相好。他还说，是你害我姐丢了命，告诉我，那件东西是什么东西，是不是你害了她？"她搂着他的脖子，揪着他的耳朵问。

"不要听喻文瞎说。"柯天星拨开她的手，生气了，我正要找喻文呢，冰倩诊所归到了他的名下，你姐的房子也被他买走了，我怀疑他吞并了你姐的财产。案子的事情你不要问，但我可以告诉你，我是爱你姐姐的，她是我此生唯一爱过的女人。

他点燃了一支烟，让她坐在自己身边，感慨地说，人没有不犯错误的，你姐也犯过错误，但她能改正错误，这就是一个好女人。你说得没有错，她是有一样东西要给我的，这件东西关系到一件大事，遗憾的是，她还没有来得及说，就走了。他显得很痛苦。

"难道她就没有什么暗示？"

"除了这条项链，她没有任何东西在我身上。我去过她家，房子虽然被喻文买走了，但房间的摆设基本没有动，我找遍房间的每一处，就是没有发现我要的东西，我真的搞不清楚，她把那么重要的东西放在什么地方了。"柯天星百思不得其解。

"到底是什么东西？"

"原谅我不能告诉你。雪倩，我们走吧，我送你回家。我说过了，我不适合你，好好找个男人过日子吧。"柯天星拿起衣服，扶着她往外走。

米雪倩噘起了嘴，你要讨厌我就直说，不要找借口。我不管你喜欢不喜欢我，反正我是你的人了。你记住，我是跟你上过床的。她显出一种蛮不讲理的嗲样。这种样子让他哭笑不得，他不知道米冰倩为什么有这样一个妹妹。

柯天星只想到了她的烦，根本没有把她和案子联系起来，也根本没有把这样一个可爱的女孩子与间谍放在一起，这就是对手的高明之处。

柯天星在米雪倩面前，除了叹气，还是叹气。

可她，除了可爱之外，一对眸子总是闪动着光，还有几分狡黠。

但是，柯天星脑子很乱，是被案子折磨的，所以，根本没有把她放在案子中考虑。就像沐剑锋，多么精明的人，却没有把田雪的出现和案子联系起来，这是失误。

有的时候，我们会看到阳光和风雨，但是，在其后面的东西，我们却看不见，而看不见的东西，却是致命的。

65

柯天星带着戈桐、路晓丽到达 U 市。

U 市公安局的上官文到火车站接他们。一见面，上官文就说，部里专门给我们来过电话，说这件案子事关重大，一定要我们全力以赴。我们看了你们寄过来的那封所谓检举的匿名信，信是用电脑打的，是从市中心街边的信筒中投寄的，查找起来十分困难。没办法，我们根据戈桐提供的材料，调查了莽秀明的公司，终于发现了那个叫林夕的女孩子，她的真名就叫林夕，是莽秀明公司的雇员，这样看来，那封信应该是莽秀明寄给东昌市的，戈桐落入了圈套。

"谢谢你，上官。"戈桐握着对方的手，一再表示感谢。

"不客气，不客气。"上官文请他们几个人上车，说，"莽秀明公司的情况我等一下再告诉你，我们已经秘密找过林夕，她承认走近戈桐是莽秀明安排的。按照正常程序，你们再讯问一次，做好笔录，一切依法律程序办事。"

"好的，上官。"柯天星答应着。

上官文把他们带到市公安局招待所，安排好住处后，就带着他们来到另外一个房间，有一个女同志在那里守着林夕。林夕再次见到戈桐，十分尴尬。她低着头，一个劲儿地向他赔礼道歉，对不起，是我害了你。路晓丽看着漂亮的林夕，那种仇恨的敌意似乎没有了，但她仍然不能原谅林夕让戈桐犯这样一个错误。

林夕承认了一切。

"说说莽秀明公司的情况吧。"柯天星说。

林夕告诉柯天星，据公司的人传闻，莽秀明是在得到了一个外国人资助的情况下办了公司的。现在她有两家美容院和三家保健中心，公司的人对她的情况都不了解，她也很少在外人面前谈起自己的事。她很少在家，大部分时间都在外面跑。我是她公司美容院的一名美容师，也许是漂亮些吧，被她看上了，答应给我一笔钱，看在钱的面儿上，我这才答应了。

柯天星拿出尼尔的照片。

"对，就是这个老外，他们俩还到过我们的美容院呢，像一对夫妻一样。我看得出，莽秀明很怕那个老外，什么都听他的。对了，我看得出来，她还跟上面有关系，否则，美容院的牌照是很难办的，但她很快就可以办下来。公司上上下下都感到她的背后有一股势力，这股势力是我们小老百姓惹不起的。"林夕说出了她的害怕之处。

"好吧，今天就这样。谢谢你对我们工作的支持。回去以后，一切照旧。有什么新情况，马上与我们联系。"柯天星拿出一张联系卡，交到她手里。

"好，我知道了。"林夕离开了房间。

他朝路晓丽使了个眼色，她马上跟着出去了，把她送到楼下，临分手时，两个人还嘀咕了半天，谁也不知道她们说了些什么。

柯天星用电话向沐剑锋汇报了跟林夕见面的情况，请求拘留莽秀明。

沐剑锋问，你以什么理由拘留她？就算林夕说的话是真的，她也构不成犯罪。我们关键是要了解尼尔通过她都做了些什么；他跟车锦元是什么关系，车锦元除了收买欧阳倩等人提供的病历档案外，还有没有其他行为？

"天星，你可以正式找她谈一次话。你要想点办法，让她开口，我想她掌握着我们想要的东西。"沐剑锋思索半天后说。

挂了电话，柯天星找到上官文商量。

两个人商量了半天，上官文答应出面把莽秀明找来，但有没有把握他不知道。他说这个女人挺难缠的。几个人开着两辆车来到莽秀明公司的门口，等她下班。

果然，在六点钟时，莽秀明打扮入时，提着小巧的坤包往外走。

就在她要上车的那一刹那，上官文和柯天星出现了，她认识上官文，却不认识柯天星。

上官文说，这是和平市公安局的，找你有事。

她有些莫名其妙的样子，我犯了什么罪？我到底犯了什么罪？一边说一边被请上了汽车。

汽车风一样地往外行驶，她慌了，一看戈桐坐在车上，就知道是怎么回事了。

她马上嗲媚地说，实在对不住大哥，是我不对，是我该死，我赔罪，我赔罪还不行吗？那个林夕是我安排去的，害了大哥。

"说吧，你跟尼尔的关系？"柯天星停住车，冷冷地问。

莽秀明一听到尼尔这个名字，脸色陡变。"什么尼尔，我……我不认识这个人，他是干什么的？我不认识。"她连忙躲避。

柯天星冷冷地笑了，故意吓唬她，说莽秀明，不要以为我什么都不知道。我告诉你吧，欧阳倩和沙欣什么都说了，翟超和苏美丽也讲了。她们可是告诉我，你在 P 医院时，就跟平天浩认识，是不是他把你介绍给尼尔的？你应该认识车锦元，告诉我，尼尔跟车锦元是什么关系？你再要隐瞒也没有用了。你用林夕做套，是不是尼尔的主意？他是不是想阻止戈桐的调查？告诉你吧，你在 U 市的情况我们都掌握了，就看你说不说了。

这一招果然见效，莽秀明浑身颤抖。

她做梦也没有想到柯天星知道了这么多情况。她听说尼尔被抓，过几天又出来了。尼尔离开中国前还给她打过一个电话，告知她自己走了，会有人跟她接头的。

"我……我从什么地方讲起呢。说起来话长。你说得没有错，在 P 医院时，平天浩就跟我挺好的，我们上了床，他给了我很多钱，我利用工作之便，给他弄了几个部级干部的病历档案，他说他有用，我也不知道有什么用。他要中央领导的病历档案，我弄不到，他就找卫梅，听卫梅说，弄到了，具体情况我不清楚。我回到 U 市后，这个尼尔就出现了，他说是平天浩让他来的，要省领导的病历档案，我给他弄到了。他对我挺好的，给了我一笔钱，帮助我做成了几笔买卖，我就发了。他跟省里领导都挺熟的，我曾经问过他为什么那么熟，他告诉我，花钱收买过来的。具体情况我不清楚。戈桐找我的时候，我害怕，给尼尔打电话，他让我找个女人，把他拉下水，把照片寄给和平市的陈志明。我不认识陈志明，真的，我……我就知道这么多。"莽秀明吞吞吐吐地把事情的经过讲了一遍。

"尼尔在 U 市收买了谁？"

莽秀明摇了摇头，我真的不知道，他不肯告诉我。她不愿意说出她跟一个副市长上床的事。

柯天星问，你认识不认识车锦元？

她说见过面，不熟。问车锦元跟尼尔的关系，她摇了摇头，不知道。问完了有关情况，汽车又把她送回去了。

下车时，她对柯天星说，警察同志，有什么情况我马上报告。

"好。莽小姐，希望你以国家利益为重，多想想国家利益。尼尔通过你们的手，获取有关人员的病历档案，是有阴谋的，你千万不要为了小利而葬送自己一辈子的幸福啊！"他再次劝说。

路晓丽跟着她下了车，一直送到她的汽车旁，又跟她说了半天。回到车上，她仍然不理戈桐。有上官文在，戈桐也不好说什么。

汽车返回了市公安局招待所，上官文回局里去了。几个人再次研究案情。

戈桐说，案子已经清楚了，他们通过病历档案，掌握了一部分干部的情况，从而收买利用他们，进而窃取情报，颠覆我国社会主义制度。

柯天星同意他的分析。

"你分析得对。如果是这样的话，那么平天浩的背后，一定是国外情报机关。我们现在无法弄清楚，他把黑手伸向 P 医院，伸的有多长，掌握了多少领导人的病历档案。在全国各省市做了多少策反工作，建立了什么样的网络。还有，这个叫车锦元的男人到底是谁？他没有给欧阳倩留电话，也查不到任何资料，值得我们注意啊！"柯天星思索着说。

"U 市有陈志明这样的人吗？"路晓丽突然问。

她这样一问，柯天星和戈桐都愣了，你看看我，我看看你。

柯天星摇了摇头：晓丽的话提醒了我，他们策反的手法基本上都是一样的。难道莽秀明没有讲实话？难道 U 市真有和陈志明、罗英彪一样的人，甚至冀南方那样的人物？如果是那样的话，当他们得知她讲了真话，那么，我们都将面临着一种危险，要么她毁灭，要么我们完蛋。

"有些危言耸听吧。"戈桐摇着头。

柯天星向沐剑锋汇报了 U 市的情况。

沐剑锋说，天星，回来吧。从目前来看，这十个在北京 P 医院进修的保健医生，只是他们整个案件中的一环。他们通过这些保健医生，主要是获取病历档案，他们用了她们之中的几个人，进行第二个环节的操作，比如卫梅她们三个，不是所有的人都会用的。前天，部里发来通报，说平天浩和尼尔在离开中国后，这个组织还在活动。他们在西北农村，秘密发展会员，游走在中高级干部中间。部里再次强调，一定要弄清楚该协会的核心计划，只有这样，我们才能彻底摧毁这个组织。所以说，还是要找到米冰倩给你的那份东西。

"是，沐处，我们马上返回。"

"不要急。另外，告诉你一个消息，部野原要见你，看样子她有话要对你说。她是协会的核心成员，如果她能开口讲真话，也许，我们要的答案就找到了。"沐剑锋叹了一口气说。

"走啦，回东昌市。"柯天星说。

路晓丽和戈桐都不吭声。

把汽车交给了上官文，寒暄了几句，三个人就坐当天的火车返回东昌市。

火车上，柯天星劝路晓丽，你就听大哥一句劝，戈桐是个好男人，他只不过是犯了所有的男人都有可能犯的错误。你也知道，他是被陷害的，看在我的面子上，原谅他吧。

路晓丽一听柯天星的话，看着他一本正经的样子，扑哧一下笑了。

"你也不是个好东西。"她骂道。

柯天星摇着头，男人没有一个是好东西。没办法，男人不坏，女人不爱嘛。他这么一说，气氛才变得轻松起来。

返回东昌市，柯天星当面又向沐剑锋作了汇报。

66

几年前，野原樱子来到 A 国攻读博士学位，结识了自己的导师皮特斯。

皮特斯高高的个子，留着长长的披肩发，是那种让女孩子，特别像野原樱子这样的女孩子产生好感的男人。开始他邀请她吃"工作午餐"，她欣然答应，这不仅仅让她有一种睥睨一切的感觉，而且看到其他女孩子的妒忌目光，更是有一种满足感。皮特斯懂几国语言，中文也相当不错，他曾经到北京大学进修了一年东方艺术史，对中国的历史了如指掌。

他跟她说，如果中国的问题解决了，世界上就没有不可以解决的问题。如果中国走自由化的道路，那么，不但会很快富裕起来，也是对世界文明史的贡献。

随着时间的推移，皮特斯经常带她到校外参加一些朋友的小型聚会，把她作为一名研究中国问题的学者推荐给他的朋友，他们研究中国的"进步"，讨论中国官员的腐化。他告诉她，中国只有选择走资本主义道路，才是唯一的出路，而要达到这个目标，就需要用十年的时间，使现在 40 岁左右的中年人的思想完全按我们的要求来改变。这是一个艰难的工作，你愿意为此献身吗？

部野原当然清楚这意味着什么，她想都没想就说，我愿意永远和你在一起。皮特斯把她搂进了怀里。

在 A 国冷冷的冬天里，在酒店宽大温暖的房间里，部野原与皮特斯上了床。他告诉她，为了积蓄工作经验，你必须在北京实习一段时间，只要你表现出色，我会安排你以后的生活，可以拿到在 A 国的永久居住权。

就这样，皮特斯把她介绍给了平天浩，并跟随着他走遍了中国的东南西北，又接受了几个月魔鬼般的训练，当她出任日本又一株式会社驻中国首席代表的时候，已经不能自拔了。

她被皮特斯描述的未来所鼓舞。

当部野原受命来到和平市，穿梭于皇甫赞、陈志明、罗英彪、

冀南方、李先进等人之间时，她感到皮特斯的话是多么正确。当她
碰到柯天星的时候，这才感到阳光明媚。她看不起沐剑锋，当她陷
入圈套时，还埋怨自己太过于急躁了，如果自己再冷静些，再看
看，也许结果不是这样。

她知道没有人能救她。

沐剑锋的开导，路晓丽的劝慰，阮眉的冷静分析，使她重新认
识自己。当她听说了柯天星与米冰倩之间的关系后，她为这个粗鲁
男人的忠诚所感动。她请求拘留所帮她找到了范文澜编写的《中国
通史》，一边看一边为自己追求的目标感到困惑。我们能改变这个
有着五千年文明的国家吗？我们能用西方的制度取代中国现有的制
度吗？西方的所谓文明难道就比中国现有的制度好吗？难道皮特斯
能给我一个光明的未来？难道我就这样走完我的一生？她的思想有
了些动摇。

是恨还是爱，她诅咒皮特斯。

"我要见柯天星，我要向他诉说一切。"

她脑子突然蹦出这样一个想法。她为自己有这样的想法感到奇
怪，感到不可理解。她感到自己脑子里有两个人在相互打架，一个
说，你不可以这样做，怎么可以背叛自己追求的理想呢？另一个
说，难道自己不是受骗上当吗？皮特斯描绘的那个理想的王国又在
哪里呢？我为什么要做这样的牺牲品？

"郜野原，听说你要见我？"

熟悉的声音打断了她的思索。

她抬起头来，发现柯天星已经坐在对面，边上坐着路晓丽。

她双眼迷茫，盯着他看了许久，好像还在梦呓。

"柯天星，知道我在想什么吗？"

"不知道。"他摇摇头。

她露出一丝苦涩的笑。

"这些年来，我做的唯一值得庆幸的事就是没有把你拉下水。
如果我要勾引你，你是逃脱不了的。你不是想读我这本书吗？遗憾
的是我对你没有兴趣。我看得出，你粗犷的外表里面，藏着一颗无
比柔弱的心。听说你跟米冰倩相爱了，我弄不清楚，她怎么可能爱
上你？当然，她是值得人爱的，否则，陈志明、冀南方、罗英彪这

些男人，为什么对她下不了手啊！我们一切都算计到了，却没有算计到这一点，否则，这件事你们永远都不知道。"郜野原双眼朝上，像是说给柯天星听，又像是说给自己听。

柯天星笑了笑，让她继续说。

她朝他点了点头说，好吧，我都说了。我们通过在 P 医院进修的人员，获取了有关病历，我们通过病历，了解到皇甫赞的身体情况，从此处着手，我们收买了卫梅，让她走近他，进而从心理上捕获了他。你们应该知道，对于这个年龄段的皇甫赞来说，名声最为重要。我们让他做的，没有一点违背你们的纪律和原则，了解组织部门选拔干部的程序，向组织部门提出合理的建议，这是再自然不过的了，何况陈志明、罗英彪是两个非常优秀的人才。要不是另一件事情的发生，我们十年之内不会让这两个人做任何有损你们国家的事。我们有把握让他们进入核心决策层。唉！平天浩这个混蛋，他……他破坏了我们的一切。我恨不得把他撕成碎片。

"你们的计划落到了卫梅手里？"他问。

她露出惊恐万状的样子，眼睛瞪得老大。"你……你怎么知道？你说得没错。那次平天浩来东昌市，卫梅去找他，他们上了床。卫梅看到了那份东西，吓得不行，拿了东西，连夜就回到了和平市。没有办法，我们派出了托比，想息事宁人地拿回东西，却被她拒绝了。我们通过陈志明，想迫使她拿出来，她仍然不同意，我们没有办法，这才动用冀南方。结果，仍然没有找到那份东西，下面的事你都知道了。那是一份有魔力的东西，见到了它的人都要死去，包括我。所以，我到现在也不知道那份东西的具体内容。"她诉说了与陈志明、冀南方、罗英彪打交道的经过，说了她与平天浩的关系。

柯天星有些困惑。

"你……你怎么可能不知道那份东西的内容呢？不可能吧，你可是协会的核心成员。除了你和托比，难道还有其他人员？对了，认识车锦元吗？"他盯着她，眼睛里显示出一种不信任。

郜野原露出阴鸷的笑。

她说，你不信任我？无所谓，我已经做了我该做的，我知道我罪孽深重，依照你们中国法律，我只有面对死亡。柯天星，我可以全部告诉你，陈志明、罗英彪、冀南方，只不过是我们全部计划中的一小部分，我也只不过是整盘棋的一枚棋子，对于整个计划来说，无足轻重。我知道平天浩、托比已经回国了，但你不要忘了，会有新人取代，比如你说的那个叫车锦元的人。我告诉你，我不认识这个人。但是，他是平天浩的人无疑。改变中国的颜色，也许要十年，或者二十年，他们会有耐心，他们永远都不会放弃。他们仍然可以找到比我更有知识、更漂亮的男人、女人供他们使用。因为他们有钱，而这个世界，钱是一个永恒的魔鬼啊！

她的话，好像触动了她心底的那份情愫，发出一声长长的叹息。

柯天星和路晓丽都被她的话触动了。

"郜野原，我们是相信你的。我们不会忘记你说的话。谢谢你说了这么多。我们会把你的表现向法庭陈述，法律是最公正的。"路晓丽抢在柯天星的前面，挽回刚才柯天星说话的过失。

"谢谢你，路警官。"她的眼角潮湿了。

"你真的不认识车锦元？"

"是的，我还有保密的必要吗？"她说。

两个人起身告辞。路晓丽把讯问记录给她过目，她认真看了一遍，签上了自己的名字。

她露出尴尬的笑，对路晓丽说，我可不可以单独跟柯警官说两句话？

路晓丽做了一个同意的动作，退出了房间。

她站了起来，面对着柯天星，平静地说，你告诉我，如果当时我同意跟你好，你会跟我谈情说爱吗？

他笑了笑，郜小姐，美是难以拒绝的，我是男人，也会犯男人都可能犯的错误。不管你的灵魂如何，你的外表是漂亮的，关于这一点，我必须说实话。

她笑了，笑得灿若云霞。

李子霖和沐剑锋听完柯天星的汇报，都沉默不语。

半天，李子霖才说，部里再次打来电话，说南方几个省市，再次发现了社会经济研究协会的活动迹象，他们做得十分隐蔽，大多数外围人员都只知道自己负责的这一块。越来越多的迹象表明，我们现在掌握的情况，只限于本省，关于外省市的情况，我们还没有掌握。我们现在重要的是找到米冰倩留下的那份东西。柯天星，你还是要好好想想，只有你跟她打过交道。你要从一些蛛丝马迹中发现可疑线索。我猜想，他们也在找这份东西。

沐剑锋同意李子霖的分析，郜野原的话，已经把卫梅她们三个人的死因告诉了我们，我们不但要找到那份东西，而且要注意，一旦对方知道这份东西在哪里，会不顾一切的。"见到那份东西的人都得死"是有道理的，也不是吓唬人的。

几个在座的人面面相觑。

"沐局，有些阴森森的。"路晓丽说。

"我不信，也许是吓唬人的。"阮眉鼻子"哼"了一声。

大家议论开了，都在询问柯天星跟米冰倩接触的点点滴滴，帮助他分析那份东西有可能藏在哪里。

这一说，就说到了米雪倩。路晓丽说，这个女人不是个省油的灯，她姐是不是把东西放在她那里了？龚超、郭晓雨、耿琦几个人你一言我一语，说得柯天星越听越烦，低着头，一个劲儿地抽烟。只有沐剑锋和阮眉悄悄地离开了会议室。

"阮眉，还生我的气呀！"回到沐剑锋办公室，他朝她做了个有些尴尬的动作。

她听完他的话，脸色平静，我不生气，我是害怕你做那个局长危险，但我敬重你。剑锋，不管如何，我永远都尊重你的选择。如果一个人不按照他的理想生活，他会不快乐，我也一样。也请你尊重我。你放心，我永远都会把个人感情和工作区分开来。

说完，她转身走了。

67

威廉带着皮特斯到达东昌市。

"威廉先生，我已经按照你的嘱咐，派出了我的学生，计划一切顺利。我想先生应该履行诺言，想办法救出我的学生郜野原了吧？我告诉你，她不但是我的学生，而且是一位优秀的社会学工作者，是我们推进西方文化的最好人选。唉！我不应该把她介绍给平天浩，他毁了我多年的心血啊！"

四十岁不到的皮特斯，这次受聘担任北京一所高校的教授，和威廉一块来到了中国。威廉曾经做过皮特斯的老师，两人虽然不是一个战壕的战友，却担负着同样的使命，只不过威廉拿着的是枪，而皮特斯拿着的是笔。这两个冤家在改变中国颜色方面是一致的，只不过在做法方面有些分歧罢了。

威廉对皮特斯的话露出一丝笑意。

"皮特斯，如果部野原没有供出你，那是你的福分，如果她供出了你，你已经失去了在中国待下去的价值。我会向文化委员会建议，派其他人员来华。我明白地告诉你，她没有救了，如果我们救她，得不偿失，没有任何价值。因为，她杀了人，知道吗？"威廉冷冷地说。

"这个混蛋，这个蠢猪。"皮特斯气得从沙发上跳了起来，在房间里来回走动。他诅咒平天浩，没有比杀人更蠢的事了。为什么要杀人呢？难道就没有比杀人更好的办法吗？怪不得上面把他调离中国，这样的人，怎么能完成我们推广的民主。改变中国的颜色，关键是文化，是观念，是信仰，要用他们的手，打倒自己。要打造符合西方世界的领袖，在改革开放的精英中，培养像戈尔巴乔夫那样的人。平天浩还自称是中国通，我看他是个半吊子啊！中华民族，外人是打不倒的，毁了它只有两个办法，一个是戈尔巴乔夫式的人上台，另一个是内乱啊！

"精辟，精辟啊！"威廉鼓着掌，对他的高论大表赞同。对他说，选中你担任文化大使，真是慧眼识英雄啊！好了，为了共同的利益，把你派出去的那两个学生召过来吧，我有重要的事要交代。还是老规矩，我布置任务的时候，你必须离开，这是纪律。两个人不能同时过来，错开一小时。

皮特斯有些不愿意，但他知道别无选择，就来到电话机旁打电话，约好了在白天鹅酒店见面的时间。

"威廉，这是两个相当不错的人才，你可不要毁了她们啊！要好好地培养她们，她们对我们伟大的事业有重要价值啊！""你放心，我不想沾上你们的血腥味，那将永远也洗不掉。"威廉鼻子"哼"了一声，看了他一眼，冷冷地笑了。

一小时后，一个看起来只有二十多岁的女孩子走进了房间。她握着皮特斯的手，一口一个老师地叫着。

皮特斯把威廉介绍给了这个女孩，说他叫威廉，是我的好朋友，是环境与人口组织驻中国代表，他有些事要跟你商量，你要想办法帮助他。好了，我有点事先走一步，晚上我在楼下请你们吃饭。他朝威廉使了个眼色，就离开了房间。

皮特斯一走，女孩子从沙发上站了起来。

"威廉先生……"

"坐吧，我的孩子，工作如何？这段时间你受委屈了吧？"他走到她身边，把她搂进怀里，十分温柔地说，"原谅我不能告诉你皮特斯的全部，你依然是他的学生。我这样做，完全是考虑到你的安全。办完这件事后，你会得到你需要的一切。好了，说说吧。"他做了个请的手势。

"我以米冰倩妹妹的名义，走到了他身旁……"她述说了到东昌市的全部经过和自己的考虑，请求下一步行动方案。

威廉思索了一会儿，交代了工作细节和发生问题的处理方法，要求她必须尽快完成任务，拿到东西后，马上去北京，从那里出国。女孩子咬着嘴唇答应了。

送走了女孩，四十分钟后，另一个女孩子出现在皮特斯的面前。还是老一套，介绍完后，就由威廉谈话，谈了什么，他什么也不知道。

办完了这些事情，威廉要走，皮特斯说，你就不能住一个晚上？反正是用我的护照登记的，用不着如此小心。

威廉说，任何疏忽都将葬送自己，我不会给对手留下任何蛛丝马迹。再见了皮特斯，但愿你在中国生活得愉快。

说完，威廉就走了。

皮特斯对他的做法不屑一顾。

"这个老威廉，像个幽灵一样，又不知道去哪里兴风作浪去了。他们能把我如何，我是个学者，我什么也没有做。"他收拾好东西，来到了省公安厅，出示了有关证件，要求见部野原一面。

沐剑锋得到消息，来到了会客厅，仔细地看了他的护照和有关部门的聘书，问清了他与郜野原的关系，同意了。

沐剑锋安排了路晓丽和郭晓雨陪着皮特斯来到了拘留所。

郜野原见来的人竟然是皮特斯，惊诧得张大了嘴巴。她做梦也没有想到，能在这个地方见到他。

皮特斯当然知道是在什么地方，他对郜野原说，我在得到你的消息后，就从 A 国赶来了，不管怎么说，我总算是做过你的老师吧。我不想问你做了什么，我只告诉你，你永远都是我的学生。在可能的范围内，我会想办法帮你忙的，你尽管放心好了。你的家庭我们也会帮助的。

"谢谢，皮特斯先生。"她淡淡的。

"你就没有什么要跟我说的？"他问。

郜野原苦笑了一下，望着玻璃外他的那张脸，摇了摇头。老师，谢谢你来看我。谢谢你把我送上一条没有尽头的路。我不怪你，路是自己选的，我只告诉你，也许我们的路错了，也许我领会错了，也许你不希望我这样。也许……有很多也许啊！她脸上有一种痛苦。

"你的灵魂忏悔了？"

"不，我没有。我只不过把灵魂放在清水里洗了洗。就像人们要洗脸一样，灵魂也要时常清洗。你不是教导我，没有灵魂的人将是一具僵尸吗？我当然不愿做一具僵尸，哪怕今天就死去，我也要做一个干净的鬼魂。"她吐字清晰。

皮特斯脸上出现了一种捉摸不定的变化。

"好了，我的心意到了，你好自为之吧，愿上帝保佑你，阿门。"他不愿再谈下去，狠狠剜了她一眼，转身离开了接待室。

从拘留所出来，皮特斯打了一辆出租车，进入了市区，绕着城区公路走了好长距离，这才来到一个公用电话旁，拨通了一个电话。

"据长青旅店服务员介绍，那是一个外国男人，大概有五十多岁的样子，一进旅店就说在等一个电话。他没有住在那里，显然，他是与皮特斯约定好了的。看样子，他们让皮特斯来见郜野原，是在试探她说了什么。我估计，他们会有些行动。"阮眉站在沐剑锋面前，汇报工作情况。

"为了那份东西？"他疑惑地说。

"我想是的。"阮眉点点头。对了，我忘记告诉你，柯天星回和平市了，他说有点急事，匆匆忙忙就走了，我也不知道什么事。看他的样子，火急火燎的。估计是家里有什么事吧，他妈妈身体一直不好，他长年在外工作，很少回家。沐局，还是让我这样称呼你吧，你还是回和平市吧，在那里指挥案子，柯天星、路晓丽和耿琦他们回公安局，都是你的部下。她仍然对他十分冷淡。

"好吧，我知道了。"沐剑锋点点头。

沐剑锋拨通了和平市公安局副局长伊强的电话，告知他不在的时候，由他主持工作，聊完了，他又给柯天星打电话，问他到底出了什么事。

柯天星搪塞说，没有什么事，我妈妈病了，我也好长时间没有回家了，走得匆忙，没来得及跟你说，你放心，一两天我就回东昌市。

放下电话，他把耿琦喊到了办公室，问到底是怎么回事？

耿琦摇了摇头，柯天星最近昏了头，我看会出事的。他想离开那个叫米雪倩的女孩子，又下不了决心，这件事，也不知道是谁传出去的，传到了西门红霞的耳朵里，你知道，她是东昌市公安局的刑警，是史新民的部下，也不是一个省油的灯。这样一来，他就更烦了，晚上我都找不到人。听晓丽告诉我，两个女人差一点打了起来。

"老耿，看你啰唆的，我问你他为什么回和平市，真的是他妈妈病了，还是有别的什么事？看你说了一大堆话。案子都忙不过来，我不管他的私事。"沐剑锋有些生气。

"喻文家被偷了。"耿琦说。

沐剑锋一时没有反应过来，问是哪个喻文？当他听说是冰倩诊所的喻文时，脑袋突然大了。老耿，你马上跟我去和平市，柯天星回和平市，肯定跟米冰倩留下的那份东西有关。你喊上路晓丽，我们一块去。耿琦风风火火找路晓丽去了，沐剑锋向李子霖打了个招呼，就带着人往和平市赶。

路上，他再次给柯天星打电话，在他的逼问下，他才承认是为了喻文家失窃一事赶来的。他告诉沐剑锋，被偷的地方就是原先米冰倩的家，后被喻文买了。喻文不常来住，昨天一来，就发现家里乱七八糟的样子，他也弄不清楚小偷是什么时候进来的，他没有报警，首先告诉了我，我这才赶来了。

"注意现场，先不要动。"他叮嘱。

在回和平市的路上，沐剑锋感觉自己大意了。

"他们在找那份东西，一定是。看来，他们还是怀疑东西被米冰倩藏在了什么地方，否则，他们不会这样。问题是，派谁去了？这个人我们为什么不知道？他到底是谁？"他感到问题很严重，这个逃脱他们眼睛的人，一定是枚隐藏的棋子，而这枚棋子，会给我们意想不到的一击。

他把这个想法告诉了耿琦、路晓丽，他们同意沐剑锋的分析。

路晓丽说，如果这个人是和平市的人，我们为什么想不到呢？这有些可怕，难道他们在冀南方后面，还布了网？几个人都沉默不语，他们知道，这是他们工作的失误，怪不得柯天星匆匆忙忙走了。

"露了头就是好事。"沐剑锋说。

"对，沐局，我看是好事。"耿琦也改了口。

"沐局。"路晓丽也跟着改口。

<h2 style="text-align:center">68</h2>

米冰倩的家一片狼藉。

被子、衣服、书柜，连角落里装垃圾的袋子都被翻动了。很显然，对方是在寻找东西。喻文买下米冰倩的住宅后，房间的布置一点没动。她漂亮的照片还挂在床头，梳妆台上还摆放着她一张穿着比基尼的倩影，十分动人。到处都能感受到米冰倩活生生的存在。只有进门的地方与室内的摆设十分不相称，在进门的拐弯处，墙上安放了一个足有六十厘米高的观音菩萨像。

沐剑锋看来看去，整个房间，也就是观音菩萨摆放处没有动过的痕迹。

"说说吧，情况如何？"沐剑锋问。

柯天星已经向公安局报了案，索巴带着人过来了，他有些懒惰地说，你让柯大警长说吧，他比我先到的。

柯天星瞪了他一眼，说沐局，从现场来看，门锁没有动过的痕迹，这说明进来的人是用钥匙打开门的，是熟人无疑。据喻文讲，什么东西也没有丢失，连放在盒子里的那根珍珠项链也没有动，这说明，来人是找那份东西无疑。还有，喻文买下房子后，没有换过门锁，还是米冰倩生前的那把门锁，连我都有一把这房子的钥匙，我们现在弄不清楚，有多少人有这门的钥匙？不过有一点可以肯定，这个人就在我们身边。

索巴做了个没事的动作。

"沐局，没我的事了。柯天星说了，他也有钥匙，你问他就知道了。我看呀！这个小偷就是他招来的。"他朝柯天星做了个不满的动作，带着人就往外走，刚走到门口，还是被沐剑锋喊住了。

"索警长，你等等。"他走上前，把索巴拉进了厨房，关上了门。索巴睁大了眼睛，一时不明白找他有什么事。

沐剑锋问了问冀南方被抓后局里的情况，又问了问和平市最近治安形势如何。这才回到了正题，问他了解不了解米雪倩的情况？

这一问，倒把索巴问住了。

"你问米雪倩，米冰倩的妹妹？"

"对。她不是你送到东昌市去的吗？我们了解过，米冰倩是有一个妹妹，在海南，长得什么样我们不知道。我们通过海南有关部门了解过，她的妹妹是叫米雪倩，已经出国去了。当然，我们不排除她回来的可能。索警长，我想问问你，你知道多少？"沐剑锋把自己的疑问全盘托出。

"你为什么不问柯天星？"

"索警长，我现在是问你。"

索巴还是有些不解，一个劲儿地摇着头，自言自语地说，你怀疑她，她一个丫头片子，疯疯癫癫的，能做什么？对不起，沐局，我对她了解很少。那天，喻文把她送到公安局，她说自己是米冰倩的妹妹，让我看了身份证，没错的，让我帮她找到柯天星，我说不知道，她就缠住了我，说不是人民警察为人民嘛，就没完没了，我被她缠得没有办法，正好又要到东昌市办点事，就把她捎上了，交给了柯天星，没想到他倒捡了个便宜，听说两个人爱上了。唉！不知道是他有福气，还是那个米雪情瞎了眼。索巴十分不满。

沐剑锋点了点头，没有再问。

"索警长，今天我问你的事请不要告诉任何人。案子有些复杂，有些事情我们还要核实调查。你马上布置人，进行调查。"他告诉索巴，要抓紧工作，他这样一说，索巴无奈地答应了。

耿琦把整个房间录了像。沐剑锋又询问了喻文一些情况，告诉他，房间暂时就这样，不要动，就带着人离开了。

喻文回了冰倩诊所，几个人坐在汽车上，讨论案子情况。

柯天星说，米冰倩家门上的这把钥匙，我天天带在身上，从未离身，难道有人从我身上拿走了这把钥匙，配了一把？我不相信。这段时间，我除了跟米雪情和西门红霞这两个女人打过交道，从未与生人接触，难道她们两个人之中……绝不可能。

耿琦说，喻文接触的人十分杂，也说不准是从他那里下的手。

路晓丽说，从现场来看，他们没有找到东西，我估计他们还会来的，我们何不……

"行了，晓丽，守株待兔？现在还有那么傻的人吗？"柯天星一听她的话，坚决反对。

"接触这个案子的人物都是不简单的人物，绝不会再出现。如果和平市再出现一个冀南方那样的人，我们一切努力都白费了。我们能确切地说，东昌市就不会出冀南方那样的人？我可不敢保证。沐局，也可能是东昌市来的人，这个人，是我们从来没有怀疑过的人。"柯天星被这个案子闹得心惊肉跳，对一切都怀疑。

"有这种可能。"沐剑锋一听柯天星的话，马上点头同意。天星，敌中有我，我中有敌，这是再自然不过的道理。水至清则无鱼啊！你我都是吃五谷杂粮长大的，都有七情六欲，都有弱点，都有可能被对手所利用。斗智斗勇，我们比对手想得多一点，就有可能取得主动和先机，想不到，就有可能输掉这场游戏。永远的胜利不是现实生活中的事实，那只不过是电视剧。遗憾的是，现实生活永远都不是文学作品，生活就是生活，只不过我们比对手更有耐心，更富有牺牲精神罢了。这样吧，这段时间你们也没有回过家，到了家门口了，总应该回去看看。我今天就住在和平饭店，让我好好想一想，有什么事马上通知你们。

几个人都点头答应了。

耿琦和路晓丽先后走了，柯天星也要回家看看母亲。

刚走几步，就被沐剑锋喊住了，他上前问他跟米雪情的关系。

柯天星尴尬地说，你不要听别人胡说，我跟她关系十分清楚，我实在摆脱不掉她，你放心，案子一完，我马上就把她赶走。

沐剑锋笑了笑，是你摆脱不掉她，还是你心里有她呢？一个男人如果连一个女人也摆脱不掉，那是不可能的，你柯天星没有这个能力？笑话，别人不知道，我还不了解吗？也不要急，她愿意替姐姐续上弦，应该是好事。好好珍惜吧。

他拍了拍他的肩膀，问米雪情是在东昌市还是在和平市？

"在东昌市呀，她不知道我来和平市。"

"好，回家吧，代我问你母亲好。"沐剑锋没有再说什么，目送着他走远。

他们几个人一走，沐剑锋马上给阮眉打电话，询问情况如何。

她说跟皮特斯接头的人已经找到了，他叫威廉，是联合国环境与人口组织驻中国代表处的代表，威廉见了一个中国人，这个人恐怕是你想不到的，他就是苗圃原先的丈夫谢小东。

"什么，谢小东？难道威廉和谢小东是替代平天浩和尼尔的人选？"沐剑锋十分惊诧。"好吧，阮眉，我知道了，你先来和平市吧，把这边的事忙完，我们再仔细查查谢小东。"他把和平市的情况扼要地向她讲了讲，还讲了自己的想法。让她跟区虹和龚超一起马上来和平市，到和平饭店找他。

"这个办法是不是笨了些？"她说。

"是有些笨。守株待兔是有些蠢，但我觉得对手也不一定是只聪明的兔子。我想他们还没有拿到那份东西，而且，他们仍然觉得这份东西就在米冰情的住处，就在和平市，我也有这样的感觉。过来吧，失败了由我负责。"他交代说。

阮眉没有再说什么。

两小时后，阮眉带着人到达和平饭店。区虹弄明白沐剑锋的意思后说，你是和平市公安局长，为什么不动用公安局的人。

他摇了摇头，拒绝了区虹的提议。沐剑锋把四个人分成两组，自然是龚超和区虹为一组，沐剑锋和阮眉为一组。阮眉觉得有些别扭，但没有说什么。

沐剑锋准备全天候盯着米冰倩的家，他要守两天两夜。

第一天，没有任何情况。

第二天，整个白天也过去了。龚超和区虹长长地出了口气，等到晚上九点半，沐剑锋他们来接班，如果到明天早上没有事，就可以返回东昌市了。

两个人坐在汽车里有点闷，区虹又老念叨龚超抽烟太多了，弄得车厢空气污浊，说人家戈桐多好，不喝酒不抽烟。

龚超瞪了她一眼，本不想跟这个小辈计较什么，一听她的话，来气了，说他要是抽烟喝酒，还不会犯错误呢。我老龚虽然喜欢这一口，却永远犯不了他那样的错误。

区虹鼻子"哼"了一声，你老龚也不要夸口，你是没有碰上，碰上了一样拉稀，哪有猫不吃腥的。她的话，倒把龚超说笑了。

晚上九点半，沐剑锋的汽车慢慢地驶入预定位置。他跟龚超通完电话，龚超的汽车就走了，回旅店休息去了。

夜色已经降临，路上虽然灯火通明，却没有几个人行走。

沐剑锋的汽车停在米冰倩家的楼对面的马路上，对着她家的窗户。他们在米冰倩家的门锁上装了一个传感装置，一旦有人动锁，汽车里的装置就可以接收到信号，十分灵敏。沐剑锋抽烟，但瘾不大，他怕阮眉受不了，就买了些糖带着，抵挡漫长夜晚的孤独。

两个人长久沉默。

沐剑锋受不了这种压抑和沉闷，首先开口。"阮眉，原谅我吧，不要再生我的气。我不是想当这个局长，我是要彻底弄清楚这个案子，放心吧，没有危险的。阮眉，我需要阳光，我需要你像阳光那样生活着。"他伸出手，握住她的手，看着她的脸，那张熟悉的面孔。

阮眉没有挣脱他的抚摸。

她转过身，一对明亮的眸子看着他，片刻，两滴清泪顺着面颊流了下来，流进了她的唇线里，有些苦涩。她没有吭声，一下子倒进了他的怀里，哽咽得说不出话来。

他把她搂进怀里，拍着她的肩膀，安慰说，好了，好了，哭出来就好了。他这样一说，她真的哭了，没有声音，肩膀使劲地抽动着，泪水把他的衣服弄湿了。

"剑锋，吻我。"她终于发出了呼唤。

他俯下身子，像雪花飘落大地，像乌云覆盖天空，一下子把她拥在里面。他尝到了那久违的，有些苦涩，有些甜蜜的味道。他突然想起了田雪，像闪电一样，闪现了一下就看不见了。"我为什么想到她？"他在问自己，也像在问别人，他犹豫了一下，马上搂紧她，搂得她喘不过气来。他使劲地吮吸着，仿佛要把她的五脏六腑吸出来。

"我爱你，剑锋，一生一世。"她说。

"我也爱你，一辈子。"他说。

69

夜深了，公路上十分寂静。

"剑锋，你先眯一会儿吧，我盯着，你放心，一有情况我就喊你。"她心疼地抚摸着他的脸。你瘦多了，这样的案子太熬人。我到现在还不敢相信那样的一个协会，真的会有一个全国性的网络。陈志明、罗英彪和冀南方，也许是个别现象。我相信，我们党的中高级干部，绝大多数是好的，对党和人民是忠诚的。像皇甫赞这样的人，应该说不是我们干部队伍中的主流。如果事情不像你推测的那样，我真不知道你如何向上面交代？她替他操起心来。

"放心吧，阮眉。你先睡一会儿吧，不用替我操心。如果有假如，我情愿接受自己预测不准的责任，我不想让共和国的躯体里，装有定时炸弹啊！你想想看，如果像陈志明、罗英彪这样的人爬上了重要的岗位，我们的国家会是一个什么样子？我们的人民又如何？虽然他们不能把庐山推倒，把地球炸毁，但我们将付出沉重的代价啊！"他长长地叹着气，让她伏在自己腿上睡一会儿。

阮眉乖巧地闭上了眼睛。

　　沐剑锋轻轻地拍着她的背，点燃了一支烟，深深地吸了一口。难道我猜错了？难道他们拿走了那份东西？如果是那样的话，这案子将更为艰难啊！我们不可能一个省一个市地去核查，就是那样核查，对那些没有任何异动的潜伏人员，你永远也找不到。他的脑海在反复思索着。面对这样的局面，他希望撕开一个口子，彻底解决问题。

　　表针指向了凌晨四点。

　　沐剑锋有些焦急，离天亮也没有多长时间了，这万一……是进还是退，他真有些拿不定主意。

　　就在这时，一辆蓝色的本田轿车驶近了楼房，停在门口，一下子让沐剑锋紧张起来。他摇醒了阮眉，指着外面。阮眉的困意马上抛到九霄云外去了，睁大了眼睛。

　　一会儿，从车上走下一个看起来也就三十多岁的男人，留着短发，穿着黑色的风衣，带着墨镜，走进了楼房。

　　"他是谁，我怎么从来没有见过？"

　　沐剑锋摇了摇头，让她冷静。

　　一会儿，报警装置发出了清脆的声音。沐剑锋从座位上弹了起来，马上对阮眉说，你在楼下守着，我上楼。说完他拨通了龚超的电话，让他们俩马上赶过来。

　　打完电话，两个人走下汽车，向楼房走去。在他要进楼的那一刹那，她跑了过去，再次叮嘱他小心些，这才让他走了。

　　沐剑锋一走，阮眉还是不放心，马上给柯天星打了电话，让他马上过来。

　　走廊上空无一人。

　　沐剑锋蹑手蹑脚地往上走，生怕惊动对方。走到门口，他才发现，对方连门都没有插上，就那样虚掩着。他推门进入室内，这才看见那个男人打着钢笔手电，在四处寻觅着。

　　也许是沐剑锋进来的时候带入一股冷气，也许是那个男人感觉到了什么，他猛地一回头，在影影绰绰中，两个男人面对着面，相距也就五六米的距离。

　　"沐剑锋。"对方叫出了他的名字。

　　他大惊。"你认识我？好，既然这样，那我们就把话说明白了，你要找的那份东西我们早就找到了，我们之所以没有动，就等着你上钩。我没有想到，真有你这样笨的兔子。跟我走吧，我会给你指出一条阳光大道的。"他劝道。

对方嘿嘿地笑了几声。

"你以为我会跟你走吗？"

"除此之外你别无出路。"

对方根本没有把他放在眼里，一边冷冷地笑着，一边伸出了手，向他走来，毫无顾忌的样子。他头上戴了块布，沐剑锋看不清他的脸，一看他伸出手，又不吭声，以为他愿意跟自己走，就拿出了手铐，警惕地看着对方。

男人走到离他一步之遥时，朝他面门就是一掌，好在他有所准备，往边上一闪，哪知道男人这一掌是虚招，看他闪到一边，就飞身蹿出了门，顺着楼梯往下跑。沐剑锋紧紧跟在后面。

男人一出门，看见黑暗中站着一个人。

他迟疑了一下，沐剑锋就追过来了，喊道："阮眉，不要放过他。"

男人一听后面的喊声，迅速转过身来，朝他的胸口就是一拳，沐剑锋没有防备，这一拳结结实实地被打在胸口，他没有后退，反而一脚踢了过去，踢到了对方膝盖下方的骨头上，疼得他号叫了两声。

对方愤怒了，不顾阮眉从后面冲过来，掏出一把尖刀，朝他扎去。楼外的光线不是太亮，沐剑锋看见他掏出一样东西朝自己扎过来，只好侧身一躲，并喊叫着他有刀。

阮眉什么也顾不得了，一脚朝他手腕处踢了过去，把那把刀踢得远远的。

远处，龚超的汽车过来了。

"阮眉，不要让他上汽车。"

沐剑锋的话倒把对方提醒了。他看出了两个人的关系，猛地一蹲，躲过了阮眉的拳头，蹿到了沐剑锋身后，一把卡住他的脖子，掏出一把像手枪一样的东西，怒吼："你要再过来，我就送他下地狱，你永远也见不到他了。滚开，否则，我真的要开枪了。"他押着沐剑锋，向汽车走去。

阮眉愣了，不知如何是好。

就在男人半拖半拉把沐剑锋弄到距离汽车有五六米远时，沐剑锋突然发力，用肘子猛地击向对方胸部，疼得他弯下腰。

沐剑锋转过身来，想扭住他的胳膊，突然，那把似枪非枪的东西朝他喷出一股烟雾，沐剑锋的眼睛顿时什么也看不清了，只能高喊抓住他。

男人上了汽车，发动了就往外跑。眼看着汽车就要撞到沐剑锋，阮眉脑子嗡的一声，一个飞跃，像一只雄鹰，把沐剑锋推到了一边，而她自己，却被撞得飞了起来，重重地摔到了路边，头正好落在马路牙子上，当场就昏过去了。

赶来的龚超和柯天星看见了这一幕。

"柯天星，你追汽车，我救人。"龚超毕竟大几岁，汽车还没有停稳就高声喊叫。骑着摩托车赶来的柯天星，看到这惊心动魄的情形，浑身的热血早已沸腾。一听龚超的声音，马上疯一样地朝那辆蓝色的汽车追去。

柯天星毕竟是本地人，又当过多年的刑警，对这个城市的一切都十分熟悉。他一只手扶着摩托车，一只手拨打了"110"指挥部的电话。

接电话的人是他的同事，一听他讲的情况，马上调动了和平市所有的警力，连特警部队也出动了，郊区的路也被封锁了。李子霖接到了和平市公安局的电话，在第一时间从东昌市赶来了。

一只飞蛾，触动了城市紧张的网络。

一道蓝色和一道红色，在无人的城市道路上赛跑。这个时候，城市的道路上看不见人了，除了偶尔打扫卫生的车外，路上已经没有汽车了。尽管那辆摩托车排量并不小，仍然追不上那辆汽车。开车的男人也没有把后面的柯天星放在眼里，汽车开得快，但十分平稳。显然，他以为只有这辆摩托车追他。

汽车行驶到凤凰山度假村时，公路被路障堵住了。几辆警车闪烁着警灯停在路旁。汽车里的男人一看不对，马上急刹车，原地一个180度的掉头，往回开。哪知道汽车转得太急，一下子陷进了路边的松土中，陷在那里。任凭如何加油，轮子就是爬不上来。

天已经亮了。

柯天星的摩托车已经到了，紧跟在后面的警车也鸣着警笛过来了。

柯天星停住车，走到了车旁，冷冷地说："出来吧，你跑不掉的。"

男人在车里迟疑了一下，缓慢地打开了车门，走了出来。

柯天星一见那个男人，大吃一惊，几乎不敢相信自己的眼睛，这个男人不是别人，他就是谢小东。

"是你。我真是瞎了眼，我怎么没有想到是你呢。你明明知道苗圃跟罗英彪有那种关系，还睁只眼闭只眼，一个真正爱着老婆的男人哪里忍受得了。告诉我，你是有意跟她结婚的，目的是监督控制她，利用她，进而监督罗英彪，是吗？"柯天星愤怒至极，一把揪住他的衣领，眼珠子都快瞪出来了。

大批的警察赶到了。

"柯警长，你没有想到的事情还多着呢。你说得对，我的目的就是监督罗英彪。现在，他的作用已经没有了，我的任务也随之没有了，所以，我就承担起另外一项任务了。遗憾的是，自以为是的作风毁了我自己。我已经来过一次米冰倩家里了，不应该再来。我也没有想到你们竟然使用了如此的笨办法。唉！智者千虑，必有一失啊！你赢了，我们走吧。"他伸出了双手。

谢小东被塞进了警车。

"看紧他，出了问题我拿你们是问。"柯天星双目暴突，恨不得把对方撕得粉碎。他知道，这个谢小东对他是多么重要。

市公安局过来的人正是索巴，他一听柯天星的话，眉头皱了一下，刚想说什么，又把到嘴边的话咽回去了，挥了挥手，让部下把他押走了。

耿琦和路晓丽得到消息，匆匆赶到了。

两个人没有见到谢小东，只见到那辆蓝色的汽车。路晓丽见过这辆车，一见就围着车转个不停，这不是苗圃的那辆车吗？怎么在这里？

耿琦也推着发呆的柯天星，问这到底是怎么回事？

柯天星无名火起，连粗话都出来了，怒吼："问什么，问个屁，这个沐剑锋，太不相信我们了。唉！弄不好，阮眉完了，一个多么好的女人。"说完，骑上摩托车，呼啸而去。

耿琦和路晓丽也不敢耽搁，钻进了汽车。

汽车到达了和平市医院。

柯天星从车上下来，匆匆往急救室赶，看见龚超、区虹，还有戈桐、李子霖等人坐在长椅上，默不作声。

柯天星脑袋嗡嗡的，推开了急救室的门，阮眉躺在那里，熟睡了一样。沐剑锋用手轻轻地将着她的发丝，面无表情。

柯天星刚要说什么，被后面的路晓丽拉了一把，三个人默默地退出了房门。

阮眉牺牲了，就这样牺牲了。

10

李子霖脸色铁青，听完了柯天星汇报。

"痛苦和悲伤代替不了我们所承担的任务。柯天星，既然谢小东是你的老熟人了，你和龚超马上去拘留所，一分钟也不要耽误，马上审问他，顺藤摸瓜，捉住幕后的凶手。阮眉的死，对沐剑锋是个致命的打击。我们都是人，都是父母生养的，都是有血有肉的人。从现在起，由柯天星负责这个案子，其他的人走吧。"李子霖下达了命令。

柯天星带着人默默地走了。

李子霖交代医院不要打搅沐剑锋。他知道，此刻的沐剑锋需要的是安静。他走出了医院，深深地吸了一口气。

司机问，厅长，我们去拘留所吗？他点了点头，钻进了汽车。坐在车里，他深深地责备自己，他是知道沐剑锋来和平市的，虽然沐剑锋没有说明详细原因，但他知道沐剑锋是为案子而来。当时，李子霖不相信米冰倩会把那么重要的一份东西放在家里。他没有讲出自己的想法，独立思考，是我们干部最为重要的思维方式，更不用说一个局长了。

"我忽视了他的感情存在。"他诅咒自己，感到自己给他们两个人在一起的时间太少了，在他们出现感情危机时，总觉得那是个人的私事，总觉得阮眉太小心眼，现在想起来，他感到自己做得欠缺了什么，作为父辈年龄的李子霖，对沐剑锋有一种父亲般的疼爱，正因为这样，有时才过于严格。

"这就是生活，这就是我们的生活啊！"李子霖长长地出了口气，感到自己肩头担子更重了。他们到底安排了多少人潜伏下来？他们到底在这个城市，在我们国土上安插了多少颗定时炸弹啊！

他一听杀害阮眉的男人是谢小东，是苗圃的丈夫，他真正地感到一丝从未有过的恐惧。

"一定要摧毁他们。"他握紧拳头。

沐剑锋疲惫地坐在那里。一坐就坐到了中午十二点。他也不明白这么长的时间是怎么度过的。和平市，这座美丽的城市已经阳光灿烂。窗外，是舒适的秋风，是美丽的季节。他随手拿起手绢，那上面还有阮眉特有的气味，想到这里，只觉得有滴冰凉的东西从光滑的面庞慢慢滑下，是酸，还是苦的泪珠，他已经分不清了。

记得两年前，他们在海南，那是一个春天，天下着雨，他们刚刚抓住了犯罪嫌疑人，十分高兴。她说我们去淋雨吧，那多浪漫，他说好呀！不要说去淋雨，就是去火山，只要你高兴，我也毫不犹豫。两个人跑到雨中，从海的东边跑到西边，像两个疯子，弄得路人都瞪着眼看他们。回到饭店，两个人全身都湿透了，她倒在他的怀里，第一次哭了，说你对我真好。想到这里，他好像觉得有什么东西咬住了自己的咽喉……回忆的甜蜜比什么都残忍。

沐剑锋再次点燃一支烟。

袅袅升起的烟雾在房间里疯跑，在他长长的手指间燃烧，将他冰冷的面庞弥漫，思绪也像疯长的草，向外蔓延，不，不是草，是缠绵的葛藤，把他的心紧紧地捆在一起，他想挣脱，越挣越紧，好像要窒息一样。蓦地，透过漆黑的夜空，影影绰绰地，他好像听到了浴室的水声，听到了那熟悉的脚步声……

啊！他一惊，才知道这一切都是梦。

他揉了揉眼睛，站了起来，走到窗前，深深地吸了一口清冽的空气，感到精神好多了。

他再次来到床前，俯下身子吻着她冰冷的唇，悄悄地说："阮眉，我会永远记住你。我一定要把犯罪分子绳之以法，告慰你的英灵。"他整了整衣领，走出了急救室。

"沐局……"

沐剑锋一言不发，来到了拘留所。

他知道，现在最重要的是找到那份东西，这份东西，关系到案子最后的结论。关系到案子的真相，没有那份东西，案子就很有可能找不到答案。

谢小东坐在柯天星和耿琦、路晓丽面前，没有一丝惊恐，脸上十分平静。

柯天星看见沐剑锋来了，说你来得正好，他有话对你说。

沐剑锋坐了下来，望着他。

"说吧，谢小东。"他克制着自己。

谢小东抬起头，带有歉意地说，对不起，沐先生，我听说那个女人死了，他是你的女朋友，实在是抱歉。

"说吧，谁派你来的？"

"没有人派我来，只是我想来。"

柯天星怒吼，你糊弄鬼吗？没有人派你来，你会选择这个时候来，这个谎话你是圆不过去的。我可以告诉你，你不要抱侥幸心理，更不要想着有什么人来救你。你应该听说了，冀南方为他们办事，最后还不是死在他们的手里，你的结果也有可能是这样。你只有好好交代才有出路，否则，等待你的是什么，你应该很清楚。

沐剑锋说，你刚才向我道歉，我可以告诉你，那个女人是我的恋人，是我的一切，她为祖国而死，我虽然难过，但是，我为她感到骄傲，这就是我们警察的人生，是我们的信仰。我现在不知道你是中国人，还是外国人，如果你是中国人，你应该明白，一个强大的国家，是我们的幸福。你应该清楚，没有强大的国家，我们什么也不是。他们答应了你什么，无非是荣华富贵的生活，你想想看，没有祖国，你想要的就是水中之月。说吧，给你的时间不多，你有才华，很年轻，我们不想看见你走上绝路。

谢小东低下了头，长长地叹了口气。

"我不知道从哪里说起。"

"从你参加他们的组织说起。"

"好吧，我从头说，否则，我说不清楚。"谢小东望了望沐剑锋、柯天星，理了一下思路，开始交代。他头脑清醒，逻辑严密，把自己十多年的情况作了一个简要的供述。

我出生在皖西农村，家境贫寒，靠着刻苦努力，破天荒地考上了大学，又幸运地分配在广播电台。但是，渐渐地，我发现身边的同事总有一种看不起我的神色，这大大地伤了我的自尊心。我觉得，要出人头地，就必须到国外镀一层金回来，我争取到了去德国进修并出任首席记者的机会。离开前，看到同事们都跟我打招呼，我心里喜滋滋的，感到这步棋走对了。

一年后的一天，我从超市买东西回来，刚要开门，从我背后走过一个身材颀长、皮肤白净的姑娘，随之，一阵浓郁的茉莉花香伴着女性特有的气味飘进我的鼻孔。

我正感到困惑，回头一望，只见那姑娘正在开对面的门。"她住在这里，里面不是住着一个中年男人吗?"

我有些不解地看着她。姑娘见有人在看她，就妩媚地朝我一笑："先生，我叫乔莎，在歌剧院工作，昨天搬过来的，请多关照。"

我连忙说："好说，我叫谢小东，有什么事需要帮忙，尽管说。"

半个月后的一天晚上，我从外面回来，刚洗完脸，就听见"咚咚"的敲门声，我打开一看，只见乔莎身穿低领睡裙，半偎在门边，怯生生地说："先生，我头晕得厉害，大概是昨晚睡冷了，听说你们的中药很有效。"

我连忙把她扶进了房间，又急匆匆地拿出一盒感冒胶囊，倒了一杯水，服侍她喝下，又扶着她上床休息。

乔莎的睡裙又大又肥，袒露的酥胸尽入眼底，使我浑身像触电一样，血直往上涌，感到一阵阵心悸和眩晕。她慵懒地依偎在床上，那双湛蓝明亮的大眼睛秋波荡漾，闪着异样的光彩，充满着挑逗性，使我整个心都酥酥的。

我们上了床。

在明斯特广场贝多芬纪念碑前，我搂着乔莎浑圆的肩，摸着她那金黄色的发丝，望着飘落的树枝，感慨地说："乔莎，我总觉得我们认识是个梦，来得如此突然，我都有点承受不了。"

乔莎拿着我的手按在她的胸口说："亲爱的，我们的认识不是一个梦，正如你们中国人所说的那样，是缘分，难道不是吗？否则在茫茫的人海里，我怎么能认识你呢。"

"乔莎……"我激动得说不出话来，把她搂得更紧了，恨不得两个人合而为一。乔莎也满怀激情地仰起头，热烈地亲吻起来。一会儿，乔莎站起，挽着我的胳膊在厚厚的树叶上边走边说，想咨询一些经济改革中更加具体的数字。长期从事此类工作的我，讲得翔实又有条理，有理论分析又有具体数字。我还怕乔莎听不懂，说回公寓后，再找几份材料给她看。

乔莎点点头，又抱住我，嗲嗲地说："那就谢谢你了。"

"不用谢，亲爱的，拥有你，我就拥有了整个世界，没有什么比为你做事更高兴的了。"我拍着她的脸说。

回到公寓，我把几份整理好的稿件以及从国内带来的宣传报道纲要拿给她看，乔莎复印了一套，又针对一些不太明白的数据问了问，在我的脸上亲了一下就走了。

我开始帮助他们搜集中国内部材料，包括改革中的经济政策。后来不久，他们把我派到了 A 国，进行了半年的培训，培训结束后，我去了苏联和东欧的一些国家，当然是为他们工作。他们说了，如果我不做，就把我的材料交给中国政府，我将永远没有出头之日。

"后来，你回到了中国？"

"是的，让我做苗圃的丈夫，我同意了。她是一个迷人的女人，我当然愿意，他们说了，我做完这一次，就不再做，做一个正常的人，我也疲惫不堪了。到了这一步，我也没有什么不可以说的，是平天浩让我来的，就是取一份东西，我没有看过那份东西，只是他们要，我适合完成这次任务。沐先生，柯先生，我都说了，应该是坦白吧。应该宽大处理，是吧？"谢小东瞪着一对眸子问着。

"看你的表现。明天我们再聊。"沐剑锋说。

谢小东说完了，很轻松的样子。

71

沐剑锋做梦也没有想到，谢小东昏迷了。

他的脸色越来越难看，脸部还出现了褐色的条纹、浅黑色的斑点和青紫色的疙瘩。脸也在逐步变形，一种黏性分泌物从眼睑里分泌出来，血液从他的毛孔里渗透出来，皮肤变得干燥，皱缩而发红，他的头发一碰便大绺脱落下来。所有的症状跟冀南方临死前一模一样。

"又是他们干的。"他一拳砸在桌子上。

沐剑锋向李子霖汇报。

"厅长，我觉得，他们在谢小东来和平市之前，就给他服了毒药，以防不测，他们真是用心到家了。现在，他对我们没有任何意义，我马上带人回东昌市，柯天星留在和平市，寻找那份东西的下落。阮眉告诉我，昨天，谢小东跟威廉见过面，我没有猜错的话，这个威廉，很有可能是来取代平天浩的，我马上把情况向部里汇报，请求他们通知北京局。"沐剑锋说了自己的想法。

"剑锋，阮眉，你……"

"厅长，对她最好的怀念就是破案。如果我不能把幕后的凶手捉拿归案，就无法面对她的灵魂。你放心，我挺得住。"他握了握李子霖的手，跟柯天星交代了一番，就带着刚刚赶到和平市的郭晓雨和已在这里的龚超走了。

"难道他又是铊中毒?"路上，郭晓雨问。

郭晓雨说专家在冀南方体内找到了病毒源，一种受过强烈原子辐射的铊毒通过冰橙进入了他的体内。这种放射粒子十分弱小，一旦进入体内就完全分解，并以强烈的辐射渗透全身，一般检查查不出来。从部里来的反间谍专家说，这是二十世纪五十年代苏联研究出来的。1957年，苏联间谍尼古拉·霍赫洛夫就是中了此毒，差一点葬送了生命。后来这种毒基本绝迹，我们没有想到，他们竟然用在自己人的身上。她重复着冀南方死后沐剑锋的话。

龚超说："沐局，我估计，我们从谢小东身上找不到什么有用的东西。我觉得他们利用谢小东，很有可能是转移我们的视线，他们要做什么？我猜不出来，但肯定是跟我们要找的东西有关。这样说来，他们的人已经在东昌市，或者在和平市，也有可能在我们身边。"龚超认真分析着说。

"你等于没有说。"郭晓雨"哼"了一声。

"晓雨，不要插话，听听老龚的分析。"沐剑锋坐在副驾驶的座位上，看着前面，若有所思地说，老龚的话也是有道理的。谢小东来过一次米冰倩的家，又来一次，无非有两个目的，没有找到东西，或者说他的上家要用他来转移我们的注意。如果是这样的话，那么，这个人就应该在我们的视线里，你说呢，老龚？

沐剑锋的话提醒了龚超。

"难道是我们去 H 市、W 市、U 市和 O 市、Y 市调查的那几个人其中的一个？难道是莽秀明、沙欣和欧阳倩没有说实话？还是……"龚超怎么也猜不出来。"这样吧，沐局，到了东昌市后，我马上给上官文打个电话，让他再找莽秀明谈一次话，看看情况如何。小郭，你也跟 O 市的翟超和苏美丽联系一下，看看情况如何，那两个人可是你单独调查的啊！"

"好的，好的。"他这样一说，也让郭晓雨紧张起来了。她马上回忆起与翟超和苏美丽接触的经过，实在找不出一点可疑之处。随后，三个人默默无言，各自想着案子。

汽车到达东昌市，沐剑锋到厅里办好了搜查手续，又从别处借了几个人，对谢小东住处进行搜查，结果令人十分失望，没有找到半点有用的东西。

龚超和郭晓雨也给兄弟省市的厅局去了电话，请求他们帮助，这要等几天才会有结果。沐剑锋把情况向部里作了汇报，并特别讲了威廉的情况。

阮眉的遗体已经运回了东昌市，政治部的领导派出专人陪伴她的父母。从她家回来，沐剑锋心情坏到了极点，案子僵在这里，阮眉又不幸牺牲，他觉得自己在这一刻就要垮了。

他坐在办公室里，不停地吸着烟。

"沐局，下班了，回去休息吧。这几天你太累了，为了案子，为了阮姐，你也要珍惜自己的身体呀！"郭晓雨推开了他办公室的门，站在那里，耐心地劝着。

"谢谢你，晓雨。你先走吧，我一会儿就走。你也累了，好好休息。说不定明天又要熬夜呢。"他硬撑着笑了笑。

她点了点头，走了。

晚上九点多钟，沐剑锋疲惫地走下楼，发动汽车，慢慢地驶出大院，车灯亮晃晃之中，他看见一个熟悉的人影站在那里。"呃，那不是田雪吗？她怎么在这里？难道是等我？"他一边想一边把车停在路边。疑惑地走了过去，呆呆地站在她的面前，看着她。

"沐哥哥，你是在想我为什么会在这里，是吧？你把手放在心上，就知道我为什么要在这里傻傻地站着等你，你难道猜不出来吗？"她看着他笑着。那笑意中，看不出一丝做作。

"田雪，我不值得你在这里等，我累了，要回去休息，谢谢了。"他说完就往回走。他的心情很坏，实在不愿意与任何人说话，包括她。

刚往回走几步，沐剑锋突然想起了什么，她为什么纠缠我？难道仅仅是爱吗？谢小东已经让他震惊，难道就没有更震惊的事发生吗？她选择这个时候找我？难道……

他马上转过了身。

"对不起，田雪，我……我实在有些累了。这样吧，我们还是去上次那个地方，喝杯咖啡。来吧，上车。"一会儿，就来到上次喝咖啡的那个地方，要了两杯咖啡，一边喝一边聊了起来。

不论沐剑锋如何引诱，田雪却总是顺着他的思路走。没有涉及任何与案子有关的事情。他多疑的心慢慢地放了下来。"难道我猜错了，难道真是她对我有好感，还是……"他觉得面前这个年龄不大的女孩子，却让他琢磨不透。

越是这样，他觉得越有点意思，而这个意思，让他判断，这个女孩子，一定跟案子有关。

躺在床上，沐剑锋把案子再次捋了一遍。

"谢小东说了真话吗？他的真名叫谢小东？"突然之间，沐剑锋有一种不祥之感。"那个车锦元一直没有找到，为什么不让莽秀明过来认一下呢？如果是那个车锦元，很多问题就可以解释清楚。"

　　想到这里，沐剑锋给龚超打电话，让他安排莽秀明来和平市。第二天，上官文和莽秀明赶到了和平市。

　　谢小东脸色十分难看，说话都有些困难。他心里十分清楚，是谁害了自己。他望着站在自己面前的莽秀明，承认自己就是车锦元。

　　他告诉沐剑锋，自己真名就叫车锦元，昨天所说都是真的。他还告诉沐剑锋，自己昨天没有回去，平天浩就肯定知道我出事了，而且，他会有第二步棋，这步棋很有可能早就埋伏在你们身边，只不过没有启动罢了。

　　"还会有人。"柯天星叫着。

　　"我估计，这个人已经到了和平市。"车锦元朝他们笑了笑，有气无力地说，"我的使命已经完成了，我也累了，该走了。我知道他们无法颠覆中国，但是，我下了水，没有办法。沐先生，柯先生，我敬佩你们对祖国的忠诚，我对不起苗圃，我要你们记住，平天浩失败了，还会有别的人，他们是不会放弃演变中国的，永远不会。我只不过是这种戏剧中的一个小插曲，有我没我，戏都会演下去，这是必然，也是历史，中国的强大，他们坐卧不安啊！"说完，他闭上了眼睛，再也不说话了。

　　两小时后，车锦元死了。

　　沐剑锋在和平市公安局召开紧急会议。他布置了人员，对一些重点部位进行排查，再次派龚超他们赶回东昌市，进行深入调查。

　　索巴提出，沐局，这样大海捞针一样排查不是办法，我觉得应该围绕着冀南方、李先进、郜野原、陈志明、米冰倩这些人进行，他们要安排人手，一定在这些人周围。

　　沐剑锋点着头，同意他的分析，他要索巴、杜苍宇等人，带着自己组里的人开展调查。

　　索巴和杜苍宇答应一声走了。原先不把案子当回事的索巴，一看沐剑锋来了和平市，比柯天星还积极。

　　柯天星也没闲着，带着耿琦和路晓丽，跑遍了和平市的每一个角落。

　　耿琦说，这样跑不是办法，我们想想，他们可能把人安排在谁的周围。三个人想来想去，最后想到了柯天星和沐剑锋，除了他们俩，不可能会有第三个人。

路晓丽盯着柯天星说，你自己好好想想，有什么奇怪的事情没有。我也觉得，老耿的话是对的，像你这种人，是最容易上当的。

她的话，说得柯天星皱起了眉。

"你们家戈桐就不会吗？"柯天星说。

"不要提他。"

柯天星一看她火了，没敢再吭声。

耿琦说，都过去了，给他一条路嘛，犯罪分子还要宽大处理呢，何况……

不要说了，路晓丽瞪着眼，我现在一听到他的名字，心里就火，男人犯什么错误都可以，就是不可以犯这样的错误。

路晓丽望了柯天星一眼，你也不是什么好东西，一天到晚跟那个米雪倩……不说了，我懒得管你们的事。

三个人讨论不到一块，说完话，各走各的，都回了家。

柯天星一个人住在单位分的房子里。

"到底是谁呢？"洗完澡，他坐在那里，望着外面，仔细想着，但是怎么也想不出是谁。

他叹着气，骂平天浩不是东西，骂车锦元没有早说，骂着骂着，就把一瓶酒倒进了肚子里，昏昏沉沉地躺在沙发上，不是敲门声把他叫醒，还不知道要睡到什么时候呢。

他看了看表，已经是晚上八点多了，这个时候会是谁找上门呢？

当柯天星打开门，看见那张脸，愣了。

72

米雪倩出现的那一刻，柯天星长长地叹了一口气。

"你……我说你怎么跑到我家里来了？简直是胡闹！还不回东昌市去，我累了，要休息。"柯天星独住一处，母亲和妹妹在别的地方，而他住的地方，除了局里的人，很少有人知道。她怎么找到这个地方来了？他将门打开个缝隙，堵在那里，不让她进来。

“我可是你未婚妻。”她噘着嘴说。

“你……我算服了你。我弄不清楚，我是一个警察，要钱没钱，要房没房，你纠缠我做什么？雪倩，我警告你，你姐姐家被人偷了，我怀疑这件事跟你有关系。告诉我，认识东昌市一个叫谢小东的男人吗？他是你姐姐朋友苗圃的丈夫。就是他，杀了我们一个人。”柯天星眼睛都瞪圆了。阮眉冒充伍歌的时候，曾救过他的命，他总觉得自己欠她什么似的。而且，她又是死在他负责的和平市地面。

“你说什么？”米雪倩露出惊讶的神色，我不知道，我去省厅找你，他们说你回了和平市，我这才来和平市，那个索警长告诉了你住的地方，我就找你来了，就这么多。

她露出可怜的神色，天星，我这两天就要走了，回海南，也许，再也不回和平市了，这个地方留给了我太多的回忆。这里的一草一木都会让我想起我姐。天星，你放心，我只想跟你说说话，不会强迫你跟我睡觉的，我还没贱到那样的地步。两情相悦才会愉快，何况海南追我的男人多的是，哪一个都比你优秀。

“这样最好。”柯天星只好打开门，让她进来。

米雪倩一进来就疲惫地倒在沙发上，我中午饭还没有吃呢，给我弄点吃的好吗？告诉我，出了什么事？一个小偷去了我姐家里，弄得乱七八糟，他到底要找什么？索警长告诉我，那个小偷被抓住了，死了一个人，是省厅的人，是吗？

他一听，恨不得给索巴一个耳光，这个该死的，什么事都跟外人讲。他只好咧了咧嘴，没有肯定也没有否定，走到厨房，给她煮面条去了。

柯天星拿这个没皮没脸的女人没办法。

吃完饭，米雪倩说，我也有些累，先在你这里休息一会儿，晚上我去和平饭店住，你放心好了。说完，她把住店的钥匙牌给他看了，就大大方方地要了他的衬衣裤头，走到浴室洗了个澡，把自己内衣内裤挂在显眼的地方，自己则穿着他的大裤头和大衬衣，在房间里走来走去。她没有一丝羞怯，跟夫妻间相处一样，毫无顾忌。

“你……你能不能注意点。”

她瞪着迷茫的眼睛，问注意什么？他指了指她的胸，她笑了，说你又不是没见过。告诉你，你那次喝醉了酒，趴在我身上……

柯天星一听她的话，恨不得使劲抽自己一个耳光。他知道无法摆脱这个女人，闹僵了，她可是什么事都做得出来的。他巴不得她马上离开和平市，永远不要再见到她。

"唉！我前世造孽，欠你的。"

米雪倩走到他身边，蹲在他面前，故意解开扣子，挑逗着他。

"穿好衣服。"柯天星怒吼。

"干啥，干啥？"她把他的手推到一边，仍然仔细欣赏自己的胸部。

柯天星被她折磨得快疯了。

他的心咚咚地跳，腿上像灌了铅一样迈不开步子，脸上流淌着汗水，额头处的青筋一蹦一蹦的。他使劲地闭上眼睛，但她的声音仍然传进了他的耳朵，让他欲罢不能。他被对方气疯了，根本想不到别的，只想狠狠地抽她一顿，只想把她压在身下，折磨死她，他控制着自己，使劲地控制自己，但是，她还在那里说，说个不停，而且，卖弄着风情。

"快穿上衣服。"他再次怒吼。

她摇了摇头说："我不。"

"你这个婊子。"

柯天星再也控制不住自己的情绪，一把揪掉她的衣服，卡住她的两肋，将其摔在沙发上。他像一头发怒的豹子，把她的衣服撕得粉碎，狠狠地把她压在了身底下……

两个人都躺在地板上，死去了一样。

不知过了多久，她首先从地上爬了起来，披上衣服，把另外一件衣服扔给了他。她走到酒柜边，拿出一瓶红酒，倒满了杯子，猛地灌进了自己的嘴里，看着他，朗诵起了罗密欧与朱丽叶戏剧的台词。

一辈子我失去了你，
夜的精灵遗忘爱的咒语。
相爱的人从此两分离，

是命运对有情人不曾怜惜。

风月惹不起，

你任我憔悴，

我任你枯萎，

怎么也无法将天意挽回。

你为我落泪，

更令我伤悲，

放不开刻骨铭心的滋味。

　　她弯下腰，轻轻地抚摸着他的脸，柔情似水地说："天星，你给我的，我一辈子也忘不了。我走了，你好好休息吧。"说完换上自己的衣服，拿起坤包，迈着优雅的步子走了。高跟鞋敲得地面噔噔响。

　　半天，他才从地上起来。

　　他看了看窗外，夜色已经降临。凉爽的风涌进房间，吹得他十分惬意。他长叹了一口气，有些懊悔。我为什么这样呢？我为什么不能控制自己的情绪呢？难道男人真的摆脱不了女人的折磨吗？我怎么对得起冰倩，她是那样爱我。

　　柯天星站在窗前，抽着烟，有一种诉说不出来的情绪。

　　"案子这个样子，我竟然……"

　　他使劲地捶着自己的脑袋，自责起来。唉！他长叹一口气，心里无论如何也对她恨不起来。他说不清楚自己对米雪倩是一种什么样的感情。是爱还是恨，是讨厌她还是喜欢她，连他自己也说不清楚。他转过身，从地上捡起了衣服，走进了浴室。他要痛痛快快洗个澡，明天好好地把案子线索理理，他相信，总能找到办法。"我柯天星从未被案子逼得走投无路。"他嘴角露出了一种自信的笑意。

　　柯天星站在热水下，他的手顺着头在不停地揉搓，当他感到脖子处缺点儿什么时，他的心"咯噔"一下。"我的项链不见了，米冰倩送我的项链不见了。肯定是她拿走了，这个娘们儿。"他自言自语地骂着，恨不得给她两个耳光。

　　柯天星在洗完澡穿上衣服时，突然感到有一种不祥之兆涌上心头。"难道她挑逗我，是为了项链？"他隐隐约约地听到过沐剑锋一句半句对她怀疑的话，现在想起来让他感到心惊肉跳。他不敢耽误，马上拨通了沐剑锋的电话。

"沐局，告诉我，你是不是让阮眉调查过米雪倩？我觉得这个女人有些可疑。她刚才来我这里了，把她姐送给我的项链拿走了，我想这件事会不会跟我们要找的那份东西有关？她为什么早不来晚不来，选择这个时候来？"他没容对方回答，连珠炮似的讲了一通。

沐剑锋的眼睛一亮。

"天星，我马上通知市局，立刻找到米雪倩。我在东昌市也做些准备。告诉你，我是让阮眉调查过她，她们公司的人说，米雪倩去美国留学了，我们也没有找到她的照片。怀疑她走近你的动机，不是别的，而是她的做作。一个与你从未认识过的女人，而且是个漂亮的女人，怎么可能会爱上你呢。不多说了，天星，一分钟也不要耽搁，赶快找到她，否则，等他们拿到东西，一切都晚了。"他急匆匆地说。

"好，我马上布置。"柯天星一边下楼，一边通知耿琦和路晓丽到和平饭店集合。市公安局指挥中心接到了沐剑锋的电话，索巴他们已经在查找米雪倩的下落。

十分钟后，柯天星来到了和平饭店，耿琦和路晓丽正在大堂等着。他们一听米雪倩拿走了他的项链，那里面很有可能藏有秘密，都瞪大了眼睛。

三个人直奔服务台。

服务员说，在半个小时前，她就走了。

"她走不远的。现在已经没有到东昌市的汽车了，我没猜错的话，她还在和平市。耿琦，那条项链只有项坠，也就是米冰倩照片的后面，能藏下一个纸片什么的。我估计，会是一个指示条。你马上回市局，带人顺着去东昌市的路查一下。晓丽，我们再去一次米冰倩的家，我总觉得，除了家，她不可能藏到别的什么地方去。"柯天星说。三个人做了分工，飞快地走了。

柯天星心里十分清楚，到了关键时刻，如果这次不能找到东西，也许永远找不到了，我们急，他们也急，双方都被逼到了悬崖。柯天星恨自己，恨自己老是慢半拍，耽搁大事。

73

柯天星赶到米冰倩的家里。

喻文也跟着过来了，他们一走进门，就发现那个观音菩萨像倒在地上，被摔得粉碎。

"柯警长，下午我来过，观音菩萨像还是好好的呢，肯定有人来过。"喻文捡起地下的碎片给柯天星看。

柯天星仔细地看了看碎片，看不出什么名堂。他翻动破碎的瓷片，却在里面翻出了一张从东昌市到北京的火车票，时间是卫梅死亡的前两个月。这证明卫梅死前就把那份东西交给米冰倩的判断是正确的，那么她把它藏在北京的什么地方了？

他把那张车票交给了路晓丽。她同意柯天星的看法，告诉他说，米雪倩也可能是在这一两天得知这个情况的，也有可能是在拿到那条项链后，才发现这个秘密的。她一时半会儿也不可能拿到那份东西。

"夜深了，她能去什么地方呢？"

"柯警长，她没有在和平市待下去的理由，我们必须马上去东昌市。告诉沐局，问有没有今天晚上飞北京的航班，再查一下有没有去北京的火车。我觉得这是她离开东昌市的主要路线。"路晓丽分析说。

"你分析得对。"柯天星马上给沐剑锋打了电话，汇报了和平市的情况，讲了自己的意见。

沐剑锋说，我已经向省厅、省政法委作了汇报，省厅已经向部里打了协查电话，北京方面，我们会安排的。他让柯天星随时与他保持联系。打完电话，他马上下楼，连夜赶到东昌市。

当柯天星到达东昌市时，已经很晚了。

"我与技术处进行了联系，他们动用了最先进的技术，只要米雪倩那部手机没有取下电池，我们仍然可以监听到他们的谈话，寻找到她大概的位置。遗憾的是，没有任何信号，她把手机电池拆下来了。这样看来，她是我们要找的人确定无疑。"沐剑锋当着他们的面，分析说。

"茫茫人海，到哪里去找呢?"大家都感到束手无策。

李子霖走进了沐剑锋的办公室，他一看柯天星他们都在这里。龚超、郭晓雨等人也在，正在研究着具体办法。就说，我查过了，今晚十点钟有一趟开往北京的特快，我从各处调了人，你们分开，从列车两边协查，我不相信找不到米雪倩。饭店方面，我也做了安排。大家不要急，是狼，总要出来害人的。如果我们分析得对的话，他们一刻也不会停留，会马上去北京，拿到那份东西，然后销毁。

大家马上按照分工行动。

九点五十分，旅客全部上完火车，沐剑锋和柯天星各带一个组，在乘警的帮助下，从车尾和车头开始进行检查。火车上的人很多，绝大部分是到北京旅游的。他们是参加旅行社组织的团，男男女女、老老少少的，弄得车厢乱哄哄的。

柯天星带着耿琦和路晓丽，从车头第一节车厢开始检查。他们都穿着警服，跟在乘警的后面，听从柯天星的安排。刚走过两节车厢，他们就碰上了任四海。

"柯警长，怎么……"他刚要说什么，就被柯天星拉到了一边，他朝耿琦使了个眼色，让他们继续往前查。"任经理，不要多问，我们在执行公务，告诉我，看见过这个人吗?"说完，他掏出米雪倩的照片。

任四海瞪着多疑的眼神，瞥了一眼照片，摇了摇头，说她是谁?

"应该知道米冰倩是谁吧，卫梅的朋友，她是米冰倩的妹妹米雪倩。"

"你说什么?"任四海把头摇得像拨浪鼓，柯警长，不瞒你说，米冰倩的妹妹我认识，有一次，卫梅曾经带她来过我们旅行社，是参加我们组织的生态黄金游的，你要不相信，我办公室还有她们合影的照片呢。

他这么一说，柯天星更是后悔莫及，心里想，我要是早点找他，事情也不至于弄成这样。他马上拍了拍他的肩膀，追耿琦他们去了。

沐剑锋带着龚超和郭晓雨，穿着便服，跟在乘警后面，以查票的方式，一个一个地检查。走过三节车厢，他突然看见田雪一个人静静地坐在那里。她也看见了他，更看明白了是怎么回事，马上起身，笑盈盈地迎了上来，沐哥哥，真是巧，我们又见面了，我回北京，从北京转车返回老家。龚超和郭晓雨不认识她，以为是他的熟人，仍然跟着乘警往前走了，把他一个人留在后面。

"呃，是田雪呀！离开东昌市，为什么不跟我说一声。我们偶然相识，也算个熟人了，是吧。为什么这样一声不吭就走了？"他故意埋怨她，搓着手，显出一个做哥哥的样子。

她脸上显出羞涩。

"沐哥哥，一次相见就是一次别离。我们偶然相遇，是上天赐给我们的缘分。我看出来了，你到现在还不相信我，用你职业的眼光看着我。实在地讲，你用不着那样警惕，我只是一个女人罢了。对你，谈不上爱，我知道爱这个字眼太重。我只对你有些好感。生活本身是个舞台，人们都按照自己的信仰和道德扮演各自的角色，但这并不妨碍我们成为好朋友，因为，我们都能从交往中找到各自的快乐，这才是最重要的。我喜欢你对职业的忠诚，如果一个男人不忠诚于自己的事业，那他永远都是一只断了翅膀的鹰，飞不上天空啊！"她好像有所感悟，说了一大段话，而且，没容对方插嘴。

沐剑锋一时没听懂她的话中话。

"田雪，我没有想到你如此健谈，有如此睿智的思想，让我佩服，也让我震惊。好，祝你一路顺利。有空再到东昌市来，我仍然喜欢听你说话。对不起，告辞了，我有公务在身。"他主动伸出手，握了握。

"好，我也祝你幸福。"她浅浅一笑。

他被那个米雪倩缠住了心，哪有心思闲谈。两边核查的人员越走越近，已经走到了餐车，就剩下最后一节软卧车厢了。柯天星和沐剑锋几乎是同时进入软卧车厢。两个人都做了一个没有结果的手势，心情有些懊丧，无精打采地继续核查。特别是沐剑锋，感到越来越渺茫。

绝望的时候，也许是希望的开始。

当柯天星推开为数不多的软卧门时，一张熟悉的脸映入他的眼帘，而且，那条米冰倩送给他的项链，出现在他的视线之中。

他露出了一种发自内心的笑容。米雪倩，总算让我找到了。告诉我，你到底是谁？叫什么名字？你走近我，就是为了这条项链吧。他"哼"了一声，走上前，解下她脖子上的项链。

"你……你这是干什么？"她高声嚷道，你们凭什么抓我？我犯了什么罪？就是拿了你的项链又怎么了？它还是我姐姐的呢。

柯天星不理她，朝耿琦他们使了个眼色，两个人拥着她走出了包厢。沐剑锋闻听声音，也走了过来。她大吵大嚷，惊动了许多旅客，在这样的场合，什么都说不清楚，火车快要开了，沐剑锋命令把她带下火车。

火车一声长鸣，离开了东昌市。

柯天星向沐剑锋汇报了跟任四海的谈话，说她是个假的。我可以确切地说，她是为那条项链来东昌市，来纠缠我的。

沐剑锋嘴角露出一丝无奈，叹着气说，问题是，我们从她身上没有找到我们需要的东西。时间不等人啊！如果在天亮之前她不交代，也许我们就没有机会了。

柯天星咬着呀，沐局，你放心，我会让她交代的。

沐剑锋拦住了他，天星，你坐在一边，让我来审问吧。

两人再一次走进审问室。

"说吧，我再给你一次机会，交代你的全部犯罪事实。米雪倩，暂时让我这样称呼你。你不要以为不交代，我们对你就没有办法，告诉你，用不了两天，我们就可以查清你的身份。你冒充米雪倩来东昌市，目的就是想弄清米冰倩的那份东西放在什么地方。当你知道柯天星跟她有那么一种关系时，你又以完成姐姐的遗愿缠住他，你知道，只有从他身上才能找到那份东西。当你们的人去米冰倩家没有找到东西的时候，你想起了那条项链，真的让你猜对了，是吗？你从那里面找到了取东西的凭证，对吧？告诉我，你把凭证给了谁？退一步说，就是你们拿到了那份东西，也逃脱不了灭亡的命运。只不过是早晚的问题。我们已经通知了北京方面，你们的人会落入法网的。"沐剑锋一边分析一边劝说。

米雪倩脸上仍然充满笑意。

她说我承认你比柯天星有头脑。天星，我没有看不起你的意思啊！我不喜欢有头脑的男人，我喜欢你。沐剑锋，你的分析是对的，但你永远也拿不到那份东西。你晚了一步，为什么晚一步，因为阮眉的死，让你伤心欲绝，你觉得自己对此负有责任。严格来说，你是一个好对手，但不是一个好男人。她滔滔不绝，要不是被沐剑锋喝住，还不知道如何呢。

"住嘴。"他再也听不下去了，愤怒地说，"嘿嘿，你不要高兴得太早。鹿死谁手还难说。谁笑到最后，谁才是胜利者。"沐剑锋狠命地剜了她一眼，走出了审讯室。

沐剑锋真的被米雪情激怒了。她的话，大大地伤了他的自尊。如果自己真的失败，还有什么脸面对九泉之下的阮眉，面对自己为之奋斗的事业，面对那些死去的灵魂。他的心里，有一种无法诉说的情绪，有一种愤怒，有一种懊丧，更有一种烦躁。

他来到了外面。

天上布满了星星。今晚的夜色特别幽静美丽，银色的月光洒满了大地，楼前的花园的藤架上爬满了葡萄，一串串紫红色的珠子，在月光下显得格外好看。放在走廊里的茉莉花，透过门缝，散发出清香。墙角处的蟋蟀在长一声短一声地啼鸣，散发出一种欢快。

"多么美好的生活，而我的阮眉却不在了。多么幸福的家园，我怎么能让他们破坏。"沐剑锋心头涌现出一种久违的激情。"'忠诚于祖国'，这不是口号，而是我们的信念和誓言。为了祖国，我死而无憾。"他对自己的选择充满着一种少有的自豪。

74

李子霖一声不吭地走到他身后。

沐剑锋感觉到了什么，转过身，在幽幽的月色下，沐剑锋看见他那张平静的脸。李子霖没有说话，而是递给他一支烟，指了指葡萄架下的长椅，意思让他坐下来。

两个人并排坐着，都闷头抽着烟，谁也不说话。

"米雪情把东西交给了火车上的人。"李子霖狠狠地拧灭了手中的烟蒂。他看着朦胧的夜色，坚定地说，我分析过，他们很有可能是一块上火车的，而且，坐得不会太远。根据我们这段时间跟协会打交道的情况分析，他们一般都有两套方案，也就是说，当第一套方案受阻时，第二套方案就开始实施。从这种判断出发，那个拿走米雪倩东西的人肯定在火车上，而且，是你和柯天星认识的人。

沐剑锋长长地"啊"了一声。

"难道是她？"他把跟田雪认识的经过，自己种种怀疑以及分析说了一遍。迷惑地说，从那次我跟她偶然相遇，我们也只不过见过几次面，她从未打听过我的工作，也没有任何勾引我的意思，看不出来她有哪点像我们要找的人。厅长，我一直拿不准，才没有向你汇报。我实在不愿意将这样一个清纯的女孩子跟间谍挂上钩。也许，我们的判断错了，还另有他人。柯天星告诉我，他碰上了四海旅行社经理任四海。他也是卫梅的老熟人。

"不管是谁，马上去北京。"李子霖感到事态严重。他再次说，晚上十二点还有一趟路过东昌市的火车，你们坐那趟车走。

他一说，沐剑锋感到事情比他想象得更加严重。就是米雪倩交代了那东西交给了谁，一时半会儿也不可能从遥远的北京拿到东西。

他霍地站了起来，厅长，不是你提醒，我差一点贻误战机。好，我带龚超他们去北京，柯天星留在东昌市继续审问。

李子霖点了点头，我马上给部里和北京局打电话联系，我觉得，米冰倩的东西很有可能存在银行的保管箱里。明天一上班，我就让北京局的同志开始核查。

两个人又商量了一下工作细节和联系方法，沐剑锋马上走进房间，把人员召集起来，做了分工。

李子霖给铁路部门去了电话，预留车票。

柯天星坚持要跟着去北京，说这个案子从一开始就是我负责的，我一定要善始善终。

沐剑锋拍拍他的肩膀，你跟晓丽留在这里，不是休息，仍然有很多事情要做。你毕竟跟米雪倩有过一段那样的交往，你的话，她也许能听。她早一点开口交代，我们就可以少一些麻烦。你放心，就是找到了那份东西，我们仍然有许多工作要做。斗争永远都不会结束。

柯天星勉强同意了。

晚上十二点，他们登上了北去的列车。

四个人包了个软卧。老耿一上火车就躺下了，说我出了多少次差，从未这样享受过。沐局，还是跟着你出来好啊！你放心，用不了两小时，柯天星就会让米雪倩开口的，我了解他，否则，今天晚上她不要想睡觉了。唉！小路可要倒霉了。他的话，说得大家都笑了。

龚超年龄跟耿琦差不多，一听他的话，说老耿，要是她不开口，你有什么高招？

耿琦点点头，我同意沐局的分析，先从银行保管箱查起。我记得米冰倩在北京没有熟人，何况她也不可能放在熟人那里。

几个人就下一步工作议论开了。

沐剑锋睡在上铺，在另外一个上铺的是郭晓雨。一上火车，他倒在铺上就闭上了眼睛，大家以为他累了，也就没有打扰他，想让他好好休息。

沐剑锋哪里睡得着啊！脑海里再一次浮现出这起特殊案子的前前后后。如果不是卫梅的死，如果不是调查"民主基金会"案子发现了托比，也许我们会按刑事案子处理此案，也许会成为一个永久的死案。那么陈志明、罗英彪、冀南方……永远会成为共和国的痛。

"真的是田雪？"他仍然不敢接受这样的事实。一个如此年轻的女孩子，为什么要从事这样的职业呢？难道国家的概念对她来说只是一个概念而已？不，我不能有丝毫怜悯之情，一切都要用事实说话，如果是她，也绝不能手软，一定要把幕后的黑手揪出来，还国家一份安宁。他坚定了自己的决心。

第二天中午十二点，火车到达北京站。

北京局已经接到部里下达的指示，全力以赴配合沐剑锋的工作。来火车站接他的同志说，临时指挥所设在东单煤炭部招待所，由一位副局长挂帅，我们根据李子霖厅长提供的材料，派出了多路人员，前往全市一百多家银行保管箱进行核对调查，一旦发现情况，马上会传到指挥部的。

沐剑锋握着他的手，再三表示感谢。

一行人员来到了招待所。

北京局的领导听完了沐剑锋的汇报，坚定地说，只要犯罪嫌疑人在北京，只要是他们通过银行保管东西，我想他们跑不了的，你放心好了。

他把沐剑锋带到临时监控的视屏前，我们通过特殊技术，已经把全市 60% 银行监控信号接收过来了，如果我们要找的人在其中，那是再好不过了，如果不在其中，晚上我们再分析剩下的 40% 监控录像。

沐剑锋握着他的手，感叹说没有兄弟局的配合，我们将一事无成。北京局的领导说，我们的使命是一样的，全国一盘棋，你们的事就是我们的事，你放心好了。

沐剑锋盯着屏幕。

威廉和平天浩坐在北京饭店十八层的一个房间里。

平天浩是以假护照进入中国的。他担心威廉毁掉他辛辛苦苦建立起来的事业，不顾上面的反对，再次潜入中国。当他得知谢小东已经死亡和米雪倩被捕后，更是气得不行，与威廉大吵了一架。你根本不懂中国国情，谢小东是他安插下来最为重要的一枚棋子，谁也不知道他就是车锦元，你为什么采取这样的办法？在米雪倩的问题上，你指挥不当，应该早早拿到那份东西。

"平先生，你真的要亲自取货？"

"威廉，那份材料对我们来说太重要了。既然是我惹下的祸，那就由我来承担吧。我看田雪的思想发生了变化，不能用了，把她送回 R 国去吧。我早就说了，用这类女人做沐剑锋的工作，是双刃剑，搞得不好，会伤着自己。我在卫梅身上的教训，你应该吸取啊！"他长长地叹了口气。

"也许，我们有些操之过急。心急吃不了热豆腐啊！中国的事，还是要慢慢来。对皇甫赞成功的经验告诉我们，六十岁的人是十分看重死亡的。权力的失落，赞颂的远离，原先跟他好的人一个个离他远去，没有人能体会出他心中的痛。而我们只要让他在不违反法律和纪律的范围内，做点工作，他会答应的。"他侃侃而谈。

"协会……"

"威廉，中国在这方面的法律制度还不健全。许多协会仍然是计划经济的产物，享受着事业单位的待遇。有些协会，是退休下来的领导办的，他们不缺权力，但他们缺钱，而我们正好可以弥补。北京地区管理机构人虽多，也有空子可钻，外地的就更不用说了。中国政府的公务员，政绩与酬劳不挂钩，有些成绩无法量化，这就使他们的工作缺乏积极性，这些，都是我们研究的课题。认识中国，研究中国，才能制约中国。也许我说多了，愿你有所作为。"他淡淡一笑。

威廉安静地听着。

"平先生，你为什么不说说米雪倩，她可比田雪知道得多。如果她吐了口，你我都会暴露。你真的相信她会守口如瓶？连部野原都……"

"不。"平天浩打断了他的话。你错了，两个人性质不同，田雪只是一个外围人员，而她……我是下了功夫的。你放心，暂时她还不会开口，时间久了，我就没有把握了。共产党在这方面，有独特的一套。是的，连部野原都……唉！不说了，我走了，取到东西我就离开中国。

"慢。"威廉起身，走到平天浩身边，笑着说，我知道你很自信，但是，为了我们共同的事业，这次你听我的。

威廉看了看表，一个半小时后，你再去取货，为了你的安全，我另作安排。

他看了看威廉那张脸，说好吧，我就听你一回。说完，他握了握对方的手，离开了房间。

十分钟后，田雪走了进来。

"告诉我，你爱上了沐剑锋？你知道，爱情对于你来说，是多么可怕。你崇拜他，进而爱上了他，是吧？我再给你一次机会，你去 XX 银行，引诱他注意上你，明天，我就送你去 R 国，如何？"他倒了一杯清茶，端到她身边。

"好吧，威廉先生。"田雪喝完茶，起身就走。

当她走出北京饭店，她不知道应该做些什么。是听从威廉的话，换取自己在 R 国留学的全部费用，还是……她拿不准。这位出生于西北某城市的姑娘，出国留学后，认识了皮特斯，进而认识了平天浩和威廉。在经济困难的情况下，答应帮他们做点事，当然是不违法的事，当她明白对方的目的后，她困惑了，不知往哪里走。

"是的，我喜欢上了他。"田雪看着长安街熙熙攘攘的人流，自言自语地说，是啊！当我第一眼见到他，我就从他眼睛里读懂了什么叫忠诚，什么叫坚韧。我不能陷他于不忠不义，我不能把自己的幸福建立在他的痛苦之上，何况毁灭了他，我也找不到幸福。我虽然不知道那份东西是什么，但对他来说，对国家来说，肯定是重要的。

田雪在这一刻，真正感受到了国家的重要意义，她在国外，更知道一个强大的祖国对她意味着什么，她原先想，国家跟我有什么关系，我苦的时候，国家又在哪里，跟沐剑锋接触，她从他的身上，感悟到了一个中国人对国家的感情，想到父母还面朝黄土，更觉得自己做了对不起国家的事。

考虑了许久，她拨通了沐剑锋的电话。

75

沐剑锋带着郭晓雨赶到了北京饭店门口。

"沐哥哥，长话短说。我从米雪倩手中接过了那张取东西的牌子后，交给了平天浩，他已经拿去取东西了。我记住了地址，我带你去，它在复兴路的光大银行。"

沐剑锋一听田雪的话，大惊，马上让她上车，向复兴路方向飞驰而去。

路上，他拨通了龚超的电话。

沐剑锋开着一辆破旧的桑塔纳，刚走几步，就堵在那里。不是警车，也没有警笛，他急得抓耳挠腮。龚超再次打来电话，说他询问过北京局的同志，光大银行不在监控范围，只好从最近处调集人员前往。耿琦带着人已经走了，他去支援你。柯天星也打来了电话，说米雪倩已经开口了，情况与你知道的一致。

"老龚，把情况向李厅长汇报。"

"放心吧，沐局。你也要小心，我们现在无法预测他们还安插了什么人接应平天浩。阮眉的教训我们要吸取啊！千万不要大意，越是接近胜利越是最危险的。"龚超毕竟是老同志了，再三叮嘱。

"老龚，知道了。"他挂了电话。

汽车穿过天安门广场，穿过复兴门，紧赶慢赶车子总算来到了光大银行对面的马路上。

三个人迅速穿过长安街，还未走到银行门口，田雪就喊道："沐哥哥，你看那个人不是平天浩吗？他已经拿到了东西，我们晚了一步啊！快，他已经上了过街天桥了。"

"平天浩，站住。"沐剑锋不知哪里来的力气，大喝一声，像一头豹子，飞一样奔了过去。

平天浩已经迈上了过街天桥，一听声音，回过头来，吓得魂飞魄散。他不但看到了沐剑锋，而且还看到了田雪和郭晓雨。他加快了步伐，冲上了桥。他们相持在过街天桥上面，有十米左右的距离。

"田雪，你真的背叛了。"

"平先生，你错了，我只是答应帮你做事，而且我有言在先，是不违背法律的事情。你现在做了不应该做的事，我当然有权退出。这不违背我的诺言。倒是你违背了自己的承诺，你口口声声地告诉我，要为中国人做点事，为老百姓做点事，可是你做了什么？"田雪平静地说。

"田雪，你知道的东西太少了。我告诉你，我们在东昌市、和平市和龙川市，最少也投资了几百万元，我们扶贫协会帮助农民解决了多少实际问题。我们经常给那些下岗的工人发放补助金，协助他们争取自己的权利。我们要建立一个真正意义上的，属于他们的政府，我们在中国没有任何奢求，只求中国走上真正的民主化的道路，融入世界民主一体化进程。"平天浩挺有耐心，他一点都不急，平静地劝着田雪。

"住嘴，把那份东西交出来。"沐剑锋看着边上的群众越聚越多，怕出什么事，立刻喝道。

平天浩笑了笑，从包里拿出一个精巧的光盘，举了起来。沐剑锋，你是要这份东西吧。告诉你，你永远都得不到。当你走过来的时候，我就会从这桥上抛下去，汽车马上就会把它压得粉碎，我们的秘密你这辈子也找不到，我建立起来的网络你永远摧毁不了。他得意扬扬。

"你……好极了，你马上就抛下去吧。告诉你，那份东西是赝品，真正的光盘田雪已经交给我了，是吧。"他给她使了个眼色。

"对，平天浩，你已经输了。"

平天浩大惊。他做梦也没有想到，事情竟然是这样。他对着田雪大骂，诅咒她破坏了他十年来的心血，说我到了地狱也不会放过你。他的手在发抖，光盘也掉在桥面上。

沐剑锋迅速冲了过去，一把推倒他，捡起了光盘。

郭晓雨迅速掏出手铐，牢牢地给他戴上。

"平天浩，你又输了，这个光盘是真的。你想想看，如果是赝品，我又为什么如此紧张呢？你连这一点都没有看出来吗？田雪今天刚到北京，她又到哪里去找一个这样精巧的光盘呢？一念之差，你会悔青肠子的。"沐剑锋举起光盘，在他面前晃动着。

平天浩气得眼睛翻白，昏死过去了。

龚超和耿琦都赶来了。他们把平天浩押上了车，一行人坐汽车走了。

沐剑锋和田雪走进汽车，他问她住在什么地方，她说住在北京饭店，明天就要回 R 国了。

沐剑锋把她送到北京饭店，握着她的手再三表示感谢，说我会记住你的。

"沐哥哥，让我永远这样称呼你好吗？"

"只要你愿意。"

"那……我们要分手了，送我一件礼物吧。"

"你要什么？"

"吻我。"

"可我是你的哥哥呀！"沐剑锋笑了，"田雪，爱情对于我们来说固然重要，但它不是我们生命的唯一。一个人可以忍受贫穷，可以忍受亲人离去的悲伤，可以忍受任何痛苦。但是，如果心中没有祖国，就失去了魂儿，永远也不知道往何处走。田雪，你想想看，如果把我们流在血液里的国家利益抽走，我们就成为一具僵尸。只要我们仍然在呼吸，任何情况下，都要留一个角落放置祖国利益。让它与我们一起存在。"他平静地说。

田雪泪水涟涟。

"你让我懂得了许多，沐哥哥。"她从后车座位上起来，搂住他的脖子，吻了吻他的脸，下了车。

沐剑锋回到招待所，北京局的人都已经走了。龚超说，李厅长让我们马上回东昌市，把平天浩押回去，我已经预订了今天下午的机票。

沐剑锋点了点头，在跟李子霖通过电话后，又向部里扼要地汇报了事情的经过，再次对北京局的帮助表示了感谢。

下午四点，一行人回到了东昌市。

沐剑锋一点都不敢耽搁，来到李子霖的办公室。

两个人马上来到了技术处，把光盘交到技术人员的手里，让他们马上解读里面的内容。

光盘加了密，但不是很难，花了一点时间就打开了。

当内容映入他们眼帘时，大家都震惊了。

这是一份详细的工作计划。

目：《和平演变中国计划A》

一、收买P医院的工作人员，获取中央领导人和省部级领导人的病历档案，在那些身体好，有年龄优势者中选择我们的目标，用正当的手段接近他们，了解他们的家庭情况，获取他们的隐私，从关心他们身体的利害得失着手，接近他们。以协会的名义出现，以参观、讲学、交流和治病的名义帮助他们出国，用思想意识感染他们，为我们服务。

二、了解中共选拔干部的程序，在各省物色年轻有发展前途的人才，特别要注意那些在国外留过学的少数民族人才，用正当的程序把他们推上去。把他们培养成好干部，套住他们的脖子，听命于我们，使他们从思想到意识都接受我们，当时机成熟时再启动。

三、选择东昌市作为试点，从一号（皇甫赞）打开缺口，扶持二号（陈志明）和三号（罗英彪），争取在三到五年里，让二号、三号掌握全省的政治经济大权，八年后，进入中共中央领导层。

四、工作方式采取分片负责制，以协会的面目出面。

五、从"海归"的创业人员中发展有利于我们的关系，扶持他们，使他们成为中国最有名望的企业家，控制中国的经济命脉。

六、以扶贫协会和下岗就业协会的名义，建立组织和网络，控制中国基层组织，逐渐以协会取代镇村的党委和支部，投入资金，换取老百姓的好感。特别要注意在边远地区投入更多的财力和物力，如青海、西藏、宁夏、贵州……

七、利用中国现阶段法律还不健全的机会，利用政府还没有完全从计划经济中解脱出来的现状，选择那些有政府背景，特别是民主党派协办的社会团体和民间组织，有针对性地开展工作，利用他们达到我们的目的。

八、各地协会和组织名单、拟做工作的对象资料……

九、利用民营企业获取资金，进而用这些资金支持我们的事业，先从和平市李先进开始……

沐剑锋一字一句地读着。

眉头紧锁，牙关紧咬。

沐剑锋一对眸子喷着怒火，拳头狠狠地砸在了桌子上。

米雪倩的外调材料也到了，沐剑锋这才知道她的名字叫岑红，是自费到 R 国留学的学生。

他来到拘留所，问她还有什么要说的。她低下了头，讲了自己被平天浩拉下水的经过，讲了接受间谍训练的内容。

当她知道平天浩被捕了，笑了笑，说："沐剑锋，我们低估了你的能量。我以为阮眉的死，你已经伤心欲绝，没想到你……一场游戏一场梦，你赢了，我无话可说。"

"岑红，你从一开始就错了。"

"为什么？"她问。

沐剑锋连想都没想就说："我相信，我永远相信，历史是人民创造的，一个为人民服务的政党，一个以人民利益为宗旨的政党，是永远打不垮的。"

"不要说大道理吧。"她仍然笑了笑，"我听平天浩和威廉说，陈志明和罗英彪在他们眼里，连只狗都不如。皇甫赞为共产党工作了四十年，一个女人就把他收买了，听说他趴在郜野原身上的时候，已经没有廉耻了，这就是共产党的高官啊！"

"一棵大树，总有几片被虫咬坏的黄叶吧。"

"你不喜欢为官和女人？"她又问。

"喜欢，为大家做事的官我喜欢。你难道不愿看到一个伟大的中国在东方崛起？记住，一切幸福都不能建立在出卖国家利益之上啊！"岑红低下了头，沐剑锋看到，在她闪动的美丽眸子里，有一滴晶莹的泪水，在眼眶里转了许久，还是顺着眼角流了下来。

76

两个星期后，卫梅死亡案有了结论。

这是一起政治谋杀案，幕后的人就是平天浩，杀手就是冀南方。至于卫梅为什么不做医生而做了导游，想必是做导游工作更自由吧。

和平市、东昌市的情况也清楚了，由于皇甫赞的推荐，省委组织部才向市委推荐了陈志明、罗英彪，其他的有关情况，还要详细调查才能下结论。

省厅召开各市地公安局长会议，李子霖在会上做了报告，他在报告中强调，西方世界演变中国，正以"润物细无声"的方法进行着。和平市卫梅死亡的案件，是整个社会团体和民间组织发展过程的一个缩影，是敌对势力和平演变中国的一个具体案例，真实的情况比我们接触到的更为惊心动魄，我们看到的只是冰山之一角。我要告诉大家的是，在繁华的表象后面，西方世界正以各种方式演变我们，从人文到历史，从习惯到传统，他们用的不是枪炮，而是文化，他们用西方的价值观让我们灵魂变异，这种演变分分秒秒都在侵蚀着我们的肌体，这不是危言耸听，而是正在发生的事实。我们对党的忠诚，对祖国的忠诚，对事业的忠诚，正遭受挑战。可怕的是，有些"两面光"的干部，在台上高喊着为人民服务，在台下什么事情都做。某些老干部，参加革命四十年的老共产党员，在现实中败下阵来，这不仅仅是他个人的悲哀，也是我们的悲哀。陈志明、罗英彪廉洁奉公，不贪赃枉法，不是卫梅的死，谁又会把他们跟犯罪联系在一起，如果卫梅的案件不牵扯他们，几年之后，他们就有可能是独霸一方的封疆大吏，那么，我们的事业……我不敢想象，权力在他们的手中，还是在平天浩手中，中国还是不是中国人的中国，党还是不是马克思主义政党，为人民服务还是不是党的宗旨？陈志明、罗英彪之所以听平天浩的，是因为对方可以把他们送上权力的巅峰。冀南方之所以杀人，仍然是权力的魔咒，权力这个魔鬼，有着巨大的吸引力，任何人都很难逃脱。一旦这些人掌握了权力，权力就会成为他们手中真正的绞杀机，一批优秀的共产党员，就会离开权力场，西方世界演变中国就成功了，这不是骇人听闻，这是现实。

但是，我们不用害怕，因为我们有阮眉这样优秀的共产党员，这样有职业精神的警察，我们国家需要这样有觉悟、有信仰、有智慧的忠诚战士，他们是我们国家的脊梁。不要以为，和平年代就不会有牺牲，就不会有叛徒，就不需要对党绝对忠诚。阮眉的死，彰显了一名共产党员的无所畏惧、舍己为公的精神。冀南方为了一己私利杀人，不是叛徒又是什么？某些高级干部失去了信仰，堕落得连条狗都不如，比起战争年代的汉奸有过之而无不及，他是穿着西装的汉奸。信仰，是支撑我们的魂魄，一个有信仰的共产党员，是打不倒的。我相信，平天浩他们再狡猾，也逃脱不了灭亡的命运，这是历史的必然规律，阻挡历史前进的人，他走不远；心中没有人民利益的人，只能身败名裂，这是中国几千年历史已经证明的真理。中国梦一定能实现，中华民族伟大复兴一定会到来。

　　李子霖就下一阶段工作做了布置。

　　沐剑锋已经到和平市上任了，柯天星成为省公安厅社团处处长，社团处又调进了新的人员。除龚超、郭晓雨外，区虹、李渡、石川组成了新的社团处，人员更精干，设备更好。从刑警队岗位上调来的李渡，成为柯天星的助手、副处长。他们开始对其他市地开展调查，以便彻底清除共和国隐患，确保国家的平安。

　　柯天星相信，无论是平天浩，还是威廉，或者其他人，他们可以得逞于一时，但是他们不可能成功，永远不可能成功，因为，我们共产党人，代表着老百姓的利益，老百姓想的，就是我们想的，一个为人民服务的政党是打不倒的。

　　柯天星特地去了一趟和平市，和沐剑锋坐在一起，探讨这个问题。

　　沐剑锋告诉柯天星，平天浩的戏已经结束，其他的戏开始上演，你一定要清醒地认识到，他们永远不会放弃，我们也永远不要放弃，斗争是长期的，也是持久的。

　　"我明白，沐书记。"柯天星恭敬地说。

　　"天星，你怎么了？"沐剑锋很反感，"你为什么也学会了官场上那套，这不是你的风格。天星，不要改变自己，更不要为了适应这个官场而改变自己。我随时告诫自己，绝对不可以把官位当回事，否则，我们跟陈志明、罗英彪、冀南方没有什么两样。记住啊！有些变化，是你感觉不到的。唉！遗憾的是，阮眉不在了，否则，她会随时提醒我的。"他的眸子湿润了，有些伤感。

　　他的话，触动了柯天星，他说不出来，只点了点头。他站起来，望了沐剑锋一眼，伸出手，使劲地握了握，就走了。

　　沐剑锋没有送，说到阮眉，他有一种异样的感觉，控制不住自己，总想哭。

　　柯天星坐在汽车里，望着和平市繁华的街市，暗暗下了决心，"我一定要还国家一个安宁，如果我做不到，我就愧对这头上的警徽，愧对阮眉、米冰倩和那些死去的人们。我不相信，我永远不相信，经过近一百年奋斗的中国共产党，会被他们打败。"想到这里，他感到有一股暖流充满着身体，一种使命在召唤他。他知道，这是党长期的教育形成的思想和精神，这种思想和精神，已经浸润在他的灵魂里，就是他死了，也是带着这种思想和精神面对死亡的。

　　两个月后，威廉和司徒敏走出民政部。

　　"司徒，我们的'天启基金会'已经注册了，从今天开始，平天浩的一切都成为过去。我们要开启一个新的未来，让我们来为以后的中国写下新的一笔吧。"威廉站在马路上，望着来往的车流，感慨万端。

　　司徒敏望着他，欲言又止。

　　威廉说，对于我，你还有什么不可以说的，我是你的老师，也是你父亲般的人，我一直把你当成我的儿子，这才把你带到中国，我知道你的老家在江西南昌，但是，你是在台湾出生长大的，你是A国培养出来的精英，又在北京大学学习过，你比我了解这个国家，你说说，中国，是不是应该走台湾一样的路？

　　司徒敏长叹了口气，老师，我不是悲观，也不是畏惧，更不是害怕，我是担心，平天浩他们已经惊动了中国警方，这对于我们开展工作不太有利。当然，不太有利我们也要做。你放心，我一切听你的，一定尽心做好工作，让你满意。

　　威廉高兴了，拍了拍他的肩，你不愧是我的弟子，好好做吧，不会亏待你的，我们回去，他们还等着我们开会呢。

　　司徒敏答应了一声，起动汽车就走了。

　　他们来到大北窑基金会总部。

　　"南宫会长，大家都在会议室等你。"基金会秘书新燕妮露着甜甜的微笑。威廉怜爱地抚摸她的发丝，朝会议室走了进去。

　　会议桌边，坐着基金会下属天启家政服务公司董事长郭启如、天启英语培训中心董事长何进人、天启旅游服务中心总经理唐晶，还有司徒敏、新燕妮。

　　司徒敏宣布会议开始，他首先把"天启基金会"登记证给大家看，他告诉大家，从今天开始，我们就可以开始工作了。

　　威廉接着说，从今天开始，我不叫瑞恩，也不叫威廉，我叫南宫轩，以后你们就叫我南宫会长就可以了，记住，不要告诉任何人我叫瑞恩。这是纪律，纪律是不能违反的。郭先生和何先生那块工作，我已经向你们交代过，你们开始就是了。记住，不要违反中国的法律，我们要在法律允许的范围内开展工作。

他说了注意事项，详细而耐心。

"大家忙去吧，唐晶留下。"南宫轩说。

会议散了，会议室只有南宫轩和唐晶。

"唐小姐，选你来，是考虑你是沐剑锋的同学，便于开展工作。我想请你记住，你在 A 国所有费用，都是我们出的，我们在你身上的投资，应该有回报，你应该知道如何工作。三天后，司徒敏陪你去和平市，他已经和四海旅行社的任四海商量好了，我们合资成立天启旅游中心，你出任总经理，他已经同意了，你要设法走近沐剑锋，他已经是和平市委副书记，三把手，而且，他现在是单身，没有女人，这正是你接近他的机会。"南宫轩望着她说。

"先生，我明白。"唐晶毕恭毕敬。

"明白就好。"他挥了挥手，"你家在北京，好好和家人团聚，每月五万块钱的待遇，我们对得起你。到了和平市，你还可以拿份工资，基金会的钱，仍然给你，这个标准，你找不到第二家。走吧，回家去吧，你父母应该很想你了。"他带着笑意。

唐晶站起来，朝他笑了笑，就往外走。

"慢。"他喊住了她。

唐晶转身，望着他，等他问话。

"唐小姐，我知道你在 A 国有恋人，这没有关系，我不会要你跟沐剑锋结婚，但是，你可以跟他上床。我只要目的，不要过程，也不过问过程。"他从桌上拿起一份材料交给她说，"这是有关沐剑锋的资料，你在办公室看，看完了，放在保险箱，不要带回家，我想，这对你走近他会有帮助的。"

"好的，会长，没有事我就忙去了。"

南宫轩挥了挥手，唐晶就离开了。

司徒敏走了进来，他看了一眼唐晶，叹着气说，但愿她不是下一个部野原。

南宫轩一怔，望着他，笑了，"司徒，你多虑了，她不会成为部野原，也成不了部野原，我更不是平天浩，也不可能是平天浩，放心吧，做好你的事，我不喜欢部下多问。"他的话，让司徒敏有些尴尬，他脸上撑起了僵硬的笑，朝他点了点头，走了。

南宫轩摇了摇头，"我会那么傻吗？"

晚上，南宫轩坐在二十八层的办公室内，望着灯火辉煌的北京城，心里涌动着一股激情："多么好的城市啊！它应该属于自由世界，难道苏联的故事不可以在中国重演？我相信，它可以重演。中国官场，有多少贪官，有多少干部还有信仰？演变中国，这代人不行，我们可以放在第二代身上，第二代不行，还有第三代，我相信，总有一天，可以改变中国的颜色。"

他嘲笑有些人想武力打败中国，他说他们蠢，打败中国的不是别人，而是他们自己。他把蓝山咖啡倒进了嘴里。

一个新的故事又开始了。

尾声

一个月后，柯天星终于找到了一份资料。在国家安全部门的档案里，存着一份厚厚的卷宗，封面的《卷内概要》上白纸黑字写着：

人物：编号××××

中野浩二，化名平天浩、平又浩、平浩然，A国情报人员，男性，53岁，生于东京，而后加入了A国籍，先后就读于A国大学和英国大学，后从事记者工作，曾多次到我国台湾学习中国史和汉语，1989年和1999年在香港长驻，多次进入内地搜集情报。2000年以后，中野浩二从新闻界失去了踪影……上述详情见卷内材料。

2017年7月20日